Les Aiguilles d'Or

BIBLIOTHÈQUE
MICHAEL McDOWELL

Blackwater, 2022.
Les Aiguilles d'or, 2023.
Katie, 2024.
Lune froide sur Babylon, 2024.
L'Amulette, 2025.
Les Élémentaires, 2025.

MICHAEL MCDOWELL

Les Aiguilles d'or

Roman

traduit de l'anglais (États-Unis)
par Jean Szlamowicz

MONSIEUR TOUSSAINT LOUVERTURE

Ce livre a été écrit par
MICHAEL MCDOWELL (1950-1999),
dédié à « Laurence »,
traduit par JEAN SZLAMOWICZ,
édité par DOMINIQUE BORDES,
assisté de CLAUDINE AGOSTINI,
THIBAUT BERTRAND, LAETITIA BLONDEAU,
THOMAS DE CHÂTEAUBOURG, LISA FOLLIET,
XAVIER GÉLARD, FRANÇOIS GUILLAUME et ARIEL MASSET.

Titre original : *Gilded Needles*.

ISBN : 9782381961361
DÉPÔT LÉGAL : octobre 2023.

Troisième tirage.

WWW.MONSIEURTOUSSAINTLOUVERTURE.COM

Généalogies Stallworth et Shanks, 1882

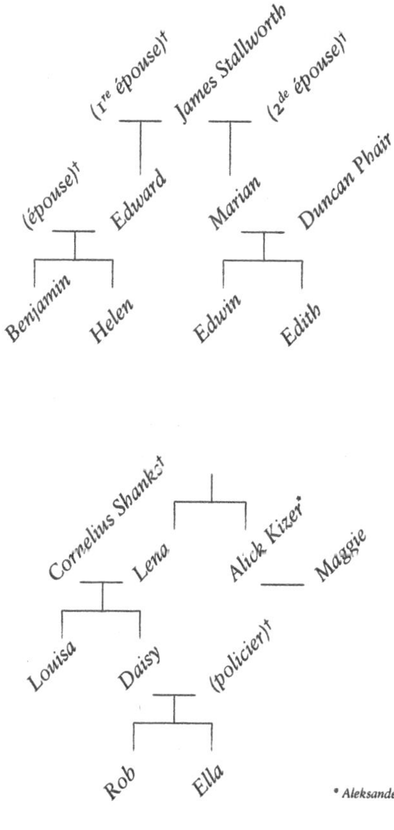

* Aleksander Kaiser

PROLOGUE DE MINUIT

Par une sombre nuit d'hiver, sept enfants se blottissaient près d'une grille de ventilation sur Mulberry Street. Chacun à leur tour, pendant environ une minute, ils s'asseyaient directement sur la grille en fer pour profiter de la vapeur qui s'échappait de la chaudière des locaux de la police de New York. À peine vêtus de haillons informes et répugnants, le visage et toutes les parties à nu noircis par la crasse, ils semblaient dans cette ruelle obscure n'être que des ombres chétives, une assemblée de gobelins dégénérés. Une stridente dispute éclata parmi eux pour savoir si l'une des filles, qui portait dans ses bras un nourrisson à la respiration sifflante, avait le droit de rester plus longtemps sur la grille. Mais avant que les chamailleurs n'aient le temps de se mettre d'accord, leur querelle fut noyée dans le soudain carillon de toutes les cloches de la ville.

L'an de grâce 1881 devenait l'an de grâce 1882.

Non loin de là, dans la cave d'un bâtiment pourrissant de Grand Street, se trouvait un bouge qui servait une bière tiède, un lieu tellement infâme qu'il ne se distinguait même pas par un nom. Les hommes et les femmes qui s'y trouvaient, des pauvres, des déchus, des criminels, des souffreteux, venaient y consommer la bière éventée que les établissements de Bowery Street avaient jugée trop mauvaise pour être servie la nuit précédente. Les clients buvaient sans se plaindre jusqu'à devenir insensibles au froid extérieur et à leur détresse intérieure. L'endroit était tenu par un Noir muet qui servait toute la nuit cet alcool dans de grandes tasses en céramique que personne n'avait jamais lavées. Dans cet espace confiné, qu'un petit feu de charbon ne servait qu'à saturer d'une fumée suffocante sans réchauffer personne, les hommes pestaient contre Dieu, les femmes qui les avaient trompés, les autorités qui les avaient emprisonnés, la machine démocrate qui avait échoué à leur apporter la liberté et contre tout ce qui traversait leurs esprits embrumés. Les femmes, qui trouvaient pour la plupart le soulagement dans l'hébétude, s'étaient pelotonnées dans les coins sombres ou étaient assises, la tête appuyée contre les murs suintants et glacés. L'achat de deux bières à un *cent* pièce leur donnait le privilège de rester jusqu'au lever du soleil. Des gamins en guenilles se battaient sous les tables tandis que le singe du joueur d'orgue de barbarie tuberculeux sautillait d'un client à l'autre, sur le hargneux comme sur le comateux, sans distinction, ajoutant ses piailleries perçantes à l'impénétrable fatras des voix.

Deux hommes maussades, libérés de Blackwell's Island le matin même, jouaient de l'argent près de l'entrée. Une brève interruption dans la valse de leurs cartes poisseuses au moment où les cloches se mirent à sonner fut la seule attention que l'on accorda à la nouvelle année dans ce triste lieu.

Non loin de là, dans la cave d'une maison sur Mott Street, trois jeunes femmes aux robes rayées et aux sourires extatiques initiaient une amie timorée aux mystères de l'opium. La novice gloussa en plongeant l'extrémité plane du *yen hock*, qu'elle avait d'abord pris pour une aiguille à tricoter, dans la substance goudronneuse, avant de l'exposer à la flamme d'une petite lampe verte en verre. Elle jeta un coup d'œil aux rêveurs impassibles qui l'entouraient, dont seule la moitié étaient chinois, et murmura nerveusement à ses amies : « Vous êtes sûres qu'on risque rien, ici ? » Quand les cloches annonçant la nouvelle année pénétrèrent dans cette pièce bondée, enfumée et silencieuse, elles étaient absorbées par une centaine de songes alanguis, une centaine de visions de bleu et de gris.

Un quart d'heure avant, sur West Houston Street – de l'autre côté du commissariat, perpendiculaire à Mott Street et ses païens –, un cabriolet avait fait halte devant une banale façade de brique, et un visage voilé, encadré d'une chevelure d'un noir de jais, avait observé la rue d'un air soucieux. Le chauffeur confirma l'adresse à sa passagère mais repartit avant qu'elle n'ait réussi, après quelques petits coups timides, à entrer dans la maison.

« C'est Maggie qui m'envoie… », murmura-t-elle à la femme aux vêtements et aux traits sévères qui lui avait ouvert. La dame voilée était une actrice qui, une demi-heure plus tôt, avait été acclamée pour sa performance dans *Ada, girl scout de la Sierra*, où elle interprétait l'héroïne éponyme, au *Théâtre National* de Bowery Street.

Au pied des escaliers obscurs, l'actrice hésita. Puis une autre jeune femme, une jolie blonde vêtue d'une chatoyante robe rouge, apparut sur le palier au-dessus d'elles et, agitant sa chandelle, lui fit signe d'avancer avec des paroles rassurantes : « C'est toi, Dollie ! Quels beaux cheveux, ils sont magnifiques ! »

L'actrice était maintenant allongée sur un lit en fer dans une minuscule pièce au troisième étage de cette demeure silencieuse. Elle agrippait et tordait la fine couverture dans son agitation. Tout en chantonnant avec insouciance, la jolie blonde ferma les fins rideaux de la fenêtre et rajouta du charbon au petit feu qui brûlait dans l'âtre. Elle se retourna gracieusement vers l'actrice et lui demanda d'un ton joyeux si le laudanum[1] faisait effet.

La réponse de l'actrice à l'avorteuse se perdit dans le bruit des cloches du Nouvel An.

Pas si loin de cette demeure silencieuse, où la jolie blonde en robe rouge exerçait sa lucrative activité, se trouvait Bowery Street, bondée de fêtards, même s'ils ne paraissaient pas beaucoup plus nombreux ce samedi soir que n'importe quel autre. Des vendeurs de friands à la viande, d'épis de maïs grillés et d'huîtres fraîches hurlaient encore plus fort que les noceurs, tandis que se déversaient depuis quelques fenêtres les accords de nouveaux morceaux martelés sur de vieux pianos défoncés. La folle musique des orchestres allemands alternait avec les *bang-bang* des stands de tir à la carabine et les voix éraillées

1. Solution à base d'opium utilisée comme tranquillisant et antidouleur.

des mendiants estropiés ou aveugles échoués sur les trottoirs. Des garçons qui travaillaient dans des librairies pour huit dollars la semaine jouissaient de la galante compagnie de jeunes modistes, mais se faisaient snober par les vendeurs des beaux magasins qui gagnaient mille dollars par an, logeaient dans des pensions à l'ouest de Manhattan et étaient venus sur Bowery avec les filles de leurs logeuses. Les familles italiennes se baladaient d'un pas fier dans les rues les plus au sud du quartier, ne faisant demi-tour que lorsqu'ils rencontraient leurs pendants allemands au niveau de Lower East Side. Les vendeurs de journaux et les cireurs de chaussures, des gamins souvent maigrelets avec un cigare à la bouche et jamais assez protégés du froid, paraissaient au coin des rues, s'amassaient à l'entrée des théâtres de variétés ou se précipitaient pour assister à une bagarre censée avoir lieu un peu plus loin. Quand les cloches annoncèrent le Nouvel An, la musique, les centaines d'exclamations et de cris, les milliers de conversations joyeuses et bruyantes qui retentissaient dans tout le quartier fusionnèrent et s'intensifièrent en une grande clameur célébrant la fin d'une année et le début d'une autre.

Moins d'un kilomètre à l'ouest, devant l'hôpital récemment construit de la 15e Rue, une jeune femme aux vêtements ternes et pudiques marchait bras dessus, bras dessous avec sa petite sœur, écolière vêtue d'une robe vert vif, d'une veste rouge garnie de fourrure et d'un chapeau rond avec des rubans en feutre qui pendaient derrière. En arrivant en vue des lampadaires de Satan's Circus – sur la Sixième

Avenue –, elles se séparèrent. L'aînée se glissa dans le renfoncement en brique d'un bâtiment d'angle, et l'écolière se mit en évidence dans la lumière crue de l'avenue et regarda autour d'elle d'un air hésitant. Elle examina le visage des passants quelques instants et tira finalement sur la manche d'un homme d'âge moyen dont le pas avait ralenti à son approche.

« Monsieur, s'il vous plaît, dit-elle d'une voix plaintive et aiguë. J'ai perdu ma sœur, pouvez-vous m'aider à la retrouver ? »

Les cloches du Nouvel An sonnèrent, et elles n'avaient pas fini que l'écolière et le gentleman se dirigeaient vers une chambre de Greenwich Avenue où l'enfant « croyait encore » que sa grande sœur pouvait l'attendre. Mais la femme aux vêtements ternes sortit de sa cachette et continua seule son monotone circuit.

Presque à portée de voix de l'agitation de Satan's Circus, au premier étage d'une vieille maison de maître, deux hommes discutaient à voix basse, le dos tourné au feu qui brûlait dans une cheminée de marbre sculptée. Le plus âgé était grand et imposant, avec des cheveux blancs et des yeux bleus perçants. Son compagnon était beau et jeune, avec des cheveux bruns et courts et une barbe épaisse. Ils étaient beau-père et gendre, et passaient la dernière soirée de l'année dans ce club fréquenté par des avocats et des juges républicains. L'horloge derrière eux sonna minuit ; ils se retournèrent alors qu'au même instant les cloches de l'église de l'autre côté de la rue entamaient leur carillon festif. Les deux hommes se serrèrent la main, puis se dirigèrent vers le centre de la pièce. La dizaine d'autres Républicains qui se trouvaient là se détournèrent de leurs journaux ou de leurs conversations et se levèrent. Ils échangèrent des poignées de mains, mirent en place leur sourire de circonstance et souhaitèrent le meilleur à leurs confrères. Le vieil homme, à l'issue d'un bref discours, exprima sa certitude de voir les Démocrates chassés du pouvoir au cours de cette année 1882 et privés de la moindre influence dans la ville.

Sur la Cinquième Avenue et du côté de toutes les grandes places huppées de l'Upper Manhattan, où les hommes et leurs épouses continuaient de se promener, les cloches retentirent dans la nuit froide avec une clarté et une beauté particulières. Tout le monde s'arrêta et se mit à sourire avec bienveillance aux inconnus qui se trouvaient à proximité. Quand les hommes eurent soulevé leur chapeau, et les dames, adressé d'une voix douce et distinguée leurs meilleurs vœux pour l'année à venir, tous reprirent le chemin de leur maison.

Dans l'*Hôtel de la Cinquième Avenue*, la direction avait fait préparer un dîner d'exception. À vingt-trois heures trente, quand on ouvrit les portes de la salle à manger, quelque trois cents invités chargèrent et furent installés comme on put autour d'une trentaine de tables de douze couverts chacune. Une duchesse anglaise se retrouva à côté d'un gentleman qui se vantait d'avoir tué dix-sept Indiens séminoles sur les rives du lac Okeechobee et face à une dame qui défendait l'amour libre. Le fils de la duchesse, également titré, conversait avec un escroc qui avait perdu son œil droit après s'être fait tirer dessus par la police mexicaine. À minuit, trente serveurs apparurent, portant chacun un plateau avec un cochon de lait rôti encore fumant. Un sénateur américain leva sa coupe de champagne pour célébrer la nouvelle année et fut accompagné par un chœur babélien d'accents et de langues.

À quelques rues de là, à la fenêtre du premier étage d'une petite tranche de maison qui donnait sur la tristesse grisâtre de Gramercy Park, se tenait une femme en robe de chambre, son visage vivement éclairé par une chandelle vacillante posée sur l'appui. Elle avait un bras levé et tripotait les rideaux avec impatience. Elle regardait passer les hommes sur le trottoir en contrebas, comme si elle en guettait un en particulier.

Pile au moment où les cloches de l'église épiscopalienne de la Quatrième Avenue fêtaient l'année à venir, un jeune homme au rasage impeccable arriva de la Troisième Avenue d'un pas pressé, un grand sac de cuir noir à la main. Il leva les yeux vers la fenêtre, fit signe à la femme qui s'y tenait et monta hâtivement les marches. Elle disparut de l'ouverture et, quelques instants plus tard, ouvrit la porte pour faire entrer son coiffeur tant attendu.

Pour la mère irlandaise qui errait dans le quartier de Battery Park et dont le nourrisson venait de périr dans ses bras ; pour le boucher italien qui venait de vendre son dernier morceau de viande de cheval avariée aux squatteurs du terrain vague au-dessus de la 80e Rue, et pour tous ceux entre les deux ; pour les pauvres dont la pauvreté était telle qu'ils en mourraient bientôt, pour les criminels dont les actes n'offraient aucune garantie contre la misère à laquelle ils essayaient d'échapper, pour les gens relativement prospères et modérément respectables, pour les gens modérément prospères et particulièrement respectables, et pour les très riches qui n'avaient pas besoin de se soucier de leur respectabilité, l'an de grâce 1882 venait de débuter.

PREMIÈRE PARTIE

LE TRIANGLE NOIR

CHAPITRE 1

Sur le petit lit étroit d'une petite chambre étroite était allongée une jeune femme dont la peau couverte de taches de rousseur était pâle et tavelée, dont les traits sans raffinement étaient épais et flasques, et dont les longs cheveux roux et emmêlés s'étalaient en désordre sur une fine couverture. Deux enfants de huit ans s'approchèrent d'elle avec prudence, tenant chacun un reste de chandelle dans un bougeoir en étain. La lumière qui dansait sur leurs visages révélait des traits identiques, permettant à peine de différencier leur sexe.

La fillette, qui s'appelait Ella, enfonça vivement son doigt dans les côtes de la rousse pour s'assurer qu'elle était morte. Elle hocha la tête à l'adresse de Rob, son jumeau, et ils posèrent leurs bougies, aussi identiques qu'ils l'étaient eux-mêmes, sur une petite table branlante à la tête du lit.

Tandis qu'Ella se démenait pour retirer la grossière jupe de laine de la femme, Rob alla chercher une paire de ciseaux tranchants sur la coiffeuse près de l'âtre. Il souleva la tête du cadavre, enroula la chevelure rousse et rêche autour de son poing puis la coupa à ras. Ella, fouillant avec précaution les sous-vêtements gorgés de sang, chantonnait d'une voix sifflante : « *Pas de bague, pas de montre, pas de bijoux...* »

« *Pas de bague, pas de montre, pas de bijoux...* », reprit son frère avec la même intonation, puis, faisant tourner le lourd crâne d'un brusque geste du coude, il coupa la dernière grosse mèche derrière l'oreille. La tête rasée retomba sur l'oreiller, et les yeux vitreux s'ouvrirent soudain, comme scandalisés par une telle humiliation.

Rob noua sommairement les cheveux et les déposa sur la coiffeuse, à bonne distance de la flamme des bougies. Puis il aida sa sœur à déshabiller la morte. Ils plièrent ses vêtements et les placèrent dans un panier peu profond qu'ils tirèrent de sous le lit.

Tandis que son frère étirait puis roulait les bas en coton à carreaux, Ella s'absenta brièvement et revint avec deux chiffons mouillés avec lesquels ils nettoyèrent méthodiquement le cadavre, se concentrant particulièrement sur les caillots de sang qui coloraient l'intérieur des cuisses. Dans un contrepoint mélodique insouciant, Rob et Ella Shanks continuaient de chantonner : « *Pas de bague, pas de montre, pas de bijoux...* »

Quand ils eurent terminé, ils se déshabillèrent et posèrent soigneusement leurs habits sur la coiffeuse. Ils tirèrent d'une boîte en bois dans un coin de la pièce d'infects haillons infestés de vermine qu'ils revêtirent comme une sorte de déguisement. Puis, derrière la grille où brûlait un feu maigrelet, Ella gratta les parois de la cheminée avec un tisonnier pour récupérer un peu de suie. Après s'en être enduit le visage et les mains, ils étaient impossibles à distinguer de n'importe quels gamins des rues en train de mourir de froid cette nuit-là à New York.

Ils se prirent par la main et dégagèrent un coin du rideau qui masquait l'unique fenêtre de la chambre pour regarder dans l'obscurité au-dehors, mais ne virent rien d'autre que les étoiles brillantes et glacées, les plates étendues anguleuses de bâtiments aux briques noircies par la fumée et les barrières pourries qui délimitaient la cour désolée à l'arrière de la maison.

Quand ils se tournèrent à nouveau, une grande femme émaciée aux traits durs se glissa sans bruit dans la pièce. Elle avait la peau mate, des yeux noirs écartés sur un visage plat, et un front bas et saillant sur lequel ondulaient sévèrement des cheveux noirs et gras. Louisa Shanks portait une robe en velours jaune pesamment amidonnée qui brillait d'un éclat métallique à la faible lueur des flammes.

Elle s'approcha du lit, s'inclina et passa lentement l'une des bougies le long du cadavre. Elle étudiait ce corps féminin avec un intérêt plus analytique que moral ou religieux. Elle se redressa, se tourna vers les enfants et leur donna son approbation.

Au signal de sa tante, Ella souleva le loquet de la porte qui donnait sur la minuscule arrière-cour. Un courant d'air glacé souffla les bougies. L'enfant se précipita à l'extérieur et ramena jusqu'au seuil une petite charrette à deux roues. Une guirlande de clochettes accrochée à l'arrière tinta joyeusement. Ella se harnacha et attendit patiemment dans le froid.

À l'intérieur, Louisa Shanks et son neveu enfilaient autour du cadavre de la jeune femme un sac en toile de jute, qu'ils fermèrent sans trop serrer le haut, avant de le transporter jusqu'à la charrette. Ils dissimulèrent le sac sous un amas de chiffons.

Rob fila alors au fond de la cour, ouvrit silencieusement un large portillon en lattes, puis détala par une étroite ruelle malodorante qui donnait sur King Street. Peu de temps après, Ella et Louisa entendirent son sifflement grave. Ella tira la charrette jusqu'à la venelle qui était à peine assez large ; elle tremblait de froid. Louisa referma le portillon derrière sa nièce et battit en retraite dans la maison avec la guirlande de clochettes qu'elle avait ôtée afin que les enfants puissent se déplacer sans bruit.

Accroupi à l'angle de King Street, Rob fit prudemment signe à sa sœur, alors celle-ci mena l'attelage le long de la ruelle, entièrement noire en dehors des pâles lueurs jaunâtres qui tombaient des fenêtres situées au rez-de-chaussée et au premier étage des maisons. Partout dans King Street, des hommes et des femmes titubaient d'un cabaret à l'autre, ivres et tapageurs, la musique étouffée se faisant d'un coup plus forte à chaque fois qu'une porte s'ouvrait à la volée. Cependant, personne ne prêta la moindre attention aux petits chiffonniers qui avançaient au milieu de la chaussée d'un pas laborieux, silencieux, las et lents, taches sombres de misère glacée au milieu des réjouissances du réveillon.

Sur MacDougal Street, artère fréquentée et bien éclairée, ils évitèrent de justesse deux carrioles dont les cochers ivres avaient parié sur qui arriverait le premier au City Hall Park, et prirent la direction du nord jusqu'à Bleecker Street, étrange avenue tout en compromis où la bourgeoisie appauvrie partageait les mêmes habitations que les riches criminels en cavale, où les femmes mariées rencontraient des messieurs qui n'étaient pas leurs maris et où des métisses bien élevées divertissaient philanthropes et hommes politiques. Rob courait devant sa sœur qui avançait péniblement, petit mendigot insouciant qui se balançait autour des réverbères et admirait béatement les vitrines éclairées.

Mais arrivé à une certaine adresse, tandis qu'Ella suivait d'un air fatigué, accrochée à la charrette, Rob monta d'un bond les marches du perron et pénétra dans une petite maison de brique dont l'entrée n'était pas verrouillée. Il traversa un couloir sombre et crasseux pour aller frapper à une porte d'où s'échappaient les rires débridés d'hommes aux voix fortes et une puanteur de tabac bon marché.

Un jeune homme avec un pantalon trop grand et une chemise à rayures ouvrit et baissa les yeux sur l'enfant. Son rire, manifestement causé par une plaisanterie que venait de raconter l'un de ceux qui se prélassaient dans la pièce enfumée, s'éteignit, remplacé par un sourire sec et sarcastique.

« Oui ? demanda-t-il à Rob d'un ton moqueur. À qui donc dois-je l'honneur de cette première visite de l'année ? Monsieur ? Avez-vous une carte à me présenter ? »

Les quatre autres éclatèrent à nouveau de rire, puis s'approchèrent du seuil pour voir le gamin.

« S'il vous plaît, Monsieur... murmura Rob. J'ai

quelque chose pour vous dans ma charrette dehors.

— De l'oseille ! s'écria le jeune homme. Tu m'as apporté de l'oseille en cadeau pour le Nouvel An ! »

Rob, décontenancé, fit non de la tête.

« Ou alors c'est ma sœur ! Tu m'amènes ma sœur en visite ! John, viens voir, tu as toujours dit que tu voulais la rencontrer. Eh bien ce garçon, qui est de toute évidence un agent des Chemins de Fer de Pennsylvanie, nous l'amène directement dans sa charrette. Monsieur, dit-il à Rob d'un ton sévère, pourquoi laisser ma sœur dans le froid ? Faites-la entrer !

— S'il vous plaît, Monsieur, répéta Rob, c'est peut-être votre sœur dans ma charrette, mais si c'est le cas, je suis désolé de vous dire qu'elle est morte. »

Celui qui avait ouvert passa alors son cigare sous le nez de Rob comme si c'était une bougie avec laquelle il aurait pu examiner le visage de l'enfant.

« Je t'ai déjà vu, non ? demanda-t-il simplement.

— Deux fois, Monsieur.

— C'est une jeune fille ? »

Rob fit signe que oui.

« Comment est-elle morte ? »

Derrière, les autres écoutaient désormais la conversation avec attention.

« J'en sais rien, mais elle est morte.

— Tu en veux combien ?

— Sept dollars. »

L'étudiant en médecine acquiesça.

« Elle est dans ta charrette ?

— Oui, Monsieur. Juste devant la maison. Ma sœur est avec elle. On l'a enveloppée dans un sac. »

Le jeune homme se tourna vers ses amis pour demander leur participation financière. Les sept dollars furent rapidement réunis, en pièces d'or et d'argent. Tout en recomptant, il ordonna : « John, va la chercher avec Dick. Et faites gaffe à pas vous faire voir, nom de Dieu ! »

Ils se glissèrent dans le couloir et gagnèrent rapidement l'entrée.

L'étudiant en médecine faisait passer l'argent d'une main à l'autre en attendant que ses amis reviennent. Rob patientait sans rien dire.

Peu de temps après, ils réapparurent à la porte, le sac discrètement maintenu entre eux. Une fois dedans, ils se dépêchèrent de traverser le couloir pour aller jusqu'à la chambre de l'étudiant. L'un d'eux défit la cordelette qui fermait le sac, faisant jaillir la tête tondue de la morte sur le tapis élimé.

Les pièces tombèrent dans les paumes tendues de Rob, et l'instant suivant, il n'était plus là. La porte se referma doucement et la clé tourna dans la serrure.

CHAPITRE 2

Durant la première heure de cette nouvelle année, Lena Shanks était assise seule dans le petit salon de la maison de West Houston Street. De temps à autre, un promeneur sur le trottoir en brique avait l'insolence de taper au carreau de la fenêtre à barreaux en guise de salutation, mais on tirait toujours les épaisses draperies afin d'empêcher les curieux de regarder à l'intérieur. Le salon était somptueusement mais curieusement décoré. Mobilier, tissus, papier peint, revêtements et ornements étaient d'une seule et même couleur or.

Un papier doré tapissait les murs tandis que les moulures et les plâtres du plafond avaient été passés à la feuille d'or. Les draperies, les tentures, les lambrequins et les coussins, l'âtre et les objets métalliques étaient de la même teinte. Au sol, le tapis en laine était d'un jaune terne encadré de fines lignes noires avec, à chaque coin, des rosettes de deuil faites de fleurs noires dans un carré ambré. Les meubles avaient été recouverts d'or et tendus de damas aux rayures blanches et or. Les décorations du manteau de la cheminée étaient en or, et les tableaux aux murs, montés dans des cadres à dorures ornementées. L'un des deux cabinets de curiosités à la peinture dorée renfermait des ouvrages dont les reliures en cuir étaient frappées d'or, tandis que l'autre exhibait une collection hétéroclite de vaisselle en or, de bijoux et autres bibelots. Le miroir entre les deux fenêtres et celui au-dessus de la cheminée avaient été pulvérisés d'une fine couche d'or, si bien que les rares objets qui n'étaient pas dorés se trouvaient reflétés avec le filtre de cette envahissante couleur. L'ameublement oppressant de cette pièce partageait non seulement la même teinte, mais aussi une origine commune : tout avait été volé.

Lena Shanks se tenait parfaitement droite sur une petite chaise dorée devant l'âtre au carrelage jaune irisé avec sur les genoux un panier de linges délicats. À la lumière du feu, elle retirait minutieusement le monogramme brodé dans le coin de chaque pièce de tissu avec une paire de fins ciseaux.

Lena Shanks faisait un mètre soixante et pesait environ cent kilos. Son visage était large et banal, de toute évidence germanique. Elle avait un grand nez épaté, des yeux fades aux paupières pesantes et d'épaisses lèvres, brunâtres et craquelées, qu'elle gardait généralement entrouvertes – respirer lui était toujours difficile. Ses fins cheveux bruns, constamment rassemblés en un chignon, lui arrivaient sur la nuque, ce qui lui permettait de masquer l'absence de son oreille gauche, arrachée d'un coup de dent en 1869 lors d'une bagarre contre Gallus Meg au *Hole In The Wall* ; on pouvait toujours admirer son oreille, préservée avec d'autres dans un bocal d'alcool derrière le comptoir de cet établissement aussi méprisable que florissant.

Lena portait d'épais jupons sombres, des chemisiers blancs et des gilets noirs cintrés ourlés de dentelles. Elle se déplaçait lentement, d'un pas réfléchi, et s'aidait toujours d'une canne qui lui servait d'arme à l'occasion. Dans le quartier, elle était connue sous le nom de « Lena la Noire », à cause de ses gilets, mais parfois aussi, et non sans une certaine poésie, on l'appelait « ma tante », car une *tante* désignait un prêteur sur gage, et *prêteur sur gages* était un euphémisme transparent pour son occupation principale, le recel de biens volés.

Quand l'horloge en or posée sur le lambrequin doré qui recouvrait le manteau peint de la cheminée sonna une heure, sa fille, Daisy, apparut à la porte.

« Fille et garçon devraient être rentrés », remarqua Lena. Sa voix au fort accent allemand était lourde et rauque, et elle ne leva pas les yeux de son ouvrage.

« Eh bien, j'espère qu'ils ne se sont pas fait arrêter ! lança leur mère depuis le seuil. Comment est-ce qu'Ella pourrait expliquer la présence d'une morte dans sa charrette ? », dit-elle en riant.

Le cadavre qui avait été balancé dans un coin de la chambre de l'étudiant en médecine, en attendant une soigneuse dissection par les cinq amis, faisait partie des rares échecs de Daisy Shanks. Cette dernière, en avorteuse consciencieuse, n'avait que rarement besoin de se débarrasser d'un corps, que ce soit en le faisant déposer dans le logement d'une kyrielle d'apprentis médecins de Bleecker Street ou dans le lit glacé de la North River. La malheureuse avait été serveuse dans un bar de Bayard Street; elle était morte dans la chambre du troisième étage où l'actrice dormait maintenant d'un sommeil agité.

C'est Lena Shanks qui avait établi ce commerce d'avorteuse sur West Houston Street en 1874, lorsque sa fille avait à peine quatorze ans. Daisy n'avait pas tardé à apprendre ce qu'il y avait à savoir sur les méthodes permettant d'interrompre une grossesse, et sa manière de traiter ses clientes, souvent nerveuses, était tellement charmante et rassurante qu'en cinq ans, Lena lui avait confié toutes ses patientes et s'était retirée avec gratitude pour se cantonner à des occupations plus agréables, comme écouler des marchandises à la provenance douteuse.

Daisy Shanks avait vingt-deux ans. C'était une jolie jeune femme avec une silhouette plantureuse toujours fermement corsetée. Elle avait les cheveux et les sourcils filasse, mais des yeux effrontément noirs. Ses lèvres étaient fines, sans couleur, et avaient besoin d'être fardées pour qu'on puisse les discerner. Affairée et énergique, elle arborait un sourire permanent. Rien ne la démoralisait, rien dans ses colères n'excédait de brèves bouffées d'agacement et rien n'aurait pu diminuer l'amour qu'elle portait à son austère génitrice ou à sa sœur muette, Louisa. Elle s'habillait souvent avec des vêtements trop serrés et pas loin d'être tape-à-l'œil. Mais comme elle n'avait plus exprimé d'intérêt pour aucun homme depuis le policier – mort dans un attentat anarchiste – qui avait engendré Rob et Ella, son raffinement n'avait de toute évidence pas d'autre objectif que sa propre satisfaction. Daisy avait beaucoup d'affection pour ses jumeaux mais n'avait jamais contredit la stricte éducation et l'instruction soigneuse que leur prodiguaient leur tante et leur grand-mère.

Daisy était experte dans son activité illicite. Elle réussissait toujours à faire passer l'enfant à naître, la mère mourait rarement et ses tarifs n'étaient pas exorbitants. En fonction de sa lubie du moment – ou des besoins de la maisonnée –, elle demandait entre quinze et trente-cinq dollars. Parfois, pour attirer une clientèle d'une classe sociale plus élevée que les prostituées et les voleuses de bas étage qui étaient son lot quotidien, elle faisait sa publicité dans les journaux :

> MADAME SHANKS, instructrice en obstétrique, plus de 10 ans d'expérience florissante à New York, promet et garantit un soulagement assuré, avec ou sans médicament, en un seul entretien. Les femmes en détresse sont encouragées à nous contacter pour un soulagement infaillible. Nous écrire Boîte Postale 445.

La plupart du temps, elle obtenait ses résultats par le biais de puissantes potions purgatives qui étaient nettement moins risquées que l'utilisation, plus courante, d'instruments tranchants. Si ces mélanges provoquaient parfois la destruction du système nerveux des femmes enceintes, l'effondrement n'avait pas lieu avant quelques jours, longtemps après que la cliente fut rentrée indemne chez elle. Les médicaments qu'elle utilisait produisaient moins de cadavres que les forceps, et c'était la raison pour laquelle Daisy les préférait.

Une fois, elle avait aussi vendu ces potions en passant une annonce :

> L'antidote pour dames de Madame Shanks. Le seul médicament fiable que vous trouverez. Effets assurés dans les 24 heures, sans recours à des instruments et sans effets dommageables.

Comme le produit était vendu 7,50 $ la bouteille et que les ingrédients ne lui coûtaient que trente *cents*, Daisy pouvait en tirer un bon profit. Mais quand sa mère lui fit remarquer que certaines des femmes qui le lui achetaient auraient pu venir subir un avortement autrement plus lucratif, Daisy cessa la distribution de ce remède maison.

La nature des services qu'elle proposait était évidemment connue de la police, dont le commissariat central ne se trouvait qu'à quelques rues, mais les agents acceptaient volontiers des pots-de-vin. Lena Shanks contribuait aussi assidûment au remplissage des caisses du Parti démocrate. Demander le soutien financier d'une famille dont aucun membre n'avait le droit de voter ne semblait pas contradictoire aux politiciens, et Lena n'avait jamais attiré l'attention sur cette injustice. Les contributions à Tammany Hall[1] et les pièces de vingt dollars

1. Organisation politique du Parti démocrate, créée en 1789 à New York.

qui tombaient dans les poches des flics n'étaient pour elle qu'une façon de verser sa cotisation municipale. L'État de New York considérait l'avortement comme un assassinat passible de quatre à sept ans d'emprisonnement, mais Daisy n'avait jamais associé la vue d'un policier avec la possibilité d'une arrestation. Il n'y avait délibérément aucune mention de l'adresse de West Houston Street dans les publicités publiées dans le *New York Herald*, et Daisy et sa mère considéraient que cette précaution suffisait.

Daisy prit un linge dans le panier de sa mère et s'installa sur une chaise de l'autre côté de la cheminée.

« Où est Louisa ? demanda Lena.

— Partie voir Lotta. »

Lena indiqua l'étage d'un mouvement de la tête : « Qu'est-ce qu'elle a celle-là ? Elle morte, aussi ? Je veux pas les enfants sortent encore ce soir. »

Daisy gloussa.

« Bien sûr que non, m'man ! Chut, maintenant. Je lui ai donné du laudanum en plus de la potion.

— Devrais pas mélanger, dit sèchement sa mère avant de lancer une poignée de fils dans le feu.

— Allons, m'man, tu l'as pas vue ! J'ai jamais eu quelqu'un d'aussi nerveux ! Sans le laudanum, il aurait fallu que je la veille toute la nuit !

— Attention, Daisy, elle finir comme l'autre. Trop de médicaments pour celle-là et elle morte, dit-elle sur un ton de reproche.

— Mais non, répliqua Daisy en riant. Dollie sera à nouveau sur scène demain. Je sais quand le médicament va faire effet. C'est la serveuse qui m'a posé des problèmes ce soir. Elle avait l'air forte comme l'Amazone du spectacle. Je lui ai donné une dose qui aurait avorté le Fils de l'Homme. Cinq heures plus tard, tout ce qu'elle voulait, c'était une assiette de maïs chaud. C'est comme si elle avait avalé de l'eau de rose. Je voulais la renvoyer chez elle, mais elle a demandé les forceps, dit Daisy en haussant les épaules. Rob est parti en courant à la vue du sang, mais Ella a l'esprit vif et elle a mis un oreiller sur la tête de la fille pour l'empêcher de crier. Elle avait des poumons, on aurait pu en faire un soufflet pour le feu ! Je ne sais pas si elle est morte à cause du sang qu'elle a perdu ou de l'oreiller.

—Toujours Ella sait quoi faire, remarqua la grand-mère.

—Oui, poursuivit Daisy, mais elle deviendra jamais médecin. Quand Rob sera plus gêné par le sang, c'est lui qu'il me faudra pour m'assister. Ça le passionne et les dames l'aiment bien. Si je l'avais eu avec moi ce soir, pour l'actrice, j'aurais peut-être pu me passer de laudanum.

—Le garçon bien avec les dames, approuva Lena. Comme toi, Daisy. Mais la fille est à moi. Déjà, elle connaît bien l'or, la soie et coudre des poches cachées. La fille serait bien avec moi toute la journée. »

Quand elle avait abandonné la pratique active de l'avortement, Lena Shanks s'était établie comme receleuse, transition accomplie avec autant de facilité que de rapidité. Nombre de ses anciennes patientes étaient des voleuses, et Lena le savait. Elle leur fit innocemment savoir qu'elle était disponible pour acheter toute marchandise qu'elles auraient éventuellement sur les bras, promettant en échange quarante pour cent de la valeur en liquide – ce qui était sensiblement plus élevé que les trente qu'on leur offrait d'habitude. Les voleuses s'étaient alors volontiers rapprochées d'elle et, même quand celle-ci avait ramené ses tarifs au pourcentage usuel, elles étaient restées.

En guise de couverture, elle avait une petite boutique de prêt sur gages dans la maison voisine dont elle était également propriétaire. Ces deux bâtiments, ingénieusement reliés par deux portes secrètes au premier et deuxième étages, partageaient également une cave : un dédale de placards verrouillés et de pièces où stocker les fruits du recel. Toute la journée, avec Ella à ses côtés, Lena restait assise derrière le comptoir usé du mont-de-piété, à examiner, estimer et acheter des biens volés. Le subterfuge que constituait la boutique n'était que pure façade. Les rares objets exposés étaient abîmés, sales et inutilisables, et on ne les remplaçait jamais.

Daisy rapprocha sa chaise du feu et commença à retirer les franges de soie d'un châle volé le matin même dans une maison de la 19e Rue Ouest. Sous la bruyante horloge en or de la cheminée, le charbon crépitait sur sa grille dorée. De temps en temps, on entendait les cris et les chansons des passants ivres dans la rue.

À une heure et quart, Rob et Ella firent soudain leur apparition à la porte, propres et à nouveau bien habillés.

« Venez par-là », dit leur mère avec un sourire.

Les jumeaux s'avancèrent, et Rob lui tendit sept dollars en pièces d'or et d'argent.

« On vous a arrêtés ? demanda Lena.

— Non, répondit-il. Personne ne nous a remarqués, sauf pour nous dire de nous pousser, et un homme avec un manteau noir m'a demandé si mon âme était sauve.

— Est-ce que le client de Bleecker Street a voulu négocier le prix ? l'interrogea sa mère.

— Non. Je lui ai dit sept dollars et il m'a demandé si c'était un homme ou une femme, j'ai répondu une femme et il m'a donné l'argent.

— Tendez la main », dit Daisy.

Les enfants firent jaillir leur paume et leur mère y déposa un dollar en argent pour chacun.

« Demain, nous sortirons. Vous le dépenserez comme vous voulez. Au lit, maintenant », dit-elle en se penchant pour les embrasser.

Ella commença à partir mais Rob s'attarda un instant en jetant un regard à sa mère.

« La dame qui est là-haut, je pourrais la voir ? Elle est belle, hein ?

— Plus jolie qu'une statue, confirma Daisy. Va voir. Monte doucement jeter un œil, puis tu reviens me dire si elle dort bien. Ella, vas-y aussi. »

Les deux enfants grimpèrent hâtivement les escaliers menant à la chambre obscure à côté de celle où l'actrice, en proie à la fièvre, ne cessait de se retourner dans son sommeil. C'était une petite pièce, terriblement froide, directement sous les toits, et dont la fenêtre donnait sur les maisons à l'arrière. Ella se pencha vers la cloison du mur mitoyen et en retira un panneau. Les jumeaux passèrent de l'autre côté en rampant, Ella en premier, puis ils se blottirent derrière un paravent pour écouter la respiration opiacée de la patiente.

Rob regarda furtivement par le côté du paravent puis sortit de sa cachette en faisant signe à sa sœur de le suivre. Ils se faufilèrent jusqu'au bord du lit en fer et, les mains jointes, observèrent l'actrice. Ses beaux cheveux noirs étaient en désordre, son teint de craie et son rouge à lèvres avaient été ruinés par de chaudes larmes et l'oreiller rugueux sous sa tête. Les rubis à ses oreilles semblaient être d'épaisses taches de sang, et la petite montre qu'elle portait à la poitrine faisait plus de bruit que son souffle irrégulier. Elle avait les traits tirés à cause des drogues qu'on lui avait données, et la lueur vacillante du feu les rendait d'autant plus grotesques.

Avec une délicatesse telle qu'elle ne remua même pas, Rob posa deux doigts sur le poignet de la jeune femme qui portait un bracelet et lui prit le pouls. Il hocha la tête à l'adresse de sa sœur, puis ils se retirèrent derrière le paravent, traversèrent à nouveau le mur, replacèrent le panneau avant de se relever dans la sombre pièce glaciale.

Ils se sourirent et entonnèrent dans un joyeux murmure : « *Des bagues, une montre et des bijoux…* »

CHAPITRE 3

Quelques semaines avant le Nouvel An, toute maison new-yorkaise ayant la moindre prétention sociale connaît un véritable tourbillon de ménage et de décorations. C'est à cette époque de l'année que l'on achète de nouveaux meubles, que l'on coud de nouvelles tentures, pose de nouveaux papiers peints et déroule de nouveaux tapis. Les familles des artisans italiens immigrés font de beaux Noëls grâce au commerce de peinture et de dorures. La seule ornementation inédite que l'on ne voit pas apparaître durant cette période, ce sont les portraits – personne ne pose assez longtemps pour qu'on puisse obtenir quoi que ce soit de ressemblant.

Les hommes se tiennent alors sagement à l'écart, derrière la porte verrouillée de leur bureau. Les domestiques sont surchargés de travail, et les maîtresses de maison, épuisées et irascibles. On réapprovisionne les caves et les garde-mangers au point que l'on croirait que l'île de Manhattan s'apprête à subir un siège. Les basses-cours du New Jersey sont décimées, et les ferries qui traversent l'Hudson, chargés de carcasses de bœufs, de porcs et de volailles. Les boulangers et les brasseurs embauchent à tour de bras, et les jeunes sœurs des femmes de chambre ou des cuisinières connaissent leur première expérience en tant que domestiques. Les fourneaux ne refroidissent jamais et le sommeil des couturières devient un luxe impossible.

La coutume consistant à se rendre visite le Jour de l'an fut instaurée par les Hollandais au XVIIe siècle et, bien que deux cents ans aient passé, que la taille de la ville ait crû plusieurs fois au centuple et que les mœurs, vêtements et accents hollandais fassent désormais l'objet de parodies dans les théâtres de variété, le Nouvel An, dans toute sa frénésie bavarde et accablante, reste l'événement incontournable de la saison mondaine.

L'aube de ce jour est toujours resplendissante, quel que soit le temps. Les visites commencent à partir de dix heures, ou un peu plus tard si cela tombe un dimanche. Les mondanités sont réparties de façon équitable : ce sont les hommes qui se déplacent et les femmes qui reçoivent. Du matin jusqu'à la tombée de la nuit, la ville n'est qu'une monstrueuse ruche hivernale où de faux-bourdons de plus en plus ivres présentent leurs vœux à des reines de plus en plus lasses.

Des gentlemen se vantent d'avoir avalé un verre de champagne ou de punch dans plus de soixante demeures différentes. Les dames, plus discrètes, présentent le grand panier où s'entassent les cartes de visite récoltées dans la journée. L'entrée des maisons est toujours froide car la porte de devant ne reste jamais fermée bien longtemps, et les hôtesses prient pour que le temps soit sec afin que leurs tapis neufs ne soient pas complètement souillés de boue. Des domestiques débordés apportent constamment des plateaux de victuailles depuis la cuisine et finissent à leur tour imbibés de vin et d'autres délicatesses subtilisés – l'un des avantages de la journée.

Quand il n'y a plus à manger ou que le soleil se couche, ou encore quand les visiteurs se font tapageurs et inintelligibles, on tire les rideaux et accroche un panier à la porte d'entrée désormais close : les maîtresses de maison ne reçoivent plus.

Elles restent plantées là, se lamentent face à l'étendue des dégâts, se demandent brièvement si leur mari ou leur fils n'ont pas été victimes d'une mésaventure si fréquente en ce jour de l'année, ordonnent aux domestiques de commencer à nettoyer et se retirent dans l'obscurité calme d'une chambre à l'étage.

Le lendemain matin, les hommes chanceux reposent dans leur lit en se demandant s'ils vont mourir. Les autres se réveillent en prison pour des actes dont ils ne se souviennent pas. Et aucun ne veut se rappeler combien de femmes il a pu offenser la veille.

Les dames mettent leur voilette la plus épaisse pour cacher leurs yeux rouges et vont rendre de tranquilles visites à des amies pour échanger leurs récits des excès commis par ces messieurs et faire un compte rendu détaillé des quantités de nourriture et d'alcool consommées.

Pour les domestiques, le Nouvel An 1882 promettait d'être doublement pénible car il tombait un dimanche. Ils allaient devoir renoncer à leur congé sabbatique ; et cette privation rendait leur travail d'autant plus dur. Les journées juste avant et après le changement d'année n'étaient pas moins chargées que celle des festivités puisqu'il fallait s'affairer en préparatifs la veille et passer le lendemain à en nettoyer les séquelles. Dans un esprit de revanche, les domestiques de toute la ville buvaient et mangeaient jusqu'à s'en rendre malades ou léthargiques.

Ce jour du Nouvel An, tard en fin d'après-midi, alors que le soleil venait de sombrer derrière l'*Hôtel de Gramercy Park* en laissant une brume rosâtre sur la ville, une jeune maîtresse de maison bien habillée se tenait à la grande fenêtre de son petit salon donnant sur le paysage désolé du parc et regardait ses deux derniers invités descendre les marches de sa demeure. Elle sourit, leva une main gracieuse et salua ces messieurs titubant lorsqu'ils passèrent sur le trottoir.

Dès qu'ils furent hors de vue, Marian Phair fit un pas en arrière, claqua les volets à persiennes et s'écria : « Dieu merci, c'est fini ! »

Elle fit volte-face et partit d'un pas décidé vers la salle à manger où les domestiques avaient déjà commencé à débarrasser.

« Amy, demanda-t-elle à une jolie femme de chambre irlandaise, où est ma nièce ?

—Avec les enfants, je crois, Madame.

—Alors, allez me la chercher ! »

Bien qu'elle fût en train d'ouvrir la porte menant

à l'escalier des cuisines avec son pied tout en portant deux grands plateaux, Amy fit demi-tour sans protester car elle savait ce qu'il en coûtait de fâcher sa maîtresse. Tendant les plateaux à Peter Wish, le seul domestique masculin de la famille, Amy Amyst se dépêcha de monter chercher Helen Stallworth.

Marian retourna dans le petit salon et ferma la double porte. Debout au milieu de la pièce, elle se regarda dans le miroir au-dessus de la cheminée, examinant d'un œil critique sa robe de soie mauve cousue spécialement pour l'occasion. Elle tourna la tête dans un sens puis dans l'autre pour inspecter sa coiffure, qui était toujours impeccable bien que son coiffeur, Monsieur Deldalle, ait achevé son travail la nuit précédente à une heure du matin. Marian n'avait pas osé dormir dans son lit de peur de détruire ce chef-d'œuvre ; elle n'avait pu que sommeiller dans un fauteuil devant la cheminée froide. Elle l'avait supplié de venir plus tard mais il avait déclaré qu'il était pris jusqu'à midi et qu'il pouvait passer à minuit ou pas du tout. Marian avait donc démarré sa journée courbaturée et insuffisamment reposée, mais il lui eût été impossible de faire autrement.

Marian avait presque trente ans. C'était une femme de taille moyenne, avec des hanches étroites et un joli buste. L'étroitesse de son bassin était efficacement dissimulée par la coupe de sa robe qui mettait aussi judicieusement en valeur sa poitrine avantageuse. Elle n'était pas d'une nature gracieuse mais elle se déplaçait avec douceur et précaution, donnant une impression de langueur permanente, ce qui, pour la plupart des gens, passait pour de la grâce. Son visage était fin et triangulaire, son teint, blême, ses yeux, bleus et brillants. Sa physionomie n'était pas tant plaisante qu'à la mode, si bien qu'elle craignait le jour où d'autres traits seraient davantage en vogue et où elle se retrouverait avec un visage non seulement démodé, mais également vieillissant.

Alors qu'elle vérifiait dans le miroir si ses yeux ne trahissaient pas sa fatigue, sa nièce se glissa en silence dans la pièce. Helen Stallworth n'avait que quelques années de moins et, si elle était suffisamment jolie pour briller dans la plupart des circonstances, elle ne faisait rien pour s'arranger ou se mettre en valeur. De taille moyenne également, elle avait un port gracieux qui rendait sa tante envieuse. Sa figure était ovale, sa peau d'albâtre, et ses traits réguliers délicatement centrés laissaient place à un large front pâle, de hautes pommettes pâles et un menton rond et pâle. Ses yeux, comme ceux de tous les Stallworth, étaient d'un bleu parfaitement étincelant.

Après un moment, et sans laisser paraître qu'elle avait le moins du monde remarqué la présence de sa nièce, Marian déclara : « Quel bonheur, on a enfin réussi à te persuader de descendre, maintenant que tous les invités sont partis. Mis bout à bout, je ne crois pas que tu sois restée dans cette pièce plus d'une heure de tout l'après-midi. Et inutile de t'improviser une migraine ou de me dire que tu t'es occupée d'Edwin et d'Edith qui auraient attrapé le choléra, car je ne te croirai tout simplement pas. Tu aurais dû être dans ce salon, à mes côtés.

— Je suis désolée, répondit Helen. C'est juste que je ne suis pas... pas vraiment à l'aise. Il y avait tellement de messieurs. Je crois que j'aurais été moins gênée si vous n'aviez pas servi tant de champagne.

— J'en viens presque à le regretter, soupira Marian. Cela coûte cher, et quand la plupart de ces hommes sont arrivés cet après-midi, on aurait pu leur servir un mélange de vitriol, de laudanum et de teinture à l'indigo, en appelant ça du "punch maison", qu'ils seraient tout de même repartis en louant notre hospitalité !

— Mais, s'écria Helen avec véhémence, c'est indécent qu'autant d'hommes se... s'enivrent le jour du Sabbat !

— Ce n'est pas n'importe quel Sabbat, Helen. C'est le Jour de l'an, et il a toujours été de coutume pour ces messieurs de s'étourdir précisément ce jour-là. Il n'est pas un homme dans tout New York qui ne se soit pas déjà *enivré* avant quinze heures au point de dire et faire des choses qu'il ne dirait et ne ferait jamais en d'autres circonstances. Les dames doivent seulement ne pas prêter attention à leurs actes et oublier leurs paroles. C'est la seule fois de l'année où les convenances ne s'appliquent pas. Je suis certaine que Dieu ne tient pas compte des péchés commis ce jour-là.

— Marian ! s'exclama Helen face à cette casuistique.

— D'ailleurs, ajouta Marian en haussant les épaules, si quelqu'un mérite une punition aujourd'hui, c'est sans aucun doute toi : regarde un peu ta robe. »

Helen était simplement vêtue, sa tenue n'était pas vraiment neuve et pas du tout à la mode. Ce n'est pas qu'elle manquait d'argent pour en acheter une nouvelle, mais plutôt que son esprit religieux se dressait contre la coutume du jour. Il lui avait fallu une incroyable volonté pour se forcer à y participer.

« Et je te prierai de redresser ton cou et tes épaules. Tu portes tes vêtements comme si tu avais fait une crise d'épilepsie. »

Helen ajusta le corsage de sa robe et attendit l'approbation de sa tante.

« C'est un peu mieux, admit celle-ci à contrecœur. Au moins tu n'as pas l'air d'avoir réchappé à un incendie. Et tant qu'on y est, dis-moi, qui t'a coiffée ce matin ? Le chauffeur ?

— Non, après la messe, je suis allée voir Amy, qui s'en est occupée.

— Quoi, cette baragouineuse ! Depuis quand les Irlandaises s'y connaissent-elles en coiffure ? Peut-être que si tu avais amené un cochon avec toi, Amy aurait pu t'aider à l'habiller, mais tu n'aurais pas dû la laisser toucher à un seul de tes cheveux ! Bon, de toute façon, tu n'es pas restée assez pour qu'on puisse vraiment t'observer, et ceux qui t'ont vue seraient sans doute bien en peine maintenant de savoir si tu avais une tête ou non. »

Helen, qui commençait à craindre que sa tante ne poursuive encore un moment sur sa lancée, chercha quelque chose pour distraire son attention.

« Et si je comptais les cartes ? », proposa-t-elle d'un ton suppliant.

Un panier rempli des cartes de visite des convives

de la journée reposait sur une petite table marquetée à l'entrée du salon.

Marian acquiesça et Helen alla chercher le panier.

« Tu sais, je ne voudrais pas paraître trop fâchée, reprit sa tante qui s'était installée au bout du canapé, le dos calé par plusieurs coussins moelleux, mais tu m'as beaucoup déçue aujourd'hui. »

Dépitée, Helen se laissa tomber dans un fauteuil crapaud près des fenêtres donnant sur la rue. Elle vida le panier de cartes sur ses genoux et les classa méthodiquement par piles de vingt-cinq.

« Bon, reprit Marian dont les yeux étaient complètement fermés, je me rends bien compte que tu n'avais pas envie d'être là aujourd'hui. Je sais que tu aurais préféré rester au presbytère à lire des traités religieux sur la question de la prédestination, mais ton père a voulu que tu viennes m'aider. Cela signifie que tu avais l'obligation d'être ici et que tu aurais dû t'y résigner, en bonne chrétienne, et non suggérer en permanence divers prétextes pour te retirer ailleurs dans la maison. La cuisine se portait très bien sans ton assistance, tout comme la nurserie, le grenier, le placard à linge, et je ne sais quelles autres cachettes que tu as pu trouver.

— Mais je... »

Marian ignora implacablement l'interruption de sa nièce.

« L'année où ma mère est morte, j'ai commencé à recevoir pour le compte de mon père dans notre maison de Washington Square. Je n'avais que seize ans, mais je ne me suis pas défilée ! Alors je ne vois pas pourquoi toi, à vingt-deux, tu ne pourrais pas ouvrir la porte du presbytère aux membres de la paroisse d'Edward. »

Le père de Helen, Edward Stallworth, était le pasteur de l'église presbytérienne située à l'est de Madison Square. Helen vivait dans une petite maison encore plus à l'est sur la 25e Rue, avec lui et son frère Benjamin. Sa mère était morte de la tuberculose le jour même où Abraham Lincoln avait été assassiné.

« Après tout, poursuivit Marian, ce n'est pas comme si on t'avait demandé d'organiser une Exposition internationale sur le progrès des sciences mécaniques. Ta seule tâche aurait été de rester dans ton propre salon et de faire tranquillement la conversation avec quelques dizaines de messieurs bien mis. Et puis, ce n'est pas comme s'il s'agissait d'inconnus ; cela aurait été les mêmes que tu vois et à qui tu parles tous les dimanches après la messe. Et tu n'aurais pas eu à t'inquiéter de leur ivresse puisque la coutume veut qu'on rende visite au pasteur en premier. Personne ne t'aurait offensée. Le pire qui aurait pu arriver, c'est qu'un jeunot qui n'a jamais fait la tournée auparavant vomisse derrière le divan.

— J'avais d'autres raisons de refuser d'ouvrir la porte, répondit timidement Helen. Des raisons de… conscience.

— De conscience ? répéta sa tante d'un air dubitatif.

— Comme vous le savez sans doute, s'expliqua-t-elle d'un ton hésitant, le Nouvel An est avant tout une fête païenne. Elle ne fait pas partie du calendrier chrétien, ou du moins, elle ne figure pas dans le calendrier de l'Église, et j'aurais été très gênée d'ouvrir le presbytère pour une célébration de ce genre.

— Helen, reprit sa tante en écarquillant les yeux, tu ne crois pas que c'est à Edward de prendre une telle décision ? Ce n'est pas seulement ton père, c'est aussi un prêtre ordonné par l'Église presbytérienne.

— Oui... murmura Helen, j'ai décidé que l'an prochain, s'il désire recevoir, je serai là pour l'aider.

— Bien, dit Marian, ne parlons plus de ces bêtises, alors. » Elle ferma à nouveau les yeux. « Combien de cartes as-tu comptées ?

— Soixante-trois, dit Helen. Mais il y en a encore beaucoup. »

Marian, satisfaite, hocha la tête.

L'obscurité avait gagné la pièce au fil de leur conversation, mais ni l'une ni l'autre n'avait proposé d'allumer le gaz. Il y avait un certain confort à rester dans la quiétude et la pénombre après de si longues heures passées avec des invités dans la volubilité et le mouvement. Le choc étouffé des plats, du cristal et des assiettes derrière les portes de la salle à manger constituait un accompagnement feutré, presque musical, pour leur discussion.

Dans un long silence, alors que Helen comptait toujours, Marian Phair s'assoupit et sa coiffure s'écrasa contre le tissu du sofa.

CHAPITRE 4

À plusieurs reprises, tandis que le crépuscule tombait et que Marian somnolait dans le coin du sofa, Helen entendit des gentlemen approcher du perron et déposer leur carte dans le panier suspendu à l'entrée avant de repartir précipitamment pour leurs dernières visites du Jour de l'an.

Au bout d'un moment, cependant, elles furent dérangées par des coups secs à la porte, et Marian se leva légèrement confuse. Helen se serait bien levée aussi, mais les cartes de visite reposaient sur ses genoux en petites piles bien nettes, et elle ne pouvait bouger sans tout faire tomber. Peter Wish arriva par le couloir de la salle à manger et, un instant plus tard, fit entrer les visiteurs.

Deux hommes apparurent sur le seuil du petit salon, l'un d'eux passablement âgé et ne pouvant guère le cacher, l'autre d'âge mûr mais faisant plus jeune. Toutefois, comme ils avaient les mêmes traits, la même peau diaphane et les mêmes yeux d'un bleu clair éclatant, ils étaient de toute évidence père et fils. Le vent glacial avait rosi leurs joues mais cette touche de couleur s'estompa rapidement dans la chaleur du salon, et ils redevinrent aussi blancs que des lys cultivés sous serre.

Le juge James Stallworth avait soixante-douze ans. Il avait toujours eu une carrure imposante mais ces dernières années, affligé d'un trouble intestinal qui avait fait disparaître son appétit, il avait perdu une bonne partie de sa masse. Il se tenait pourtant encore comme un homme corpulent et le contraste entre son port et son apparence le faisait paraître presque décharné. Ses cheveux, assez longs, étaient coiffés en arrière sur ses oreilles, et il était rasé de près.

Edward, le fils du juge Stallworth, était une version raffinée, presque délicate, de son père. Les dames de sa congrégation admiraient ses mains fines et sa posture, droite, élégante et désinvolte. Sa peau, sans ride ni défaut, lui donnait l'air d'avoir presque dix ans de moins que sa cinquantaine. Il avait des cheveux châtains, doux et lisses, et même s'il commençait à les perdre, il ne se dégarnissait que peu au niveau du front, qu'il avait grand de toute manière ; ils étaient coupés court afin de mettre en valeur la jolie forme de sa tête. Sa barbe était clairsemée et rêche, taillée en larges favoris triangulaires qui encadraient son visage pour venir rejoindre sa grosse moustache droite, laissant son menton et le bas de son visage complètement glabres.

Le père et le fils, avec leur peau blanche, leurs yeux brillant d'un bleu liquide des plus translucides, et leur chevelure claire, ressemblaient à des aquarelles ternies de messieurs aux couleurs bien plus vives. Mais ce qui rapprochait grandement le père du fils – et inversement –, c'était une certaine froideur timide qui imprégnait chacune de leurs paroles, qui ralentissait leurs membres et rendait le moindre de leurs gestes calculé et lourd de sens.

« J'espère que l'on comprend encore ce que vous dites ! », lança Marian à son père et à son frère. Edward Stallworth n'était en fait que son demi-frère car le juge s'était marié et avait été veuf deux fois ; Marian et Edward avaient presque vingt ans de différence et maintenaient entre eux une familiarité assez distante.

« Bien sûr que oui, répondit sèchement James Stallworth.

— Parfait, dit-elle, les yeux clos. Alors asseyez-vous et parlez-moi. Je n'ai pas entendu un seul mot intelligible de tout l'après-midi. »

Ils s'installèrent et lui expliquèrent comment ils étaient tombés l'un sur l'autre par hasard, dans une maison de Stuyvesant Square.

« J'ai rendu visite aux anciens, aux diacres et à tous ceux qui ont participé au financement de l'église cette année – au moins pour une certaine somme –, mais j'ai peur de n'avoir pas eu le temps d'aller voir tous les membres de la congrégation, expliqua Edward. Je crains qu'il n'y en ait un ou deux qui se sente offensé. Bien sûr, Helen, il en aurait été autrement si tu avais consenti à ouvrir la maison aux visiteurs. »

Cette dernière ne se risqua pas à répondre à cette critique.

« Père, avez-vous vu Duncan ? demanda Marian.

— Deux fois depuis le petit déjeuner. Il m'a montré la liste des quatre-vingt-cinq maisons dans lesquelles il avait l'intention de se rendre.

— Quatre-vingt-cinq ! s'écria Helen.

— En 1855, remarqua le juge, j'ai fait cent dix-sept visites. Certes, la ville était plus petite à l'époque et on n'avait pas à aller aussi loin – on ne dépassait pas la 14e Rue –, mais je me suis arrêté à chaque maison, j'ai rendu mes hommages à chacune des dames que j'ai vues, j'ai bu un verre de punch et mangé ce que je pouvais attraper, puis je suis rentré chez moi et j'ai préparé un discours pour ma session du lendemain matin au tribunal. J'étais le procureur, et l'accusé a été pendu. Et même si je suis heureux de voir Duncan si entreprenant, je ne crois pas qu'il parvienne à faire ces quatre-vingt-cinq visites. Le Nouvel An n'est plus ce qu'il était, ces derniers temps, c'est une honte. Je crois que sur la Cinquième Avenue, on ne le fête même plus. Les nouveaux riches ne fêtent pas le Nouvel An. Ils ont visiblement d'autres plaisirs. Je serais presque surpris que Duncan trouve quatre-vingt-cinq maisons qui reçoivent aujourd'hui.

— Cette coutume va peut-être complètement disparaître, dit Helen avec un tel enthousiasme que tous les Stallworth la regardèrent avec curiosité.

— Helen, répliqua son grand-père, si le monde se conformait à tes préférences, nos vies seraient ternes, grisâtres et étriquées. J'imagine que tu en retirerais les criminels et les policiers, les lois impitoyables et les prisons qui le sont plus encore. En ce qui me concerne, je n'aurais aucune place dans un tel monde. »

Peter Wish entra dans la pièce pour y allumer le gaz. Quand il se fut retiré, le juge Stallworth se leva et alla réchauffer ses fines mains glacées auprès du feu.

« J'ai connu tellement de déceptions dans ma vie, dit-il, que je ne serais pas étonné de voir cette coutume effectivement disparaître. Cela n'en ferait qu'une de plus. Il y a vingt ans, ce salon aurait été encore rempli d'invités à cette heure. Même il y a dix ans. Quelle heure est-il, exactement ?

— Dix-sept heures trente, répondit Marian.

— La messe du soir est à dix-neuf heures trente, dit Edward. J'espère que nous y serons tous.

— Bien sûr, répondit le juge. Nous viendrons tous, sans aucun doute. C'est le Nouvel An.

— Duncan a promis d'être de retour avant dix-huit heures, dit Marian. J'espère qu'il n'a pas été importuné en chemin ou qu'il n'a pas oublié l'heure. Ce serait...

— Avez-vous vu Benjamin ? demanda Helen à son grand-père d'un ton inquiet.

— Non, répondit froidement le vieil homme. Je ne l'ai pas vu, mais c'est peut-être que Benjamin et moi ne faisons pas le même circuit, socialement parlant. »

Edward, le père de Benjamin, eut un petit rire sec, et Helen détourna douloureusement le regard, davantage blessée par le mépris de sa famille pour son frère que par les sarcasmes qui l'avaient visée, elle.

Amy Amyst et Peter Wish ouvrirent les portes. La table avait été débarrassée et replacée au centre de la pièce avec des chaises autour. Un seau à champagne avec deux bouteilles était posé sur le buffet, ainsi que deux grandes assiettes de viande froide et de pâtisseries sur le côté.

« Papa, dit Marian, j'espère que vous n'avez pas bu aujourd'hui au point de ne pas pouvoir prendre un verre avec nous pour célébrer la nouvelle année.

— Marian, répondit-il, dans chaque demeure, j'ai accepté un verre de ce qu'on m'offrait : bordeaux ou sherry, café, vin chaud ou champagne, et j'ai poliment gardé ce verre à la main avant de le laisser de côté. Je n'ai rien bu de la journée.

— J'espère que Duncan pourra en dire autant quand il arrivera.

— Ce ne sera pas le cas, répondit le juge. Je le sais pertinemment. »

On frappa à nouveau à la porte d'entrée. Cette fois-ci, Helen, qui avait posé les cartes de visite sur la cheminée et annoncé que leur nombre se montait à deux cent dix-sept, courut ouvrir dans l'espoir qu'il s'agisse de son frère. Elle revint un instant plus tard en déclarant : « C'est Benjamin *et* Duncan. »

Si le juge Stallworth et son fils Edward, en se tenant côte à côte sur le seuil, avaient montré une ressemblance qui prouvait amplement leur proche filiation, la différence dans les apparences de Duncan Phair et Benjamin Stallworth était si prononcée qu'on aurait eu bien du mal à les imaginer de la même famille – même par alliance.

Le mari de Marian, Duncan Phair, était un bel homme d'environ un mètre quatre-vingts avec un corps bien découpé ; il était agréablement en chair, mais en aucun cas massif. Il avait une tête carrée empreinte de noblesse, et sa chevelure sombre était séparée par une raie légèrement sur la gauche. Sa barbe était plus longue et fournie que ses cheveux, et une grosse moustache couvrait complètement sa bouche.

Par un franc contraste qui confinait presque au ridicule, le neveu de sa femme, Benjamin Stallworth, n'était ni grand ni particulièrement bien fait. Ses épaules tombantes étaient prolongées par des bras d'une maigreur rachitique; ses mains étaient démesurément longues et avaient l'air de gants blancs fourrés de paille attachés à des bâtons. Il avait une tête imposante en forme d'œuf, bien plus large au sommet qu'à la base. Son menton et sa mâchoire ne portaient ce nom que parce que les mentons et les mâchoires chez les autres se trouvaient là où Benjamin n'avait qu'un vague bout d'os sans rigidité et une courbe de chair. Sa chevelure fine et terne était peignée vers l'avant sur son front. Ses petites oreilles étaient plaquées contre son crâne, accentuant la ressemblance avec un œuf de Pâques décoré d'une façon burlesque.

Duncan Phair, avec un sourire enjoué, poussa Benjamin dans la pièce.

« Je l'ai trouvé errant dans Madison Avenue; il ne savait même pas qu'il était à New York et rentrait au hasard chez des inconnus pour faire sa demande en mariage à des veuves de cent cinquante kilos.

— N... non... bégaya Benjamin, c'est faux. Nous nous sommes croisés près de Madison Square. Nous nous apprêtions tous deux à vous retrouver ici. Je n'ai presque rien bu aujourd'hui. Le champagne me donne mal au crâne et le vin chaud me fait tourner la tête. »

Il s'installa nerveusement dans un fauteuil à l'écart et, regardant ailleurs, se plaignit de la chaleur qui régnait dans la pièce.

« Je suis heureuse que tu n'aies pas bu, Benjamin », déclara sa sœur avec gentillesse.

Après que Duncan eut brièvement fait le récit de son après-midi et se fut réchauffé auprès du feu, en tant qu'hôte, il invita la famille à prendre place dans la salle à manger pour marquer le changement d'année au champagne. C'était leur tradition et, sans qu'on lui demande, Helen se dépêcha d'aller chercher les petits, Edwin et Edith, qui avaient le droit de porter un verre vide à leurs lèvres.

Edwin Phair avait quatre ans, et sa sœur Edith, trois. Ils avaient été autorisés à rester au salon pendant une heure tandis que leur mère recevait. Habillés de manière presque identique avec une robe d'enfant bleue toute neuve qui faisait ressortir les yeux bleus perçants des Stallworth, ils s'étaient sagement assis sur une ottomane devant la cheminée, silencieux et immobiles, car leur mère leur avait bien fait comprendre par ses menaces qu'ils seraient irrévocablement relégués dans leur nurserie s'ils osaient ouvrir la bouche ou lever le petit doigt sans qu'on leur demande. Edwin, qui avait une agaçante propension à faire des acrobaties, certes impressionnantes mais inappropriées pour un héritier Stallworth, avait eu beaucoup de mal à rester tranquille aussi longtemps, et une fois de retour dans la nurserie, il s'était immédiatement défoulé en réalisant cinq ou six galipettes par-dessus la tête de sa sœur.

Quand Helen revint, les deux jolis enfants s'étant précipités dans la pièce quelques instants avant elle, toute la famille fut réunie autour de la table et Duncan Phair versa le champagne dans un service de huit coupes. Chacun en prit solennellement une et la leva. Les enfants dressèrent la leur très haut ; si elles avaient été remplies, ils en auraient renversé la totalité.

« Que 1882 nous soit prospère ! dit Duncan.

— À notre prospérité, acquiesça James Stallworth, et à l'embarras des Démocrates ! »

Il fit signe à son petit-fils Edwin de venir et lui ébouriffa les cheveux avec une affection bourrue.

« Que le Seigneur poursuive ses bienfaits ! », lança Edward Stallworth en fermant un instant les yeux.

« Puissions-nous nous montrer dignes des faveurs qu'Il nous accorde déjà », dit Helen.

Benjamin sourit béatement en levant son verre encore un peu plus haut, mais il n'ajouta rien.

« Aux Stallworth », conclut Marian.

Ils burent et seule Helen ne finit pas sa coupe. Elle la reposa et se pencha pour récupérer celles d'Edwin et d'Edith. Tous les autres tendirent la leur pour être resservis.

« Helen, s'il te plaît, dit Duncan, ramène les petits en haut. Et tu auras peut-être envie de rester avec eux un moment. »

Le ton qu'il avait employé fit répondre à la jeune femme, non sans une certaine perplexité inquiète, qu'elle allait sans doute faire ainsi.

Elle adressa aux enfants de douces paroles inaudibles, avant de les faire sortir de la pièce. Elle jeta un dernier coup d'œil perturbé par-dessus son épaule en direction de son frère qui, gêné, détourna le regard.

Durant les instants qui suivirent, Duncan Phair s'affaira à resservir du champagne.

« Benjamin a dit vrai, déclara-t-il avec un sourire en tendant un verre à son beau-père, je l'ai effectivement croisé, à l'extrémité sud-ouest de Madison Square, pile au croisement de Broadway et de la Cinquième Avenue. N'est-ce pas, Benjamin ? »

Maintenant que la sœur de ce dernier n'était plus là, on percevait une nette dureté dans la voix de Duncan. Benjamin s'était furtivement rapproché des portes du salon, mais il s'arrêta pour acquiescer d'un air maussade à la question de Duncan.

« Ne t'en va pas, dit son grand-père sans la moindre bienveillance. Bois ton champagne avec nous. Tu ne sembles pas t'être démené.

— Non, loin de là, ajouta Duncan. Dans combien de maisons t'es-tu rendu aujourd'hui ?

— Je ne sais pas trop, bégaya Benjamin.

— Trois ? fit Duncan d'un ton glacial. Cinq, peut-être ?

— Seulement cinq ! s'écria Marian. Mais où étais-tu ?

— Où as-tu passé la journée ? demanda doucement son père tout en remarquant avec dégoût la façon dont son fils était avachi contre le mur.

— Benjamin, nous sommes tous très heureux de l'apprendre, j'en suis sûr, a refusé de s'enivrer un jour de Nouvel An. Au lieu de cela, poursuivit Duncan avec nonchalance, il s'est caché dans une demeure de la 24e Rue – je l'ai vu en sortir – où il n'a presque pas bu. C'est bien cela, Benjamin ? »

Celui-ci hocha la tête, les traits crispés et grimaçants sur son visage en forme d'œuf.

« Qui habite là-bas ? demanda son père. Au croisement de la 24e Rue et de la Cinquième Avenue ? Je suis allé dans le coin en début d'après-midi, les Hettinger vivent là. Étais-tu chez eux tout ce temps ? »

Manifestement, la demeure des Hettinger était le dernier endroit où Edward Stallworth imaginait son fils passer la journée.

« Benjamin a passé l'après-midi chez les Morrissey, dit Duncan d'un ton léger.

— Je ne crois pas que nous connaissions de Morrissey, remarqua Edward. Nous avons une domestique qui porte ce nom, mais je doute que les seize dollars par semaine que je lui donne soient suffisants pour s'acheter une maison sur la 24e Rue. Qui sont les Morrissey, Benjamin, et qu'avais-tu à faire avec eux ? »

Benjamin, le regard perdu en direction du couloir, espérait vainement voir sa sœur apparaître.

« Edward, je ne connais qu'un seul Morrissey, déclara le juge. Et j'ignore son prénom. Il tient un établissement de jeu. Tu as peut-être remarqué l'endroit à ses rideaux jaunes et à ses domestiques noirs à la porte, en jaune eux aussi, ainsi qu'au nombre de messieurs fortunés qui y pénètrent – et à celui des messieurs ruinés qui en ressortent.

— Je vois, dit Edward en tirant sur ses favoris. Benjamin entretient donc une relation professionnelle avec ce monsieur, j'imagine. Ce n'était pas une visite de courtoisie, n'est-ce pas Benjamin ? »

L'air contrit, son fils fit non de la tête.

« Permets-moi de te demander une petite chose, reprit froidement Edward. As-tu laissé à ce monsieur Morrissey une quelconque marque de ton estime fraternelle ? Une traite bancaire ou une reconnaissance de dette, par exemple ? »

Benjamin, plus repentant que jamais, fit oui de la tête.

Edward Stallworth passa devant lui à grandes enjambées pour rejoindre le salon et s'installa dans un fauteuil qui faisait face aux fenêtres closes donnant sur la rue.

« Tu es un imbécile, Benjamin, dit sa tante. Combien as-tu perdu ?

— Huit cent cinquante-six dollars… murmura celui-ci d'une voix tremblante.

— Disposais-tu d'une telle somme au début du Nouvel An ? demanda son grand-père d'un ton faussement surpris.

— J'en dois la majeure partie… marmonna-t-il.

— Tu ne retourneras plus jamais là-bas, j'espère, dit Marian.

— Il ne peut pas », dit Duncan d'un ton dégagé. Il était impossible de voir sa bouche bouger derrière son épaisse barbe. « Il n'y sera pas admis par les Noirs en livrée jaune. Il a joué et perdu ce qu'il avait, puis il a continué de jouer…

— Je pensais me refaire… commença Benjamin.

— Mais il ne s'est pas refait, poursuivit Duncan, et il n'avait pas de quoi payer ses nouvelles pertes.

Comme c'est un établissement trop chic pour accepter de garder en gage sa montre, son manteau et ses trois petits boutons de chemise en diamant, ils ont pris sa reconnaissance de dettes et simplement rayé son nom de la liste. C'est déjà dommageable pour notre famille qu'on le trouve dans un tel endroit, mais c'est un désastre qu'on l'en chasse.

— Quel montant te reste-t-il à payer, Benjamin ? demanda son grand-père d'un ton léger, presque anodin.

— Environ sept…

— Six cent quatre-vingt-trois dollars ont dû être réglés. Bien sûr, j'y suis retourné immédiatement avec lui et j'ai laissé un chèque au responsable. Il l'a accepté sans poser de questions, et ils n'ont pas eu besoin que je leur demande de lui refuser l'entrée à l'avenir.

— On ne peut pas gagner d'argent dans ce genre d'endroit, dit Marian. Je n'arrive pas à croire que tu ne le saches pas.

— Non, protesta Benjamin. Il n'y a jamais de triche chez Morrissey…

— Il n'y en a pas besoin, intervint le juge Stallworth, avec des énergumènes comme toi pour clients. »

Vaincu, Benjamin chancela en direction du salon, s'effondra dans un fauteuil près de son père et se pencha vers lui avec un air de supplication sincère.

« Père, je… »

Edward Stallworth se leva brusquement.

« Duncan, dit-il, après la messe ce soir, si tu m'accompagnes au presbytère, je serai heureux de te rembourser le chèque que tu as fait. Et j'aimerais te remercier d'avoir pris les choses en main. Cette histoire est déjà suffisamment embarrassante sans que le pasteur de l'église presbytérienne de Madison Avenue doive se présenter à l'établissement de Monsieur Morrissey pour régler les dettes de jeu de son fils. » Il retourna dans la salle à manger. « Je crois que je vais reprendre une coupe, même si cette nouvelle année commence mal.

— Nous sommes pétrifiés de honte, Benjamin, s'enflamma Marian.

— Benjamin, dit son grand-père d'un ton faussement détaché. Je refuse de croire que tu tireras une leçon de cet épisode. J'ai pensé que c'était possible à d'autres occasions et j'ai toujours été démenti. Que ce soit par entêtement ou par stupidité – je n'en sais rien –, tu n'apprends jamais de tes erreurs. J'espère seulement que la prochaine fois qu'il se passera quelque chose de ce genre, tu auras la décence de ne pas revenir nous voir en espérant qu'on te pardonne et que tes dettes illégales soient réglées par Duncan, ton père ou moi-même, et que tu iras sur les berges de Battery Park pour t'y noyer afin de ne plus nous poser de problème. »

Quand Helen Stallworth redescendit et annonça que les enfants avaient été habillés pour l'église, son père, son grand-père, sa tante et son oncle étaient tous assis avec raideur dans le salon ; personne ne parlait. Elle chercha Benjamin du regard et finit par le trouver dans un coin sombre de la salle à manger, au bord d'une chaise qui avait été tirée loin de la table. Ses cheveux mornes étaient décoiffés et il sanglotait dans la coupe de ses mains.

Elle ferma précipitamment les portes de la pièce.
Un quart d'heure plus tard, Marian frappa sèchement et annonça que les fiacres étaient arrivés et qu'il était temps de se rendre à l'église. Helen ouvrit, tirant derrière elle un Benjamin aux yeux bouffis.

CHAPITRE 5

En tant que clan, les Stallworth gardaient leurs vrais visages tournés loin du monde. Même si la conduite de Benjamin leur avait rendu amer l'optimisme censé accompagner le début de la nouvelle année, rien dans leur expression ou leur conversation ne trahissait leur embarras devant qui que ce soit, amis ou étrangers.

Seul Benjamin laissa voir son trouble, se montrant encore plus nerveux qu'à l'accoutumée, les yeux rougis par les larmes et les mains moites et fébriles. Avant que leur groupe ne quitte Gramercy Park, le juge Stallworth exigea qu'on ramène Benjamin directement chez lui afin que son agitation manifeste ne fasse pas honte à la famille dont les bancs à l'église étaient dans les premiers rangs. L'objection étouffée de Helen face à ce bannissement fut ignorée et on le déposa à un coin de rue. Les deux fiacres poursuivirent leur route vers l'église sans que personne, hormis sa sœur, prenne la peine de lui dire au revoir.

Transi de froid mais aussi fiévreux et transpirant dans ses vêtements froissés, Benjamin Stallworth rentra au presbytère de la 25e Rue, d'un pas mal assuré. Ce n'était pas la première fois qu'on lui faisait sentir qu'il avait déshonoré les siens. Son père avait souvent fait remarquer qu'il donnait corps à cet adage selon lequel les fils de pasteur sont incontrôlables, et son grand-père notait avec froideur qu'il n'avait cependant ni l'énergie ni les tripes pour être une véritable brebis galeuse. Il ne valait guère mieux qu'un enfant faible d'esprit qui, incapable d'inspirer l'horreur, n'était que méprisable.

Benjamin avait été inscrit à l'université de Columbia, mais il n'avait pas été en mesure de finir ne serait-ce que la première année. On lui avait fait comprendre qu'on lui demanderait de partir s'il ne se retirait pas de lui-même. Il avait ensuite obtenu un poste comme employé d'un rang vaguement supérieur dans la firme Phair & Peerce, non pas parce qu'il convenait – car ce n'était clairement pas le cas – mais pour que Duncan puisse garder un œil sur lui. Le poste laissait certes supposer un titre respectable, mais, en réalité, Benjamin ne faisait pas grand-chose, si ce n'est remplir les tâches les plus simples et parfois recopier une lettre sans importance. Il arrivait tard, partait tôt et constituait un objet de dérision pour les autres employés qui étaient tous compétents, ambitieux et avenants.

Benjamin Stallworth avait conscience de ses imperfections, ce qui le rendait d'autant plus malheureux. Il avait suffisamment de droiture pour vouloir corriger ses manques, mais il était trop faible pour s'y contraindre. Parfois, quand il avait particulièrement agacé son père et sa famille, Benjamin se retirait, se repliait sur lui-même, cessait de sourire et ne parlait plus, sauf sous la contrainte. Cette contrition pleine d'abnégation avait toujours perturbé sa sœur. Helen intercédait alors en sa faveur, promettant à sa place qu'il se conduirait mieux et s'assurant que rien d'autre ne lui arrive. Mais sa surveillance avait des limites et Benjamin faisait toujours un nouveau faux pas.

Il savait qu'il serait seul au presbytère car les domestiques avaient l'après-midi et la soirée libres, et ne seraient pas de retour avant le lendemain matin. Il savait également que Helen conservait toujours un peu d'argent, environ cinquante dollars, dans une boîte ouvragée cachée derrière des livres dans la bibliothèque de sa chambre. Le sens excessif des convenances de sa sœur donnait à Benjamin la certitude qu'il s'agirait de livres profanes et non d'ouvrages religieux. Ce petit trésor servait en cas d'urgences, or la vie de Helen était telle que les urgences survenaient rarement, et il pouvait s'écouler six mois sans qu'elle y touche. À plusieurs reprises par le passé, Benjamin y avait prélevé de l'argent avant de le remettre, parfois jusqu'à un mois plus tard, sans qu'elle ne se rende compte de rien. S'il avait été si malchanceux ce jour-là, il était raisonnable de penser que la chance lui sourirait dans la soirée, surtout, se dit-il, s'il jouait dans un autre endroit, à un autre jeu, avec d'autres adversaires et d'autres probabilités. Benjamin se forgea un fervent fantasme dans lequel, dès le lendemain, il remettrait à Duncan les huit cents dollars déboursés chez Morrissey. Il s'imaginait les excuses que lui présenteraient Duncan, son père, son grand-père et sa tante. Ils le considéreraient avec un nouveau respect et, ayant gagné cette fois-ci, il ne perdrait plus jamais.

Benjamin pénétra dans le presbytère et monta les escaliers pour aller directement dans la chambre de sa sœur. Il trouva facilement la boîte. Ne voulant pas allumer le gaz, il se mit à la fenêtre et compta soixante-cinq dollars en petites pièces d'or. Il aurait voulu laisser les derniers cinq dollars mais, après quelques instants d'hésitation, il les empocha aussi, pour couvrir les faux frais de la soirée. Il se rendit ensuite dans sa propre chambre et revêtit un costume ni neuf ni voyant. L'inquiétude qu'il pouvait avoir qu'on découvre son absence était purement routinière. Cela semblait peu probable, en réalité, car à chaque fois qu'il s'était déshonoré, son père avait ensuite cherché à l'éviter et même découragé Helen d'aller le consoler. Peut-être viendrait-elle doucement frapper à sa porte close, mais s'il ne répondait pas, elle supposerait qu'il dormait ou qu'il était trop déprimé pour être réconforté, et elle se retirerait en silence.

Il quitta la maison par-derrière en prenant une clé afin de revenir par ce même chemin. Il lui faudrait rester dehors jusqu'à au moins minuit pour être sûr que son père et sa sœur seraient endormis à son retour.

Benjamin emprunta la Quatrième Avenue, cherchant à éviter complètement Madison Square. Sa famille avait beau être à l'église, il ne voulait pas courir le risque de tomber sur des gens en retard à la messe et susceptibles de mentionner ultérieurement qu'ils l'avaient vu.

Au coin de Gramercy Park, il prit vers l'ouest, sur la 21e Rue, puis continua jusqu'à la Sixième Avenue. À plusieurs reprises sur ce court trajet, il fut accosté par des groupes titubants de gentlemen bien habillés qui, ayant terminé leurs visites quelques heures plus tôt, s'étaient attelés à la tâche autrement plus sérieuse de tester les alcools des divers bars de la ville. Mais Benjamin, brûlant d'une fièvre bien différente de celle provoquée par l'ébriété, s'était esquivé avec facilité.

Il prit le tram sur la Sixième Avenue et, vingt minutes plus tard, descendit à l'angle de Broadway et de West Houston Street. Il ne connaissait pas bien ce quartier et la première impression qu'il en eut fut celle d'une gaieté tapageuse où serait tapi un danger, d'une alternance de coins de rue à la luminosité aveuglante et de ruelles désespérément obscures – on aurait dit une forêt urbaine grouillant de prédateurs et de proies. Il se dépêcha de parcourir West Houston Street à la recherche de la demeure de Harry Hill, qu'on lui avait récemment recommandée pour les combats qui y avaient lieu, dans une salle à l'arrière. Ses poings profondément enfoncés dans ses poches serraient très fort les pièces d'or de sa sœur, car il craignait que leur tintement n'attire l'attention de voleurs.

Il s'arrêta devant une grande maison à la structure en bois où une énorme lanterne rouge et bleue était suspendue entre deux portes. Trois femmes – dont Benjamin songea qu'elles auraient aussi bien pu porter des panneaux marqués « pute » sur le devant et « demandez les prix » à l'arrière – pénétrèrent d'une démarche hésitante par la plus petite des deux portes, dans un tumulte de rires gras et de plaisanteries obscènes. À la grande, il fut arrêté par un portier robuste qui avait une grosse perle à la place de l'œil gauche; mais les cinquante *cents* que Benjamin glissa dans sa main crasseuse lui permirent d'entrer.

Après avoir traversé un couloir étroit, obscur et à l'odeur infecte, assez semblable à l'idée qu'il se faisait d'une mine de charbon, Benjamin émergea dans une pièce pourvue d'un parquet où une cinquantaine de couples dansaient et virevoltaient avec un enthousiasme bruyant et alcoolisé. De toute évidence, on avait retiré les cloisons pour créer un espace aussi grand, car le plafond était constitué de carrés et de rectangles de hauteurs et de matières différentes, certains en bois, d'autres en plâtre peint, certains avec des plafonniers, d'autres encore en train de sérieusement s'affaisser. Il n'y avait pas vraiment de bar mais cinq hommes se tenaient derrière un long comptoir en bois sur tout un côté de la pièce et distribuaient l'alcool qu'on remontait d'une cave.

Les serveuses en jupes courtes et bottines cirées émoustillaient Benjamin qui, en dehors des spectacles de variétés, n'avait jamais vu de femmes portant des bas. L'une de ces jeunes filles au sourire narquois vint immédiatement à sa rencontre, ouvrit grand sa bouche maquillée et lui demanda en criant ce qui lui ferait plaisir – elle criait parce qu'il était impossible de se faire entendre autrement par-dessus l'orchestre de cinq musiciens qui jouait sur une petite estrade à leur droite. Jugeant que l'abstinence attirerait l'attention dans un tel lieu, il commanda un demi.

Une fois les danseurs contournés, Benjamin se balada dans la salle. Sous l'encadrement d'un grand théâtre de marionnettes dans un coin reculé de la pièce, il parla à un homme qui gardait un accès masqué de rideaux verts.

« Il y a des combats ce soir ? demanda Benjamin d'un ton déférent.

— À neuf heures. C'est vingt-cinq *cents.* »

Il était vingt heures trente. Benjamin commanda un autre demi et se tint le plus à l'écart possible dans cette salle exiguë et bondée. Il songea qu'il n'avait jamais vu de lieu occupé avec autant d'application – il n'y avait pas une lame de parquet, pas un coin, pas une alcôve où l'on ne risquait pas d'être bousculé et rudoyé. Il regardait les danseurs qui tournoyaient devant lui, tellement médusé par l'étrangeté et la débauche scandaleuse de l'endroit qu'il ne répondait pas – souvent faute de comprendre – aux commentaires désobligeants que ceux-ci lui adressaient, certains à cause de l'impolitesse de son regard stupéfait, et d'autres, simplement en raison de son apparence risible. S'il s'était autant éloigné de chez lui ce soir-là, c'est parce qu'il voulait être sûr de ne croiser personne de sa connaissance, et en examinant la foule, il se rendit compte qu'en effet, sur ce plan-là au moins, il ne courait aucun risque.

Benjamin Stallworth n'était pas un jeune homme très expérimenté. Il ne s'était jamais trouvé dans la même pièce qu'une prostituée. Or, pile devant lui, des tractations se faisaient ouvertement, et une femme entrée sans payer par l'une des portes repartait par l'autre en compagnie d'un homme qu'elle n'avait jamais vu avant. C'était une chose d'apercevoir une telle femme dans la rue, mais c'en était une autre de se retrouver dans la même pièce qu'elle, où une étiquette différente était de mise. Il se demanda, un peu paniqué, s'il serait forcé de danser si l'une de ces déchues avait l'effronterie de l'inviter, et si sa simple présence dans un tel lieu valait promesse d'achat de faveurs féminines si ostensiblement à vendre. Il se sentait à la fois euphorique et souillé, et aurait pu rester planté là toute la soirée, sous ce décor de marionnettes, bouche bée devant ces danseurs aux tenues criardes : les femmes en jupons violets et vestes orange, les hommes en pantalons à rayures serrés et boucles à l'oreille.

Toutefois, les rideaux menant à l'arrière-salle furent enfin écartés, et le gardien prit les cinquante *cents* que lui donna Benjamin, sans lui rendre la monnaie. Préférant ne pas faire d'esclandre pour ce prix trop élevé, Benjamin fut le premier à entrer, immédiatement rejoint par un afflux d'hommes quittant la piste de danse, ainsi qu'un certain nombre de femmes. La pièce était bien plus petite que l'autre, sans doute dix mètres de long, avec un plafond à deux mètres cinquante. Deux fenêtres dépareillées étaient barrées de planches depuis l'extérieur. Au milieu se trouvait une plate-forme en bois de moins de cinquante centimètres de haut, avec des poteaux à chaque coin retenant une double rangée d'épais cordage marin. Benjamin se dépêcha de s'installer de l'autre côté du ring où il prit place près du bord ;

au bout de quelques minutes, il était coincé entre divers spectateurs et parieurs au point qu'il aurait eu du mal à partir s'il l'avait souhaité. La pièce éclairée au gaz ne tarda pas à se remplir de fumée de cigare, et Benjamin dut commander plus de bière simplement pour ne pas étouffer – alors même qu'il n'aimait pas son goût, qu'elle coûtait deux fois plus cher que toutes celles qu'il avait jamais achetées, et qu'il commençait à sentir qu'il avait trop bu –, car la foule ne s'écartait un instant que pour faire place aux serveuses.

En attendant qu'il se passe autre chose, et tout en sirotant son verre, Benjamin jeta un œil à la masse compacte et impatiente. On l'écrasait tant contre la plate-forme que les échardes d'une des planches grossièrement découpées avaient percé son pantalon et son tibia. Il serrait encore fiévreusement ses pièces d'or au fond de sa poche, ayant déjà senti des mains indiscrètes dans deux autres poches. Il n'osait pas se retourner car il savait qu'il n'aurait pas le courage d'affronter un voleur sur un tel territoire où c'étaient eux les citoyens ordinaires, et lui, l'étranger toléré. Il dirigea plutôt sa curiosité vers les personnes qui se pressaient des trois autres côtés du ring, aussi fermement coincées que lui.

Passant rapidement sur plusieurs gentlemen coiffés de hauts-de-forme, aux visages masqués par les volutes brunes de leurs cigares, et encore horrifié par l'inconvenance d'une jeune femme portant une rose chou à son chapeau, le regard de Benjamin s'arrêta sur un homme au gilet vert scintillant, avant de se poser sur une vieille aux traits rudes qui se tenait exactement en face de lui de l'autre côté du ring. À son grand embarras, elle lui retourna son regard. Pour lui, l'expression de cette vieille femme ne pouvait être que de la haine, mais la cause d'une telle malveillance lui échappait. Elle était grosse et vêtue d'un corsage noir, paré de dentelle noire, avec un grand collier de jais sur la gorge. À côté d'elle se trouvaient un petit garçon et une fillette, et derrière eux se tenaient deux jeunes femmes : une délicieuse blonde portant une robe de satin vert bouteille et une femme austère aux yeux lourds avec des cheveux noirs crépus et une hideuse robe orange.

Passé sa surprise initiale, Benjamin détourna les yeux, mais ils revenaient irrésistiblement sur elle. Et elle continuait à l'observer avec une déconcertante fixité. Il jeta un coup d'œil furtif à ses voisins, espérant découvrir que cette attention était en fait dirigée sur un autre, mais le lent sourire menaçant qui se forma alors sur le visage de la femme lui confirma que lui seul l'intéressait.

Sa gêne fut dissipée par une soudaine agitation. Plusieurs personnes fendaient la foule entre les rideaux d'entrée et le ring.

Un gros bonhomme chauve et glabre monta sur la plate-forme. Il se débattit quelques secondes dans les cordages mais, avec l'aide de quelques facétieuses bourrades un peu rudes des spectateurs, il finit par être projeté au centre du ring. Deux jeunes femmes plutôt petites le suivirent aussitôt – quand on lui avait parlé des combats de filles qui se déroulaient sur West Houston Street, Benjamin avait imaginé un autre genre de spectacle. C'était la perspective de cette nouveauté qui l'avait attiré jusque chez Harry Hill plutôt que vers d'autres établissements de bas étage.

Les combattantes portaient des bottines blanches, des bas noirs qui laissaient voir la totalité de leurs jambes formidablement nerveuses, de courtes tuniques de velours noir avec des ornements dorés et une frange verte. De petits colliers de dentelle montaient haut sur leur cou épais, mais leurs bras étaient totalement nus. Leurs longs cheveux tressés à la chinoise pendaient dans leur dos. Aucune des deux n'avait un joli visage ; l'une d'elles était même particulièrement défigurée par un nez cassé.

La présentation de celle-ci – la formidable, l'imbattable Annie Leech ! – provoqua une telle acclamation de la foule que son statut de favorite ne faisait aucun doute. Son adversaire – Charlotta Kegoe, la Pugiliste Saphique ! – fut accueillie avec moins d'enthousiasme. Cette dernière fascinait cependant Benjamin, pas seulement à cause de son surnom et de ses jambes – de puissants piliers de muscles qui en déchiraient presque ses bas – mais à cause de la nature de ses bijoux. Comme il serait imprudent à l'extrême qu'une combattante en porte sur un ring, Mademoiselle Kegoe s'était fait tatouer de nombreux colliers, bracelets et bagues sur ses cou, poignets et doigts. Ce qui constituait une excentricité qui plaisait à Benjamin.

Les deux femmes arpentaient le ring sans relâche, s'adressant à leurs amis parmi les spectateurs, serrant des mains par-dessus les cordes d'une manière étrangement masculine et répondant insulte pour insulte à leurs détracteurs. Elles frappaient bruyamment le plafond bas de la paume de leurs mains pour se galvaniser tout en s'ignorant complètement l'une l'autre.

Le gros monsieur au centre du ring – Harry Hill en personne, d'après les murmures – expliqua que le premier combat aurait lieu dès que tous les paris auraient été pris. Quatre commis allaient circuler parmi la foule, deux avec des coupons rouges, les deux autres, avec des bleus. Ceux qui voulaient parier sur Kegoe devaient acheter les rouges pour le montant qu'ils désiraient, et ceux qui voulaient s'en remettre à Leech se procureraient les autres. Les cotes seraient établies immédiatement et annoncées avant le début de la rencontre.

Les commis, qu'on distinguait aux grandes plumes bleues ou rouges qui jaillissaient de leur casquette, furent immédiatement assaillis, mais ils étaient si efficaces que les paris furent pris en un rien de temps. Benjamin, qui pensait d'abord miser sur la favorite, changea d'avis. Il avait observé la sinistre femme en noir qui, comme celles qui l'accompagnaient, avait parié sur Charlotta Kegoe et ses bijoux tatoués. Dans un vague effort pour se soustraire aux effets maléfiques du regard scrutateur, il paria donc soixante dollars sur la Pugiliste Saphique. Le coupon rouge, avec le chiffre soixante griffonné dessus, fut plié et plongé tout au fond de sa poche de gilet qu'il barricada de son pouce. S'il gagnait et que les cotes s'avéraient généreuses, cela contribuerait de manière significative au remboursement de son oncle. S'il perdait, ça lui donnerait au moins une bonne excuse pour quitter cet endroit où il se sentait mal à l'aise.

Quand on annonça que la cote était de quatre contre un en faveur de Leech, le public poussa une clameur et se pressa encore davantage contre la plate-forme. Harry Hill se retira du ring et une grande cloche, frappée par un homme perché sur un haut tabouret dans un coin de la pièce, sonna le début du combat. Annie Leech et Charlotta Kegoe se firent alors face et se jetèrent l'une sur l'autre avec des grognements furieux. Une série de méchants coups de poing marqua leur peau nue de rougeurs, puis d'ecchymoses bleutées. Leurs mâchoires craquaient, leurs tresses étaient tirées ; elles hurlaient des sons inarticulés en s'envoyant douloureusement dans les cordes.

Dès le début, le public poussa des cris d'encouragement tonitruants, et la ferveur se décupla quand le sang commença à couler – Charlotta Kegoe fut blessée sous l'œil par un coup bien calculé de son adversaire. Une autre terrible droite l'étourdit, et alors qu'elle titubait contre les cordes, Annie exécuta une petite danse de victoire sauvage tandis que les trois quarts du public l'encourageaient à poursuivre le carnage ; le quart restant commença à gronder bruyamment, déplorant déjà ses pertes.

Ces cinq premières minutes, Benjamin s'inquiéta pour le sort des soixante dollars de sa sœur, dont cinq avaient déjà été consommés ; et, incapable de se concentrer sur le combat qui se déroulait parfois à seulement quelques centimètres de son visage, il réfléchissait à un moyen de remplacer l'argent avant que Helen ne découvre sa disparition. Il prit soudain conscience qu'il avait été idiot de prendre ces pièces d'or : sa famille voyait déjà d'un assez mauvais œil sa mésaventure chez Morrissey, mais au moins il ne s'agissait pas d'un vol. Désormais, son seul espoir était que Charlotta Kegoe finisse par l'emporter, ce qui permettrait au moins de remettre l'argent à sa place.

Malheureusement, la Pugiliste Saphique recevait une dangereuse volée de coups. Le rang du bas des franges de sa tunique avait été arraché et pendait jusqu'à ses genoux tandis qu'elle reculait en chancelant vers un coin du ring. La coupure à son visage et une autre sur le revers de sa main dégoulinaient de sang. Les protestations de ses supporters étaient presque aussi intenses que les cris qui encourageaient Annie Leech en espérant une rapide victoire.

Quand les combattantes se déplacèrent brusquement du centre du ring vers un côté, Benjamin put apercevoir la vieille au corsage noir et les deux jeunes femmes avec les enfants qui l'accompagnaient. Tous les cinq restaient totalement immobiles au milieu de l'agitation hurlante de la masse des spectateurs. Tous les cinq tenaient leurs coupons rouges en l'air – car même les enfants avaient misé – afin de montrer leur soutien à leur championne. Néanmoins, aucun ne bougeait, aucun ne parlait.

Charlotta Kegoe se plia soudain en deux, apparemment en proie à la douleur, et Annie Leech s'approcha. Mais la Pugiliste se releva alors en un éclair, les mains inflexiblement jointes devant elle. Ses larges avant-bras couverts de bleus mobilisèrent toute leur force et se fracassèrent contre le cou de Leech.

Annie recula, titubante, et un grand cri de mécontentement monta de la foule, vite couvert par une vive clameur de joie des supporters de Charlotta. Benjamin, pour qui tant de choses dépendaient de l'issue du combat, avait le souffle coupé.

Charlotta profita de son avantage momentané et frappa plusieurs fois d'affilée au même endroit, sous la poitrine d'Annie. Celle-ci cracha du sang sur sa tunique de velours noir et s'effondra comme une masse.

L'homme posté sur le haut tabouret frappa la cloche trois fois et le combat fut terminé. Sonnée, Annie Leech fut sortie du ring par ses supporteurs et soigneusement passée au-dessus de la foule par des bras tendus et délicats. Charlotta Kegoe qui, les mains sur les hanches, contemplait ce départ humiliant, bondit soudain par-dessus les cordages et atterrit au beau milieu du groupe en face de Benjamin. Les jumeaux étreignirent ses jambes avec ravissement, la vieille obèse lui serra la main et la femme au visage sévère et aux cheveux noirs et crépus l'embrassa rapidement mais avec passion sur la bouche. La jolie à la robe vert bouteille, qui avait disparu, revint à ce moment-là, en riant, pour distribuer l'argent gagné. Ils repartirent ensemble vers le rideau de l'entrée, les enfants et les jeunes femmes devant, suivis de Charlotta Kegoe qui affichait une dignité triomphante, ignorant les insultes des déçus. La vieille en noir resta à la traîne et lança à Benjamin un regard si hostile qu'il se sentit presque vidé.

Il décida de quitter l'établissement dès qu'il aurait récupéré ses gains. De mémoire, ce serait assurément la première fois qu'il quitterait une maison de jeu avec davantage en poche qu'à son arrivée, mais il songea que le plus important à présent était de rendre ce qui appartenait à sa sœur. Même s'il s'attardait et récupérait les huit cents dollars qu'il avait perdus en jouant l'après-midi, sa famille comprendrait qu'il les avait empochés en pariant – et il n'avait rien à gagner à ça.

Benjamin échangea son coupon contre l'argent et même s'il était inquiet à l'idée de traverser à nouveau la piste de danse, et craignait encore davantage le trajet de West Houston Street jusqu'au tramway de la Sixième Avenue, il marcha d'un pas décidé vers les rideaux. La foule se ruait autour des commis pour le prochain combat, dont on venait d'annoncer les participants sur le ring, et il put avancer plus facilement qu'il ne l'avait anticipé.

Le robuste gardien l'arrêta et l'informa d'un ton agressif que s'il voulait sortir maintenant, il lui faudrait à nouveau payer pour rentrer plus tard. Benjamin hocha distraitement la tête – il avait à peine entendu car pile à côté de lui, appuyée contre le mur, se trouvait la Pugiliste Saphique en personne, Charlotta Kegoe. La jeune femme aux cheveux noirs et crépus nettoyait délicatement ses plaies à l'aide d'un linge mouillé tandis que la plus jolie était à genoux à ses pieds et recousait la frange de sa tunique. La vieille, une main sur l'épaule de chacun des enfants, se tenait à moins d'un mètre de lui ; ses yeux étaient menaçants et impitoyables. Elle ne disait rien, mais le souffle de sa bouche entrouverte était sonore et saccadé.

Benjamin s'engouffra par le rideau et n'osa pas regarder derrière lui alors qu'il longeait presque au pas de course la piste de danse bondée pour gagner la sortie. Il n'entendit pas les rires qui avaient accompagné son départ.

« Hé, Lena ! C'était qui ça ? grogna Charlotta Kegoe. Tu toisais ce gamin comme si tu l'avais vu mettre le feu à l'orphelinat des enfants de couleur.

— Oh ! s'écria Daisy, toujours aux pieds de Charlotta. Il était de l'autre côté du ring, devant nous. Il a parié sur toi, tu sais, mais la soirée était peut-être trop agitée pour lui. »

Rob avait saisi l'une des mains de Charlotta et examinait minutieusement ses tatouages, murmurant à sa sœur que, quand il serait grand, il aurait des bagues comme ça à chaque doigt. Ella s'intéressait plutôt à la canne de sa grand-mère, qu'elle avait été autorisée à tenir un moment.

Louisa Shanks se tourna vers sa mère et lui fit un petit signe interrogatif. *C'était qui ?*

« Je sais pas, répondit Lena à cette question silencieuse. Mais je l'ai vu et c'était comme un morceau de glace dans mon dos.

— Ce morveux ? s'amusa Daisy. Allons, maman ! Tu l'as fixé et il a failli en perdre son pantalon !

— Daisy, expliqua Lena avec sérieux. C'étaient les yeux. Ces yeux je connais... »

CHAPITRE 6

Au moment où Benjamin Stallworth sortait précipitamment de l'établissement de Harry Hill, il entra en collision avec une femme qui se trouvait pile sous la lanterne rouge et bleue. Il fut surpris par son apparence, car il s'agissait indéniablement d'une dame de la haute société. Il n'y avait aucune vulgarité dans ses traits ou sa tenue ; et son expression, alors qu'elle l'écoutait bafouiller des excuses tout en détournant le regard, était exactement celle qu'il avait vue sur le visage de sa tante quand elle-même avait été victime de l'une de ses maladresses. Mais tout en reprenant son chemin, il se dit qu'il devait sûrement se tromper, car aucune dame ne se promènerait seule à une telle heure et dans un tel quartier.

Alors qu'il se frayait un chemin sur le trottoir encombré de badauds – qui, il en était certain, n'attendaient qu'une opportunité pour vider des poches ou se livrer à d'autres forfaits –, il jeta un regard en arrière vers la façade en planches de chez Harry Hill. La « dame » n'était plus sous la lanterne bicolore, et comme il ne parvenait pas à identifier sa silhouette en train de rebrousser chemin, il supposa qu'elle était entrée.

La femme qui avait échappé au regard inquisiteur de Benjamin Stallworth était en vérité bel et bien une dame, compte tenu de ses manières et de ses vêtements, elle ne péchait que par sa naissance. C'était une métisse, la mère de son père ayant été esclave sur l'une des îles côtières de Géorgie. À moins d'un examen poussé, Maggie Kizer passait pour une Blanche et n'avait que deux traces révélatrices de son ascendance : une fine ligne bleue sous l'ongle du pouce et un petit reflet de pigment noir dans chacun de ses yeux verts. Obsédée par ces imperfections qui pouvaient la trahir, Maggie ne sortait ni ne rencontrait jamais d'inconnus sans une paire de gants blancs les plus fins qui soient, si ajustés qu'elle enfilait ses superbes bagues en diamant et en émeraude par-dessus ; et hormis par la plus noire des nuits, elle portait des lunettes rondes aux verres couleur d'ambre fumé.

Ce soir-là, Maggie Kizer était vêtue d'une robe bleu ciel sous une longue cape bleu foncé attachée à son cou par une étincelante chaîne en argent. Son chapeau à voilette était en velours bleu avec une garniture noire et ses mains étaient glissées dans un manchon en fourrure. Nerveuse, elle s'arrêta dans le couloir de chez Harry Hill pour chausser ses lunettes teintées puis, contournant rapidement les danseurs, elle se dirigea vers le rideau menant à l'arrière-salle. Elle retira l'une de ses mains gantées de blanc de son manchon pour déposer vingt-cinq *cents* dans la paume de l'homme qui en gardait l'entrée. Son attitude, qui avait trahi une certaine hâte et un certain malaise, changea subitement lorsqu'elle pénétra dans la pièce. Sa contenance exprima alors la dignité et la quiétude, avec des mouvements précautionneux mais pleins de grâce.

En retrait de la foule, elle fit signe à l'un des commis de Harry Hill, qui portait maintenant une casquette avec une plume verte, et lui acheta un coupon pour cinq dollars.

« Tu sais même pas sur qui tu mises ! se moqua une voix de femme au timbre vulgaire dans son dos.

— Non, en effet », répliqua-t-elle avec un accent mélodieux et grave avant même de savoir à qui elle avait répondu. Ses lèvres entrouvertes se transformèrent en un chaleureux sourire quand elle se retourna.

Charlotta Kegoe, toujours appuyée contre le mur, sirotait un verre de bière. À ses côtés se trouvait toute la famille Shanks.

« Maggie, fit Lena Shanks, on joue pas comme ça l'argent.

— Non, répondit Maggie, en effet. Cela fait au moins deux heures que je vous cherche. »

Elle se rapprocha du groupe. Rob l'observait avec une admiration sans retenue ; Ella releva subrepticement un coin de la cape bleue et regarda en dessous. Maggie posa une main affectueuse sur la tête de chacun d'eux.

« Lena, nous devons parler... dit doucement Maggie. Et ça ne peut pas attendre. »

Elle était mariée à Alick, le frère cadet de Lena, un rat d'hôtel qui purgeait neuf ans à Sing Sing.

Lena acquiesça, reprit sa canne et passa de l'autre côté du rideau en boitillant. Maggie salua Louisa et

Daisy d'un signe de tête et confia son coupon à Rob. Puis, accompagnée par Ella, elle sortit à son tour.

Charlotta Kegoe leva les yeux au ciel face à ce qu'elle imaginait être les prétentions bourgeoises de Maggie, puis elle attrapa Louisa par la taille. Celle-ci bascula en arrière vers le mur et se cogna le crâne contre le plâtre ; si elle eut mal, elle n'en laissa rien paraître, et se contenta de sourire quand Charlotta se pencha pour lui murmurer vigoureusement quelque chose à l'oreille. Rob et sa mère Daisy se frayèrent un chemin un peu plus près du ring car ils avaient non seulement leurs propres coupons jaunes, mais aussi le ticket vert acheté par Maggie Kizer – ils étaient donc sûrs de gagner.

Une fois sorties de chez Harry Hill, Lena Shanks, sa petite-fille et Maggie Kizer avancèrent lentement sur West Houston Street en direction de la North River. Après deux carrefours, l'agitation de la foule se dissipa et la rue devint plus sombre. Ceux qui circulaient là étaient furtifs et discrets. Lumière et brouhaha jaillissaient d'une maison sur dix mais autrement, tout était fermé, obscur et silencieux. Alors qu'elles marchaient, Maggie parlait à Lena d'une voix rapide et basse ; elle parvenait à être si secrète en communiquant ses informations à sa belle-sœur qu'Ella, qui tendait pourtant l'oreille à leurs côtés, n'entendait rien.

De temps à autre, la pointe en fer de la canne de Lena faisait des étincelles sur les pavés, et la petite comprit que les nouvelles rapportées par Maggie n'étaient pas des meilleures. « Où il est maintenant ? », entendit la petite fille de la bouche de sa grand-mère, mais la métisse se contenta de hausser ses belles épaules.

Une fois sa maison en vue, Lena s'arrêta, tira une clé de la poche de sa jupe et la confia à Ella. Cette dernière courut ouvrir la porte de la boutique de prêt sur gages. Elle craqua l'une des allumettes qu'elle avait toujours sur elle et l'approcha d'une bougie posée sur l'appui de la fenêtre donnant sur la rue.

La devanture faisait environ trois mètres carrés. Des volets intérieurs masquaient deux fenêtres de part et d'autre de l'entrée, mais les vitres étaient tellement encrassées que la lumière passait à peine plus pendant la journée, alors que les volets étaient ouverts. Une table carrée en bois et deux chaises peintes en rouge étaient appuyées contre l'un des murs, des étagères branlantes avaient été fixées à celui d'en face. C'est là qu'on avait disposé des casseroles en cuivre ternies et bosselées, des guitares aux cordes cassées, une rangée de livres piqués de moisissure, une pile de partitions, des abat-jour craquelés et mal peints, deux cadres abritant des papillons en décomposition, une batterie d'instruments chirurgicaux rouillés, des boîtes filigranées cassées qui avaient été fabriquées par des prisonniers confédérés, une petite dizaine de figurines ébréchées en craie et un tas de chapeaux pour hommes au feutre complètement usé. Ces mêmes articles reposaient sur ces mêmes étagères depuis que la boutique avait ouvert, et personne n'en avait jamais demandé le prix.

Au fond de la pièce se trouvait un long comptoir massif. Derrière, il y avait deux tabourets hauts, un pour Lena et un pour Ella. Sur une plate-forme dans un coin, trônait un grand coffre-fort d'un noir étincelant agrémenté de dentelles de fleurs peintes le long des rebords. Une grande porte masquée par un rideau menait à l'arrière de la maison et aux escaliers qui descendaient à la cave.

Le sol de la boutique était brut, irrégulier et s'enfonçait par endroits dès qu'on posait le pied dessus. Un papier peint à rayures vert et noir, très décoloré et abîmé par l'humidité, tapissait les murs dénués d'ornement. Rien dans cette pièce n'était neuf, ni même récent, et rien n'était parfaitement propre ; pourtant, un demi-million de dollars de marchandise transitait par ce comptoir chaque année.

La respiration sonore et difficile, Lena Shanks monta les marches du perron et entra dans la boutique. Maggie Kizer suivait de près et prit la liberté de refermer derrière elle. Le lent trajet depuis chez Harry Hill avait ravivé la tension de son visage et elle tenait son manchon serré contre sa poitrine.

« T'as quoi pour moi ? », demanda Lena en s'asseyant à la table en bois.

Maggie s'approcha des étagères où il faisait particulièrement sombre, et se tint le dos tourné à Lena et Ella. Quelques instants plus tard, elle leur fit face avec dans les mains un sachet en toile verte fermé par une épaisse cordelette. Elle s'approcha de la table, tira sur la cordelette et déversa une dizaine de pièces de joaillerie de beau calibre : trois bagues en or montées de diamants, une épaisse alliance, une montre en or avec sa chaîne et des sceaux, cinq boutons de chemise incrustés de saphirs et une épingle à cravate ornée elle aussi d'un saphir. Toutes les pierres étaient d'une taille plus que raisonnable.

À la douce lumière de la lampe à huile qu'Ella avait allumée et posée sur la table, Lena examina soigneusement chaque pièce sans se presser. La petite fille, assise en face d'elle, scrutait les bijoux avec un œil presque aussi critique que sa grand-mère, mais ne touchait à rien. Maggie arpentait la boutique d'un pas léger et alerte, emmitouflée dans sa cape car il faisait froid dans cette pièce non chauffée.

Trois minutes plus tard, Lena Shanks, sans relever la tête et tout en manipulant l'un des goujons en saphir dit : « Trois cents.

— Très bien, répliqua la métisse sans hésiter. Mais dépêchez-vous de nous en débarrasser. »

D'un geste de la main, Lena remit les bijoux dans le sachet en toile verte, puis s'adressa à sa petite-fille : « Prends la lampe. »

Ella la ramassa sur la table et l'apporta derrière le comptoir. Elle la tint devant le coffre pendant que sa grand-mère tournait le cadran de la serrure à combinaison. Un instant plus tard, le coffre était ouvert et une liasse de billets de dix dollars en fut extraite. Ella compta trois cents dollars et les tendit à Maggie.

« Merci, Lena, dit-elle. C'est important de s'en occuper ce soir… »

La femme acquiesça et se pencha de tout son poids sur sa canne.

« Tu enverras l'argent ?

— Demain matin. Mais je te le dis, j'espère ne plus jamais le revoir !

— *Das versteh' ich*, assura Lena avec gravité.

— La montre a une inscription dans le boîtier…

— Fondue ce soir, la rassura Lena. *Wiederseh'n*, Maggie. »

Après leur avoir à nouveau tourné le dos pour faire disparaître l'argent qu'elle venait de recevoir, elle leur adressa un bref signe de tête et s'empressa de quitter l'endroit d'un pas sûr et déterminé.

Tandis qu'Ella verrouillait la porte derrière Maggie Kizer, Lena Shanks se dirigea lourdement vers l'autre bout du comptoir, se hissa sur le tabouret le plus haut et déplia une grande feuille de papier kraft. Elle y vida le sachet de bijoux.

Dans un tiroir du comptoir, elle prit une pince de joaillier et se mit à retirer les saphirs de leur monture. Quand ils furent dessertis, Ella les plaça dans une enveloppe sortie du coffre encore ouvert et qui contenait d'autres pierres impossibles à différencier de celles-ci. Les diamants allèrent dans une seconde enveloppe, tandis que les montures furent mises de côté pour former un petit tas scintillant.

Seule restait la montre. C'était une pièce de valeur – de fabrication suisse – et l'intérieur du boîtier était gravé : CYRUS WESTON BUTTERFIELD, DE LA PART DE SON ÉPOUSE DÉVOUÉE. TEMPUS FUGIT, 1871.

Lena la remonta à l'aide de sa clé, régla les aiguilles à une heure pile et écouta la douce mélodie du carillon. Elle sourit légèrement et refit jouer le carillon en portant la montre à l'oreille d'Ella. Puis elle la reposa sur le comptoir et, à l'aide d'un petit maillet en fer, réduisit les mécanismes en miettes. Elle extirpa le boîtier et le confia à Ella, avec la chaîne, les sceaux et le fermoir. Les rouages brisés furent balayés d'un geste dans une enveloppe brune qu'elle jeta dans une caisse de détritus.

Ella aida sa grand-mère à glisser de son perchoir et, le petit tas d'or dans les mains, elles descendirent à la cave. Là, accrochés à une barre fixée dans la maçonnerie de la grande cheminée, deux creusets pendaient au-dessus d'un feu de charbon. Avec des pinces, Lena souleva le couvercle du plus petit, et Ella y versa les bijoux cassés.

Lena sourit, tira une clé de sa poche et la tendit à Ella.

« Amène-moi la boîte d'argent. »

La petite disparut derrière une cloison de fortune vers le sombre labyrinthe de pièces, de placards et de penderies qui s'étendait sous les deux maisons de Lena Shanks. Quelques minutes plus tard, grelottant de froid, elle revint avec une lourde boîte en bois d'une trentaine de centimètres de haut remplie de petits vases, de plateaux, de bibelots et de beaucoup de couverts.

« Quelques pièces, ma fille, dit Lena, et jette dedans. »

Fondre l'argenterie faisait toujours plaisir à Ella. Elle saisit quelques fourchettes dans la boîte, avec des motifs différents mais toutes monogrammées, et les lâcha dans le creuset. Sa grand-mère remit le couvercle et s'installa dans une chaise près du feu. Ella s'agenouilla à côté de la boîte et fouilla dedans, prélevant les pièces qu'elle trouvait les plus jolies et les mettant de côté pour les faire fondre. De temps en temps, elle prenait les pinces et soulevait les couvercles des creusets pour vérifier l'avancée de la fusion.

Rob et Ella avaient été soigneusement éduqués. Les enfants de la plupart des criminels de New York se déchaînaient dans les rues, formant des gangs qui imitaient servilement des bandes de voyous plus âgés et se faisaient appeler, par exemple, « The Little Dead Rabbits » ou « The Forty Little Thieves ». Ils apprenaient à détrousser les cadavres, à s'attaquer aux fêtards ivres et à créer des diversions dans la foule pour faciliter le travail des pickpockets. Mais Rob et Ella recevaient une formation propre aux activités de leur famille. Rob, versé dans les secrets de l'anatomie féminine, se délectait continuellement de la succession de jeunes femmes dans la petite chambre du troisième étage. Ella passait l'essentiel de ses journées à la boutique, à la disposition de sa grand-mère. À huit ans, elle savait d'un coup d'œil distinguer l'argent massif du plaqué, évaluer la qualité des soieries avec précision, réaliser en un tour de main une nouvelle frange pour un châle de batiste volé et estimer la valeur des pièces de verrerie, de la vaisselle, des bijoux et des vêtements féminins.

Rob et Ella n'avaient qu'eux-mêmes comme compagnons, mais ils ne semblaient jamais avoir envie de rencontrer d'autres enfants ; les milliers de petits va-nu-pieds et garnements qui gambadaient en liberté dans les rues n'étaient aux yeux des jumeaux que des créatures frivoles et condamnées. Dans un quartier où régnaient le besoin, la misère et la maladie, ils étaient reconnaissants de mener une vie d'abondance, reconnaissants de la bonne santé et de la prospérité des Shanks : leur mère, leur tante et leur grand-mère. La sévérité occasionnelle de Louisa et de Lena envers eux n'était rien comparée à ce qu'ils voyaient dehors, dans les tripots au fond des caves ou dans les taudis de la ville. On leur avait fait comprendre que leur bien-être dépendait des efforts des leurs, si bien que pour ne pas sombrer dans la misère qui gémissait de part et d'autre des deux bâtiments de West Houston Street, Rob et Ella s'étaient très tôt appliqués à mener de petites vies singulièrement industrieuses. Ils n'avaient cependant jamais pris conscience que ce qu'ils faisaient pouvait être considéré comme mal – leur compréhension de la loi était imparfaite. Jugements et emprisonnements, même s'ils en avaient assurément entendu parler, leur semblaient des afflictions aussi arbitraires que la maladie et la mort. Il fallait être chanceux et travailleur pour survivre à ces vicissitudes. La vertu n'y avait aucune place.

Après avoir jeté dans le creuset deux petits plateaux gravés de sarments entrelacés, Ella alla chercher une couverture dans un coin de la petite pièce nue, l'étala aux pieds de sa grand-mère et s'y allongea. Le crépitement du charbon et le doux son de l'argent bouillonnant ne tardèrent pas à l'endormir.

Lena Shanks, de son côté, resta bien droite sur sa chaise à fixer le feu : elle avait beau être près des flammes rougeoyantes, elle n'en ressentait pas la chaleur ni n'en remarquait les mouvements dansants. La nouvelle que Maggie Kizer lui avait apportée ce soir était grave et fâcheuse, mais ce n'était pas non plus à ce problème qu'elle songeait aussi intensément. Elle avait froid, très froid, car son esprit ne cessait de se représenter une paire de brillants yeux bleu clair. Ils avaient paru incongrus dans le visage cireux de ce frêle jeune homme chez Harry Hill, car Lena se les remémorait chez un autre – celui qu'elle détestait plus que quiconque en ce monde, l'homme responsable de la mort de son mari.

CHAPITRE 7

Quand elle quitta la boutique de Lena Shanks, Maggie Kizer remonta West Houston Street comme si elle retournait chez Harry Hill. Sur sa route, elle ne prêta pas attention aux injures que lui adressaient les femmes vêtues de manière osée en train de se prélasser aux fenêtres du rez-de-chaussée des bordels. Ces prostituées lançaient leurs remarques à quiconque passait devant elles, mais elles semblaient prendre particulièrement ombrage de cette femme bien habillée, à la démarche élégante, qui aurait aisément pu passer pour une dame respectable.

Elle avait retiré ses lunettes ambrées et gardait ses mains gantées et ses nombreuses bagues à l'abri dans son manchon afin de ne pas attirer l'attention, mais son maintien et sa tenue détonnaient nettement dans cette rue de débauche et de déshabillés. Plusieurs messieurs lui adressèrent la parole, mais elle ignora leurs remarques flatteuses avec le même dédain qu'elle réservait aux insultes. Un grand type barbu et ivre, vêtu d'un long manteau de fourrure, plaça sa main sur son bras et lui demanda d'une voix rauque si elle avait besoin de protection pour le reste de son trajet – il serait honoré de lui servir d'escorte.

« Excusez-moi », répondit-elle d'un ton qui le charma alors qu'elle voulait seulement le décourager. Elle se libéra et continua son chemin mais, imperturbable, il se mit à la suivre tant bien que mal. Elle ne pressa pas le pas ; cependant, quelques maisons plus loin, elle vira soudain pour entrer dans une droguerie située entre deux des bordels les plus bas de gamme de la rue – un emplacement particulièrement favorable pour cet apothicaire qui travaillait essentiellement avec les prostituées. Celles qui n'avaient pas les moyens de faire appel à Daisy Shanks s'en remettaient à lui pour obtenir des remèdes contre les grossesses non désirées ; il vendait aussi quantité d'opium, de chloroforme et de morphine.

Le gaillard qui talonnait inlassablement Maggie ne la suivit pas à l'intérieur car il n'était pas assez ivre pour oublier le risque qui guettait un gentleman à se présenter seul dans ce genre de boutique. Il traversa la rue, marcha un peu, traversa à nouveau puis s'installa confortablement près d'une porte en attendant que Maggie ressorte. Mais les femmes aux fenêtres des établissements voisins le raillèrent tant qu'il finit par abandonner la partie et s'en alla d'un pas chancelant, loin de leurs insanités stridentes.

Dans la droguerie, qui n'était pas plus grande, ni mieux éclairée ni véritablement plus propre que la boutique de Lena Shanks, trois grosses catins, dont le fard à joues faisait l'épaisseur d'une pièce de cinquante *cents*, étaient rassemblées autour d'une petite table basse où reposaient trois grands verres d'absinthe. Une courte bougie avait été calée dans le goulot d'une bouteille et sa flamme vacillante brillant à travers le liquide de leurs boissons projetait des ombres vertes sur leurs mains pâles et potelées. Leur cancan s'interrompit quand Maggie entra, et elles la scrutèrent avec une méfiance évidente.

La boutique était tenue par un jeune homme dont les cheveux étaient tombés, la peau, marquée par la variole et les yeux, incapables de se mettre d'accord.

« Oui, m'dame ? dit-il d'un ton sournois à Maggie. Qu'est-ce que je peux faire pour vous ?

— De l'opium en poudre. Quatre-vingt-cinq grammes.

— Douze dollars », répondit-il avant de sortir des poids d'une petite boîte en bois pour les poser sur l'un des plateaux de sa balance. Il prit ensuite un grand pot rempli de poudre blanche d'où il préleva l'opium qu'il pesa avant de le mettre dans une enveloppe rose qu'il fit glisser sur le comptoir vers Maggie. « Du mal à dormir ? demanda t il d'une voix mielleuse. Mauvais rêves ? Rage de dents ? »

Narquois, il venait d'énumérer les mensonges les plus courants des toxicomanes.

« Non, répliqua-t-elle avec froideur en lui tendant la somme en billets et pièces d'argent. C'est pour ma vieille mère qui est en train de mourir d'un cancer du sein. »

Il y avait de la dureté dans sa voix, comme si elle était sûre qu'il ne la croirait pas, et qu'elle s'en moquait. Le pharmacien perdit son regard mauvais en avisant les bagues qu'elle portait sur ses gants.

Mais presque aussitôt, les bijoux rouges et verts, la main blanche et l'enveloppe rose disparurent sous la cape bleue. Maggie sortit sans même s'arrêter à la porte pour vérifier si le type au manteau de fourrure la guettait.

Les murmures des trois grosses catins à la minuscule table se firent soudain plus forts et plus aigus, et elles débattirent bruyamment de qui était cette femme, de ce qu'elle pouvait bien faire sur West Houston Street et de si elle avait réellement cru que son port de lady avait berné qui que ce soit. Cependant, même si elle était de mauvaise grâce, leur admiration pour ses vêtements n'était pas feinte, et elles écoutèrent avec attention quand le jeune homme, qui revenait avec la bouteille d'absinthe – le vin vert de la mort – pour remplir à nouveau leurs grands verres, leur décrivit avec un sourire en coin les bijoux qu'elle portait sur ses mains gantées.

« Elle a intérêt à faire gaffe ! s'écria l'une d'elles.

— Elle a pas intérêt à r'venir ! lança une deuxième.

— Si elle sort ses jolies petites mimines, il y a bien quelqu'un qui va lui faire la politesse de les lui trancher ! », conclut la troisième.

Maggie suivit le même trajet que les jumeaux avaient emprunté la veille quand ils avaient apporté le cadavre aux étudiants en médecine. Mais elle prit Bleecker dans la direction opposée, jusqu'à Downing Street où une clé lui permit d'entrer dans une petite maison en brique bien entretenue. Elle monta l'escalier recouvert d'un tapis bleu et utilisa une seconde clé pour déverrouiller une grande porte double. Elle l'entrouvrit sans bruit et seulement assez pour passer. Elle s'y glissa et referma derrière elle.

La lumière du lampadaire par les fenêtres lui suffisait pour se diriger dans la pièce sans trébucher, et elle n'alluma pas le gaz. Après avoir posé son manchon, elle décrocha la chaîne d'argent à sa gorge et plia sa cape sur le dossier d'une chaise. Elle retira l'épingle de son chapeau et le posa soigneusement sur la cape. Elle glissa l'argent qu'elle avait obtenu ce soir-là dans le tiroir d'un guéridon près de la porte.

L'enveloppe rose à la main, elle s'apprêtait à se rendre dans sa chambre quand elle perçut un léger mouvement à l'autre bout de la pièce – un bruissement d'étoffe, le poids d'un pied sur l'épais tapis. Sans rien dire, Maggie tourna la clé du gaz et alluma le chandelier de cuivre – à peine ce qu'il fallait pour dissiper l'obscurité.

La pièce, décorée à la mode, arborait des tons rose sombre et bleu foncé. Le mobilier était onéreux et les tissus, tentures et papiers peints paraissaient somptueux, doux et profonds. À l'autre bout, sur un canapé à dossier haut recouvert d'un lourd velours bleu, était assis un beau monsieur aux cheveux bruns et courts, avec une épaisse barbe. Il était sobrement mais élégamment vêtu d'un costume marron à carreaux.

« Bonsoir, Maggie, dit-il avec décontraction. Madame Weale m'a laissé entrer.

— Je lui en avais donné la permission, répondit-elle tout en glissant l'enveloppe rose sous le plateau de son bureau.

— Je t'ai apporté quelque chose. Mon cadeau de Nouvel An. Regarde sur la cheminée. »

La métisse se déplaça d'un pas aérien jusqu'à la cheminée en marbre profondément veinée de rose où, à côté d'un vase en porcelaine de Bavière rouge sang qui retenait un énorme bouquet de campanules violacées, se trouvait une boîte rouge nouée d'un ruban bleu. Elle le défit et ouvrit ; dedans, une bague en or sertie d'un cercle de petits mais éclatants rubis.

« Tu aimes ? », demanda l'homme qui se leva du canapé pour s'approcher de l'âtre froid.

Maggie, avec une lassitude voluptueuse, passa les bras autour de son cou, l'embrassa et frotta tendrement sa joue contre sa barbe.

« Oh oui, Duncan, beaucoup ! dit-elle tout en joignant ses mains gantées de blanc sur sa nuque. J'ai une faiblesse pour les rubis, une si grande faiblesse. »

Quand elle tourna la tête sous le chandelier, Duncan Phair chercha le léger défaut noir dans chacun de ses beaux yeux verts.

« Tu as l'air fatiguée, ce soir.

— Oh non, protesta-t-elle. Pas du tout. J'étais fatiguée tout à l'heure, mais maintenant que tu es là, j'ai l'impression que tout est rentré dans l'ordre. »

Elle recula et sourit avec une tendresse ravissante.

« Tout est rentré dans l'ordre… », murmura-t-elle.

CHAPITRE 8

Le juge James Stallworth vivait désormais seul dans sa grande demeure démodée de Washington Square, à l'extrémité sud de la Cinquième Avenue. Cela avait été l'une des adresses les plus courues de New York quand il y avait fait bâtir sa maison en 1840, mais les nantis, qui poussaient toujours plus fébrilement vers le nord, ne s'étaient arrêtés là et à Greenwich Village qu'une vingtaine d'années. Quand le juge s'était remarié avec la mère de Marian, les riches avaient poursuivi la construction de la Cinquième Avenue et l'avaient prolongée jusqu'à la 35e Rue, s'arrogeant l'exclusivité de Madison Square et Gramercy Park. Washington Square, dont les terrains bien entretenus avaient jadis été le lieu de sépulture des pauvres et des criminels de la ville et recouvraient désormais les os en décomposition de plus d'une centaine de milliers de ces êtres socialement insignifiants, était à présent le mausolée des riches passés de mode.

La famille Stallworth, considérée comme « prospère », était en réalité bien plus que cela. Durant la guerre de Sécession, alors qu'il brillait déjà en tant qu'avocat, James Stallworth avait gagné beaucoup d'argent en vendant des denrées de première nécessité : principalement de la viande séchée et de la farine, avec parfois de grosses transactions sur des saisies de coton. À l'époque, il était déjà deux fois veuf : sa première femme était décédée en donnant naissance à son fils Edward, et la seconde avait succombé à la grippe en 1859, alors que leur fille Marian n'avait que six ans.

Et maintenant, à un peu plus de soixante-dix ans, il était le juge républicain le plus connu dans une ville contrôlée par les Démocrates. Il n'acceptait aucun pot-de-vin et avait la réputation de prononcer des jugements sévères. Il n'avait jamais joué de rôle important dans la vie politique de New York, autant à cause de son caractère intransigeant que de son affiliation – même si on trouvait parfois des postes pour les membres de l'opposition les plus accommodants –, mais cette inflexibilité l'avait sans doute également préservé d'un limogeage.

James Stallworth avait peut-être une seule faiblesse : l'affection qu'il portait à ses chiens, ou plutôt à son chien, car il n'en avait jamais plus d'un à la fois. C'était invariablement un braque noir et feu et, qu'il s'agisse d'un mâle ou d'une femelle, il l'appelait toujours Pompée. Quand il avait eu le premier de cette longue succession, le juge était étudiant en droit à Columbia, et il avait éprouvé beaucoup de chagrin lorsque l'animal s'était fait écraser dans la rue par une carriole transportant des légumes. Honteux de ressentir une émotion aussi forte, qui l'avait pris en quelque sorte par surprise, il décida de ne plus jamais se permettre d'être ému à ce point. Il acheta un autre braque aussi semblable au premier qu'il put trouver, le baptisa Pompée et fit comme si le précédent n'était pas mort. Il perpétuait cette petite supercherie depuis maintenant cinquante ans, et les Pompée ne cessaient d'aller et venir. Que ce dernier vive trois semaines ou treize ans, le juge ne se lamentait jamais de sa mort car il savait qu'il pourrait s'en procurer un autre pour prendre sa place dès le lendemain. Ce même genre de sentiment avait sans doute influé sur la façon dont il avait accepté la mort de ses épouses, et la garantie même de l'immortalité de Pompée avait dû l'aider à renoncer au plaisir d'un troisième mariage après le décès de la mère de Marian.

Cela avait été une déception quand son fils Edward avait choisi de consacrer sa vie au métier de pasteur, car il avait prévu pour lui une carrière dans le droit et la politique. Mais ses ambitieux espoirs étaient revenus à la vie lorsque Marian avait épousé Duncan Phair, jeune juriste qui avait assisté le procureur dans le second procès de Boss Tweed[1]. Le juge Stallworth avait encouragé leur relation, et quand Marian avait été informée de la généreuse dot que son père entendait lui verser si elle épousait Duncan Phair, elle fut facilement convaincue d'accepter la demande en mariage. Trop vieux pour aspirer à des fonctions ou un prestige plus éminents,

1. William Magear Tweed, dit « Boss Tweed » (1823-1878), fut le chef du Tammany Hall. En 1873, il fut condamné et emprisonné pour corruption après avoir détourné du budget de la ville de New York des millions de dollars.

le juge avait décidé d'employer son énergie à faciliter l'ascension de son gendre, qui avait alors à peine trente ans. James Stallworth voulait faire en sorte qu'avant le tournant du siècle, Duncan Phair soit le maire d'une ville enfin républicaine, et peut-être même gouverneur d'un État républicain.

Le juge Stallworth n'avait jamais eu le sentiment d'avoir fait une erreur en accordant sa confiance à Duncan. Celui-ci cherchait avidement à s'élever et consultait constamment son beau-père. Aussi fréquemment qu'ils l'osaient, les deux hommes tourmentaient Tammany Hall en les harcelant de piques judiciaires et de contentieux. Ils ne se faisaient cependant aucune illusion et savaient qu'ils ne parvenaient guère qu'à irriter ce chêne gullivérien avec leurs échardes juridiques, mais il leur fallait faire tout ce qui était en leur pouvoir, car aucun Républicain ne pourrait jamais aller bien loin à New York tant que l'on n'aurait pas rasé Tammany Hall.

Quand il avait épousé Marian, Duncan Phair était parfaitement d'accord pour intégrer le clan Stallworth. Sa propre famille n'avait aucune notoriété et il avait laissé ses parents, frères, sœurs et autres cousins se débrouiller seuls à Baltimore. Marian et son père ne s'étaient jamais préoccupés d'eux, et Duncan ne les avait jamais mentionnés ou n'avait jamais montré de gêne quant à cette situation. Selon toute apparence, il ne correspondait même pas avec eux. Certains avaient même suggéré qu'il aurait volontiers pris le patronyme de son épouse si cela avait pu se faire sans risquer le ridicule.

James Stallworth avait trouvé un associé pour Duncan Phair, un juriste travailleur quoiqu'un peu lent nommé George Peerce, lequel s'occupait de toutes les affaires courantes du cabinet, des cas qui n'étaient pas susceptibles de générer la moindre gloire. Mais dès qu'il s'agissait de se faire valoir en public ou auprès de la communauté des hommes de loi, c'est Duncan qui entrait en scène, en suivant les conseils avisés du juge. De cette façon, il recevait les honneurs et voyait sa réputation croître tout en profitant de la sécurité financière qu'apportaient certaines besognes moins passionnantes.

Phair et Stallworth déjeunaient souvent ensemble ou passaient les soirées en compagnie l'un de l'autre dans la maison de Washington Square ou au club des avocats, où ils parlaient à voix basse de leurs projets et de leurs stratagèmes pour renverser les Démocrates et promouvoir les Républicains – et particulièrement, eux-mêmes.

Depuis plus d'une semaine, le beau-père et son gendre travaillaient sur un plan suggéré au juge par le rédacteur en chef du *New York Tribune* – un homme qui trouvait aussi refuge dans la compagnie des braques. Le *Tribune*, avait appris le juge, devait bientôt publier une série d'articles consacrés à la dépravation de certains quartiers. Oscar Wilde ne tarderait pas à partir pour d'autres villes, et le procès de Guiteau, l'assassin du président Garfield, touchait à sa fin – par conséquent le journal avait besoin de trouver quelque chose pour maintenir l'intérêt de ses lecteurs. Les abonnés allaient donc pouvoir lire, dans les mois à venir, les descriptions détaillées de la pléthore de crimes et criminels sordides qu'on trouvait dans les bas-fonds de New York grâce à la tolérance – voire l'assistance – de la police et des politiciens démocrates.

Le juge et Duncan avaient compris qu'il serait bon de collaborer avec le *Tribune* dans cette entreprise car cela attirerait certainement l'attention. Les Démocrates auraient du mal à se défendre de l'accusation – parfaitement vraie, bien sûr – qu'ils renforçaient la criminalité en échange de compensations financières. Le juge présenta son gendre en bonne et due forme au rédacteur en chef, et les trois hommes dînèrent ensemble à la maison de Washington Square le 2 janvier 1882. Ce soir-là, il fut décidé que Duncan serait le conseiller juridique du journal sur ce sujet et accompagnerait Simeon Lightner – le journaliste chargé de l'enquête – dans « ces abords de corruption putrescente » qui s'étaient développés, plus denses et nauséabonds autour du siège de la police de New York que partout ailleurs.

Le rédacteur en chef expliqua que Simeon Lightner venait à peine de débuter ses recherches, qu'il passait ses soirées à naviguer entre les bars, les salles de danse et les cabarets douteux dans tout le quartier, ne faisant qu'arpenter ce répugnant territoire, et que Duncan pouvait l'accompagner quand il le souhaitait : « La présence et la confirmation d'un homme de loi connu et respecté apporteront du poids et du sérieux à notre démarche, et nous serons davantage protégés contre les attaques des Démocrates qui prétendront que nous exagérons, que nous cherchons à faire scandale et que nous ne faisons qu'amplifier le point de vue des Républicains en présentant deux pickpockets et trois prostituées comme une gigantesque population d'assassins et de braqueurs de banque. »

« C'est une bonne opportunité, dit Duncan à son beau-père une fois le rédacteur en chef parti. Je crois que je pourrai même persuader Lightner de me laisser ajouter "Le Point de vue d'un juriste" à la fin de chacun de ses articles pour éclairer les questions légales, déplorer la façon dont les Démocrates gèrent les tribunaux, et ainsi de suite. Je signerai d'un pseudonyme – "L'avocat républicain" ou quelque chose du même genre – avant de révéler plus tard ma véritable identité. Qu'en pensez-vous, Père ? »

Le juge Stallworth hocha la tête d'un air avisé et caressa le dos de Pompée.

« Faites en sorte de bien contrôler tout cela, Duncan. Je crois qu'il serait sage d'aller parler à ce journaliste dès demain. Faites-lui comprendre que vous êtes prêt à l'assister dans chaque domaine, que vous serez investi en temps, en ressources, etc., et ainsi assurez-vous que ce soit *vous* qui meniez la barque. Je suggère que vous vous penchiez sur une seule zone de la ville, un seul quartier criminel. Vous pourriez dire : "Tenez, voici une seule rue, une seule place, et voyez ce que les Démocrates en ont fait : ils ont laissé s'implanter cinq maisons de mauvaise réputation, cinq prêteurs sur gages qui sont en réalité des receleurs, deux salles de jeux, cinq bars ouverts toute la nuit, y compris le jour du Sabbat. Voici trente-cinq prostituées en résidence, soixante-quinze voleurs, et ces dix maisons ont produit dix-sept meurtriers et vingt et une victimes de meurtres…" Vous voyez ?

— Oui, répondit Duncan.

— Et après, poursuivit le juge Stallworth, nous utiliserons notre influence sur la police pour qu'ils ferment les salles de jeux, mettent fin à l'activité des maisons closes, traînent les pickpockets à Tombs[1]… non, qu'ils relogent *tous* les habitants de cette rue sur Blackwell's Island. Après ça, nous installerons une œuvre de bienfaisance dans un des bâtiments ainsi libérés – le "Refuge des Prostituées Mineures", par exemple –, et nous recevrons toutes les louanges pour avoir nettoyé la ville. En vous concentrant sur une zone, Duncan, vous pouvez arriver à quelque chose. Révélez comment fonctionne la corruption, c'est très important. Montrez comment les affaires de ces criminels sont indissolublement liées à Tammany Hall.

— Mais à quel quartier pensez-vous, Père ?

— Eh bien, dit le juge en frottant l'un contre l'autre ses fins doigts parcheminés, mieux vaut éviter le 6e District, bien sûr, car il est vraiment trop dépravé, sans compter qu'il s'agit du bastion des Démocrates. On peut en parler, bien sûr – mentionner l'état abominable des taudis, ou encore le nombre de cadavres qu'on découvre chaque nuit dans le caniveau –, mais l'essentiel devrait se concentrer sur une seule zone. Et je n'ai pas d'influence dans le 10e District non plus, car ils font en sorte d'avoir le contrôle des tribunaux qui s'y trouvent.

1. Maison d'arrêt érigée en 1838.

Mais j'ai un petit territoire à l'ouest de MacDougal, disons entre Canal et Bleecker. Ce n'est pas très loin de l'endroit où nous nous trouvons. Le juge qui contrôlait cette zone avant moi – vous ne devez pas vous souvenir de lui – l'avait baptisée "Le Triangle Noir", en raison de sa forme et de la quantité de crimes qui s'y commet.

—Cela ne s'est pas arrangé, ces derniers temps, remarqua Duncan.

—Non, en effet ! dit le vieil homme dans un éclat de rire. Et tant mieux pour nous. Vous pourrez souligner que ces horreurs suppurent à une demi-heure de marche des demeures les plus en vue de la ville. Faites-leur peur. Personne ne se souvient des Émeutes de la Conscription[1], elles pourraient parfaitement ne jamais avoir eu lieu. Rappelez-leur les troubles pendant la guerre, quand on brûlait les maisons et qu'on pendait les nègres sous les fenêtres même de ce bâtiment, quand on pillait les boutiques et violait les dames. Faites-leur penser que si les Républicains ne nettoient pas la ville, cela pourrait se reproduire demain. Les Démocrates fomentent une révolution, voilà ce qu'il faut leur dire !

—Mais, remarqua Duncan en haussant les sourcils, est-ce que cela ne va pas un peu trop loin ?

—Non, répliqua le juge, pas du tout. C'est une question qui mérite toute notre attention. Inutile de s'inquiéter pour le reste de votre travail, Peerce peut s'en charger à votre place. Ce serait un avantage

1. Insurrections civiles de juillet 1863 en protestation contre la loi de conscription lors de la guerre de Sécession (1861-1865), qui tournèrent à l'émeute raciale.

considérable si je pouvais instruire les affaires résultant de la série d'articles, alors vous feriez bien de concentrer vos recherches sur le Triangle Noir. Souvenez-vous : la zone à l'ouest de MacDougal Street, bordée par Bleecker Street au nord et Canal Street au sud. Toute personne arrêtée dans cette zone sera jugée par mes soins. D'ailleurs, maintenant que j'y pense, je me souviens que plus ou moins pendant la guerre il y avait une famille là-bas, dont je ne me rappelle pas le nom. Le mari, la femme, son frère, ses enfants et le reste… toute une famille qui baignait dans le crime jusqu'à la pointe de leurs dents noires. J'ai fait pendre le mari, enfermer l'épouse à Blackwell et fait placer les enfants. On m'avait félicité dans tous les journaux de la ville. Ils vivaient dans le Triangle Noir, et je suis certain qu'il y en a d'autres comme eux aujourd'hui, prêts à être écrasés. Écoutez-moi, Duncan : soyez à l'affût – particulièrement à l'affût, même – d'une lignée de criminels. Rien n'est plus apprécié que l'anéantissement de tout un gang, c'est comme exterminer une horde de brigands.

— C'est une bonne opportunité pour nous, nota posément Duncan.

— Oui, mais surtout pour vous ! Et souvenez-vous : l'heure n'est pas à la demi-mesure. D'abord, concentrez-vous sur le Triangle Noir, noircissez le tableau. Puis trouvez une famille, un de ces clans qui se vautrent dans le péché, et jetez-le dans le fleuve. Et là, maintenez-leur la tête sous l'eau jusqu'à ce qu'ils se noient ! Il y aura une foule de centaines de milliers de personnes sur la rive pour chanter vos louanges et vous couronner ! »

Duncan gratta la tête de Pompée et même s'il avait acquiescé à chacune des suggestions du juge, ses pensées vagabondaient du côté d'une modeste maison de brique à la limite du Triangle Noir, où vivait une jeune beauté avec une ligne bleue sous l'ongle du pouce et un éclat noir au fond de ses prunelles vertes.

CHAPITRE 9

Quand il retourna chez lui ce lundi soir, Duncan expliqua à sa femme le plan qu'avait conçu son père pour promouvoir l'ensemble de la famille, et comme il s'y était attendu, elle l'accueillit avec enthousiasme. Marian fut cependant déçue qu'ils n'aient pas jugé bon de se confier à elle avant et de n'avoir ainsi pu contribuer à la genèse du projet.

« Évidemment, précisa Duncan, cela va nécessiter que je m'absente fréquemment...

— Oh, évidemment ! s'exclama-t-elle d'un air distrait, comme s'il s'agissait du plus petit de toute une série d'obstacles à franchir. Mais il me semble que je pourrais vous apporter, à vous et à Père, une aide considérable dans cette manœuvre.

— Comment cela ? », demanda Duncan avec une certaine réserve. Marian se livrait fréquemment à des intrigues pour le bénéfice des Stallworth, mais ses stratagèmes étaient plutôt indiscrets et irréalistes. Il était souvent difficile de lui expliquer pourquoi on ne retenait pas ses suggestions.

« Je ne vois pas ce qui m'empêcherait, par exemple, d'organiser un comité de dames dont les maris ont une certaine importance sociale ou politique – Helen pourrait peut-être m'aider –, et ceci afin de protester contre la dégénérescence morale de cette ville. Nous pourrions faire toutes sortes de choses. Nous pourrions distribuer des tracts à des femmes déchues ou donner des pommes à ces gamins qui vendent les journaux et qui meurent de faim – bref, tout ce qu'on peut imaginer et qui ne demande pas trop d'efforts. Et bien sûr, cela vaudrait la peine de lancer une campagne de courriers aux journaux et aux bulletins religieux. Et toutes les lettres seraient signées "Madame Duncan Phair, présidente du Comité de ceci cela..." »

Duncan, assez surpris de sa propre réaction, approuva pleinement cette initiative et encouragea son épouse à s'y mettre aussi tôt que possible. Mais elle avait déjà commencé : elle était en train de griffonner au dos d'une enveloppe les noms d'une dizaine de dames auxquelles elle devait impérativement rendre visite le jour suivant.

Le lendemain matin, le mardi 3 janvier 1882, Marian Phair se présenta tôt au presbytère pour aller chercher Helen Stallworth : elle comptait sur l'assistance de sa nièce dans son entreprise. À la même heure, Duncan Phair se rendait aux bureaux du *Tribune* pour s'entretenir avec Simeon Lightner.

Le reporter était un jeune homme du genre sardonique, comme c'est souvent le cas des journalistes, âgé de vingt-huit ans, avec des cheveux roux et rêches, des favoris frisottants et un teint soit rougeaud soit pâle selon qu'il était ivre ou sobre, placide ou énervé. On l'avait déjà mis au courant de sa collaboration avec Duncan Phair sur ce projet, et il n'appréciait guère cette division du travail et des honneurs. Il constata avec surprise que ce juriste était réservé et de bon conseil, et fut conquis par les questions prudentes et avisées qu'il posait, ainsi que par sa promesse de garder un rôle d'assistant, de spectateur, de petite main. Duncan déclara avec emphase que toutes ses ressources, tout son travail et tout son temps étaient à la disposition de Lightner.

« Bien sûr, ajouta-t-il avec un sourire, mes motivations ne sont pas entièrement altruistes, et j'imagine que vous comprenez...

— Oh, certainement ! », s'exclama Simeon en hochant poliment ses frisottis roux. Il venait de parler comme si le civisme désintéressé était une chimère risible qui n'avait rien à faire avec des individus aussi intelligents qu'eux.

Duncan agita allègrement la main : « Et bien sûr, les articles paraîtront sous votre seul nom. Je ne désire nullement m'approprier le mérite de ce que vous écrirez, ni des enquêtes exhaustives que vous comptez sans nul doute mener. Mais je préparerai des tribunes pour vous appuyer, sur la question de la corruption, la difficulté de faire respecter la loi dans de tels quartiers, la façon dont les procès sont bâclés, sur les défauts et les insuffisances de la loi qui rendent impossible de s'attaquer à la plupart des affaires criminelles les plus graves, et ainsi de suite. Mes textes ne seront pas signés de mon nom et il ne sera jamais divulgué officiellement que c'est moi qui vous aurai accompagné et assisté ; officieusement, en revanche, j'ai bien peur que l'on susurre mon identité aux oreilles de ceux à qui il sera profitable de la faire connaître... » Duncan eut un sourire de conspirateur que lui rendit Simeon Lightner.

« Vous avez déjà commencé vos recherches, je crois ? reprit Duncan.

— En effet, répondit le journaliste. J'étais au *McGrory*, hier soir, et le spectacle ne manquait pas de piquant. Une pâle description de ce que j'y ai vu serait déjà considérée comme immonde par les trois quarts de la ville, dit-il avec dédain. Donc, il ne faudra pas manquer d'y retourner au plus vite. »

Toujours souriant, Duncan suggéra ensuite qu'ils feraient bien de se concentrer sur une seule zone, quelques rues, à peine quelques kilomètres carrés de Manhattan, et de simplement énumérer et décrire la dépravation ainsi que les crimes que l'on y trouverait.

« J'ai moi-même fait une petite promenade de reconnaissance, ajouta-t-il, et il me semble que la zone entre MacDougal Street et la rivière, délimitée au sud par Canal Street et au nord par Bleecker Street, pourrait être d'un grand intérêt. Ce qui tombe bien, c'est que cette zone porte un nom assez pittoresque, vous savez, on l'appelle "Le Triangle Noir", et que c'est un secteur où l'on trouve des criminels de toutes sortes, mais des criminels – vous excuserez ma formulation – de plus haute tenue que ceux qui sévissent plus à l'est. Nous n'aurons pas besoin d'occulter les turpitudes qu'implique la pauvreté crasse. C'est incontestablement un meilleur quartier pour notre objectif que Five Points, où le vice se vêt de haillons. Les lecteurs du *Tribune* s'intéresseront sûrement au vice, mais jamais à la misère. Qu'en pensez-vous, Lightner ? »

Monsieur Lightner pensait que l'accommodant Monsieur Phair, malgré ses déclarations d'obéissance, avait des idées bien précises sur la façon de mener ce projet. Toutefois, il se contenta de répondre : « J'imagine que nous pourrions aller explorer ce secteur dès ce soir, si l'idée de commencer maintenant ne vous dérange pas.

— Mais très certainement, acquiesça l'avocat, à votre convenance et selon vos instructions.

— Eh bien, répondit Simeon avec un malaise grandissant, il y a une maison de jeu sur Leroy Street où j'avais l'intention de me rendre. Les parties y sont notoirement truquées et la tricherie crève les yeux.

— Si je peux faire une suggestion… commença Duncan avec déférence.

— Oui ?

— J'ai un neveu, un garçon un peu étrange et inadapté, une sorte de victime perpétuelle. Personne, je crois, n'est aussi simple d'esprit que lui, ce que reflète indéniablement son apparence. Il a aussi le mérite d'avoir perdu à la plupart des tables de jeu de la ville. C'est le leurre idéal à avoir avec nous.

— Alors, emmenez-le, dit le journaliste avec un brin d'enthousiasme. Nous ne pourrions espérer meilleure couverture.

— Parfait. J'ajouterai aussi avoir vu dans les nécrologies de ce matin que Cyrus Butterfield, un collègue de ma connaissance, a été retrouvé assassiné cette nuit – détroussé, dépouillé et poignardé dans une ruelle près de Leroy Street. Cela pourrait être un bon angle d'attaque pour vos articles: "Le danger de mort qui règne dans le Triangle Noir." » Puis, d'une voix forte aux accents déclamatoires, il récita : « Derrière les façades, à l'abri des lumières criardes, un incommensurable danger guette. Le cri strident de ces femmes sans honte à la vie honteuse, qui font commerce de leur corps, couvre le râle d'agonie de ces gorges sanguinolentes qui...

— Eh bien, l'interrompit Simeon, décontenancé par la sordide oraison de Duncan, je me demande si je ne devrais pas vous laisser vous occuper de tout, Monsieur Phair. J'imagine que vos clients finissent tous acquittés. »

Après avoir convenu d'un rendez-vous à vingt-deux heures au coin sud-ouest de Washington Square, Duncan se rendit en fiacre à l'église presbytérienne de Madison Square et fut ravi d'y trouver Edward Stallworth dans son bureau. Ils discutèrent une demi-heure tandis qu'un faible soleil d'hiver brillait à travers les vitraux, teintant leur visage d'une étrange cartographie aux pâles nuances de jaune, de vert et de bleu.

« Bien sûr, dit Duncan après avoir expliqué en détail le plan que le juge Stallworth et lui-même avaient imaginé, nous ne sollicitons absolument pas votre aide directe. Votre père m'a simplement demandé de vous informer de notre projet afin que vous puissiez, si vous le souhaitez, en tirer avantage également.

— Je vois », répondit poliment le pasteur.

Il avait écouté le discours de son beau-frère avec

un air grave et parfaitement impassible, et Duncan avait guetté en vain le moindre mot ou mouvement, le plus infime changement d'expression – un clignement de paupière un peu soudain, par exemple – susceptible de lui indiquer comment Edward avait décidé de se positionner dans cette affaire.

« Nous imaginons… reprit Duncan avec une légère anxiété. Enfin nous espérons que dans les prochains mois, le quartier qui est sous la juridiction de votre père sera l'objet d'une attention considérable – les rues rongées par le crime au sud de Bleecker, le tristement célèbre Triangle Noir. Cela représente des centaines et peut-être des milliers de bâtiments où règne le mal, où croupit l'indécence, où prospère la corruption.

— Oui, répondit platement Edward à cette verve. Nous sommes cernés par l'iniquité.

— Je crois savoir que vous écrivez parfois des éditoriaux pour *Le Réveil chrétien* et *Foi presbytérienne*. En soutien de notre travail dans ce quartier, un court texte de votre main ne serait pas malvenu, ou alors, au moins que vous souligniez la pertinence des articles du *Tribune*.

— C'est vrai, dit Edward d'un ton pensif. Je pourrais peut-être faire cela. » Il s'interrompit, puis reprit d'un ton suggérant que ce projet était en fait l'horizon moral auquel il consacrait toutes ses pensées depuis un an. « Le soutien financier aux missions africaines est assurément une noble cause et qui a récemment reçu un traitement abondant dans les pages de *Foi presbytérienne*, sans compter que notre congrégation a organisé plusieurs collectes importantes à leur profit. Ceci dit, le temps est peut-être venu de porter nos efforts sur une cause qui nous concerne de plus près. Cela pourrait même attirer une attention considérable sur… euh… sur… »

Il essaya de trouver un autre mot que *moi*, mais n'en trouva pas.

« En effet, dit Duncan d'une voix égale, ce serait sans aucun doute le cas. Bon, poursuivit-il d'un ton qui ne se voulait plus d'une éloquence persuasive, mais pragmatique, d'une fraternité informelle, Marian va aussi créer un comité de dames, un Comité de lutte contre la débauche, ou quelque chose de la sorte, et elle y inscrira ses amies. Vous pourriez inciter certaines dames de votre congrégation à les rejoindre – celles dont les époux possèdent un certain pouvoir au niveau de la municipalité ou de l'influence dans d'autres sphères. Ou qui, tout simplement, ont de l'argent.

—Quel est le but de ce comité ? demanda Edward avec le petit sourire moqueur d'un conspirateur assumé. Marian compte-t-elle clouer des planches aux portes des maisons closes ? Ira-t-elle piétiner les pipes à opium dans les repaires de Mott Street ?

—Non, dit Duncan en riant, les membres du comité ne feront pas grand-chose à part discutailler entre elles, écrire des lettres et s'indigner publiquement de ces pervers de Démocrates qui permettent et promeuvent la propagation du vice dans New York.

—Bien, du moment que je peux assurer à ces dames qu'elles n'auront pas à rencontrer les bénéficiaires de leurs actions charitables, je crois que je pourrai en persuader quelques-unes de rejoindre le comité de Marian. Enfin, si elle peut garantir au moins une réunion tricot hebdomadaire, où elles confectionneront des petits bonnets et des chaussons pour les nourrissons que l'on abandonne chaque nuit dans le quartier. D'ailleurs, peut-être que si Helen y participait, songea-t-il avec ironie, cela détournerait son attention des incohérences des Évangiles. »

Le ton sec d'Edward Stallworth ne le quittait jamais, sauf les deux heures par semaine où il se trouvait en chaire. Il était alors d'une tonitruante sincérité.

« Merci beaucoup, conclut Duncan. J'étais certain que vous seriez d'une grande utilité.

— Bien, nous ferons tout ce qui est en notre pouvoir. Helen assistera Marian, et Benjamin, comme vous dites, jouera certainement le rôle de la victime à la perfection. Et je vous assure que je ne chômerai pas non plus. Dimanche, quand je verrai Père, je m'entretiendrai de ce projet directement avec lui. Il n'était pas nécessaire que vous jouiez les intermédiaires, Duncan, je…

— Oh, répliqua celui-ci d'un ton de reproche, ce n'est absolument pas le cas. Votre père est au tribunal aujourd'hui et il m'a demandé de consacrer toute mon énergie à cette affaire. Il aimerait bien que je prenne part à la campagne électorale du conseil municipal de 1883. Mes résultats de l'an dernier l'ont beaucoup déçu, mais bien sûr, il en rend responsables les Démocrates. Il ne veut pas que je sois à nouveau battu.

—Vous avez mes vœux. Vous avez mes prières, et quoi qu'il en soit, je ferai mon possible pour favoriser ces louables desseins. J'imagine que toute la famille y trouvera son profit. Je parle de profit spirituel, bien entendu. »

Duncan Phair passa l'après-midi à Bleecker Street, au premier étage d'une certaine petite maison en brique bien entretenue. Madame Lady Weale, une vieille dame au visage plat, aigre et grisâtre, un fichu jaune enroulé sur la tête, lui avait ouvert et permis d'entrer sans poser de question. Elle le précéda à l'étage et déverrouilla la double porte. Là, il retrouva Maggie Kizer, vêtue d'un élégant déshabillé, assise près de la fenêtre, avec sur les genoux un volume de poésie de Jean Ingelow.

« Je ne t'attendais pas, dit-elle avec un sourire, mais je suis contente que tu sois là. »

Elle lui tendit sa main. Cette dernière était nue et n'arborait qu'une simple bague de rubis.

Duncan s'approcha et baisa galamment la main qu'on lui offrait, portant doucement à ses lèvres barbues le pouce marqué.

« Il y a plusieurs raisons à ma présence…

—Ah oui ?

—Je suis venu te prévenir… »

Le sourire de Maggie se dissipa immédiatement.

« Me prévenir de quoi ? »

Il leva les mains devant lui pour la rassurer.

« Rien en particulier, et rien qui te concerne directement. Je veux seulement te prévenir d'être prudente, de te comporter avec encore plus de discrétion que d'habitude.

— Je suis toujours prudente, répondit-elle en lui désignant le fauteuil à côté d'elle.

— Je sais, dit-il en s'asseyant. Mais ce quartier, le quartier où se trouve cette maison, sera bientôt l'objet d'une attention particulière.

— La police ? Je n'ai pas affaire à la police. »

Une femme moins raffinée que Maggie aurait haussé les épaules en signe d'irritation.

« Pas la police. Les journaux et d'autres partis intéressés. Cela risque d'être dangereux pour... ceux qui ne sont pas prudents. »

Maggie observa attentivement son amant. Elle avait beau être intime avec lui depuis plus d'un an et le voir au moins trois fois par semaine, elle ne connaissait ni son patronyme ni son métier. Il n'avait pas proposé de le lui dire, et elle ne s'était pas donné la peine de demander. Maggie avait des manières véritablement irréprochables et elle ne lui réclama pas d'explication.

« Je veux juste que tu gardes à l'esprit, Maggie, reprit-il d'un ton apaisant, que cette demeure se situe en bordure d'un quartier dangereux. Samedi, un monsieur a été assassiné à une rue d'ici. Un avocat dont les bureaux se trouvent au coin de Trinity Church. On lui a planté un objet tranchant entre les côtes et percé le cœur. Il a été abandonné nu dans une ruelle qui donne sur Leroy Street et identifié par un policier qui le connaissait de vue.

— Et toi, tu le connaissais ? demanda Maggie, la voix âpre ou comme légèrement étranglée.

— Je l'avais seulement rencontré. On n'avait échangé que quelques mots.

— L'assassinat d'un homme dans une ruelle n'est pas une raison pour que je reste confinée dans mes appartements ! s'exclama Maggie. Il y a déjà eu des meurtres. On a découpé une femme à la hache dans la maison d'en face et ses morceaux ont été mis dans une caisse de vaisselle. Et une gamine qui livrait des journaux s'est fait écraser par un fiacre qui ne s'est même pas arrêté. Mais tout ceci n'a rien à voir avec moi, Duncan.

— Non, dit-il en secouant la tête. J'imagine que non. Mais la prudence est une vertu qui nous concerne tous, Maggie, et je voulais simplement te conseiller de faire preuve de prudence, toi aussi. Allez, dit-il en la prenant par la taille et en abandonnant son ton pompeusement solennel. J'arrête d'en parler : plus un mot, plus une syllabe, plus une lettre... »

CHAPITRE 10

Bien que le *Tribune* eût déjà rapporté le cruel assassinat de Cyrus Butterfield sous le titre PREMIER MEURTRE DE L'ANNÉE, en précisant l'identité de la victime et les circonstances de son décès, Simeon Lightner décida de suivre les conseils de Duncan Phair et d'exploiter cette affaire. Quelques jours après la découverte du corps de l'avocat près des quais de la North River, le journal fournit un récit particulièrement détaillé de la dernière journée sur terre de la victime. On le suivait à son travail, le matin du samedi 31 décembre, au fil de ses occupations juridiques, avec ses associés et ses clients, puis on l'accompagnait à son déjeuner dans un café de Murray Street – on avait même droit au menu – et on parlait de son dernier rendez-vous à dix-sept heures quarante-cinq, avec un représentant d'une usine d'armes à feu du Connecticut. Le témoignage d'un petit employé de son cabinet rapportait le dernier moment où Monsieur Butterfield avait été vu en vie, tandis qu'il montait dans un fiacre devant son bureau. L'article reprenait, dix-huit heures plus tard, avec le rapport, largement cité, d'un policier en patrouille près du Quai n°42, qui avait trouvé le cadavre nu de Cyrus Butterfield coincé entre deux tonneaux, avec une plaie, petite mais profonde, dans le sein gauche.

Aucun membre de la famille de Monsieur Butterfield – ni son épouse, ni sa sœur, ni son beau-frère, ni ses enfants – ne pouvait expliquer sa présence dans les parages des quais de West Street alors qu'il demeurait bien loin de là, à la campagne, sur la 85e Rue Est. Ils n'auraient pas été plus surpris si on avait retrouvé son corps à Singapour ou à Liverpool. Personne ne contestait que la portion de New York délimitée par Canal Street, MacDougal Street et l'intersection de Bleecker Street était dangereuse, mais personne ne savait ce qui avait pu amener Monsieur Butterfield, le dernier soir de l'année, dans le Triangle Noir – c'était la première fois que cette dénomination, aussi descriptive que sinistrement mémorable, était portée à l'attention des lecteurs.

Le cabinet de Cyrus Butterfield s'occupait exclusivement des affaires juridiques des grandes usines de la Nouvelle-Angleterre, et assurément aucun de ses clients n'appartenait à la classe des criminels de bas étage. Sa présence en ce lieu constituait donc un mystère, et Simeon Lightner – qui écrivait sous le sceau de l'anonymat – déclarait que le *Tribune* entendait bien le percer ; que le *Tribune* entendait bien soumettre à une justice sommaire les responsables du deuil qui frappait une famille aussi estimable que les Butterfield ; que le *Tribune* entendait bien montrer que l'inaction d'une police contrôlée par les Démocrates était en partie responsable du décès aussi choquant que soudain de cet homme talentueux. Et Duncan Phair, qui signait “Un confrère endeuillé”, citait des chiffres alarmants concernant le nombre de meurtres commis dans ce même arrondissement au cours de l’année, le nombre de cadavres non identifiés qu’on avait ramassés dans ces rues pour les déposer à la morgue municipale et – terrible contraste – le faible nombre d’arrestations ainsi que celui, plus faible encore, de condamnations.

L’article suscita beaucoup d’attention et, dès le lendemain, Simeon Lightner enchaînait avec une description des vêtements et bijoux de la victime. Ces éléments avaient été fournis par Madame Butterfield, une femme dotée d’un grand sens de l’observation. Son chagrin ne lui avait pas fait oublier que son époux portait ses boutons de chemise et son épingle de cravate en saphir le jour où il avait quitté son domicile pour ne plus jamais y revenir. Le *Tribune* annonça qu’il consacrerait ses ressources à passer au peigne fin tous les revendeurs des quatre coins de la ville, afin de retrouver ces articles dont on avait dépouillé Cyrus Butterfield, peut-être même alors qu’il était encore en train d’agoniser dans une ruelle noire et froide entre deux tonneaux remplis de morue en saumure.

Le troisième jour, le journal contenait une demi-page complète consacrée aux funérailles de la victime à l’église presbytérienne de Madison Square, où la famille avait ses habitudes avant de partir pour le nord de la ville. On publia l’intégralité du sermon solennel d’Edward Stallworth. Le récit circonstancié de la procession funèbre et des sobres remarques du pasteur devant la tombe se concluait par une comparaison émouvante entre le rural et paisible charme du cimetière de Greenwood et la misère tapageuse du Triangle Noir.

« Ici, avait dit le pasteur en écartant grand les bras pour embrasser la lugubre beauté hivernale du cimetière, dans ce jardin de tombes, la mort paraît douce, presque enviable ; tandis que là-bas, dans ces tristes rues que l'on regroupe sous le nom de Triangle Noir, la vie elle-même est hideuse et insupportable. Ici, Cyrus Butterfield reposera heureux à jamais parmi les morts ; et là-bas, ceux qui sont coupables de la fin tragique de notre frère bien-aimé ne cesseront jamais de connaître le trouble. »

Le cinquième jour, quand une récompense de mille cinq cents dollars fut offerte pour toute information menant à la capture et à l'arrestation des responsables de cet horrible assassinat, la ville entière était au courant du décès de l'avocat. La police, qui n'avait d'abord pas vu de raison de traiter cet homicide différemment des dizaines d'autres meurtres de personnes respectables ayant lieu en ville chaque année, redoubla d'effort sous la pression exercée par les citoyens en colère. Ils inspectèrent les stocks des revendeurs (épargnant cet effort au *Tribune*), cuisinèrent les prêteurs sur gages, sollicitèrent leurs informateurs, s'aventurèrent dans les pires trous à rats pour interroger les propriétaires et les criminels connus de leurs services, stoppèrent des gens dans la rue presque au hasard – mais personne n'avait rien à dire sur les circonstances de la mort de Cyrus Butterfield.

Au paroxysme de cette effervescence, et après avoir publié une large sélection de lettres scandalisées exigeant de savoir comment on pouvait laisser de telles choses se produire dans la plus grande ville du pays, le *Tribune* annonça qu'il ferait paraître une série d'articles, au rythme de deux par semaine, qui mettrait à nu ce triangle de crime et de corruption où Cyrus Butterfield avait perdu la vie. Il prévenait que les révélations seraient choquantes, mais garantissait l'honnêteté et l'impartialité de ses reporters, qui décriraient la façon dont l'immoralité se pavanait et festoyait à portée de revolver de Washington Square. Simeon Lightner considérait désormais Duncan Phair avec un certain respect car ses suggestions sur la manière d'exploiter au mieux l'assassinat de l'avocat s'étaient révélées des plus habiles.

Chaque soir, maintenant, une incursion était organisée dans le Triangle Noir par trois hommes qui se déplaçaient toujours ensemble pour assurer leur protection : Simeon Lightner, Duncan Phair et Benjamin Stallworth. Ils ne pouvaient évidemment pas se déguiser en habitants du quartier car leurs comportements et leur langage les auraient immédiatement trahis, mais il n'était pas difficile pour eux de se faire passer pour trois compagnons en goguette qui avaient bien l'intention de dilapider leur argent aux jeux, s'étourdir d'alcool et trouver les meilleurs endroits pour céder à la tentation. Benjamin, s'il n'était bon qu'à cela, savait au moins donner à leur trio cet air d'inconséquence balourde.

Ce passe-temps plus que commun des gentlemen allant s'encanailler dans les repaires des classes inférieures était connu sous le nom de « chasse à l'éléphant ». Les criminels n'y trouvaient rien à redire car ces messieurs étaient des cibles parfaites ; ils ne manquaient jamais de s'enivrer et devenaient alors faciles à voler, tromper, duper. C'était même la façon la plus simple de gagner de l'argent, car les criminels n'avaient pas à se faufiler dans les beaux quartiers et à s'introduire par les soupiraux des caves de riches demeures, quand les maîtres de ces mêmes maisons avaient l'obligeance de prendre un fiacre jusqu'à West Houston Street pour s'offrir telles des victimes ambulantes. Et ces victimes n'allaient pas toujours se plaindre à la police car il y avait une certaine honte non seulement à avouer s'être fait escroquer, agresser ou détrousser, mais aussi à s'être simplement trouvé dans un tel quartier.

Le *Tribune*, qui était la principale voix exprimant l'opinion des Républicains à New York mais également dans tout le pays, avait décidé de mener ses recherches sans l'aide de la police. On craignait que les liens étroits entre la direction générale de celle-ci et Tammany Hall ne remettent en cause l'intégrité de l'enquête. C'est pourquoi Simeon Lightner avait décidé de rester anonyme tant que la majeure partie de la série d'articles n'aurait pas paru, afin de ne pas être surveillé ou suborné par la police. Soir après soir, les trois hommes papillonnaient d'un boui-boui à l'autre. Ils erraient dans les rues, s'arrêtaient pour parler aux prostituées et embauchaient des filles pour danser avec eux chez Harry Hill ou Bill McGrory. Benjamin eut même l'autorisation, dans de strictes limites, de s'adonner à son obsession en s'asseyant à diverses tables de jeu véreuses. Il ne gagnait jamais, bien sûr, mais ses mises étaient financées par Duncan.

Le premier article parut le lundi 16 janvier, alors que cela faisait une semaine que le *Tribune* n'avait pas obtenu de nouvelles informations relatives au meurtre de Monsieur Butterfield qui auraient permis de souffler sur les braises de la fureur publique. Il s'agissait d'une description d'une maison close de Hudson Street, dotée de passages secrets, où les messieurs qui s'y aventuraient en compagnie de tapineuses trouvées dans la rue se faisaient subrepticement dépouiller. Pendant que la jeune femme occupait l'attention du monsieur avec quelque jeu amoureux, un complice se faufilait par un panneau coulissant situé dans le mur et subtilisait le portefeuille dans le veston de la victime, que la prostituée avait idéalement placé sur une chaise à proximité du passage dérobé.

Le *Tribune* affirmait pouvoir confirmer l'existence de plus de vingt-cinq maisons de ce genre dans le seul Triangle Noir, chaque bâtiment hébergeant en moyenne sept putains qui non contentes de contaminer leurs partenaires avec diverses maladies – tout en leur demandant de l'argent en échange –, leur faisaient aussi les poches. Le monsieur ainsi berné n'osait pas protester, de peur que l'on sache dans les bras de qui il avait passé la nuit, et si, consterné en découvrant soudain le vol, il s'avisait de tempêter, on pouvait très bien le faire taire d'un coup de couteau dans les côtes. Madame Butterfield n'apprécia pas cette dernière allusion, qui suggérait perfidement que son époux était mort dans des conditions similaires, et elle cessa de collaborer avec Simeon Lightner, ou tout autre envoyé du *Tribune*.

À la fin de l'article, Duncan Phair donnait les estimations de la police quant au nombre de prostituées dans le quartier, le nombre de maisons closes – les deux chiffres étaient plus bas que ceux du *Tribune* – et les comparait avec le nombre d'arrestations et de condamnations. Le bilan de la police était désespérément médiocre.

De nombreuses lettres de lecteurs commentant cet article furent publiées durant les deux jours qui suivirent. Puis arriva le deuxième article décrivant la dépravation qui avait cours chez Harry Hill : les danses enivrées et débridées, les rendez-vous intimes scellés avec une effronterie scandaleuse, les spectacles de marionnettes obscènes, les combats illégaux et sanglants dans son arrière-salle. Le *Tribune* continua à ce rythme : un article le lundi, suivi de deux jours de courriers, puis un nouvel article le jeudi, et des lettres indignées le vendredi et le samedi. Le tout New York était fasciné par ces informations qui apparaissaient pour la première fois dans un journal respectable et avaient été écrites sur un ton qui proclamait que personne auparavant n'avait sondé de telles profondeurs d'iniquité. La *Police Gazette* publia un éditorial sarcastique pour souligner qu'eux-mêmes parlaient du Triangle Noir depuis des années et qu'ils avaient publié des informations similaires, dont le *Tribune* prétendait maintenant avoir l'exclusivité. Mais les messieurs-dames qui n'avaient jamais lu les articles de la

Gazette ne lurent pas non plus cet éditorial et s'imaginèrent que le *Tribune* innovait, éventrait les pavés de la ville pour révéler au grand jour l'enfer aux murs brûlants et éclairé de lanternes rouges qui, fourmillant de répugnants monstres glapissants, grouillait sous leurs pieds.

CHAPITRE 11

Lena Shanks avait l'intelligence de limiter ses affaires aux criminelles et refusait d'acheter le moindre napperon de dentelle si c'était un homme qui l'avait volé. Même si elle renonçait ainsi à bon nombre de transactions lucratives, elle se prémunissait aussi, dans les faits, contre une arrestation. Pour condamner un receleur, l'État de New York devait prouver que celui qui avait reçu les biens volés avait connaissance de leur provenance illégale. Mais c'était une tâche juridique si difficile que la police ne cherchait que rarement à rassembler des preuves, sauf à l'encontre des receleurs les plus notoires, les plus imprudents et les plus riches de la ville. Les entrées d'argent mesurées de Lena la protégeaient donc de toute persécution.

Elle avait gagné la confiance des femmes du crime par ses transactions scrupuleuses et de fréquents actes de charité. Elle était connue pour avoir déjà avancé de l'argent à certaines d'entre elles rendues invalides par des blessures, ou pour avoir envoyé des paniers de nourriture aux détenues de Tombs par l'intermédiaire de sa fille Louisa, et même pour avoir un jour fait coudre une robe spéciale pour une voleuse qui avait l'intention de dérober des rouleaux entiers de soie chez *H. B. Claflin and Company*. Lena souriait rarement et avait rarement un mot gentil, mais la prudence, l'honnêteté et le respect qui caractérisaient son commerce avec ces femmes – accoutumées pour la plupart aux mauvais traitements et à la violence des hommes – étaient bien plus appréciés que des sourires et des mots gentils qu'elle aurait après tout pu seulement feindre.

Elle ne marchandait pas avec les criminels, ni avec leurs épouses ou leurs complices, car elle savait que de trop nombreux receleurs avaient été trahis par ceux avec qui ils étaient en affaires. L'offre d'un prix trop bas pour une cargaison importante pouvait engendrer de la rancœur et envenimer les affaires, et on finissait par dénoncer son fourgue à la police de sorte que sa culpabilité soit prouvée. Celles qui travaillaient seules ne s'adonnaient pas à de telles perfidies, et même si Lena avait conscience qu'elle pourrait considérablement augmenter son volume de transactions en acceptant celles venant d'hommes, elle préférait se conduire d'une manière qui ne compromettait ni sa famille ni son gagne-pain.

Un jour, un désagréable pickpocket avait tenté de la forcer à accepter dix-sept montres en or volées lors de la procession funèbre du président Grant, sur la Cinquième Avenue. Non pas qu'il y ait manqué d'autres receleurs dans le voisinage immédiat ravis de satisfaire à sa demande, ou qu'il n'aurait pu obtenir un meilleur prix ailleurs, mais que cette grosse saturnienne refuse de travailler avec des hommes lui restait en travers de la gorge. Pour finir, rendu fou de rage par ses refus catégoriques, il avait éructé un chapelet de violentes menaces et sorti un couteau de sa poche pour montrer qu'il était sérieux. Avec une rapidité étonnante, Lena Shanks avait abattu sa canne si fort sur son poignet qu'elle lui avait fracturé les os. Au même moment, Louisa avait jailli de derrière le rideau et jeté le voleur dans la rue en plein sur la course d'une carriole transportant une citerne d'eau. Il était passé sous les sabots des chevaux, mais avait survécu ; cependant, son poignet s'était remis de travers, et il lui avait fallu apprendre à voler de la main gauche. Il n'avait jamais retrouvé la même maîtrise et était mort sans le sou dans le New Jersey un an plus tard. Dans le quartier, tout le monde fut au courant de cet incident, et plus aucun homme ne se risqua dans la boutique de Lena Shanks.

Si on n'incluait pas les prostituées, qui se comptaient par milliers, il y avait en 1882 plusieurs centaines de criminelles à New York. Chacune avait sa spécialité. Elles s'adonnaient au vol à l'étalage, au chantage, détroussaient les messieurs qui s'endormaient dans Central Park, volaient des montres dans les salles de jeux, attiraient les ivrognes dans des ruelles où ils se faisaient agresser, ou pratiquaient un large éventail d'arnaques sur les crédules quels qu'ils soient. Mais il y avait essentiellement des voleuses, qui employaient toutes sortes de moyens pour acquérir toutes sortes de choses. Ces femmes, qui chaque jour rapportaient des monceaux de vêtements, de bijoux et autres biens précieux mal acquis, avaient besoin de quelqu'un pour transformer leur butin en espèces.

Une jeune fille nommée Evvie O'Shea avait toujours recours au même stratagème imparable. Elle répondait à des annonces dans le journal et passait des entretiens pour une place de domestique. Ses références étaient fausses, tout comme son nom, ses antécédents et même ses cheveux. Elle se montrait respectueuse envers la maîtresse de maison et se voyait parfois offrir le travail. Toutefois, son objectif n'était pas d'obtenir un poste, mais d'empocher ce qu'elle pouvait pendant les quelques minutes qu'elle passait dans la demeure de son potentiel employeur. Par exemple, elle s'était emparée de trois bagues posées sur une coiffeuse quand une dame de la 18e Rue avait fait l'erreur de la recevoir dans son boudoir. Une heure plus tard, les bagues avaient été échangées sur West Houston Street pour trente-cinq dollars et Evvie O'Shea était repartie de son côté. Le temps que la pauvre femme de la 18e Rue contacte la police en fournissant une description précise des bijoux volés, ils n'existaient plus. Les vêtements et le linge pouvaient être transformés avec rapidité, facilité et d'une façon si radicale que la propriétaire elle-même n'aurait pu les reconnaître sur un étalage dans la rue.

À cette échelle, en matière de vol, les femmes s'en sortaient mieux que les hommes. Elles excellaient au vol à l'étalage, au vol à la tire et à de petites arnaques grâce à la légèreté de leur toucher et à la délicatesse de leur adresse, et parce que les victimes potentielles étaient moins promptes à les suspecter.

C'étaient les hommes qui réussissaient à braquer des banques, à dérober d'énormes fortunes en titres négociables, à mettre en œuvre de fabuleuses escroqueries, à dépouiller des demeures entières. Mais c'étaient aussi eux qui se faisaient prendre le plus souvent, parce qu'après avoir réussi un gros coup bien profitable, ils se montraient imprudents et dépensiers, s'enivraient et se vantaient de leurs exploits auprès de leurs bons – mais pas toujours fiables – amis. Ils étaient fréquemment trahis par des informateurs. Les femmes, plus fermées, plus enclines à cacher leurs gains et à rester muettes concernant l'état de leur fortune, affichaient le même comportement dans l'adversité que dans la prospérité.

Lena Shanks n'avait aucune difficulté à écouler des pierres et des métaux précieux, car même les plus respectables bijoutiers de la ville payaient bien et sans poser de questions. Vêtements modifiés, rouleaux de tissus et articles directement volés dans des boutiques étaient revendus en lots auprès des marchands de seconde main de Chatham Square et de Catherine Street, qui, avec leurs enchères truquées et leur pouvoir de conviction auprès des gens de la campagne en visite à New York, arrivaient en général à vendre un article bien au-dessus du prix qu'ils l'avaient payé, voire de sa valeur réelle.

Meubles et objets d'art, que l'on ne pouvait maquiller sans diminuer substantiellement leur valeur, s'achetaient à un prix moins élevé que le taux habituel d'un tiers. C'étaient des articles plus difficiles à liquider car ils risquaient d'être identifiés et tracés.

Lena Shanks avait la chance d'avoir de la famille à Philadelphie qui venait tous les deux mois à New York avec un corbillard qu'ils remplissaient de biens volés avant de faire la route inverse. Les chevaux portaient des panaches noirs, et le père et ses deux garçons, habillés en croque-mort, ne se faisaient jamais arrêter ou questionner.

Lena refusait les obligations, les titres au porteur, les chèques volés et les ordres de banque, car ils pouvaient se révéler dangereux pour qui ne maîtrisait pas les subtilités de la finance moderne.

Avec Louisa, qui aidait sa mère ou sa sœur en fonction des besoins et tenait les livres de compte – c'était aussi une faussaire compétente qui trouvait souvent de petites occasions d'exploiter ce talent –, les Shanks gagnaient environ cinquante mille dollars par an. Ce qui constituait une fortune, y compris pour de nombreuses familles new-yorkaises bénéficiant de tous les atours de la respectabilité et d'une bonne éducation.

La majeure partie de ces revenus reposait tranquillement dans plusieurs banques des Sixième et Septième Avenues, et avait au fil des années accumulé d'importants intérêts. Lena Shanks ne considérait pas l'appât du gain comme une vertu chez les criminels, car la cupidité menait au danger, et de tels risques pouvaient facilement vous contraindre à prendre vos quartiers dans Centre Street : à Tombs. « Faites comme Louisa, recommandait Lena, toujours faites comme Louisa, discrètes, restez discrètes… »

Le lundi 9 janvier, il faisait un froid mordant à New York. La neige qui avait temporairement blanchi le Triangle Noir le mardi précédent avait depuis longtemps disparu – piétinée par des hommes en quête d'alcool ou de pigeons à plumer, absorbée par les jupes des femmes parcourant les rues, lapée par les gamins pour assouvir leur faim, et même, par endroits, balayée par les autorités municipales payées des millions de dollars par an pour le faire. Au milieu de ce court et sinistre après-midi, la Pugiliste Saphique, vêtue de grosses bottes et d'une ordinaire robe à carreaux gris, remontait West Houston Street d'un pas vif et déterminé. Trouvant la boutique de prêt sur gages ouverte, Charlotta Kegoe s'y présenta plutôt que de frapper à la porte de la maison des Shanks, juste à côté.

Lena était assise derrière le comptoir, en train de coudre des attaches brandebourgs noires sur une veste en soie rouge là où s'étaient trouvés des boutons d'ébène. Ella, à la table en bois blanc, construisait un château de cartes qui ne tarda pas à s'effondrer quand Charlotta fit trembler la pièce de son pas lourd.

« Lotta », la salua Lena avec un bref hochement de tête.

Charlotta lui rendit son salut et s'avança vers le comptoir.

Lena envoya sa petite-fille chercher Louisa puis, tout en épinglant un brandebourg sur le bord de la veste, elle demanda : « Des nouvelles ? »

Charlotta fit signe que oui.

« On vous a montré les journaux, cette semaine ?

— On parle de nous, de notre rue, *nicht?*

— C'est ça, répondit Lotta en lui tendant l'exemplaire plié du *Tribune* qu'elle avait sous le bras. Je vous en ai apporté un au cas où vous n'auriez pas vu celui d'aujourd'hui. Ils offrent une récompense et promettent d'enquêter sur toutes les boutiques de prêt du quartier pour retrouver les bijoux du type qui s'est fait assassiner.

— Où ça ? demanda Lena. Où ils disent ça ? »

Charlotta ouvrit le journal et lui désigna l'article. À ce moment-là, Louisa Shanks écarta les rideaux de l'arrière-boutique et sourit à son amie. Ella se faufila devant sa tante et se percha sur un tabouret à côté de sa grand-mère.

« Lotta, dit Lena, *danke schön.* »

Charlotta passa à l'arrière avec Louisa.

Lena continua à coudre et écouta les pas sonores de leur invitée monter vers la chambre de Louisa au deuxième étage. Ella regardait dans la rue et comptait les passants à voix haute. Certains observaient avec curiosité l'intérieur de la boutique, mais aucun ne s'y aventurait. Lena menait la plupart de ses affaires tôt le matin ou tard l'après-midi et, entre-temps, tout était calme.

« Ella, demanda Lena, lis pour moi. » Elle pointa l'article écrit par Simeon Lightner. La petite fille, qui était myope, se pencha immédiatement en avant, les coudes sur le journal et les yeux à quelques centimètres du texte. Elle lut de manière hésitante, sauta les mots difficiles et transforma certaines phrases en charabia. Sa grand-mère, qui lisait mal l'anglais elle aussi, ne lui reprochait pas ces blessures infligées à la compréhension et, en vérité, ne s'intéressait guère à l'indignation du *Tribune* concernant la mort de Cyrus Butterfield et l'appel du journal à une vengeance rapide. Mais quand Ella arriva au paragraphe où il était question d'une récompense, Lena lui fit lire lentement et répéter chaque phrase avant de passer à la suivante.

« *Verstehst?* »

Ella acquiesça : « Ils donneront de l'argent à ceux qui pourront dire qui a tué le monsieur près des quais. Nana, est-ce qu'on sait qui l'a tué ?

— Continue », dit Lena, et sa petite fille s'exécuta.

Le paragraphe suivant contenait une description des vêtements et des bijoux dont on avait dépouillé la victime. À la fin de sa lecture, Ella releva la tête pour regarder sa grand-mère, mais sa discrétion était telle qu'elle se retint de formuler ce qu'elle savait parfaitement : que Maggie Kizer avait reçu trois cents dollars pour les bijoux mêmes qu'elle venait d'énumérer.

« Encore », dit Lena, mais alors qu'Ella commençait le paragraphe pour la seconde fois, elles furent interrompues par l'arrivée d'une petite femme mince au nez retroussé et accoutrée comme une veuve. Mary la Pleureuse, l'une des clientes les plus régulières de Lena, donnait toujours l'impression qu'elle sortait d'une crise de larmes et faisait de son mieux pour ne pas y replonger à nouveau.

C'était une pickpocket qui exerçait ses talents dans les lieux de culte exclusivement. Chaque dimanche, elle allait à la messe dans une église huppée de New York ou de Brooklyn, prenait place auprès des domestiques dans la galerie en se faisant passer pour l'un d'eux, se mêlait à l'affluence à la sortie et parvenait parfois à faire les poches des messieurs, mais se contentait le plus souvent de mouchoirs, de morceaux de dentelle et d'ornements provenant des robes des dames. La semaine, elle se rendait aux enterrements où ses airs maussades s'avéraient fort utiles, et on la prenait souvent pour une domestique dévouée et endeuillée du défunt. Selon elle, les funérailles étaient du pain bénit, car les gens étaient fréquemment distraits par leur chagrin et peu susceptibles de sentir le léger frôlement au niveau de leur poche ou d'entendre le petit coup de ciseaux qu'elle donnait pour s'emparer d'un bout de robe.

Si Mary la Pleureuse ne volait que rarement de vrais objets de valeur, elle avait un volume d'activité important. Au regard des normes de sa profession, elle ne chômait pas et avait même développé un certain goût pour les sermons. Elle connaissait les hymnes de cinq ou six confessions différentes, savait réciter toutes les prières catholiques et tout le credo protestant ; et même s'il pouvait être dangereux de retourner trop souvent à la même église, elle y était parfois attirée par l'éloquence ou l'élégance d'un prêtre ou d'un autre. Parmi eux se trouvait le beau pasteur presbytérien dont l'église se situait sur Madison Square, et quand Mary la Pleureuse vit le *Tribune* ouvert sur le comptoir de la boutique de Lena, elle s'exclama d'un ton douloureux : « Ces mouchoirs que je t'apporte aujourd'hui, j'les ai pris à la veuve et à ses deux filles, juste quand elles montaient dans leur fiacre, à l'enterrement de cet avocat qui s'est fait tuer au Nouvel An. Je m'disais, va y avoir du monde pour celui-là et, pour sûr, y avait du monde. L'église était pleine. J'y étais déjà allée mais j'l'avais jamais vue si remplie. J'savais pas où donner de la tête. J'pense pas que c'étaient que des amis à lui, plutôt des gens qui voulaient voir si le cercueil serait ouvert, comme s'ils allaient pouvoir zieuter par un trou dans sa veste là où le couteau lui était rentré. Et bah, le cercueil était fermé et tout le monde se disait qu'ils allaient repartir déçus. Mais je vais te dire ce qu'y s'est passé, Lena. Personne a été déçu parce que le pasteur – un vrai bel homme, ça oui –, il est monté en chaire et il a fait une petite prière, et on a chanté un petit hymne, et il a refait une petite prière et il a parlé du défunt comme si c'était son frère, puis, alors qu'on pensait tous qu'on allait emmener le cercueil, v'la que le pasteur il se met à nous engueuler, nous !

— Nous ? s'étonna Lena.

— Oui, acquiesça Mary la Pleureuse d'un ton lugubre. Toi et moi, et tous ceux qui vivent dans le quartier. Il a parlé de Bleecker et de West Houston et de la dépravation des habitants, et il a mentionné Sodome et Gomorrhe, et dit qu'il faudrait tous qu'on soit engloutis par la rivière. Comme quoi si un avocat n'est pas en sécurité dans les rues de New York, un prêtre non plus, et que les dames feraient mieux de rester chez elles. Il a dit qu'une famille respectable n'avait qu'à aller en haut de leur maison – par exemple dans les chambres de bonne ou dans la nurserie – et qu'avec une paire de jumelles, ils pourraient observer les rues de Sodome et se rendre compte de choses dont ils n'avaient même pas conscience avant, de la corruption morale qui puait et brûlait comme l'enfer lui-même. Y avait qu'à regarder la congrégation pour comprendre qu'ils étaient tous prêts à rentrer vite fait prendre leurs jumelles et se mettre à la fenêtre pour voir ce qui se passe chez nous. C'était terriblement excitant, mais pas vraiment réconfortant pour la veuve.

— *Nee*, dit Lena.

— Elle, elle avait l'air fichtrement choquée, ajouta Mary la Pleureuse. Fichtrement, ça oui, même qu'après, elle a pas voulu parler au pasteur. Elle est allée directement à son fiacre, et c'est là où je suis passée dans son dos et que j'ai tiré son mouchoir de sa manche. Je suis sûre que j'aurais pu lui piquer son chapeau et ses bas s'il n'y avait pas eu autant de monde. »

Elle reçut trois dollars pour les mouchoirs et les bouts de dentelle qu'elle avait apportés – un peu plus que ce à quoi elle s'attendait –, et s'apprêtait à partir quand Lena l'arrêta avec une question : « Ce pasteur... *Wie heisst er?*

— Stallworth, répondit Mary la Pleureuse, Edward Stallworth. »

De ses doigts potelés, Lena Shanks se mit à battre le comptoir sur un rythme furieux.

CHAPITRE 12

En 1853, alors qu'elle avait à peine seize ans, Lena Kaiser et son jeune frère Aleksander débarquèrent sans un sou à New York depuis Brême. Sur le quai, ils attirèrent l'attention de Cornelius Shanks, un opportuniste qui, quand il n'était pas occupé à concocter des fraudes à l'assurance, s'employait plus modestement à escroquer des immigrants et des campagnards. Il se trouva toutefois qu'il rencontra son égal en la personne de Lena Kaiser – et il l'épousa peu de temps après. Entre ce moment et la guerre de Sécession, Lena donna à Cornelius quatre enfants : deux filles, Louisa et Daisy, et des jumeaux, qui moururent de diphtérie dans leur seconde année.

Lena Shanks ne tenta pas de réformer son mari mais, au contraire, demanda qu'il lui apprenne certains talents susceptibles d'augmenter les revenus de la famille. Cornelius observa sa femme et constata qu'elle était trop lente dans ses mouvements pour pouvoir atteindre des sommets comme pickpocket et que son anglais était trop hésitant pour qu'elle réussisse dans l'escroquerie ; mais le fait qu'elle soit corpulente et qu'elle porte des jupes volumineuses et des vestes amples laissait penser qu'elle pourrait se débrouiller dans le vol à l'étalage – et ce fut le cas. Dans le même temps, le frère de Lena, dont le nom avait été changé en « Alick Kizer », était devenu l'apprenti d'un cambrioleur, avec des résultats tout aussi heureux.

Tout allait bien pour les Shanks et ils prospéraient modestement dans les appartements qu'ils occupaient sur Vandam Street. Puis, la dernière année de la guerre de Sécession, Cornelius eut la malchance d'être impliqué dans la tristement célèbre tentative confédérée de brûler les six plus grands hôtels de New York. Avec les cinq comparses qui avaient été recrutés, il avait testé l'efficacité de leur technique en incendiant une pension de la 23e Rue où trois femmes avaient trouvé la mort. Les conspirateurs furent appréhendés la veille de leur projet de mettre le feu à l'*Albermarle*.

En mars 1865, Lena Shanks assista au procès de son mari, qui fut connu sous le nom de « Complot du Brasier ». Ce fut une procédure brève, si l'on considère l'ampleur des crimes et le nombre des accusés. Shanks n'était pas seulement jugé comme incendiaire et meurtrier, mais aussi comme traître à la nation. Qu'il soutienne n'avoir agi que pour l'argent – il n'avait aucune opinion politique – ne fit rien pour adoucir la sévérité de la sentence. Les six hommes furent reconnus coupables, mais seuls deux furent condamnés à mort : le plus jeune pour avoir tué un policier qui tentait de l'arrêter, et Cornelius Shanks parce que le juge – James Stallworth, qui venait d'accéder à ses fonctions cette année-là –

avait découvert qu'il avait également joué un rôle important dans les Émeutes de la Conscription en 1864.

Même si Lena vivait dans ce pays depuis longtemps, son anglais laissait à désirer et elle eut du mal à suivre les débats. Quand, dans un murmure, on lui expliqua que son mari devrait mourir du fait de la sentence décidée par cet homme imposant, impassible, au visage dur et vêtu d'une robe noire flottante, le juge Stallworth s'était déjà retiré dans son cabinet.

Après cela, elle ne put se souvenir que de ses yeux, d'un bleu luisant et infernal, et de sa peau, blanche comme la cornette amidonnée d'une nonne. Ces yeux et cette peau, elle les revit deux mois plus tard quand elle fut elle-même jugée pour vol à l'étalage sur le bazar caritatif de Madison Square Garden. Comme elle avait brièvement témoigné lors du procès de Cornelius – uniquement pour établir l'identité de certaines personnes, son vocabulaire étant trop rudimentaire pour résister à un interrogatoire plus poussé –, Lena tremblait de peur à l'idée que le juge se souvienne d'elle.

Deux témoins furent appelés, la jeune fille chic à qui Lena avait dérobé des écharpes faites main et l'agent de police qui l'avait arrêtée et avait trouvé, cachés sur elle, les objets volés. Il n'y avait pas de témoin pour la défense. Le jury, qui ne se donna même pas la peine de quitter le banc, débattit seulement deux minutes et la déclara coupable. Une partie substantielle de ce procès de vingt minutes avait été consacrée à amener la jeune fille chic à la barre des témoins, et à l'en dégager – opération difficile du fait de l'immense circonférence de sa robe à crinoline.

L'avocat de Lena, un homme abject qui gagnait cinquante mille dollars par an en défendant les criminels avec un enthousiasme ostensiblement modéré, murmura à sa cliente qu'elle n'avait pas de chance, en désignant le juge Stallworth qui tourna pleinement vers elle ses yeux d'un bleu étincelant.

« Lena Shanks, dit le juge James Stallworth d'une voix calme et forte, vous êtes accusée de vol à l'étalage et un jury de douze personnes vous a reconnue coupable. Il est de mon devoir à présent de prononcer une sentence pour ce délit. Avant que je n'annonce la durée de votre peine, je crois qu'il me faut adresser quelques remarques à la cour dans son ensemble et, bien sûr, demander que ces remarques soient consignées dans les minutes du procès. »

Il s'interrompit et considéra les jurés avec un léger sourire. Ses yeux bleus et brûlants se posèrent à nouveau sur Lena, et il soutint son regard jusqu'à ce qu'elle se sente comme pétrifiée par la Gorgone – et tout cela alors qu'elle ne comprenait qu'une partie de ce qu'il disait.

« La cour vous a déjà vue. La cour vous a entendue témoigner lors du procès de votre époux, Cornelius Shanks, qui réside à la prison de Blackwell's Island, condamné à mort pour les horribles crimes que sont le meurtre, l'incendie volontaire et la tentative de meurtre et d'incendie. La cour ne doutait pas lors de ce procès, et n'en doute pas davantage aujourd'hui, que vous aviez pris part à cette conspiration, même si vous n'avez jamais été inculpée. Votre dévotion à l'égard de votre mari dans ses heures les plus sombres aurait pu être touchante si votre vie commune n'était pas que perversité criminelle – une union dont les fondations ont été bâties sur les sables mouvants du péché. Vous avez travesti la respectabilité du mariage en une farce diabolique ; vous avez fait de l'institution familiale, bénie et sacrée, une plaisanterie pernicieuse – la famille, qui sera le seul salut de l'Union en ces temps troublés. Je ne doute pas que le pays, qui aurait dû depuis longtemps gagner ce conflit intestin contre les États rebelles de la Confédération, serait en paix aujourd'hui s'il ne comptait pas en son sein des individus comme vous, votre mari et vos malheureux et malchanceux enfants qui ont grandi en tétant le lait pestilentiel de la criminalité. »

Daisy et Louisa, assises dans la rangée derrière leur mère, baissèrent les yeux face au regard sévère du juge.

« En tant que représentant officiel de cette ville et ardent défenseur des lois gouvernant cet État et ce pays, et parce que je crois fermement aux principes sur lesquels cette nation a été fondée, je considère qu'il relève de mon devoir solennel d'œuvrer à la destruction des familles dépravées comme la vôtre. Nous ne jouirons jamais d'une sécurité urbaine, et New York n'atteindra jamais sa pleine stature en tant que plus grande ville du monde, si la criminalité n'est pas déracinée, et que ce fécond marécage du vice n'est pas asséché. Votre mari, Lena Shanks, mourra bientôt, et quand les os de son cou auront offert leur dernier craquement, vous serez privée du pilier qui vous assistait dans le crime. Cependant, je ne suis pas convaincu que cela suffise à vous tirer de ce bourbier de débauche et je vous condamne donc à sept années de détention à la prison pour femmes de Blackwell's Island. Vous aurez le réconfort de vous savoir près de votre époux durant ses derniers jours sur cette terre, que son existence aura rendu d'autant plus triste et cruelle. »

Le juge s'interrompit et observa avec satisfaction un journaliste du *Tribune* qui notait chacune de ses remarques en détail.

« La cour n'est pas insensible au sort de vos enfants, pire que celui d'orphelins qui, déjà privés d'un père, et cela bientôt définitivement – quoiqu'on puisse douter des bienfaits d'un tel géniteur –, doivent maintenant être séparés de leur mère. Depuis ce banc, la cour note que les deux fillettes ne semblent pas irrémédiablement enlisées dans la corruption et les déclare désormais pupilles de l'État. On subviendra à leurs besoins dans un orphelinat éloigné des rues méphitiques où elles auraient rapidement appris toutes les leçons répréhensibles qu'une atroce dépravation peut enseigner. »

Lena n'avait rien compris à cette tirade jusqu'à ce que son avocat se penche vers elle pour lui souffler : « Sept ans à Blackwell's… les filles enlevées… »

Elle resta stupéfaite, les mains serrées de douleur contre la poitrine.

« La cour n'a guère d'espoir quant au bénéfice durable que vous apportera votre séjour de sept années au pénitencier, poursuivit le juge Stallworth, et elle préférerait vous y envoyer pour plus longtemps, mais les lois de cet État limitent malheureusement le nombre d'années d'incarcération pour ce délit – bien que la cour n'ait guère de doute que vous en ayez commis d'autres qui, s'ils avaient pu vous être imputés, vous auraient fait condamner à une peine bien plus lourde que celle qui vous échoit aujourd'hui. La cour éprouve cependant la satisfaction de savoir qu'elle a déraciné et démembré un arbre bien noir qui n'aurait produit d'autres fruits que ceux de la corruption. »

Le juge Stallworth, après plusieurs clignements de ses lumineux yeux bleus, se leva et quitta le tribunal. Un policier s'avança pour emmener une Lena abasourdie qui, reprenant soudain ses esprits, se dégagea brusquement. Elle se tourna et parla rapidement en allemand à son frère, qui l'avait accompagnée au tribunal. Elle le supplia de prendre les filles avec lui pour que la justice ne s'en empare pas ; elle les récupérerait à sa sortie de prison.

Lena regarda intensément Daisy et Louisa, qui avaient peut-être encore moins compris que leur mère ce qui s'était passé, et leur murmura : « *Vergiss mich nicht...* » Leur oncle se dépêcha de les faire sortir avant qu'un des agents ne songe à l'arrêter.

Cornelius Shanks et sa femme furent ensemble à Blackwell's Island durant mai et juin 1865, mais aucune communication, hormis une unique visite la veille de la mort de son mari, ne fut autorisée à Lena. Elle n'eut pas la permission d'assister à l'exécution alors même que celle-ci avait lieu à moins de cinquante mètres de sa cellule, de l'autre côté d'un grand mur ; néanmoins, grâce à un important pot-de-vin au bourreau, elle se procura la corde qui avait été passée autour du cou de Cornelius. On la lui apporta avec le nœud encore serré, des lambeaux de peau incrustés dans la fibre rugueuse. Lena la conservait toujours sous son lit, dans un coffre fermé à clé.

Pendant longtemps, alors qu'elle se languissait sur l'île de pierre, Lena Shanks demeura profondément affligée par la perte de son mari. Leur dernière entrevue avait été brève, laconique et sans larmes ; mais le chagrin de Lena après sa mort fut aussi sincère qu'intense. Ses deux petites étaient gardées par des parents éloignés à Philadelphie, mais l'illettrisme de la famille entière empêchait toute communication, et Lena ne savait même pas si ses filles étaient en vie ou mortes, en bonne santé ou malades. Alick, soupçonné d'une série de cambriolages ayant tourmenté les habitants de la 12e Rue, se retira provisoirement à Boston. Et Lena demeura seule.

Peu à peu, cependant, elle parvint à s'extraire de sa douleur et, du fond de son infortune, jura qu'une fois sortie de prison, elle n'y retournerait plus jamais. Par nécessité, elle s'était attachée à sa compagne de cellule, une meurtrière qui faisait office de sage-femme pour les prisonnières. Lena devint son assistante et s'instruisit dans l'art d'accoucher les nourrissons, tout en se formant au métier également pratique consistant à provoquer des avortements. Quand la meurtrière mourut, en s'étouffant elle-même avec un livre de prières mis en pièces, Lena reprit ses fonctions. Dans les faits, elle était libre d'aller partout dans la prison pour femmes. Elle apprit des autres détenues les magouilles et les stratagèmes qu'on pouvait exercer à l'encontre des gens simples et crédules, et s'abreuva d'histoires de voleuses, de pickpockets, d'aventurières ; si bien que tout ce qu'elle ignorait du crime à New York quand on l'avait emmenée en barque des rives de Manhattan à Blackwell's Island, elle le savait sur le bout des doigts lorsqu'elle fit le trajet inverse, le jour du Vendredi Saint de 1872.

À ce moment-là, Lena ne possédait rien d'autre que les vêtements qu'elle avait sur le dos lors de son incarcération et la corde qui avait servi à pendre son mari. Mais elle eut la chance de sortir de prison sous l'aile protectrice d'une jeune femme qui tenait un bordel sur West Houston Street. Cette âme animée d'un esprit d'entreprise affûté, qui avait été condamnée à seulement trois mois de prison pour l'homicide involontaire d'une lingère noire, s'était soudain mis en tête de faire de Lena l'avorteuse et le médecin à résidence de toutes les prostituées du quartier. Lena reçut un logement au dernier étage d'un de ces établissements et un salaire pour traiter les filles du voisinage. Deux ans plus tard, quand sa protectrice décida de déménager à Montréal, Lena racheta la maison pour une somme symbolique et développa l'affaire – bien que la quasi-totalité de son activité ait continué d'avoir lieu dans la petite chambre sous les toits. Désormais rassurée sur sa situation, Lena prit le train pour Philadelphie un après-midi, se renseigna sur la localisation de ses proches et les retrouva après deux jours d'intenses recherches.

Louisa et Daisy ne se souvenaient pas bien de leur mère mais elles avaient été si mal traitées par leur famille qu'elles ne firent aucune objection quand Lena leur annonça qu'elle les ramenait à New York. À ce moment-là, Daisy avait quatorze ans, et sa sœur Louisa, deux de plus. À la suite d'une maladie dont le traitement aurait nécessité une dépense que personne n'avait jugé utile de faire, Louisa avait perdu l'usage de la parole et était devenue totalement muette. Seuls son air dur et son caractère intraitable avaient empêché qu'on ne lui fasse faire le trottoir – une activité que pratiquait Daisy depuis trois ans déjà. Sa mère lui fit cependant la promesse qu'elle serait initiée au métier plus plaisant et lucratif d'avorteuse.

Lena Shanks vivait encore près de l'immeuble de West Houston Street et s'aventurait rarement à l'extérieur. La sécurité de sa demeure et la discrétion de ses affaires la protégeaient d'une arrestation éventuelle. Son existence sédentaire la rendit morose et grasse, mais elle ne se débarrassa jamais vraiment de la peur qu'elle pouvait, un jour ou l'autre, se voir réexpédier entre les murs de pierre gris de Blackwell's Island. Daisy avait reçu comme instruction, au cas où cela se produirait, de préparer et d'administrer une généreuse tasse de poison à sa mère – et elle avait accepté.

Le juge James Stallworth, selon les informations de Lena, présidait toujours un tribunal ; et la seule chose qu'elle refusait de faire pour ses protégées en difficulté, c'était de témoigner à la barre en leur faveur. Elle ne l'avait pas revu depuis des années, mais les yeux laqués de bleu du juge continuaient à hanter ses cauchemars. Elle avait une peur presque superstitieuse de lui et avait été terriblement troublée en voyant ces mêmes yeux sur le visage en forme d'œuf de ce jeune homme chez Harry Hill. Et voilà que Mary la Pleureuse lui mettait sous le nez ce nom si redouté ! C'était comme si ce sorcier se transformait et surgissait sournoisement sous différentes apparences. Lena prit conscience qu'elle devait se montrer doublement vigilante désormais : pendant près de vingt ans le vieil homme s'était tenu tranquille, mais il était de retour avec plus d'influence que jamais et des complices armés de ses yeux brûlants et de son nom abhorré !

CHAPITRE 13

Tammany Hall et la police de New York sentirent la piqûre des articles du *Tribune*. On discutait des écrits de Simeon Lightner et Duncan Phair dans tous les bars, tous les salons, tous les clubs et à tous les coins de rue de la ville. D'audacieux jeunes hommes qui auparavant avaient confiné leur quête de plaisirs à Central Park ou à de longues promenades à Coney Island arpentaient désormais les rues au sud de Bleecker Street en larges groupes, délicieusement effrayés, s'imaginant que des prostituées meurtrières allaient fondre sur eux depuis chaque renfoncement de porte. Des dames timorées attendaient que leur mari parte pour le bureau afin de grimper au grenier où, après avoir nettoyé un carreau crasseux, elles pointaient en tremblant leurs lunettes d'opéra vers le labyrinthe de brique rouge du Triangle Noir.

D'autres journaux avaient commencé par dénigrer l'évidente stratégie du *Tribune* ; mais rapidement, en voyant le remue-ménage provoqué par les articles et le courrier des lecteurs, ils reprirent cette cause à leur compte. Le *Herald* démarra une enquête sur les taudis qui subsistaient du côté de Five Points et le *Sun* fit un rapport quotidien et détaillé sur les faits de violence parmi les Juifs, les Italiens, les Cubains et les Chinois.

Les arguments avancés par la police en guise de défense furent inefficaces, car c'étaient leurs propres chiffres qui les accablaient le plus. Mulberry Street[1] lança donc une campagne contre le Triangle Noir en espérant améliorer son image auprès d'un public en colère.

Le jeudi 19 janvier, la salle de jeux que Duncan Phair et Simeon Lightner étaient allés voir lors de leur première sortie fut l'objet d'une descente de police. Les propriétaires eurent beau objecter avec véhémence qu'ils étaient parfaitement à jour dans le versement des pots-de-vin, ils furent néanmoins arrêtés. Les joueurs de bonne famille furent poliment raccompagnés dehors où ils profitèrent rapidement de la commodité d'une voiture pour rejoindre les beaux quartiers, mais ceux de classe inférieure ou criminelle furent envoyés deux nuits à Tombs. La grande machine du jeu fut détruite : les tables et les chaises furent taillées en pièces avec des haches empruntées aux pompiers, puis on empila les débris au milieu de King Street, on garnit cet amas de cartes, de dés, de jetons, d'annonces et de tracts publicitaires avant de les arroser de kérosène et d'y mettre le feu. C'était une action symbolique et spectaculaire destinée à apaiser l'opinion publique ; malheureusement, la manœuvre s'avéra dangereuse

1. Rue célèbre qui accueillit le siège de la police de 1862 à 1909.

– une bourrasque emporta quelques cartes enflammées d'un jeu de pinochle jusqu'à la porte ouverte d'une misérable maison où elles mirent le feu à un tas de haillons graisseux. Simeon Lightner et Duncan Phair, qui se trouvaient dans la rue d'à côté, furent attirés par l'agitation et purent ainsi rapporter en détail un autre exemple de négligence et d'incompétence policières dans le *Tribune* du lendemain matin. La police répliqua mollement que le bâtiment était infesté de vermine et que le nourrisson qui avait péri dans l'incendie souffrait déjà de tuberculose, mais le reproche était fait.

Quoiqu'un peu découragé, le chef de la police ordonna le dimanche suivant la fermeture d'un bar quelconque, et on choisit un grand établissement sur Perry Street parce que c'était l'endroit le plus élégant et respectable du Triangle Noir – et non parce que c'était le pire en matière de fraude aux taxes. Avec pour justification une loi de l'État selon laquelle aucun établissement vendant de l'alcool ne pouvait être ouvert durant le sabbat, soixante-treize agents assermentés y firent irruption à onze heures, embarquèrent les propriétaires et les barmen, dégagèrent les clients, brisèrent chaque verre, bouteille et miroir, et détruisirent chaises et tables contre le comptoir en acajou. Des représentants de toute la presse sympathisante se déplacèrent et cette intervention fut plutôt une réussite pour la municipalité.

Après ça, presque un jour sur deux, on mena des actions contre des commerces de cette partie de la ville : dix-sept prostituées furent arrêtées dans une maison close, un receleur interpellé sur King Street, une gargote vendant de la bière éventée fut vidée de tous ses rebuts liquides et humains, et un lieu de rendez-vous bien connu des voleurs du coin fut condamné avec des planches.

Les choses auraient pu être plus rudes encore pour le Triangle Noir si les autres journaux n'avaient pas embrassé la cause et, pour ainsi dire, mis à l'honneur d'autres quartiers à forte criminalité. La police fut alors contrainte, dans une certaine mesure, de déployer des effectifs dans différents secteurs pour montrer qu'elle avait bien l'intention de libérer chaque recoin de New York du règne de la corruption et de la dépravation. Toutefois, comme les articles du *Tribune* étaient les plus virulents et les plus violemment hostiles aux forces de l'ordre, c'est cette zone entre MacDougal, Canal et Bleecker qui reçut la plus fréquente et méticuleuse attention de la police.

À bien des égards, cette dernière rechignait à mettre en œuvre une tolérance zéro. C'était une entreprise difficile et dangereuse car les malfaiteurs et les criminels new-yorkais étaient fermement ancrés dans le paysage, et la plupart d'entre eux considéraient qu'ils formaient en quelque sorte une branche essentielle, bien que déplaisante, de la communauté, et qu'ils avaient le droit, autant que n'importe quel négociant ou couturière ou libraire, d'exister et d'exercer leur métier. Ils prenaient ombrage des incursions de la police dans des endroits où elle n'avait jamais osé aller jusque-là. Trois hommes avaient déjà été tués en résistant à leur arrestation, et un officier n'avait échappé à la mort qu'au prix d'un méchant coup sur la tête qui l'avait mis hors service. Sans compter que c'était une opération coûteuse car beaucoup de policiers, à tous les niveaux – mais surtout les plus haut placés et ceux tout au bas de l'échelle –, avaient l'habitude d'accepter des dessous-de-table pour ignorer le crime quand celui-ci pouvait être tranquillement ignoré. À force d'arrêter ces hommes et ces femmes, les pots-de-vin finirent par se tarir, et les classes délinquantes perdirent foi en la parole de la police.

Des pontes de Mulberry Street et de l'administration municipale qui recevaient des sommes considérables de la part des malfrats les plus importants de la ville, et des politiciens qui dépendaient des combines de truands de bas étage pour se faire réélire année après année à coups de fraudes électorales, étaient nécessairement mal à l'aise face à cette demande d'éliminer l'ensemble de la population criminelle de la ville. Par chance, on n'était qu'en janvier, et la prochaine élection n'aurait pas lieu avant des mois ; les politiciens considéraient donc que si on en finissait vite, il resterait assez de temps pour compenser leurs pertes ; ou bien, en accordant de larges faveurs, pour récupérer la confiance des bandits à qui ils devaient leurs postes et leur fortune.

Lena Shanks observait la situation avec une inquiétude grandissante et gérait ses affaires avec encore plus de discrétion ; pour la première fois de sa longue carrière de prêteuse sur gage, elle donna même des reçus – imprimés par Louisa sur une petite presse qu'elle conservait dans sa chambre – en échange des marchandises que lui livraient ses clientes. Elles étaient d'ailleurs moins nombreuses, et celles qui continuaient à venir espaçaient leurs visites, car tous dans le Triangle Noir étaient effrayés et se montraient plus méfiants que jamais.

Lena avait un arrangement avec Bob la Bosse, le petit vendeur de journaux en haillons qui hantait West Houston Street, et chaque matin et chaque après-midi, le petit bossu apportait à la boutique tous les journaux qui relataient les histoires sensationnelles sur le crime et les criminels new-yorkais. Ella lisait les articles à voix haute et, au bout de quelques semaines, elle avait fait de grands progrès, même si sa vue s'était détériorée.

La fréquence à laquelle le nom de Stallworth revenait, surtout dans les pages du *Tribune*, bouleversait Lena. Tous les lundis, le quotidien publiait le sermon d'Edward Stallworth qui énumérait et condamnait les outrages du Triangle Noir. Ce pasteur, comme Lena l'apprit de Mary la Pleureuse, était le fils du juge James Stallworth qu'elle détestait tant, et dont les procès expéditifs, les longues remarques conclusives et les sentences sévères paraissaient dans le *Tribune* du mardi au dimanche. Lena connaissait un grand nombre de ceux qui étaient envoyés à Blackwell's Island et Sing Sing, et trois de ses protégées avaient déjà comparu. Deux avaient reçu des peines de quatre ans pour prostitution, et la troisième en avait pris huit pour avoir dirigé une salle de jeux clandestine. Une femme Stallworth – une certaine Marian – avait même signé de son nom, avec beaucoup d'autres dames, une lettre exprimant leur indignation horrifiée face au nombre d'avorteuses à qui l'on permettait d'exercer dans le Triangle Noir, et que, dans cette missive, on appelait par euphémisme des « faiseuses d'anges ». Lena commença à penser que les Stallworth s'étaient tous ensemble dressés contre elle et les siens, menaçant non seulement leur gagne-pain mais aussi leur liberté.

CHAPITRE 14

Edward Stallworth se tenait à la porte de son église et saluait les membres de la congrégation du dimanche matin qui sortaient les uns après les autres. Il acceptait avec modestie les louanges murmurées de ses paroissiens pour son prêche puissant et émouvant, le cinquième de ses sermons à s'étendre sur les dangers et les péchés du Triangle Noir. Il fut ravi du compliment d'une jeune et jolie demoiselle, qu'on disait héritière, qui lui dit : « Oh, Monsieur Stallworth, avec votre timbre de voix et ces belles mains, vous pourriez me faire devenir n'importe quoi : acrobate ou incendiaire. »

Helen, Benjamin et lui étaient attendus à treize heures à Gramercy Park pour le déjeuner, mais ce n'était qu'à une demi-heure, et Edward sentait qu'il avait besoin d'un peu de repos et de quoi soulager sa gorge. Helen, comme à l'accoutumée, était allée à son bureau directement après le postlude pour préparer du thé, et il était à présent confortablement installé dans un profond fauteuil en cuir devant le feu qui brûlait dans l'âtre aux briques vernissées. Sa fille était assise en face de lui avec une soucoupe posée sur l'étroit bras de son étroit fauteuil.

« Helen, dit gentiment son père, apaisé par la réussite de son sermon, je suppose qu'il y aura demain une nouvelle réunion du comité de Marian. »

Helen acquiesça avec hésitation.

« Oui, à quatorze heures, toujours chez elle.

— J'espère que cela aura autant de succès que la dernière fois ! »

Helen ne répondit rien.

Son père la regarda avec une méfiance lasse.

« N'as-tu pas l'impression qu'après deux réunions, le Comité de lutte contre la débauche est une réussite ?

— J'imagine, dit-elle les yeux baissés, que cela dépend de comment on définit la réussite, ou peut-être de la façon dont on interprète les objectifs de ce comité.

— Continue, je t'en prie, dit son père d'un ton neutre, mais sans plus sourire. Avec moi, Helen, tu n'as pas besoin de choisir tes mots avec autant de soin.

— Les dames qui viennent sont bien habillées, dit-elle docilement, et elles parlent des articles qui paraissent dans le *Tribune* et le *Sun*. Marian est celle qui en dit le plus de bien, mais évidemment, elle ne révèle pas que Duncan aide à les écrire, et je préférerais qu'elle ne soit pas si enthousiaste – je pense qu'elle devrait en dire moins car il est certain qu'on découvrira tôt ou tard que son mari est derrière tout ça, et alors que penseront les gens de ses louanges ?

— Ils penseront qu'elle est fière de son époux, comme il se doit. Les efforts de Duncan dans ce domaine sont parfaitement louables, et je ne vois rien de répréhensible dans l'éloge qu'en fait Marian. Mais quels sont tes reproches, Helen ? Tu sembles désapprouver davantage que le comportement excessif de ta tante, auquel d'ailleurs tu aurais dû t'accoutumer avec le temps.

— Je… je ne suis pas en accord avec les vues de ces dames sur… les infortunés qui vivent dans les quartiers les plus misérables de la ville. Elles prennent cela à la légère, comme s'il ne s'agissait que d'un nouveau genre de scandale destiné à les amuser. Elles parlent de vice, disent que la police devrait y mettre un terme, qu'il faudrait envoyer tous ces gens en prison, brûler le quartier et y ériger des opéras, des restaurants et des théâtres à la place. Elles n'ont guère de… » Elle hésita avant de formuler un jugement aussi sévère. « … guère de compassion…

— Ne crois-tu pas que raser le Triangle Noir et tous les endroits de cet acabit serait de nature à améliorer la ville ?

— Père ! s'écria-t-elle avec une véhémence sincère. Je pense que notre but devrait être d'alléger la misère et la pauvreté de ces gens ! Si nous pouvions leur garantir assez à manger et des soins médicaux appropriés, si nous trouvions des emplois pour les hommes et que l'on habillait et éduquait les enfants, alors il n'y aurait aucune raison pour qu'ils s'adonnent à des activités marginales.

— C'est une idée novatrice, Helen, mais je crois qu'elle néglige le caractère fondamentalement déplaisant de la nature humaine. Tu as bien mémorisé ton catéchisme, j'imagine, et tu dois donc connaître la définition du péché originel, même si tu n'as pas encore appliqué ce précepte aux rouages de la société des hommes. »

Helen resta silencieuse.

« Tu ne veux pas me contredire ? lui demanda-t-il, les sourcils levés, en tendant sa tasse pour qu'elle la remplisse à nouveau.

— Non, vous êtes pasteur ordonné de l'Église presbytérienne et je sais que mes opinions théologiques sont lacunaires. Je regrette simplement, ajouta-t-elle doucement en lui tournant le dos un instant pour verser le thé mais surtout pour ne pas avoir à le regarder en face au moment où elle exprimait une critique, que vous ne vous concentriez pas davantage sur les questions de doctrine et d'interprétation dans vos sermons. J'ai trouvé tellement dommage que vous abandonniez l'exégèse d'Isaïe. J'espère que vous retournerez bientôt à ces thèmes. »

Sa voix était plaintive.

Edward Stallworth marqua une pause avant de répondre. Quand il reprit la parole, ce fut d'une voix sèche et sarcastique : « Il y a cinquante-deux dimanches dans l'année, fait qui, je suppose, ne t'a pas échappé. Et je suppose que tu es également suffisamment bien informée des procédures propres à l'église pour savoir que je fais deux sermons chaque dimanche. Si l'on considère que je m'absente généralement deux dimanches en juin pour me reposer à la mer, je prêche cent fois par an. J'ai jusqu'ici consacré cinq sermons au mal qui ronge la ville, et j'en préparerai peut-être une dizaine de plus. Cela représentera donc moins de vingt pour cent de tous ceux que je ferai en 1882. C'est insignifiant comparé au nombre de sermons que j'ai donnés à mes ouailles en seize années. J'espère que tu n'imagines pas que je fais ça pour ma propre gloire… »

Il laissa à sa fille le temps de contester, mais celle-ci se contenta de secouer la tête à contrecœur.

« Tu as raison, Helen, ce n'est pas ce que je cherche. J'y vois l'opportunité de faire quelque chose de bien pour la ville, en attirant l'attention des membres de notre congrégation sur la débauche et la criminalité – et, comme tu l'as dit, la pauvreté et la misère – qui sont devant notre porte. Il n'est pas question d'élévation sociale ou de bénéfice politique ou financier pour moi ou n'importe quel autre membre de la famille, j'espère que tu le comprends. »

Helen acquiesça en tremblant car, comme à chaque fois, la voix froide et sévère de son père la rendait malheureuse et elle regrettait d'avoir parlé.

« Tu n'as rien trouvé à redire l'an dernier quand j'ai prêché à propos de la mission africaine, il me semble. En fait, je crois même que tu avais rédigé des prières pour la sécurité et la santé de nos missionnaires au Congo. Je ne vois pas de raison de distinguer les indigènes d'Afrique des habitants du Triangle Noir, dont les populations sont tout aussi ignorantes, perverses, malheureuses et menacées de damnation éternelle.

— En effet, dit Helen.

— *En effet*, répéta son père, et je ne vois pas pourquoi tu es si remontée contre les dames du comité de Marian, dont le seul objectif est de faire le bien en éradiquant le mal. Si l'on repousse le mal, Helen, alors le bien régnera. Je ne comprends pas pourquoi tu ne parviens pas à saisir ce concept simple, qu'un enfant de trois ans adopterait sans poser de questions comme le principe fondamental du fonctionnement de toute société, passée, présente et future. Bref, conclut Edward Stallworth, j'espère que tu te rendras à ce comité avec un état d'esprit différent, avec un vif désir même, dirais-je, de faire ton possible pour cet endroit si désespérément corrompu. »

Helen hocha la tête avec obéissance, consciente d'avoir été défaite, non pas tant par ses arguments que par sa volonté de l'emporter; elle sentit qu'elle se montrerait négligente envers son devoir filial si elle ne se soumettait pas d'elle-même aux désirs de son père.

« Oui, Père, dit-elle après un triste moment de réflexion, bien sûr que j'irai chez Marian demain. Je ferai le compte rendu de la réunion et tout mon possible pour promouvoir les ambitions fort louables de ce comité. »

Et, fidèle à sa parole, Helen était chez sa tante le lendemain, confortablement installée dans un coin de la pièce avec un petit bloc-notes et un crayon bien taillé. Au bout de deux heures, elle n'avait noté qu'une seule observation produite par les quinze dames présentes, à savoir que « l'avilissement est mauvais et doit être éliminé », ainsi que la résolution de louer quatre fiacres pour leur faire traverser le Triangle Noir le lendemain après-midi. Une demi-heure entière fut consacrée à déterminer quelle serait la tenue la plus appropriée pour aller observer la pauvreté et le crime, et on ne parvint à aucun consensus sinon que chacune devait se munir d'une lourde voilette noire, de sels et de petite monnaie en quantité pour distribuer aux enfants. Se rappelant les injonctions paternelles, Helen joua le jeu sans protester et garda ses réticences pour elle-même.

À quinze heures le jour suivant, quatre fiacres noirs fermés traversèrent Gramercy Park en direction du sud pour rejoindre MacDougal Street et commencer leur petit tour. Certaines rues étaient trop étroites pour les laisser passer, bloquées qu'elles étaient par des détritus aux relents fétides, des carrioles où des vendeurs proposaient des marchandises avariées, des amas d'ordures que les mendiants itinérants faisaient brûler pour se réchauffer ou simplement par la foule grouillante des pauvres qui n'avaient nulle part d'autre où aller. La progression était lente, constamment interrompue par des chariots qui n'avançaient pas, des passants qui refusaient de s'écarter ou des flâneurs qui semblaient prendre un certain plaisir à embêter cette caravane de dames trop habillées des beaux quartiers. Il fallut plus de deux heures pour faire le tour du simple kilomètre carré que constituait le Triangle Noir.

Les dames, de leur côté, regrettèrent presque immédiatement d'être venues. Les odeurs nauséabondes étaient si puissantes qu'elles gardèrent leur mouchoir sur le visage pendant toute la durée du périple. On leur lança des cris et des braillements injurieux et obscènes. Rien n'était exotique, rien n'était charmant, rien n'était pittoresque ; tout n'était que misère crasseuse et noire, que pauvreté infâme et puante. Les enfants à qui elles avaient cru pouvoir jeter des piécettes se précipitaient contre les fiacres avec des bâtons qu'ils lançaient dans les rayons des roues, ou bien ils envoyaient des mottes de boue durcie – ou pire – contre les portières des fiacres. Les seize dames aperçurent des hommes assis, adossés aux façades des bâtiments, dans les flaques gelées de leur propre vomi, et elles virent des bébés – petits tas de cartilages aux yeux injectés de sang, emmaillotés dans des haillons immondes – alignés en rangées sur les marches de pierre d'une maison tandis que leurs mères entraient ou sortaient d'un bar à côté d'un pas titubant. Elles observèrent des chiens torturés par des gamins hilares et un homme se faire fracasser le crâne à coups de brique. Et les cochers leur assurèrent qu'elles n'avaient pas vu le pire ; quand le jour commença à tomber derrière les maisons de MacDougal Street, elles furent gagnées par l'angoisse car les visages peu amicaux dans la rue devinrent proprement démoniaques. La caravane tourna sur Broadway Avenue et s'élança vers Gramercy Park.

Les dames acceptèrent bien volontiers de prendre le thé chez Marian et burent leur tasse dans un silence de pierre. Personne ne parla de ce qu'elles avaient vu et personne ne suggéra une quelconque manière de mettre fin à l'avilissement dans les rues qu'elles venaient de traverser. Ces dames, y compris Marian Phair elle-même, qui en savait pourtant le plus, s'étaient attendues à autre chose, avaient imaginé un monde à peu près identique au leur, simplement plus délabré, de mauvais goût et terne. Aucune d'entre elles n'avait songé que la forfaiture et la violence, l'indigence et cette misère horriblement dégradante pourraient leur rendre leur regard avec des sourires édentés et des yeux luisant d'une fièvre infernale, telles de monstrueuses effigies médiévales. L'éradication de cette débauche, qui semblait être le fondement même de la vie de ce lieu, paraissait soudain trop difficile pour ces seize femmes qui avaient failli s'évanouir aux simples effluves émanant de la rue.

Enfin, quand la plupart eurent absorbé deux tasses d'un bon thé revigorant, l'une d'elles fit remarquer qu'elle avait vu un chien dressé faire un tour sur une planche que tenait son maître et une autre déclara qu'elle était certaine d'avoir entendu quelqu'un jouer « In the Garden » sur un piano désaccordé ; et ces évocations les rassurèrent. Puis Marian proposa qu'elles se retrouvent le lundi suivant et que chacune apporte une liste de trois choses susceptibles d'aider à mettre un terme à la dégénérescence dans le genre d'endroit qu'elles venaient de visiter. Les dames du comité, un peu remises de leurs émotions, prirent congé, et Helen Stallworth qui, en toute autre occasion, serait restée un peu plus longtemps avec sa tante, s'en alla également.

Elle rentra chez elle seule et à pied. Il faisait sombre mais le presbytère n'était qu'à deux rues de là et elle connaissait la plupart des gens qui habitaient sur le chemin. Elle avait été révoltée, épouvantée et sidérée par le spectacle de l'après-midi et en ressortait avec la conviction qu'elle avait raison et que son père, ainsi que tous les autres, avaient tort. Il n'y avait aucun moyen d'éliminer le vice dans un lieu d'un tel dénuement et d'une telle pauvreté. Le crime était un mal matériel et non spirituel ; et le seul espoir du Triangle Noir résidait dans le recul de la misère matérielle.

Elle avait accompli son devoir envers son père en allant à la réunion de Marian. Elle continuerait d'y assister et ferait le maigre compte rendu de chaque séance, mais elle n'avait aucun espoir qu'il en résulte quoi que ce soit – du moins, rien de plus que quelques lettres indignées adressées aux quotidiens et aux bulletins religieux et éventuellement une souscription pour aider à financer un fonds caritatif afin de soutenir quelques Marie Madeleine sur le chemin de la rédemption. Helen était touchée et avait le cœur qui saignait pour ceux qui vivaient là-bas. Et elle savait que si elle voulait apporter quoi que ce soit de bon à ce quartier pitoyable, il lui faudrait y retourner seule, et sans la protection d'un fiacre, d'une épaisse voilette noire ou d'une bouteille de sels.

CHAPITRE 15

De nombreux citoyens de New York furent scandalisés d'apprendre par le *Tribune* l'existence du Triangle Noir – bien que certains d'entre eux aient vécu depuis vingt ans à moins de deux kilomètres de ces rues incontrôlées et incontrôlables. Le Comité de lutte contre la débauche de Marian Phair ne fut que la première de nombreuses petites associations sincères et inefficaces, qui savaient plus ou moins contre quoi elles luttaient mais n'avaient aucune idée de la façon d'éradiquer le péché de la métropole.

Deux jours après que le *Tribune* eut offert une récompense pour toute information menant à l'arrestation des responsables de la mort de Cyrus Butterfield, un lecteur anonyme envoya au journal un billet de dix dollars et demanda qu'on l'ajoute à la récompense. Le quotidien publia la courte lettre qui l'accompagnait dans un carré bordé de noir en première page afin de montrer un exemple louable de civisme et, dans les trois semaines, la récompense avait atteint trois mille dollars et continuait à grossir à chaque levée du courrier.

Le matin du mardi 21 février, alors que la récompense s'élevait à 3340 dollars, Simeon Lightner reçut sur son bureau au septième étage du *Tribune* une enveloppe sale adressée au « Mosieu du Triongl Noir ». La lettre à l'intérieur était gribouillée au gros crayon à mine de plomb et avait été rédigée sans trop de considération pour les habituelles conventions d'orthographe et de ponctuation :

> Chèr mosieu jé dé zinformation pour vou consernen mosieu Butterfield vené me voir ojourd'hui chez charly la fringal sur Washington Strit a 2 eurs je sui 1 dam et vou me reconétré par mon foular jone je veu largent

Ça n'était pas la première de ce genre que Simeon recevait, et même s'il s'était à chaque fois déplacé aux endroits mentionnés, à l'heure demandée, il n'avait jamais rien appris d'intéressant. La plupart du temps, il s'agissait de petits arnaqueurs qui espéraient qu'il se présente avec l'argent en poche et qu'on puisse le lui extorquer ou même le lui voler. Mais Simeon partait toujours pour ces expéditions accompagné de Duncan Phair ou Benjamin Stallworth et faisait bien comprendre qu'il portait une arme. À ce moment-là, soit l'informateur se défilait, soit il offrait des tuyaux qui n'avaient aucune utilité ou qui n'étaient de toute évidence que pure invention.

Cette rencontre-ci ne promettait rien de bien différent, mais *Charly la Fringale* était un établissement presque respectable près du fleuve en bordure du

Triangle Noir, et pas le genre d'endroit où on se faisait agresser. Et comme il allait rencontrer une « dame avec un foulard jaune », le reporter décida de se passer d'escorte.

Simeon Lightner n'était pas entièrement satisfait de la manière dont le *Tribune* avait procédé dans cette affaire. S'il ne trouvait rien à redire quant à la réussite du projet lui-même, ou au prestige et à l'augmentation de salaire qu'il en avait obtenus, il avait le sentiment déplaisant que Duncan Phair le menait par le bout du nez. L'avocat suggérait l'ordre des articles ainsi que leurs points de vue, et leur contenu comme leur tonalité étaient assez différents de ce que Simeon aurait produit par lui-même. Mais comme tout le monde paraissait content, que le mérite lui en revenait et que Duncan ne s'en attribuait aucun, Simeon estimait n'avoir pas le droit de se plaindre. De plus, Duncan, qui était en toute occasion un compagnon agréable, ne faisait jamais de suggestions qui n'aient été mûrement pesées ou qui ne visaient pas l'amélioration des articles. Simeon tira sur ses favoris roux et rêches, exaspéré de ne trouver aucune raison tangible à la méfiance qu'il ressentait envers le fringant jeune avocat.

Il arriva chez *Charly la Fringale* une demi-heure avant le rendez-vous. Le restaurant était tout en longueur, avec des murs et un sol en marbre teinté de rouge. Vingt tables, pour six convives de chaque côté, s'alignaient de part et d'autre de la salle, ne laissant qu'un petit espace pour passer. Le haut plafond était en carrelage blanc, et une lampe était suspendue au-dessus de chaque table. En ce milieu d'après-midi, il n'y avait qu'une quinzaine de clients, et Simeon n'eut aucun mal à trouver une place avec vue sur l'entrée. Il commanda une côtelette et une bière et s'attaqua à son déjeuner sans le moindre espoir fébrile que l'entretien à venir l'amène à découvrir le meurtrier de Cyrus Butterfield.

Il avait fini son repas et son verre, commandé un café, bu celui-ci et s'était fait servir une autre bière avant que la « dame » n'arrive avec quelques minutes de retard. Elle était petite, mince, avec un visage cireux à l'expression mauvaise, et elle portait – comme promis – un foulard jaune attaché autour de la tête, comme si elle souffrait d'une rage de dents.

Elle regarda partout avec hésitation et ce n'est que lorsqu'elle parut sur le point de se faire jeter dehors par le serveur que Simeon se leva et lui fit signe de venir. La femme désigna nerveusement le journaliste au serveur qui, après un hochement de tête de celui-ci, la laissa passer.

Simeon lui indiqua de prendre place au bout de la table, contre le mur de marbre. Il se rapprocha d'elle afin de maintenir une certaine distance avec les autres clients.

« Qu'est-ce que vous prendrez ? demanda Simeon.

— Une bière. »

Simeon commanda deux blondes au serveur qui les apporta quelques instants plus tard, avec une assiette de pain et de fromage.

« Vous avez l'argent ? demanda la femme.

— Comment vous appelez-vous ? s'enquit-il.

— Lady Weale, répondit-elle avec méfiance.

— *Lady* Weale ?

— C'est comme ça que je m'appelle. C'est le nom que ma mère m'a donné, parce que j'étais une fille.

— Eh bien, chère Lady, dites-moi ce que vous savez, et ensuite nous parlerons argent.

— Vous avez l'argent ? demanda-t-elle à nouveau.

— Chère Lady, vous parlez au représentant du *Tribune*. Si vous méritez l'argent qui est offert en récompense, alors vous recevrez l'argent qui est offert en récompense. »

Lady Weale détourna le regard avec aigreur et but une gorgée de bière.

« Bon, reprit Simeon Lightner, que savez-vous du meurtre de Cyrus Butterfield ? »

Il posa la question sans aucune conviction.

« Je sais qui l'a fait.

— Qui ça ?

— Maggie Kizer et son mari, Alick.

— Ah, cette Maggie Kizer serait-elle une duchesse que je suis censé connaître ?

— Hein ?

— J'ai dit : qui est Maggie Kizer ?

— C'est la dame qui loge dans ma maison. J'habite au rez-de-chaussée, et elle, à l'étage.

— Et je suppose qu'un soir, alors que les Kizer se promenaient, ils ont croisé Monsieur Butterfield dans la rue, qui a dû leur demander son chemin, et, prenant la question pour une insulte, ils l'ont forcé à se dénuder avant de le poignarder ?

— Non, répondit Lady Weale, qui n'avait pas saisi le ton ironique du récit imaginé par Simeon. C'est pas ça qui s'est passé.

— Que s'est-il passé, alors ?

— Maggie est une dame qui reçoit, si vous voyez ce que je veux dire. »

Simeon fit oui de la tête, et Lady Weale poursuivit : « Son mari était en prison – à Sing Sing – et un soir, Maggie divertissait Monsieur Butterfield. C'est moi-même qui l'avais fait rentrer, et elle le divertissait dans la chambre – si vous voyez ce que je veux dire – et son mari, qu'on venait de laisser sortir de Sing Sing, est arrivé et les a vus…

— Oui ? demanda Simeon, qui trouvait déjà ce récit bien plus intéressant que ce qu'il avait imaginé.

— … en train de se divertir l'un l'autre, si vous voyez ce que je veux dire.

— Je vois très bien, chère Lady. Poursuivez, s'il vous plaît. Je suppose que Madame Kizer ne s'attendait pas à ce que son époux revienne de son séjour prolongé dans le nord de l'État ?

— Elle ne savait pas qu'il devait sortir, si c'est ce que vous entendez par là, et peut-être que ce n'était pas prévu, peut-être qu'il s'est échappé, si vous voyez ce que je veux dire, et le voilà qui vient frapper à la porte et je vais ouvrir et je lui dis que Maggie ne reçoit pas, parce que c'est ce que je dois dire quand elle divertit un monsieur, mais il me bouscule et il me monte les escaliers quatre à quatre et là, il ouvre la porte et moi, je donne de la voix, si vous voyez ce que je veux dire, et Maggie, j'imagine, elle se lève d'un bond, mais Monsieur Butterfield n'est pas assez rapide et le mari de Maggie rentre…

— … et dans un accès de jalousie, il poignarde Monsieur Butterfield en plein cœur !

— Non, dit Lady Weale, pas tout de suite. D'abord,

il se contente de rentrer, sournoisement, et il parle des devoirs d'une épouse et des droits du mari...

— Vous étiez là ? demanda Simeon avec un sourire narquois. Vous étiez là pendant ce discours édifiant ?

— J'étais dans la pièce à côté. C'est mon devoir de logeuse de veiller à ce qu'il ne se passe rien de malplaisant.

— Tout à fait louable, chère Lady.

— Donc, poursuivit-elle en tapant avec les articulations rougies de sa main contre le marbre du mur, le mari de Maggie, Alick, il parle d'honneur bafoué et de compensivations et tout ça...

— De compensivations ? répéta Simeon.

— Si vous voyez ce que je veux dire », acquiesça-t-elle avant de poursuivre : « Alors il est allé vers la coiffeuse où les vêtements de Monsieur Butterfield sont suspendus au dossier d'une chaise, et où ses bijoux sont sur la petite desserte. Et alors Alick, il ramasse tout – et il arrête pas de parler de compensivations – et il met les bijoux dans sa poche, alors Monsieur Butterfield se lève du lit et râle qu'il est hors de question de donner des compensivations et vous ne pouvez pas prendre ma montre comme ça et ainsi de suite, mais le mari de Maggie ne fait que rire, parce que Monsieur Butterfield est nu comme un ver.

— Et vous avez vu tout ça ?

— Chaque mot. »

À présent, même si Simeon avait un ton perplexe en interrogeant la dame au foulard jaune, il prenait des notes rapides dans le calepin qu'il avait sorti de la poche de sa veste.

« Donc, Monsieur Butterfield – mais sur le coup, je connaissais pas son nom, vous savez, je l'ai su par les journaux –, il s'avance, il tend le bras vers le mari de Maggie, et il l'attrape par la gorge, le visage tout rouge, et il commence à l'étrangler…

— Que fait Madame Kizer pendant ce temps-là ?

— Elle s'assure que les rideaux sont fermés.

— Pragmatique, remarqua Simeon.

— Maggie, elle est maline, dit Lady Weale, mais pendant que Monsieur Butterfield étrangle Alick, lui, il attrape une aiguille et il poignarde Monsieur Butterfield dans la poitrine, et il meurt.

— Une *aiguille* ?

— Une sorte d'aiguille, dit-elle en haussant les épaules. Une aiguille de Chinois, si vous voyez ce que je veux dire. Elle était en or.

— Pour l'opium ? »

Lady Weale acquiesça.

Simeon Lightner émit un petit sifflement et pria la logeuse de poursuivre.

« Maggie me dit de venir – elle a vu que j'étais dans la pièce à côté – et elle prend un drap du lit, l'étend par terre, et on roule Monsieur Butterfield dessus pour qu'il ne saigne pas sur le tapis, mais il n'y a pas assez de sang pour remplir une tasse à thé. Puis elle se tourne vers son mari, qui a tous les bijoux dans la poche, et elle lui dit : “Donne-moi ça !” Et lui, il refuse, alors elle se tourne et elle sort un petit pistolet de sous l'oreiller et elle répète : “Donne-moi ça, tout de suite !” Alors il les sort et les remet sur la desserte.

— Un sacré sang-froid, remarqua Simeon avec admiration.

— Puis elle dit – elle parle comme une dame, Maggie –, elle dit : "Nous devons le sortir d'ici. Rhabillez-le." Alors Alick et moi, on se met par terre pour lui remettre ses vêtements, puis Maggie fait à son mari : "Sors-le d'ici et ne reviens jamais." Alors il répond qu'il a pas d'argent et qu'il va mourir de faim, et donc qu'elle ferait aussi bien de l'abattre, histoire d'en finir, alors Maggie dit qu'elle va vendre les bijoux et lui envoyer l'argent en poste restante à Washington, et qu'il pourra le récupérer là-bas – elle lui dit sous quel nom…

— Vous avez raison, intervint Simeon, Madame Kizer est assurément maline.

— Après, Maggie dit à son mari ce qu'il doit faire. On habille Monsieur Butterfield du mieux qu'on peut, même si c'est compliqué de mettre des chaussures à un mort, et puis on le descend au rez-de-chaussée, et Alick, avec les dix dollars qu'elle lui donne, il traîne Monsieur Butterfield en le portant comme s'il était ivre mort – personne ne remarque rien, il y a trop de monde dans la rue et la plupart sont saouls avec le Nouvel An – et il marche un peu avec Monsieur Butterfield et il s'apprête à le laisser dans la ruelle au bout de la rue, mais Maggie m'envoie lui dire de le déposer plus loin, jusque sur les quais, et il réplique que c'est trop dangereux, alors je lui dis que s'il refuse, Maggie ne lui enverra pas l'argent. Là, il se met à me maudire, à maudire Maggie et à maudire le mort qu'il traîne dans ses bras, mais il va quand même jusqu'aux quais, et je le regarde traverser West en essayant de rester dans l'ombre, puis je retourne à la maison.

— Mais quand on l'a trouvé, Monsieur Butterfield était nu.

— Des détrousseurs de cadavres, des voleurs de haillons. Dans le quartier, même un rat mort garde pas ses poils.

— Maggie a fait ce qu'elle avait promis ? Elle a vendu les bijoux ?

— À Lena la Noire, sur West Houston. Elle lui en a donné un bon prix, je pense, vu qu'Alick Kizer est son propre frère. Maggie a pris l'argent et l'a envoyé à Washington. Il a dû le récupérer depuis le temps.

— Et c'est tout ? », demanda Simeon avec un grand sourire, ravi de sa bonne fortune.

Quand Lady Weale lui signifia que oui, il reprit son histoire depuis le début, recueillant plus de détails, demandant des descriptions des différentes pièces, et aussi à quoi ressemblait le mari de Maggie, et voulant savoir si Cyrus Butterfield était mort dans un râle. Après s'être assurée qu'elle recevrait avec certitude l'argent de la récompense, elle répondit à toutes ses questions.

Ils en étaient à leur troisième pinte de bière et Simeon avait presque entièrement rempli son calepin quand il demanda : « Dites-moi, chère Lady, pourquoi me racontez-vous tout cela ? Madame Kizer n'était-elle pas votre amie ? »

Lady Weale haussa les épaules, mal à l'aise.

« Je sais qu'elle pense à déménager. Je l'ai entendue en parler à l'un de ses messieurs. Elle voudrait prendre un logement sur la 13e Rue. C'est une gentille fille, et je ne sais pas comment je vais la remplacer, alors je me suis dit que cette récompense serait une compensivation, si vous voyez ce que je veux dire. »

Simeon expliqua à Madame Weale qu'une fois de retour chez elle, elle n'avait pas besoin d'annoncer quoi que ce soit à Maggie Kizer, qu'il serait même mieux en vérité de ne pas la prévenir du tout. La façon qu'elle eut de le regarder lui fit comprendre que cette vieille femme au visage revêche avait probablement soulagé sa conscience en se promettant de donner assez de temps à sa locataire pour disparaître.

« Comprenez bien, dit Simeon avec un sourire, que vous ne toucherez pas la récompense s'il n'y a pas d'arrestation. Bien sûr, nous préférerions que la police arrête l'homme qui a effectivement tué Monsieur Butterfield, mais qui sait où il vit à présent. Et on ne peut plus le retrouver puisque vous ne vous rappelez pas sous quel nom il a reçu l'argent à Washington. À moins que Maggie Kizer ne soit condamnée, vous ne toucherez pas un sou… »

Il souriait, car il ne lui déplaisait pas d'asticoter cette femme qui, pour de l'argent, venait de trahir une personne s'étant, de son propre aveu, montrée aimable avec elle.

« Espèce de… »

Lady Weale renversa la pinte qu'on venait de lui servir en tentant de détruire les notes que Simeon avait prises dans son calepin, mais il parvint à les mettre à l'abri et se leva prestement. La bière coulait sur sa chaise vide.

« L'addition est pour moi, dit-il, toujours souriant. Et souvenez-vous, à l'instant où Madame Kizer emménagera de façon permanente à Tombs, vous recevrez votre argent. Et dès demain matin, le

Triangle Noir découvrira le rôle que vous avez joué dans cette arrestation. »

Au quartier général de la police, Simeon Lightner vérifia qu'il y avait bien un criminel nommé Alick Kizer à Sing Sing, et il fut heureux d'apprendre qu'un certain Alexander Keezer s'était échappé de prison avec ses compagnons de cellule deux jours après Noël. Le journaliste jugea superflue toute autre vérification concernant la véracité du récit de Lady Weale, voire risquée, car cela donnerait d'autant plus de temps à Maggie Kizer pour fuir la ville. Après avoir informé la police du nom et de l'adresse de la belle complice, Simeon Lightner retourna à son bureau du *Tribune* et écrivit son histoire. À vingt heures, il avait fini et reçut l'approbation du rédacteur en chef de service qui décida d'en faire la une de l'édition du matin.

Simeon Lightner n'avait pas seulement la satisfaction d'avoir résolu le mystère de la mort de Cyrus Butterfield alors que la police n'était arrivée à rien, mais aussi celle d'avoir écrit l'article le plus excitant d'une série qui par nature était déjà sensationnelle – et cela sans l'assistance de Duncan Phair et sans même que celui-ci en soit informé. Simeon ne cessait de se dire qu'il paierait bien vingt-cinq dollars pour voir la tête de l'avocat quand il apprendrait que la femme responsable de la mort de Cyrus Butterfield avait été identifiée.

CHAPITRE 16

Peu après avoir entendu la porte d'entrée claquer et vu le foulard jaune de Madame Weale partir pour faire une course, Maggie Kizer retourna dans sa chambre. Elle revêtit une robe en soie vert foncé avec une bordure noire, un vieux manteau en peau de phoque et se coiffa d'un chapeau vert doté d'une épaisse voilette. Elle portait des gants noirs et, pour seul bijou, la bague de rubis que Duncan lui avait offerte au Nouvel An. Quand elle sortit, elle prit Bleecker en direction du sud.

C'était Lady Weale et non Maggie qui avait lu avec avidité les articles du *Tribune* au sujet du meurtre de Cyrus Butterfield. La métisse ne s'était même pas donné la peine de s'inquiéter d'être découverte. Une fois qu'elle eut soigneusement expliqué à Lady Weale qu'en l'aidant à se débarrasser du corps le jour du Nouvel An, cette dernière s'était rendue complice, Maggie fut certaine de la discrétion de sa logeuse sur le sujet. Elle n'avait pas songé à lui offrir de l'argent en échange de son silence ou à se servir de sa belle-sœur, Lena Shanks, pour la menacer. Pour la récompenser de son aide, elle lui avait donné plusieurs bijoux que Butterfield lui avait offerts durant la courte période où elle l'avait fréquenté.

Maggie n'était pas une prostituée ordinaire, elle refusait qu'on la paie en argent liquide pour ses faveurs. Au lieu de cela, elle faisait savoir – mais à la manière d'une véritable dame – qu'elle serait ravie de se voir offrir des vêtements, des meubles, et surtout, des bijoux. Elle conservait ces présents et les exhibait tant qu'elle restait en bons termes avec le donateur, mais quand, pour une raison ou une autre, il cessait de la fréquenter, elle les vendait à Lena Shanks. C'était cet argent qui servait à payer Lady Weale, la couturière et l'auberge qui lui livrait ses repas trois fois par jour.

Les liaisons, invariablement discrètes, qu'elle entretenait, se limitaient à deux, ou très occasionnellement trois en même temps. Ces multiples attachements lui assuraient un approvisionnement substantiel en présents. Il n'était pas concevable pour elle de se languir seule et sans ressources sur Bleecker Street au cas où son unique protecteur se voyait soudain appelé dans sa famille pour passer l'été sur les rivages du New Jersey, ou en Angleterre pour des affaires durant l'hiver.

Jusqu'à récemment, son principal bienfaiteur avait été un philanthrope à la vie tranquille qui possédait une immense fortune, et dont les dépenses allaient majoritairement à des œuvres caritatives soulageant le chagrin et les désagréments de jeunes femmes célibataires, qu'il s'agisse d'ouvrières dans les filatures, de tapineuses ou de filles de bourgeois confédérés ruinés, lesquelles travaillaient parfois elles-mêmes dans ces organisations caritatives. Il avait fréquenté Maggie pendant environ quatre ans mais, depuis le mois d'octobre, il se trouvait en Écosse, au chevet de son père. Peu de temps avant son départ, ce monsieur lui avait fait rencontrer Cyrus Butterfield, qu'il avait présenté comme un homme intègre, charmant et apte à la protéger durant son absence, qui pourrait peut-être se révéler plus longue que prévu.

Quant à Duncan, elle l'avait connu lors d'une petite fête très chic donnée après une pièce de théâtre, dans un restaurant de la Cinquième Avenue ; Maggie, particulièrement en beauté ce soir-là, avait eu l'audace de ne pas porter ses lunettes sombres. Au milieu de ce groupe de fêtardes éméchées et trop bien habillées qui gloussaient et acceptaient toutes sortes d'avances amoureuses de la part des messieurs présents, Maggie avait détonné, non pas en manifestant une quelconque désapprobation ou en donnant l'impression qu'elle n'avait jamais été témoin de pareils débordements auparavant, mais simplement par son indifférence. Duncan lui avait proposé du champagne, avait conversé avec elle et l'avait raccompagnée à Bleecker Street.

Depuis cette soirée de l'été 1880, il était venu la voir deux ou trois fois par semaine, rarement sans lui offrir un cadeau ; et quand il ne le faisait pas, Maggie savait qu'elle pouvait s'attendre à ce qu'un coursier lui apporte un cadeau dès le lendemain. De plus, Duncan avait payé les nouvelles tentures du petit salon, ainsi que les frais de bouche de Maggie pour la seconde moitié de l'année.

Duncan savait que Maggie avait d'autres attachements, même s'il ignorait leur identité. Ne pas être le seul à subvenir à ses besoins était plutôt une aubaine pour lui – s'il renonçait au fiévreux plaisir de la jalousie, il était libéré du lourd fardeau de la totale dépendance de Maggie envers lui. Du point de vue de Duncan, elle était l'idéal féminin : discrète, intelligente, peu exigeante, belle, gentille, agréable et désirable – alors même qu'elle portait les marques révélatrices d'une impureté raciale.

Le père de Maggie Kizer était un mulâtre, un esclave éduqué pour devenir domestique de rang supérieur dans une bonne maison de Virginie. Quelques années avant la guerre de Sécession, il s'était enfui vers le Nord et, passant pour blanc en société, il avait épousé la seule femme qui connaissait le secret de sa naissance – l'héritière d'une riche famille abolitionniste du Maine. Le jeune couple avait vécu à Kennebunkport, et Maggie avait été élevée avec ses deux frères dans la plus belle maison de la ville. Un précepteur vivait au grenier et un professeur de danse au coin de la rue ; Maggie apprit le piano-forte, la récitation et la peinture sur velours. Mais alors qu'elle avait seize ans, au cours de sa troisième année dans une école privée pour dames de Portsmouth, dans le New Hampshire, il fut rendu public, après que son père eut croisé par hasard le beau-frère de son ancien maître, que Joseph Conway était à moitié noir. La mère de Maggie fut immédiatement déshéritée par sa famille, et les petits-enfants, reniés. Maggie fut retirée de l'école dans l'ignominie et partit vivre avec ses parents dans un village du

Vermont. Ses deux frères prirent la mer dans le même temps et elle n'eut plus jamais de leurs nouvelles. Après un an d'extrême pauvreté dans le Vermont, les parents de Maggie moururent en plein lac Champlain dans l'explosion d'un bateau à vapeur où ils travaillaient comme bonne et serveur, et un monsieur du coin prit Maggie sous sa protection. Celle-ci ne tarda pas à tomber enceinte et fut répudiée par le village. Elle parvint à se rendre à New York à l'arrière d'une carriole transportant des blocs de marbre pour les étudiants de l'Académie nationale des Beaux-Arts et, peu de temps après son arrivée, rendit visite à Daisy Shanks, en sa qualité d'avorteuse professionnelle.

Maggie devint dépendante à l'opium durant sa période d'indigence et d'errance dans les rues. Ce n'était pas seulement que les rêves causés par la drogue la détournaient avec clémence de l'infortune de sa destitution, mais aussi que l'opium coupait l'appétit et coûtait moins cher que la nourriture. Si l'on parvenait à se procurer un peu d'argent, acheter au coup par coup les boulettes gluantes vous donnait le droit de rester toute la journée allongé sur les couches de la fumerie ; et sur ces paillasses molles dans des pièces obscurcies, au fond de caves aveugles, les jours s'évanouissaient en heures et des semaines entières s'écoulaient comme s'il ne s'était passé que quelques sulfureuses journées. Une fois, elle s'était rendue à la fumerie en bravant une épaisse couche de neige et quand elle était ressortie, un printemps radieux régnait sur Washington Square et Battery Park.

Un jour, dans ce lieu où le temps n'existait pas, un homme sur la couche voisine partagea avec elle un sandwich et du café – qu'il avait commandés à un bar des environs – et lui demanda s'il ne pouvait pas la ramener chez lui. Maggie, reconnaissante de son offre, accepta et l'accompagna à son appartement sur la 1re Rue. Elle resta avec lui deux mois et ils s'adonnèrent à leur pratique dans la chambre à coucher plutôt que dans un sous-sol insalubre de Mott Street. Mais il fut ensuite arrêté pour avoir dévalisé un prêtre qui exerçait ses bonnes œuvres dans Five Points, et condamné à une peine de sept ans à Sing Sing. Maggie se retrouva de nouveau seule et subvint à ses besoins et à sa dépendance en revendant les cadeaux que le voleur, tombé sous son charme, avait dérobés pour elle. Lors d'une de ses visites à la boutique de prêt sur gages de Lena, Maggie fut présentée à Alick Kizer. Elle ne tarda pas à emménager chez lui, dans la maison tenue par Lady Weale, et l'épousa peu de temps après.

Son addiction s'était atténuée au fil des ans, car elle ne vivait plus dans la misère. Elle ne souhaitait plus être respectable, car elle avait appris à ses dépens que la respectabilité était une bulle qui pouvait facilement éclater. Elle ne recherchait qu'un minimum de confort, de sécurité et d'aisance – et l'avait trouvé. Mais les rêves opiacés étaient délicieux, et son organisme avait encore envie d'opium. Désormais, elle fumait chez elle et devait parfois se rendre à la droguerie ou à son ancienne fumerie pour se ravitailler, même si elle en achetait dans des quantités telles que ces déplacements-là étaient rares. Aujourd'hui toutefois, elle devait aussi remplacer son *yen hock*, la tige d'acier pointue qui servait à préparer la gomme d'opium pour la faire brûler dans la pipe. L'aiguille à repriser aplatie qu'elle avait utilisée ces dernières semaines n'était pas parfaite et elle aimait avoir les instruments adéquats. Son beau *yen hock* en acier doré, qui lui avait servi pendant huit ans, avait été le doigt de métal ayant mis fin à la vie de Cyrus Butterfield ; et, dans sa hâte à se débarrasser du corps, Maggie n'avait pas pensé à le retirer. Elle admirait presque la rapacité des détrousseurs de cadavres qui avaient volé les vêtements du mort et même découvert la pointe d'or encore fichée dans sa poitrine.

Maggie descendit Bleecker jusqu'à Mott puis prit vers le sud. Après seulement deux rues, elle se mit à croiser de plus en plus de Chinois. Ils portaient de longues tresses qui sortaient de leurs chapeaux ronds à bords plats, des pantalons amples et informes, et des blouses bleues sous des vestes matelassées colorées. Aucun ne parut la remarquer lors de son trajet, même si elle ne passait pas inaperçue dans cette rue pauvre. Cependant, quand elle s'arrêta près d'un petit groupe qui traînait devant une maison en bois et parlait chinois à voix basse, l'un des hommes lui demanda brusquement : « Qui ?

— *En she quay*, répliqua-t-elle – ce qui signifiait "fumeuse d'opium".

— Qui *en she quay* ?

— Verres Noirs », dit-elle en soulevant son voile pour qu'il voie ses lunettes.

L'homme fit un signe de tête à une Irlandaise

vulgaire aux sourcils pelés qui bloquait l'accès de la maison, et sa femme s'écarta pour laisser entrer Maggie.

Au bout d'un couloir sombre aux murs tapissés de lettres reçues de parents restés en Chine, Maggie frappa à une porte branlante. Un panneau coulissa brusquement et un visage plat la dévisagea.

« *En she quay* », répéta-t-elle, et on lui ouvrit.

Maggie s'avança sur une petite plate-forme surplombant la cave, remplie des strates soporifiques d'une âcre fumée bleue, tangible et délicieuse – du moins, pour les adeptes de l'opium. L'homme qui lui avait permis d'entrer se tenait obséquieusement à l'écart et elle contempla la pièce. Elle mesurait environ neuf mètres de long sur cinq de large, et n'était que faiblement éclairée par une unique lampe bleu vert suspendue au plafond. De chaque côté d'une allée centrale se trouvaient de longs bancs assez larges pour qu'un homme puisse s'y allonger. Ils étaient grossièrement recouverts d'une masse panachée de traversins, d'oreillers, de couvertures, de coussins et de matelas. Environ deux mètres au-dessus et reliée par de courtes échelles, se trouvait une autre banquette parfaitement identique, pareillement rembourrée. Il y avait une porte au bout de l'allée, avec des planches en bas et des barreaux en haut. Dans la petite pièce derrière, mieux éclairée, deux hommes jouaient à un jeu utilisant de nombreux jetons en ivoire. Dans une grande jarre en terre cuite posée entre eux se trouvaient une vingtaine de pipes longues et étroites, et les étagères aux murs abritaient le matériel pour consommer l'opium : tout l'équipement dont les toxicomanes avaient besoin.

Seules quelques-unes des vingt personnes présentes étaient chinoises. Dans l'obscurité, Maggie remarqua que certains drogués dormaient avec leur pipe reposant délicatement dans leur main abandonnée, d'autres s'appuyaient sur leur coude et manipulaient patiemment l'opium au-dessus des petites lampes vertes, d'autres encore fumaient dans un état de stupeur satisfaite. Deux hommes partageaient une assiette de nourriture et une unique tasse de café. Un Chinois prospère, sa jolie épouse irlandaise et leur fils de dix ans étaient allongés en un triangle serein et se passaient la même pipe à tour de rôle. Une femme de cent cinquante kilos qui jouait la bête de foire sur Bowery Street était calée dans un coin avec les jambes complètement écartées, se débattant avec les saucisses arthritiques qui lui servaient de doigts pour manipuler correctement le délicat *yen hock* et les minuscules boules d'opium. Un jeune homme – visiblement un novice – déambulait le long des banquettes en titubant, pris de convulsions. Il avait beau heurter le matériel des autres, leur cogner dans les jambes ou le ventre, personne ne lui disait rien ou ne semblait même avoir conscience de sa présence. En plus de la dame de Bowery Street, il y avait, indifféremment installées parmi les hommes, d'autres femmes – aucune aussi bien habillée que Maggie.

Mais malgré ces poches de lumière vacillante et de mouvement, un silence absolu et stupéfiant dominait la cave envahie de fumée bleue. C'était comme si dans cet endroit, l'odorat avait pris le pas sur l'ouïe et la vue. On n'entendait rien, on voyait à peine, mais l'odeur d'opium en combustion s'immisçait profondément dans la conscience.

Même si les rares éclairages colorés, la terrible absence de bruit, l'odeur puissante et pénétrante, et la torpeur des occupants ne pouvaient manquer de produire une impression sinistre sur l'observateur de passage, ceux qui la fréquentaient se savaient en parfaite sécurité. Aucune femme ne se faisait molester, aucun homme ne se faisait blesser dans des bagarres, et les rares paroles brutales qu'on entendait étaient ignorées. Cet endroit avait beau être fréquenté par des criminels, ils respectaient ici un code d'honneur plus strict que nulle part ailleurs. Personne ne se faisait jamais voler, quand bien même la main chargée de bagues de l'actrice tombait inerte sur la poitrine du pickpocket.

Maggie descendit la petite volée de marches et se dirigea lentement vers le fond. La tête d'une silhouette féminine oscilla avec langueur, et la voix monotone d'une bouche invisible murmura : « Verres Noirs… » Maggie s'arrêta et leva sa main gantée pour saluer.

« C'est comment, Verres Noirs ? lâcha la voix, un peu plus fort mais sans plus d'urgence qu'il n'y avait de curiosité dans le regard luisant et liquide qui venait de se poser sur Maggie. C'est comment, dehors ? Est-ce qu'on enterre encore les morts ? »

Dehors désignait l'intégralité du monde à l'exception de cet endroit, et *dehors* était un espace insignifiant en comparaison à ici.

« Oui, Dollie, répondit doucement Maggie, attends un peu, attends un peu… »

Dollie était une actrice qui, quand elle ne travaillait pas, se retirait toujours dans les antres de Mott Street. C'était là qu'elle avait fait la connaissance de Maggie et aidé la métisse au moment où celle-ci en avait le plus besoin. Cependant, lorsqu'aux premiers jours de l'année on découvrit que Dollie était tombée enceinte d'un membre de l'orchestre du théâtre où elle se produisait et qu'elle s'était fait avorter dans le Triangle Noir, le régisseur avait refusé qu'elle participe aux répétitions du spectacle suivant. Dollie avait fui à Mott Street et en était à peine ressortie depuis plus d'un mois maintenant.

À la porte à barreaux, Maggie acheta de l'opium de premier choix, cent quarante grammes dans une petite boîte en cuivre rectangulaire avec des caractères chinois peints en rouge, le meilleur *yen hock* qu'ils avaient et pour un dollar d'opium de second choix qu'elle voulait offrir à Dollie. Elle paya un peu plus de dix dollars en tout.

Quand elle retourna voir son amie, elle fut accueillie par un regard vide – car la présence de Maggie s'était déjà effacée de l'esprit perdu de la droguée. Dollie était surnommée « la poupée » à cause de ses joues roses à fossettes et de ses yeux bleus brillants qui la faisaient ressembler à une poupée en porcelaine. Mais à présent ses joues étaient pâles, et son regard, voilé ; son visage s'était affaissé et elle cachait sa luxuriante chevelure noire sous un bonnet taché.

Maggie s'allongea à ses côtés et, sortant le *yen hock* qu'elle venait de se procurer, elle commença à chauffer un peu d'opium sur la lampe de Dollie.

Celle-ci se pencha pour renifler.

« C'est de la bonne qualité... », murmura-t-elle.

Malgré la pénombre, ses pupilles étaient si contractées qu'on aurait dit de minuscules points et Maggie savait qu'elle ne voyait sans doute rien hormis la flamme de la bougie. Sa seule autre lumière était celle de ses chimères ondoyantes et colorées. Qu'elle ait perçu la présence de Maggie dans la pièce tenait du miracle.

L'opium fut déposé dans la pipe de Dollie, et les deux femmes se mirent à fumer. Maggie sombra bientôt dans une lente et douce rêverie, une rêverie qui ne fut troublée par le souvenir d'aucune affliction passée ou présente, une rêverie qu'aucune angoisse ne vint déranger, une rêverie qui ne fut que pur soulagement des soucis qui nous accablent tous. Elle s'étira doucement dans sa belle robe verte sur la toile tachée d'un vieux matelas et se mit à songer, du moins quand elle arrivait à penser, à cet univers, petit mais suffisant, fait de satisfaction et de sécurité qui reposait dans cette cave sombre d'une vieille bâtisse tout au sud de Mott Street, tout au sud de l'île de Manhattan. Aucun homme d'État inspiré par quelque lumineuse utopie, aucun religieux convaincu de la possibilité d'un paradis sur terre, aucun philanthrope au cœur généreux et aux finances sans limites n'aurait pu créer, ou même imaginer, une existence aussi parfaite que celle-ci. Il n'était pas surprenant que *dehors* soit un monde sordide, froid et trompeur. *Dehors,* se trouvait cette autre pièce: le reste de Mott Street, le reste de Manhattan, le reste de la planète – où les lumières éblouissaient et aveuglaient, où les malfrats et les mal lotis frappaient contre les murs et hurlaient leur misère.

Un peu plus tard, Maggie se leva et quitta ce lieu en laissant le sachet d'opium à côté de son amie. Tandis qu'elle montait lentement les marches vers la plate-forme au bout de la pièce, le Chinois obséquieux ne cessa de la saluer en s'inclinant mais sans jamais tenter de l'aider. Il ouvrit la porte et lui indiqua le couloir tapissé de lettres. À l'autre bout, se trouvait l'Irlandaise qui se poussa à nouveau pour la laisser passer. Maggie s'arrêta un instant et fit glisser ses doigts sur les idéogrammes peints à l'encre rouge semblable à du sang. Deux petites filles en guenilles, aux yeux bridés et aux cheveux roux, étaient blotties l'une contre l'autre dans l'entrée et bavardaient dans un mélange de dialecte chinois et d'anglais – une langue aussi mixte que leurs origines. Maggie se rendit compte qu'il faisait noir à l'extérieur.

Lentement, à travers la foule de Mott Street qui était à peine moins dense à deux heures du matin – ce qu'indiquait l'horloge aux entrailles apparentes qui trônait dans la vitrine d'une bijouterie – qu'à n'importe quelle heure de la journée, Maggie Kizer se frayait un chemin, insouciante et songeuse.

Près du carrefour de Spring Street, elle tomba sur un fiacre qui laissait descendre un passager et elle le réquisitionna pour faire le reste du trajet jusque chez elle. Elle monta et, sans avoir le moins du monde senti le temps s'écouler, se rendit compte que le fiacre venait de s'arrêter devant chez elle. Maggie paya le cocher et commença à gravir les marches de son immeuble.

« Madame Kizer », fit une voix dans son dos.

Elle se retourna lentement, la clé encore dans la main.

« Madame Kizer », répéta une autre voix, provenant d'une direction légèrement différente.

Maggie remonta son voile et souleva ses lunettes noires. Deux hommes en redingote se tenaient côte à côte au bas des marches. D'un même geste, ils ouvrirent le revers de leur manteau pour révéler un insigne en fer-blanc usé de la taille d'une soucoupe. Derrière eux se trouvait un jeune homme avec un chapeau claque dont les cheveux et les favoris semblaient en feu. Tous trois fixèrent durement Maggie, qui baissa ses lunettes d'une main lasse.

« Veuillez nous suivre, dit l'un des hommes à l'insigne.

— Pourquoi ? demanda Maggie. Où ça ?

— Nous savons que votre époux a tué Cyrus Butterfield et que vous avez été témoin et complice, répondit l'autre. Suivez-nous, maintenant. »

La clé tomba de la main de Maggie et atterrit en tintant sur le perron de Madame Weale.

CHAPITRE 17

Helen Stallworth, le matin suivant son excursion dans le Triangle Noir avec le Comité de lutte contre la débauche, ne prit pas son petit déjeuner au presbytère et fit dire à son père et à son frère qu'elle était indisposée. Dernièrement, Benjamin avait pris l'habitude de détailler à table tout ce qu'il avait vu et fait dans le Triangle Noir la nuit précédente. Edward Stallworth l'encourageait dans ces révélations car cela lui procurait de la matière pour ses sermons. Helen était peinée par la voix amusée de son frère et par l'accueil satisfait que son père réservait à ces anecdotes narrant le crime et la misère, et désormais, il était rare qu'elle lise les articles de Simeon Lightner sans d'irrépressibles frémissements.

Sur la première page du *Tribune* du mercredi matin, qu'elle étudiait seule dans sa chambre avec une tasse de thé noir bien fort, Helen découvrit une histoire particulièrement affreuse. Les détails de l'affaire, tels que rapportés par le journaliste, dépassaient tout ce qu'elle pouvait imaginer. Ce méli-mélo de prostituées aux lunettes ambrées, d'addiction à l'opium, de détenus évadés, de chantage, de meurtre et de détroussage de cadavre tenait du roman gothique. Même après avoir appris les terribles circonstances dans lesquelles on avait ôté la vie à Cyrus Butterfield, et en songeant à la froide malveillance d'une courtisane comme Maggie Kizer, Helen ne faiblit pas dans sa détermination à porter assistance aux malheureux forcés par le destin et la pauvreté à vivre dans ce cloaque de dépravation et de dénuement qu'était le Triangle Noir ; et elle ne s'était pas non plus départie de la conviction qu'être membre du comité de Marian ne servirait en rien cet objectif. Assurant les domestiques inquiets qu'elle était désormais parfaitement d'aplomb, Helen quitta le presbytère et alla rendre visite à une connaissance dont la modeste mais élégante demeure se trouvait sur la 18e Rue, près de la Deuxième Avenue.

Madame Taunton était la veuve d'un officier de l'Union mort à la bataille de la Wilderness, et si ce triste événement avait eu lieu dans un lointain passé, elle continuait néanmoins à porter le deuil de son époux avec dévotion. En fait, bien que cette dame fût présente à toutes les messes de l'église presbytérienne de Madison Square, Helen Stallworth ne la connaissait que par sa silhouette et son immuable tenue. C'était une petite femme corpulente, vêtue de velours de qualité, avec d'imposants bracelets, colliers et boucles d'oreilles d'un noir de jais éclatant. Un grand pendentif qui tombait sur sa poitrine contenait une mèche de la chevelure de son défunt mari, nouée en un nœud du vrai amour. Le voile qui recouvrait son visage était si épais et noir que Helen n'aurait pas été certaine de la reconnaître sans.

Une carte de visite que Madame Taunton avait fait confectionner et qu'elle distribuait à ses plus chères connaissances la montrait debout à côté d'un piédestal recouvert d'un drap mortuaire sur lequel reposaient le sabre et le couvre-chef militaire du défunt, tandis que – vêtue d'une exquise tenue de deuil –, la tête inclinée et la main tombante, elle incarnait une attitude de chagrin aussi inconsolable que photogénique.

Edward Stallworth se moquait parfois un peu de cette paroissienne, mais Helen avait été attirée par l'inébranlable fidélité exprimée par l'habit de cette femme. Elle ne la trouvait pas du tout lugubre, mais plutôt d'une nature sombrement joyeuse. Elle avait assez d'argent pour vivre à son aise dans un quartier modestement distingué, dans une maison de taille modeste qui, à la surprise de Helen quand elle rendit pour la première fois visite à cette dame pétrie de modestie, était pourvue d'une véritable foule de domestiques.

Plus étonnant encore que leur nombre, était le fait manifeste que chacun d'entre eux était estropié d'une manière ou d'une autre. L'homme qui ouvrit la porte à Helen n'avait pas de bras droit, ce qui ne l'empêcha pas, d'un ample mouvement tourbillonnant, de la débarrasser avec adresse de sa cape. La bonne qui faisait la poussière dans le petit salon à l'avant était bossue, et la jeune fille qui montait une pile de tentures dans l'escalier avait d'horribles cicatrices sur le visage. Le domestique à la tenue impeccable et au joli sourire qui apporta les gâteaux et le thé n'avait que deux doigts à chaque main, et la première fois que Helen emprunta le fiacre de Madame Taunton, elle se rendit compte que les deux valets de pied qui les convoyaient à l'arrière n'avaient qu'une seule paire de jambes, équitablement répartie entre eux.

Quand Helen fut suffisamment proche de Madame Taunton pour faire une remarque sur ces particularités, cette dernière répondit avec un soupir : « Mon époux n'avait qu'une seule jambe, vous savez, et notre brève vie commune fut si pure et merveilleuse que je me suis juré à sa mort de ne jamais épouser un homme complet. Cette idée me dégoûtait, en fait, et je considérais à l'époque que je n'aurais aucun mal à me dénicher un nouveau mari, tant les blessures de guerre avaient fleuri lors des premières années de mon deuil. Mais je n'ai jamais trouvé personne qui me convienne aussi bien que le veuvage, et c'est ainsi que j'ai renoncé à vivre avec quelqu'un et que j'ai conservé ma tenue de deuil.

— Mais, et les domestiques… ? lui rappela doucement Helen.

— Ah oui, bien sûr, ils sont tous mutilés, comme vous l'avez probablement remarqué. Jamais je n'embaucherai un homme ou une femme qui ne soit pas estropié. Non seulement ils me rappellent avec une constante tendresse l'infortune de mon mari, mais je trouve qu'ils sont invariablement de meilleurs travailleurs que les autres, dont les corps sont peut-être intacts mais dont les esprits sont remplis de vilenie et d'ingratitude. Et à quoi bon employer quelqu'un qui pourrait trouver du travail n'importe où ? Ces hommes et ces filles que je garde près de moi auraient la vie dure s'ils n'étaient pas à mon service, et ils le savent. Ils sont reconnaissants et ce sont mes enfants. J'en ai adopté autant que mon revenu me le permet et j'ai pour opinion que mon argent est mieux utilisé ainsi que si je le dépensais dans des luxes superflus.

— Eh bien, répondit Helen avec émotion – mais seulement après le départ de la bonne qui n'avait qu'un œil –, je m'étonne que davantage de gens ne suivent pas votre exemple. »

Elle avait découvert que la bienfaisance dispensée par Madame Taunton ne s'arrêtait pas à employer des domestiques mutilés ; celle-ci confia à Helen qu'elle se faisait parfois accompagner de l'un d'eux pour se rendre dans les quartiers les plus pauvres de la ville où elle s'occupait des malades et prêtait assistance aux méritants et, quand elle avait affaire à des gens que ces bonnes actions ne pouvaient plus soulager, elle les réconfortait sur leur lit de mort, leur offrant des consolations d'ordre spirituel. En aucune façon elle ne se vantait de ces actes de charité et n'en parlait que pour expliquer sa surprenante connaissance des rues décrites dans les articles du *Tribune*.

C'est ainsi que le lendemain de son excursion dans le Triangle Noir, après avoir constaté la misère endémique de ce quartier, Helen rendit visite à Madame Taunton pour discuter en détail de ce qu'elle avait vu.

La voilette noire acquiesçait, pleine de compassion envers la détresse de la jeune femme, et quand Helen eut fini sa description, son hôtesse poussa un soupir avant de déclarer: « J'ai le regret de vous dire que vous n'avez pas vu le pire de ce qu'il y a à voir. Après tout, vous n'êtes pas sortie de votre fiacre. Ces murs de briques abritent des tourments et des affections morales plus horribles que ce qui défile dans les rues.

— Le comité de Marian ne fera pas grand-chose, j'en ai peur, pour remédier aux privations que j'ai constatées, répliqua doucement Helen, et cela me désole de passer mes journées dans le confort du salon de Gramercy Park chaque semaine, avec pour seule mission de tricoter un bonnet de laine pour un enfant qui meurt de tuberculose et qui ne le portera que dans sa tombe, ou de fabriquer une pelote à épingle pour une couturière en espérant que ce cadeau l'empêche de sombrer dans la débauche.

— Je comprends. Il y a pourtant bien une chose que vous pourriez faire.

— Quoi donc ?

— Vous pouvez venir avec moi là-bas. À l'automne, j'y passe un peu de temps pour changer d'air – même s'il y est bien vicié – et me libérer de mes épuisantes obligations sur East Broadway. J'ai repris mes visites dans le quartier depuis la parution de ces articles dans la presse. On y mentionne parfois des cas d'individus particulièrement malheureux et méritants – même s'il faut lire attentivement et ne pas laisser les descriptions de l'omniprésence du vice prendre le pas sur la compassion vis-à-vis des privations endurées qui ont peut-être une incidence directe sur tout cela –, et je fais ce que je peux pour retrouver ces malheureux. Je n'y arrive pas toujours, bien sûr, mais il ne manque jamais, je peux vous l'assurer, de cas dignes de charité.

— Serons-nous en sécurité ?

— Pas complètement. Il n'est pas exclu que Dieu nous laisse glisser de ses mains protectrices. »

Helen resta silencieuse après cette légère remontrance.

« Un de mes hommes nous accompagnera et une de mes filles nous servira de guide. Elle vivait à Charlton Street à une époque, et je l'ai sortie d'une cave où elle dormait sur un tas de paille humide et pourrie. Elle a l'air physiquement intacte, mais est sujette à des crises d'épilepsie.

— Quand irons-nous ? demanda Helen avec détermination. J'avoue être nerveuse, mais je sais que je ne peux plus continuer à vivre dans la suffisance de Madison Square.

— Nous partirons dès que nous aurons pris un rapide déjeuner. »

Le domestique dont la manche gauche vide était épinglée sur sa livrée ouvrit la porte de la salle à manger, et elles se levèrent pour s'y rendre.

CHAPITRE 18

Dans le fiacre ouvert de Madame Taunton, accompagnées du chauffeur scrofuleux et de la bonne épileptique, Helen Stallworth – portant sur les genoux un grand panier d'aliments emballés – et la veuve du héros de la guerre de Sécession se dirigeaient vers le sud de la 18e Rue. Helen était nerveuse à l'idée de refaire le trajet de la veille, mais sa compagne semblait si à l'aise, occupée à consulter différentes listes qu'elle avait soigneusement établies, que la jeune femme s'en trouva, dans une certaine mesure, rassurée.

« Allons-nous à un endroit précis ? demanda-t-elle timidement en essayant de ne pas dévisager la bonne qui, à cause des cahots du fiacre, lui semblait sur le point de subir une crise de tremblement.

— Oui, bien sûr, répondit Madame Taunton. On ne fait pas la charité au hasard, ou au gré des zigzags. Cela ne servirait à rien de parcourir les rues en distribuant des largesses à ceux qui ont l'air le plus malheureux. On apprend vite que la véritable misère se cache. C'est dans les maisons que se trouvent ceux qui sont trop malades pour se montrer dans les rues et attirer la pitié. C'est là que l'on rencontre la vertu contrariée et la pudeur tourmentée.

— Dans ce cas, dit Helen, consciente d'avoir été remise à sa place, où allons-nous ?

— Dans une petite pension de King Street. J'ai eu vent d'une jeune femme, la cousine germaine de ma deuxième cuisinière qui, bien que vertueuse, s'est mariée très jeune. Elle est malade en ce moment, son enfant aussi, et son mari la bat. C'est une brute qui, quand il n'est pas ivre mort, est un rat de couchette...

— Je vous demande pardon ?

— Il détrousse les gens dans les wagons-lits. Heureusement, il est absent la majeure partie de la semaine, faisant des allers-retours entre New York et Washington pour son activité. »

Helen frissonna.

« Pensez-vous que nous avons des chances de tomber sur lui là-bas ?

— C'est possible, dit Madame Taunton avant de retourner à ses listes. Nous aurons de toute manière l'occasion de rendre visite à d'autres occupants de cette demeure pour voir quels sont leurs besoins. Vous devez savoir, bien sûr, comment sont organisés ces bâtiments. Les appartements les plus chers sont dans les étages les plus bas et les moins chers se situent en haut de l'immeuble. Les gens que nous allons voir, Madame Leed et son enfant, vivent sous les toits. »

Le fiacre quitta Broadway pour tourner sur la 3e Rue puis vers le bas de MacDougal Street, rencontra quelques difficultés à manœuvrer au croisement de King Street et s'arrêta devant un étroit bâtiment en briques de trois étages. Une grande Irlandaise renfrognée se tenait devant avec trois bébés d'âges légèrement différents, attachés dans une brouette avec une grosse corde.

Martin et Maisie, le chauffeur et la bonne, précédèrent les deux dames sur le perron de la maison dont la porte était non seulement déverrouillée mais également grande ouverte, laissant le vent froid mugir du rez-de-chaussée jusqu'au toit. Helen s'accrocha fermement au bras de Madame Taunton tandis qu'elles pénétraient dans ce couloir sordide, malodorant et sombre, où de longues bandes de papier peint sale pendaient des murs à diverses hauteurs. Les escaliers, exigus et pourris, s'enfonçaient dangereusement sous le poids d'une seule personne, si bien qu'ils furent contraints d'avancer en file indienne et avec prudence : d'abord le chauffeur, puis la bonne, ensuite Helen et enfin Madame Taunton, qui gravissait les marches avec autant d'assurance que si elle avait été chez elle et montait simplement dans son boudoir pour récupérer un éventail oublié.

S'il n'y avait qu'une seule porte en bas, ce niveau ayant été attribué à un unique locataire relativement aisé, les premier et deuxième étages comprenaient chacun deux appartements. Le misérable grenier étriqué était occupé par Monsieur et Madame Leed et leur enfant non baptisé. En chemin, Helen fut assaillie par des odeurs fortes et inconnues, probablement nocives et assurément dégoûtantes. Pourtant, la demeure était d'un calme presque surnaturel ; on ne percevait aucune voix distincte, seulement des murmures étouffés et de rares raclements ou bruits de meubles prouvant que l'endroit était occupé. Helen, s'étant déjà habituée aux cris stridents et aux vociférations blasphématoires qui régnaient dans la rue, trouva la tranquillité de ce lieu particulièrement sinistre.

La dernière volée de marches, plus étroites et branlantes que les autres, menait directement au grenier ; il n'y avait aucune protection pour bloquer le froid qui soufflait depuis l'entrée, mais peut-être que personne n'y faisait attention car il n'était pas plus mordant que la brise qui s'engouffrait par les interstices dans la charpente. Ceux-ci étaient suffisamment larges et abondants pour apporter, outre la ventilation, une vague lumière peu coûteuse à des habitants qui ne pouvaient s'offrir ni bougies ni pétrole pour alimenter une lampe.

Les quatre visiteurs remplissaient le centre de la pièce, seul endroit où l'on pouvait se tenir debout – la raideur de la pente du toit empêchant de rester ainsi partout ailleurs. Helen regardait autour d'elle, consternée. Il n'y avait pour meubles que deux matelas noirs près d'une cheminée en brique et un minuscule poêle en fonte qui semblait n'avoir pas vu d'allumette de l'hiver. Trois tasses en terre cuite fendues étaient soigneusement alignées devant – poignante imitation d'un semblant d'aisance et d'ordre domestique.

Madame Leed était assise sur l'un des matelas, dos à la cheminée. C'était une femme pâle et mince avec une abondante chevelure noire qui virait prématurément au gris, des yeux enfoncés, un long nez cassé et une bouche sèche. Elle avait une couverture déchirée en travers des genoux et un châle en laine sur les épaules. Dans ses bras reposait un bébé d'un an, malingre et agité de soubresauts comme une grenouille sous électrodes.

Sans hésiter, Madame Taunton se dirigea vers elle, se penchant peu à peu pour ne pas se cogner, et lui demanda ce qu'avait l'enfant.

« Il a la maladie du Michigan, la gale, répondit-elle d'une voix étranglée.

— Vous l'allaitez ? »

La femme acquiesça mollement.

« Dès que je peux.

— Quand l'avez-vous nourri pour la dernière fois ? »

Madame Leed haussa les épaules et jeta un œil en direction d'un trou dans la toiture.

« Cette nuit, répondit-elle.

— Nous vous avons apporté à manger », dit Madame Taunton, et Maisie sortit quelques paquets soigneusement emballés qu'elle déposa au sol près du poêle.

« Merci, Madame », dit la femme d'un air hébété.

Madame Taunton s'éloigna à reculons et se tourna vers sa bonne : « Maisie, vous allez rester ici un moment ; ouvrez les paquets et donnez-lui à manger. Je crois qu'elle est trop fatiguée pour s'en occuper elle-même pour l'instant. Madame Leed, ajouta-t-elle en s'adressant à la femme sur le matelas, voyez si l'enfant accepte de boire du lait. Maisie ici présente va vous aider avec la nourriture et vous aurez la visite d'un docteur avant ce soir. »

Elle se tourna vers Helen.

« Il y a dans le quartier un médecin dont j'ai fait la connaissance, un véritable ivrogne la nuit mais compétent de jour. Je l'emploie parfois pour s'occuper des cas qu'une saine alimentation ne peut pas soigner. »

Puis elle descendit la première, suivie de Helen et de Martin qui portait le panier.

« Vous arrivez à juger de ces choses-là vous-même ? demanda Helen à voix basse dans les escaliers. Vous savez si un peu de nourriture leur suffira à se remettre ?

— Madame Leed ne va pas tarder à mourir, répondit la voix derrière la voilette. Mais pas avant l'enfant. »

Helen se tordit les mains de désespoir.

Soudain, la porte la plus proche d'eux sur le palier du deuxième étage s'ouvrit en grand et laissa apparaître un immense Noir vêtu d'un vieux costume noir brillant conçu pour les épaules d'un homme bien plus petit.

« Z'êtes qui ? interrogea-t-il d'une voix puissante. Vous cherchez quoi ? »

Helen eut un mouvement de recul, car la main qu'il levait avait la taille d'un jambon de Cincinnati, mais Madame Taunton répondit d'un ton impassible : « Nous sommes venus apporter la charité à votre voisine du dessus, Madame Leed, qui avait grand besoin d'assistance médicale. Son enfant est également en mauvaise santé.

— Ah ouais ! s'écria-t-il avec véhémence, la pauv'

compagne et la progéniture de c'fils d'la colère et du péché ! De c't'homme méchant qu'a jamais de mots assez durs et injurieux pour la lumière d'sa vie et l'joyau d'son existence. Le jour du Jugement dernier, l'bon Dieu m'tiendra responsable d'les avoir unis dans les liens sacrés et seulement parfois heureux du mariage ! »

Helen écarquilla les yeux.

« Vous êtes ministre de l'Évangile ? demanda Madame Taunton sans montrer de surprise.

— J'suis le révérend Gratitude Jones. J'suis le berger d'un p'tit troupeau d'moutons noirs qu'habitent dans l'voisinage immédiat. J'suis...

— Très bien, l'interrompit-elle. Étant ministre de l'Évangile, et sans nul doute soucieux du sort des hommes sur terre et de leur accession au ciel, peut-être pourriez-vous nous dire si d'autres dans cette maison seraient particulièrement nécessiteux. Nécessiteux *et* vertueux, j'entends.

— Sont tous comme ça, m'dame », répondit-il en secouant mélancoliquement la tête ; il était sur le point de poursuivre quand il fut interrompu par un jacassement strident et mécontent derrière lui, dans une langue inconnue de Helen.

Il s'excusa précipitamment et se recula dans l'embrasure de la porte juste assez pour pouvoir la refermer – mais suffisamment aussi pour que Helen aperçoive dans la pièce derrière lui, qui était mal meublée et remplie de fumée, quatre Chinois assis à une grande table ronde, en train de jouer aux cartes, fumer la pipe et casser des noix avec leurs dents. La porte se referma mais ils entendirent le révérend Gratitude Jones brièvement fustiger « c'maudit jeu d'la colère et du péché ! »

Après avoir frappé à l'autre porte de l'étage, ils furent admis dans l'appartement d'une grosse femme aux cheveux roux et au nez épaté qui, à l'aide d'une épingle, ajustait sur sa chevelure une coiffe en velours bleu avec des plumes vertes et jaunes. Ses yeux noircis d'ecchymoses « portaient le deuil », plaisanta plus tard Madame Taunton.

« J'ai lorgné un coup, dit la dame, et je vous ai vus monter voir cette pauvresse sous les toits. »

Manifestement, c'était une prostituée – même Helen s'en rendait compte –, mais Madame Taunton, plutôt que de l'admonester, lui demanda simplement si elle était contente de son mode de vie.

« Pour sûr, répliqua-t-elle sans faire de manière. Si c'est de la misère que vous cherchez, vous feriez bien de toquer en dessous. Moi et le révérend, on est heureux comme des coqs en pâte.

—Puis-je au moins vous laisser cette bible ? implora Helen qui avait trouvé le courage de parler à cette jeune femme dont la bonne humeur la stupéfiait, car les prostituées n'étaient-elles pas censées être les créatures les plus malheureuses et rejetées de l'humanité ?

—Pour sûr, répliqua-t-elle, faites ce que vous voulez, mais vu comme je sais lire, ça pourrait aussi bien être écrit en choctaw. J'arrive à peine à reconnaître les lettres de mon propre nom !

—Vous dites que nous devrions aller voir en dessous ? », reprit Madame Taunton.

La prostituée hocha la tête, un éclat dans le regard.

« Pour sûr, n'importe quelle porte. Il y a assez de misère pour vous tous. »

Bien que cette femme fût illettrée, Helen lui laissa la bible malgré tout. À la porte, elle s'arrêta pour lui suggérer de trouver quelqu'un qui puisse lui faire la lecture, puis rejoignit Martin et Madame Taunton au bas des escaliers.

« Ma chère, lui dit cette dernière, je vais frapper à cette porte et vous à l'autre. Martin restera entre les deux, n'ayez donc aucune crainte. Voyez simplement ce dont ils ont besoin et prenez bien soin de vous enquérir de la santé des enfants s'il y en a. »

Elles se présentèrent ainsi chacune d'un côté du petit palier, frappèrent aux portes et ne reçurent aucune réponse. Madame Taunton toqua à nouveau, demanda doucement s'il y avait quelqu'un, tourna la poignée et s'introduisit à l'intérieur. Helen comprit qu'elle ne pouvait pas faire moins, et tout en frissonnant à l'idée de surprendre une scène d'une inimaginable détresse – peut-être le cadavre alité d'une personne morte de faim ou la victime d'un meurtre sanglant, voire une autre prostituée en train d'exercer –, Helen frappa à nouveau, demanda doucement s'il y avait quelqu'un et tourna la poignée.

Elle qui avait déjà vu trois chambres fut surprise de voir comme celle-ci était bien meublée. Il y avait une moquette rouge au sol et des rideaux bleus aux fenêtres, une grande coiffeuse jonchée de flacons, de boîtes de poudre et de perruques, deux malles ouvertes remplies de vêtements somptueux – quoique tape-à-l'œil –, une boîte pleine d'élégantes bottines, une rangée de chapeaux à plumes accrochés à des patères et une lampe verte avec un abat-jour peint. Dans un coin de la pièce, à moitié dissimulé par un rideau vert, se trouvait un grand lit en fer où étaient amassés tellement de duvets qu'elle ne vit pas immédiatement qui y était allongé.

Une délicate et vaporeuse lumière bleutée qui filtrait par les rideaux de la fenêtre emplissait la pièce et on humait le parfum pénétrant d'une pommade à la rose.

Enhardie par la relative respectabilité du lieu, Helen s'approcha prudemment du lit ; mais quand une lame du parquet craqua sous son poids, deux silhouettes se dressèrent d'un bond de sous les duvets – un monsieur d'une quarantaine d'années avec une épaisse barbe noire et des sourcils très fournis, mais peu de cheveux sur le crâne, et un jeune homme aux traits si doux et à la chevelure si longue et bouclée que Helen l'aurait sûrement pris pour une femme s'il n'avait eu le torse nu.

« Mais qui diable… s'écria le plus âgé.

— Sortez d'ici ! hurla le garçon en tirant les draps sur lui. Sortez de ma chambre ! »

Helen prit la fuite sans même laisser de bible.

Elle passa devant Martin en courant et entra dans l'autre appartement. Dans cette petite pièce lugubre, elle rejoignit Madame Taunton devant un lit où se trouvaient deux personnes émaciées d'un âge avancé. Une fine couverture remontait jusqu'à leur cou rachitique, et leurs yeux voilés béaient sans comprendre en direction de leurs visiteurs. La seule chose qui permettait vraiment de les distinguer, c'était leur bouche haletante, l'une jaunie par des années à mâcher du tabac et l'autre parfaitement noire avec des gencives squameuses et édentées. Les deux étaient chauves, leurs crânes tendus d'une peau ridée et grêlée.

Madame Taunton expliqua qu'ils étaient mari et femme, avaient presque soixante-dix ans et souffraient douloureusement du froid et de la faim.

« Il faut les nourrir ou je crains qu'ils ne meurent. Appelez Martin, s'il vous plaît. »

Celui-ci était déjà entré et tendait le panier pour qu'elle en extraie quelques plats faciles à ingérer préparés précisément dans cette éventualité.

« Comment vous en êtes-vous tirée, de l'autre côté ? demanda-t-elle à Helen.

— Pas très bien, j'en ai peur », répondit-elle en rougissant.

C'était tout de même la première fois qu'elle voyait un homme torse nu.

« Que s'est-il passé ? »

La jeune femme baissa la tête, trop honteuse pour décrire ce qu'elle avait vu et craignant qu'on lui confirme son interprétation consternée de la scène ; mais Madame Taunton n'insista pas.

« Très bien, ma chère, mais n'allez pas croire que nous serons toujours reçues selon les règles de l'étiquette car, bien souvent, notre seule récompense sera de savoir que nous avons fait un peu de bien quelque part. Bon, pendant que je reste ici – tout en parlant, elle donnait des cuillerées de purée de légumes à la bouche jaune, une opération fort répugnante aux yeux de Helen –, allez frapper à la porte d'en bas, s'il vous plaît. Il y a peu de chance que les occupants du rez-de-chaussée aient un grand besoin d'assistance – ce sont les aristocrates de ce genre d'endroit – mais il serait négligent de ne pas au moins nous renseigner. »

Helen hocha la tête, et même si elle craignait de tomber sur la même scène que dans l'autre appartement, elle préférait descendre plutôt que de regarder les deux bouches, l'une râlante et jaunie, l'autre noire et ulcéreuse, recevoir la nourriture de la main charitable et intrépide de Madame Taunton.

CHAPITRE 19

La Pugiliste Saphique, Charlotta Kegoe, avait été malade durant quatre jours, terrassée par une fièvre contractée en sortant trop vite dans la nuit glacée après un combat dans une cave humide de Broome Street. Elle prit le lit et envoya chercher Louisa Shanks, qui la soignait toujours avec constance et bienveillance. Cet après-midi-là, Ella avait accompagné sa grand-mère qui rendait visite à la souffrante. Charlotta était sensible à l'honneur qu'on lui faisait, car elle savait que Lena n'avait pas quitté West Houston Street depuis la première soirée de l'année.

Ses appartements, même s'ils étaient de loin les plus confortables de cette maison, n'avaient rien de luxueux. Côté séjour, le mobilier était rare et de piètre qualité : une petite table ronde et bancale recouverte d'une nappe élimée, deux chaises branlantes qu'on y avait accolées, un plancher noueux et troué, un miroir fêlé, deux malles fermées à clé, un panier plein de linge sale et une pile de boîtes à chapeau dans un coin. Collées au mur, des pages jaunies arrachées à des journaux représentaient d'éminentes lutteuses. Ella s'amusait à essayer de crocheter la serrure de l'une des malles. Une double porte coulissante séparait cet espace de la pièce du fond.

Cette chambre était plus petite et plus sombre, et encore plus mal meublée, si ce n'est qu'un tapis à fleurs rapiécé, passablement usé, recouvrait une partie du sol. Il y avait un meuble de toilette, avec une cuvette et un broc relativement neufs posés dessus, une armoire en cèdre plaquée contre un mur et un petit cadre de lit en fer avec une caisse en bois retournée à côté.

Charlotta Kegoe était alitée. Ses yeux étaient creusés, et elle respirait bruyamment et avec difficulté par la bouche. Sa chemise de nuit découvrait son cou, tandis que ses bras tatoués reposaient sur les lourdes couvertures.

Louisa versait une pelletée de charbon sur le feu, tandis que, près de la seule fenêtre de la pièce, Lena était assise de toute sa masse dans un fauteuil trop petit pour sa large corpulence. Les fins rideaux noirs avaient été tirés pour le confort de la malade.

Ce n'était pas vraiment une chambre de convalescence joyeuse. La vieille Shanks peinait à se montrer chaleureuse, même envers ceux qu'elle affectionnait ; la lutteuse n'était pas faite pour endosser le rôle de la patiente heureuse ou résignée ; et Louisa, qui faisait une infirmière plutôt bourrue, restait bien sûr totalement silencieuse. Depuis plusieurs minutes, on entendait seulement les grognements d'inconfort rauques de Charlotta qui tentait de changer de position ; toutes les trois sursautèrent quand on frappa à la porte d'entrée.

« *Wer ist's?* », demanda Lena.

Louisa haussa les épaules, et Charlotta, qui ne savait pas non plus, ne prit pas la peine de répondre.

Louisa se glissa entre les panneaux coulissants pour rejoindre la pièce principale et fit signe à Ella de s'en occuper. La petite fille alla lentement tourner la poignée avant d'ouvrir en grand d'un coup. Une jeune femme, vêtue de façon sobre mais coûteuse, se tenait là, visiblement nerveuse, le regard plein d'appréhension.

« Excusez-moi… dit-elle avec timidité, la voix tremblante, mais une amie et moi rendions visite à Madame Leed, au grenier de cette demeure – elle est dans une grande détresse –, et nous voulions savoir si quelqu'un ici avait besoin de… euh… de réconfort ou de quelque secours… »

Naturellement, Louisa ne répondit pas, et Ella, n'ayant reçu aucun signal dans ce sens, ne dit pas un mot non plus.

« Je suis désolée de vous avoir dérangées, bafouilla la jeune femme en battant en retraite.

— *Wer ist's?* demanda à nouveau Lena d'une voix forte.

— Elle ne parle pas », expliqua Ella en désignant Louisa qui s'était retournée et faisait signe à Lena dans la pièce sombre à l'arrière.

Le regard de Louisa revint sur l'étrangère, elle poussa l'un des panneaux et l'invita à s'avancer.

Cette dernière hésita, mais Ella insista : « Allez ! Lotta est malade, par là-bas ! »

Helen traversa la pièce avec prudence, frôlant

fébrilement la muette. Quand ses yeux se furent accoutumés à la pénombre, elle s'approcha du lit, posa doucement les doigts sur la couverture – elle était réticente à saisir la main tatouée de la malade – et demanda si on pouvait lui fournir quoi que ce soit qui puisse soulager l'intensité ou l'inconfort de sa maladie et si, d'ailleurs, le mal avait été traité.

« Elle survivre », dit Lena d'un ton abrupt.

Helen sursauta. L'étrange silhouette alitée l'avait tant étonnée qu'elle n'avait pas vu la femme assise à la fenêtre.

« J'en suis heureuse, répondit-elle avec sincérité. Êtes-vous certaine que je ne puisse rien faire pour alléger le désagrément de cette période inopportune ? »

Personne ne répondit à ce discours guindé.

« Il vaut peut-être mieux que je m'en aille, alors, et que je vous laisse vous reposer », dit-elle doucement.

Charlotta se redressa péniblement dans son lit et dit dans un souffle : « De l'eau… », avant de s'affaisser à nouveau. Louisa se précipita et versa un liquide trouble dans un gobelet qu'elle lui porta aux lèvres. La malade but avec avidité et tourna la tête de côté.

« Ça a un goût de cadavre… murmura-t-elle avant d'être prise d'un spasme de douleur.

— Est-ce que… est-ce qu'elle dispose de fonds suffisants pour faire venir un médecin ? demanda Helen. Nous allons en envoyer chercher un pour Madame Leed, voulez-vous qu'il vienne ici également ?

— On s'occupe de Lotta, intervint Lena.

— Bien sûr », répondit Helen de manière précipitée tout en commençant à prendre congé, marmonnant des salutations et souhaitant un prompt rétablissement à la patiente. Mais, parvenant visiblement à dominer sa crainte, elle s'arrêta soudain, revint sur ses pas et s'approcha de Lena.

« Tenez, dit-elle en lui tendant une bible à lettres rouges[1]. Prenez ceci pour son bien, précisa-t-elle en indiquant la femme qui gémissait dans le lit, ou pour le vôtre. »

Lena Shanks considéra la jeune femme nerveuse qui lui offrait le fin volume. Celle-ci se tenait devant la fenêtre et, en tendant le bras, la manche de sa robe avait écarté le rideau. Un rayon de lumière liquide se déversa sur son visage et illumina ses yeux d'un bleu étincelant sur sa peau blanche.

Lena eut un brusque mouvement de recul.

« *Wer bist du denn?!* », s'écria-t-elle en envoyant valser la bible. Le livre glissa sur le sol, mais avant même qu'il ait fini sa course, Ella l'avait saisi et fourré dans la poche de sa jupe.

Helen recula, effarouchée. Le rideau retomba, l'éclat s'éteignit et les étincelants yeux bleus disparurent au fond de leurs orbites sombres.

« *Wer bist du denn?* demanda à nouveau Lena en agitant sa canne d'un air menaçant. Comment tu t'appelles ?

— Helen Stallworth », répondit-elle en tremblant.

La canne tomba au sol avec fracas.

1. Bible dans laquelle les paroles de Jésus sont imprimées en rouge.

« *Was willst du denn hier?* siffla Lena. Qu'est-ce que tu veux ?

— Je venais seulement voir si quelqu'un avait besoin d'aide, ou de… de quoi que ce soit… Je suis accompagnée, ajouta-t-elle au cas où on songerait à lui faire du mal, de Madame Taunton et de ses domestiques. Il y en a plusieurs, ils sont actuellement dans les appartements au-dessus de celui-ci. »

Lena fit un signe de tête à sa petite-fille, qui s'éclipsa. Un instant plus tard, Helen entendit la porte d'entrée s'ouvrir. Elle comprit que la fillette avait été envoyée pour vérifier l'exactitude de sa déclaration et fut anxieuse à l'idée de ce que cela laissait présager.

« Ton nom encore, ordonna Lena.

— Helen Stallworth. »

Lena tira le rideau d'un geste sec et le soleil vint une nouvelle fois illuminer Helen, mais cette dernière s'était détournée.

« Regarde ici ! », cria Lena.

Louisa s'était rapprochée, laissant planer sa présence hostile. Passablement désemparée, Helen posa les yeux sur la vieille femme et sembla discerner dans son regard un mélange de malveillance et de crainte.

« Cornelius… murmura Lena. Vous avez pris Cornelius pour le pendre, vous m'avez envoyée sur l'île. Vous avez essayé de prendre mes filles. Et maintenant Alick est parti aussi. Et Maggie est à Tombs…

— Mais pour qui me prenez-vous ?! s'écria Helen. Je ne connais aucun…

— *Stallworth !* »

Helen était pétrifiée par le regard de basilic de cette femme, et elle comprit en un éclair de terreur à quel point la sévérité de son grand-père en tant que juge avait vilipendé leur nom dans le Triangle Noir.

« Je vous en prie... », commença-t-elle, mais, avant qu'elle puisse poursuivre, la petite fille revint en courant et fit un bref signe de tête.

Lena referma brusquement le rideau.

« Dehors ! », cria-t-elle.

Helen quitta la chambre puis la pièce chichement meublée presque au pas de course. Elle atteignit le palier au moment où Madame Taunton descendait les escaliers, suivie de Maisie et de Martin.

« Alors, ma chère, dit la voix derrière le voile noir. Avez-vous eu plus de chance au rez-de-chaussée ? »

CHAPITRE 20

Après son arrestation, Maggie Kizer se montra calmement récalcitrante au commissariat. Elle donna son nom, son adresse, mais refusa de répondre à la moindre question concernant la mort de Cyrus Butterfield. Son apparente indifférence quant à la gravité de sa situation, due en partie à la fin de sa transe opiacée, et en partie à l'absolu désespoir face à son sort, énerva la police. On la jeta en cellule sans cérémonie.

C'était une pièce en pierre de deux mètres sur trois, avec au fond une unique fenêtre à barreaux dessinant un trait vertical et donnant, quelques mètres plus loin, sur une étendue de briques nue. Le sol humide était jonché de paille pourrie et le mobilier se résumait à une minuscule couche avec une couverture crasseuse et un pot de chambre en métal cabossé. Une petite chandelle était plantée sur un barreau transversal de l'étroite grille de la cellule, mais seuls les gardiens avaient droit aux allumettes.

Quand le surveillant emporta la lumière et disparut par le long couloir en pierre, laissant Maggie dans l'obscurité, des murmures s'élevèrent des cellules voisines ; des voix graves et gutturales qui s'enquéraient de son identité et de son crime, des voix aiguës et enjôleuses qui sollicitaient un certain type de relation, des voix stridentes et irrationnelles qui l'accusaient d'avoir fomenté un complot pour étrangler des nourrissons irlandais et assassiner le pape.

Seule dans cet endroit obscur, Maggie se tourna et tâtonna le long des murs à l'humidité glaciale. Elle s'assit sur sa couche infestée de vermine et sortit de son corsage les deux sachets de « bonheur » – un mélange de cocaïne – qu'elle gardait toujours sur elle. Son petit sac à main contenant sa boîte d'opium et son *yen hock* lui avait été retiré.

Après avoir lentement inhalé la cocaïne, elle s'allongea sur le dos, mit un bras sur son visage et écouta le murmure des voix des femmes incarcérées autour d'elle. Elle resta étendue de longues heures dans une paisible rêverie. Au matin, le gardien la réveilla. Par une trappe métallique au bas de la grille, il fit passer une gamelle en étain avec des biscuits secs baignant dans une sauce gélatineuse et noirâtre.

Quand il revint une heure plus tard pour remporter la gamelle encore intacte, le gardien informa Maggie qu'elle serait assignée à comparaître le lendemain devant le tribunal du juge James Stallworth et qu'à son avis elle avait peu de chances de s'en sortir.

Elle ne répondit pas.

Un peu avant midi, plusieurs hommes se présentèrent à sa cellule pour l'observer. Parmi eux, Maggie remarqua celui à la chevelure de feu, qui était présent lors de son arrestation. Elle s'assit pudiquement sur le bord de sa paillasse, sereine et aussi présentable qu'elle le pouvait, mais elle ne répondit à aucune de leurs questions, de plus en plus nombreuses et agressives. Les journalistes finirent par repartir en se plaignant bruyamment de son silence et en exigeant, sans s'adresser à personne en particulier, qu'on la force à parler ; mais leur colère s'entendait à peine sous les revendications stridentes des autres prisonnières, qui hurlaient à l'aide, beuglaient des moqueries et glapissaient des insinuations ou des invitations si obscènes que les journalistes s'arrêtaient pour en rire ou y répondre.

Après leur départ, Maggie se mit légèrement dos à l'étroite grille et tira de sa robe le second sachet de « bonheur ».

Son repas arriva à quinze heures mais elle n'y toucha pas non plus. L'espoir était une denrée à laquelle Maggie Kizer avait totalement renoncé. Elle avait compris, au moment de son arrestation, que les petits réconforts de l'existence qui l'avaient fait tenir ces dernières années venaient de s'évanouir et qu'elle ne les retrouverait jamais. Elle ne se disait pas qu'elle avait été trahie, et n'espérait pas qu'on vienne la sauver. Elle estimait simplement que sa vie était terminée. À seize ans, elle avait été plongée dans un océan de misère et d'ignominie, et si elle avait réussi à garder la tête hors de ces eaux noires et turbulentes pendant un temps, elle se rendait compte qu'elle venait d'être entièrement submergée par ces vagues et ne referait plus jamais surface.

Si telle était sa situation, alors il n'y avait aucune

raison de se nourrir, aucune raison de songer à s'échapper, aucune raison d'implorer de l'aide, de la pitié ou de la clémence ; il n'y avait aucune raison de réfléchir à quoi que ce soit. Si Maggie avait trouvé un moyen de se tuer à ce moment-là, elle l'aurait fait sans peur et sans hésiter.

Elle contemplait le mur aveugle de sa cellule depuis un temps indéfini quand, en se retournant dans le simple but de bouger un peu, elle vit Daisy Shanks debout devant la grille. L'avorteuse portait une robe mauve festonnée de petits rubans roses, dont le corsage était étonnamment serré au niveau de la poitrine et de la taille. Elle tenait un panier au creux de son bras et souriait à Maggie comme si elles venaient de se croiser par hasard, devant la vitrine de la sirène des Fidji au musée Barnum ou en train de se balader sur la plage de Coney Island.

« Daisy… », souffla Maggie Kizer à travers ses lèvres sèches.

Daisy occupait l'entrée de la cellule, quand soudain Rob se faufila entre sa mère et la grille. Il fixa intensément la détenue, ses doigts délicats agrippés aux barreaux d'acier.

« Maggie, j'ai amené ton garçon pour qu'il te voie ! », dit Daisy Shanks en riant.

Maggie la regarda sans comprendre.

« Nana a dit que je serai ton garçon tant que tu seras ici », murmura-t-il spontanément.

Maggie leva les yeux à ces mots, une lueur d'intérêt dans le regard.

« Je suis ton garçon, répéta Rob, comme si c'était

une leçon importante qu'elle devait retenir. Et je t'ai apporté quelque chose.

— Je ne veux rien manger, répondit-elle d'une voix faible.

— C'est pas à manger. »

Daisy tourna son visage radieux vers le gardien à l'autre bout du couloir tandis que Rob ouvrait doucement le couvercle du panier pour en sortir un volumineux paquet emballé dans du papier jaune attaché avec une ficelle de la même couleur. Il le fit passer par la trappe. Maggie se pencha machinalement pour écarter sa gamelle de nourriture du passage.

« C'est un nécessaire », lui dit Rob.

D'un geste vif, elle s'empara du paquet, en retira nerveusement la ficelle et trouva un nécessaire à opium bon marché, mais complet, avec pour plusieurs dollars d'opium de second choix.

« Merci... »

Rob sourit et dit : « Tiens, cache-le avec ce torchon. Et puis il y a aussi de l'eau-de-vie et des sandwiches. »

Il poussa les denrées à travers l'ouverture et Maggie les recueillit avec gratitude. Daisy observait ces transactions avec un amusement apparent, et bien qu'elle fût silencieuse, elle masquait ce que faisait Rob à la vue des gardiens.

« Tiens, poursuivit-il en tirant de sa poche arrière une page de journal pliée. Nana dit que tu dois lire ça. »

Maggie la prit, la déplia et la parcourut rapidement. C'était un récit détaillé du meurtre de Cyrus Butterfield, du rôle qu'elle y avait joué et même de son arrestation la nuit précédente. Malgré le style fleuri et passionné de l'article, son contenu était pour l'essentiel exact.

« C'est Lady Weale qui t'a donnée, lâcha Daisy en riant.

— Oui, répondit Maggie. J'en étais presque sûre. Daisy, dis à Lena d'envoyer un véhicule à Bleecker Street et de tout emporter. Madame Weale aura sans doute déjà fouillé pour s'emparer de mes bijoux, mais elle ne les aura pas trouvés et elle n'aura pas encore osé se débarrasser des meubles. Prends tout. Si jamais je dois quitter cet endroit, ce ne sera pas pour retourner là-bas. Tu trouveras mes bijoux cachés dans les ourlets des tentures du petit salon. Garde-les jusqu'à ma libération… »

Daisy acquiesça.

« Ce sera fait aujourd'hui. Est-ce que tu crois qu'il pourrait arriver malheur à Lady Weale ? », demanda-t-elle d'un ton suggestif.

Maggie secoua la tête.

« Je ne crois pas que cela m'aiderait.

— Nana veut savoir si on doit parler à quelqu'un, dit Rob.

— Parler à quelqu'un ?

— Quelqu'un qui puisse t'aider, précisa Daisy.

— Duncan…

— Nom ou prénom ? demanda Rob. Où c'est qu'il habite ?

— Je ne sais pas, dit Maggie. Son prénom est Duncan, et c'est tout ce que je sais de lui. On me juge demain. Essayez de le trouver, je crois… je crois qu'il est avocat. »

Daisy sourit et murmura : « Maman veut que tu prennes soin de toi, elle dit de ne pas t'en faire pour les bijoux, que tu ne lui as jamais rien apporté, c'est ce qu'elle dira au tribunal… »

Le gardien approcha dans le couloir. Daisy tapota l'épaule de son fils et se recula d'un pas. Rob changea immédiatement d'expression et d'attitude. Il prit soudain la mine morose d'un simple d'esprit.

« Maman, maman ! », bêlait-il en fixant Maggie à travers les barreaux. Daisy le tira en arrière pour que le gardien récupère la gamelle que la prisonnière n'avait pas touchée.

« Ça sert à rien de pas manger, remarqua-t-il. De toute manière, y vous pendront avant que vous mourriez de faim. »

Maggie le fusilla du regard et serra fermement le paquet d'opium caché dans son dos.

« C'est son fiston ? », demanda le gardien à Daisy.

Il jeta un regard critique à Rob qui s'entortillait les jambes dans une parfaite imitation de crétin.

Daisy sourit et acquiesça.

« Sur le marché, on nous en donnerait même pas cinquante *cents*, dit-elle en riant.

— Ça, c'est vrai, approuva le gardien. J'ai pas l'impression qu'il fera une grosse carrière d'orphelin, hein ? »

Rob renifla et se frotta énergiquement le visage sur la manche de sa veste. L'homme s'éloigna en leur signifiant qu'ils étaient restés assez longtemps.

Daisy se rapprocha une nouvelle fois de la grille pour la masquer entièrement tandis que Rob se collait aux barreaux.

« Prends soin de toi… dit-il à Maggie avec un clin d'œil intelligent. On reviendra. »

Ils s'en allèrent, et elle soupira : « Merci… »

Par la grille, elle regarda cet étrange duo s'éloigner dans le couloir. Daisy s'arrêta à plusieurs cellules pour échanger des civilités avec des femmes qu'elle avait connues professionnellement. Rob se cognait d'un mur à l'autre, passait son bras rachitique à travers les barreaux, poussait des pleurs hystériques et bredouillait comme s'il n'avait pas une once de bon sens dans le corps.

CHAPITRE 21

En début de soirée, le 22 février, le juge James Stallworth et Duncan Phair se trouvaient seuls dans le petit salon de la demeure de Gramercy Park. Dehors, il faisait froid et sombre, et les fenêtres, malgré leurs volets ouverts, donnaient sur une nuit si noire qu'ils auraient tout aussi bien pu être clos. Duncan se tenait debout devant la cheminée, nerveux, et tripotait une figurine en porcelaine avec tant d'intensité que le Berger mélancolique[1] risquait a minima de perdre toute la peinture de son pantalon. Duncan évitait autant que possible le regard de son beau-père, assis tout raide sur un sofa en crin de cheval déjà inconfortable.

« Lightner devrait se faire réprimander, dit le juge. Il est inadmissible que ce journaliste publie un tel article sans vous consulter. Je suis furieux, Duncan, et je m'étonne que vous ne soyez pas allé lui demander des comptes sur cette conduite répréhensible.

— Je le verrai demain. Il sera toujours temps. Je préfère ne pas lui parler sous le coup de la colère. »

1. Célèbre figurine en porcelaine hongroise.

Le juge Stallworth observa Duncan d'un œil sévère – son gendre semblait désemparé, distrait, malheureux. Une dizaine d'expressions de malaise différentes se peignaient sur son visage, mais la colère n'en faisait pas partie.

« Duncan, dit-il, ce journaliste essaie de se libérer de notre influence, et il est hors de question de le laisser faire. Un tel incident ne doit pas se repro…

— Non, je sais.

— … car je vois bien que cela vous affecte considérablement… »

Duncan garda le silence.

« À présent, continua le juge, je suggère que vous offriez vos services au cabinet du procureur afin de participer à l'instruction contre cette Kizer… »

Un voile de panique et d'horreur assombrit tant le visage de Duncan que le juge Stallworth s'interrompit sans le vouloir.

« Pourquoi me jetez-vous ce regard ? Travailler sur une affaire sans perspective de rémunération n'est tout de même pas si terrible, il me semble. Dites au procureur que vous étiez particulièrement lié à Butterfield…

— Non, Père, le coupa nerveusement Duncan, qui tremblait en songeant avec quelle facilité on pouvait découvrir sa liaison. Les Démocrates ne me laisseront pas partager la gloire de cette arrestation et de cette condamnation. Le *Tribune* les a trop matraqués et ils pourraient s'imaginer que je me porte volontaire pour… pour… pour faire acquitter cette femme et les mettre dans l'embarras.

— En tout cas, poursuivit le juge en croisant ses

jambes maigres et élégantes devant le feu, je crois que le moins que vous puissiez faire est d'assister au procès et d'écrire un compte rendu pour le journal – ne laissez pas cela à Lightner aussi –, relevez les erreurs, etc. J'ai fait dire à Tombs que l'inculpation aurait lieu demain à dix heures, pour que vous soyez sûr d'être là. Il n'est pas courant que je préside à ce genre de procédure, mais dans ce cas précis, je pense qu'il le faut. On ne sait jamais à quel point les Démocrates peuvent cafouiller, et nous avons assurément intérêt à ce que cette femme soit bien jugée. »

Duncan n'osa pas opposer de refus à son beau-père, mais, tout en acquiesçant brièvement, il tentait de réfléchir à une façon de justifier son absence au tribunal. Il était impératif que Maggie Kizer ne l'aperçoive pas. Comme elle ignorait son nom, elle n'avait aucun moyen de le retrouver ou de lui faire parvenir un message ; et Duncan, malgré l'affection sincère qu'il avait eue pour cette pauvre jeune femme, avait décidé qu'ils ne devaient plus jamais se croiser, en aucune circonstance.

Maggie était une femme qui, en temps normal, ne laissait jamais paraître de sentiment de déplaisir, de surprise ou même de soulagement par des gestes brusques ou une expression ; elle était trop bien élevée pour s'ébahir facilement et trop circonspecte pour montrer ce qu'elle pensait. Mais comment prédire sa réaction si, lors de son procès pour complicité de meurtre, elle voyait Duncan Phair, sans doute son seul protecteur, dans la salle d'audience ? Elle ne manquerait certainement pas de se tourner vers lui et de lui jeter un regard suffisamment intense pour intriguer la cour ; et elle en profiterait sûrement pour lui adresser quelques mots. Et même si elle ne tentait pas de communiquer, elle ne tarderait pas à apprendre en interrogeant discrètement ses accompagnateurs que son bien-aimé de naguère était le gendre du juge qui allait décider de son sort.

Duncan Phair ne pouvait se permettre qu'on apprenne ses liens avec l'une des criminelles que le *Tribune* reprochait à la police de ne pas avoir trouvée. On savait déjà, dans certains milieux, qu'il prêtait assistance à l'enquête du journal et si on s'apercevait qu'il s'était déjà rendu à Bleecker Street à titre personnel, cela discréditerait immanquablement l'ensemble de leur opération, soulèverait l'inébranlable courroux du juge et provoquerait la fureur et l'humiliation de Marian. À cet instant précis, il semblait que le tournant, positif ou négatif, que devait prendre sa vie ne tenait qu'à une seule question : savoir si Maggie Kizer avait ou non découvert le patronyme du protecteur qu'elle ne connaissait que sous le prénom de « Duncan ».

Celui-ci soupçonnait que le juge, malgré l'amour qu'il portait à sa fille, ne serait pas choqué ni même particulièrement mécontent d'apprendre que Duncan avait une maîtresse ; et il n'était pas plus certain que Marian elle-même s'en émeuve beaucoup. Mais qu'il ait choisi de se compromettre dans la chambre où Cyrus Butterfield avait été poignardé à mort avec une aiguille à opium serait perçu comme une imprudence inadmissible.

En dehors de ses craintes pour son propre avenir, l'avocat était inquiet concernant la situation de sa maîtresse. Il n'y avait guère de doute quant à sa condamnation, et James Stallworth venait de dire que, pour des questions d'image, le procès serait rapide et sévère… et que si cette femme était coupable, comme elle semblait l'être assurément, on la pendrait comme complice de meurtre.

« Pendue ?! s'écria Duncan. Mais il n'y a pas besoin de la pendre. N'est-ce pas, Père ? Ce n'est pas elle qui a tué Butterfield selon le témoignage de la logeuse. »

Duncan, le regard brouillé et les dents serrées, avait lu deux fois l'article paru dans le *Tribune* du dimanche matin ; et ce, dans le secret de son dressing afin que sa vive détresse ne puisse être aperçue ni de sa femme ni de ses domestiques. Il avait eu la chance de se trouver seul quand il avait appris la terrible nouvelle.

« Non, en effet, reprit le juge Stallworth avec légèreté, mais comme nous n'avons pas mis la main sur ce Monsieur Kizer – qui est le véritable assassin –, nous devrons nous contenter de sa complice. L'épouse paiera pour l'époux. Je ne pourrais pas laisser passer ça, même si je le voulais – ce qui n'est certainement pas le cas –, car les journaux démocrates me tomberaient dessus, en disant que ce sont eux qui l'ont arrêtée, eux qui l'ont poursuivie, et un juge républicain qui l'a relâchée… Nous ne pouvons pas nous exposer à ce genre d'attaque.

— Non, c'est vrai », dit doucement Duncan en se tournant, honteux d'éprouver l'espoir que si Maggie était jugée, reconnue coupable, condamnée et pendue, lui-même n'aurait plus rien à craindre.

Il se disait que si elle était coupable, elle méritait d'être punie par la loi, mais il lui était douloureusement difficile d'imaginer cette femme admirable sur le gibet, dans une simple robe bleue, écoutant les prières d'un prêtre mielleux. Et pourtant, il n'y avait rien qu'il puisse faire pour la sauver, se disait-il : sa présence pouvait la consoler un peu, ses paroles rassurantes pouvaient tempérer ses peurs pendant une heure, mais elle monterait néanmoins sur l'échafaud, où le prêtre mielleux marmonnerait ses prières inutiles. La corde briserait les os de son cou gracile, que Duncan soit avec elle ou non dans ses derniers instants – alors pourquoi détruire son propre avenir, si prometteur, pour quelques moments de réconfort offerts, peut-être en vain, à une femme sur le point de mourir ? Si Maggie connaissait sa position, elle comprendrait et ne condamnerait pas cette décision difficile et prise à contrecœur.

Le lendemain matin, Duncan envoya à son beau-père un message pour signifier qu'il était malade et alité ; et il resta couché jusqu'à l'après-midi, quand il reçut un mot de Simeon Lightner lui apprenant que Maggie Kizer avait été inculpée pour complicité dans le meurtre de Cyrus Butterfield. Le juge Stallworth avait fixé la caution à quinze mille dollars, somme que Maggie n'avait, bien sûr, pas été en mesure de payer, et elle avait été immédiatement raccompagnée à sa petite chambre de pierre à Tombs. Alors seulement, Duncan Phair s'habilla et prit le fiacre pour se rendre à son bureau de Pearl Street.

CHAPITRE 22

Le jeudi après-midi, après l'inculpation de Maggie Kizer dans la matinée, Simeon Lightner se rendit à Bleecker Street afin d'apporter à Lady Weale un chèque de 3 340 dollars. Le rédacteur en chef du *Tribune* avait autorisé le paiement – même si Maggie Kizer n'avait pas encore été condamnée – dans l'intérêt publicitaire que cela représentait.

Simeon fut fort surpris de trouver devant le perron de chez Madame Weale une grande carriole dans laquelle trois costauds d'aspect dangereux chargeaient une quantité substantielle de beaux meubles : fauteuils, sofas, tapis roulés, tables, miroirs et des caisses d'objets plus petits. Ils n'étaient pas aussi soigneux qu'ils auraient dû, et de nombreuses pièces finissaient éraflées, ébréchées, voire franchement cassées. Mais ce qu'il leur manquait de délicatesse, ils le compensaient par leur discrétion et refusèrent de répondre aux questions de Simeon, qui voulait savoir qui les avait envoyés, de quel droit ils vidaient la maison, et où tout cela devait être expédié.

Frustré d'être complètement ignoré, hormis une ou deux fois quand il fut cogné avec le coin d'un meuble, Simeon descendit les quelques marches menant à l'entrée du sous-sol donnant sur la cuisine de Madame Weale et frappa à la fenêtre encrassée. Cette dernière, qui se trouvait derrière la porte, lui fit signe de s'en aller, mais quand il agita le chèque devant le carreau, elle le fit entrer à contrecœur. Une fois la récompense récupérée et le reçu signé, elle n'attendait plus que le départ du journaliste, mais il commença à l'interroger sur ce qui se passait dehors et la persuada de sortir pour mieux apprécier le spectacle.

« S'agit-il des biens de Madame Kizer ?

— Oui, et tout ce que vous voyez là est à moi ! s'exclama Lady Weale. Ça compense les loyers de retard. Tout ça me revient ! Et puis, la moitié m'appartenait déjà de toute façon, je lui ai loué un appartement meublé ! Et ils emportent tout ! Tout !

— Mais qui emporte tout ?

— Mais eux, vous les voyez pas ?

— Si, dit Simeon, mais où est-ce qu'ils emmènent tout ça ?

— J'en sais rien, rien du tout ! gémit Lady Weale. Tout ce que vous voyez là est à moi ! »

Elle donna un coup de pied à un chien qui passait sur le trottoir, pour l'envoyer japper dans les jambes de deux des hommes qui emportaient le cadre de lit de Maggie Kizer. Mais l'un d'eux donna un autre coup de pied au chien, qui repartit en arrière, et continua son travail sans y prêter attention.

« Si cela vous appartient, alors pourquoi n'appelez-vous pas un policier pour qu'il les arrête ? Même si ces hommes sont de véritables déménageurs – et tout porte à croire le contraire, puisqu'il n'y a rien d'écrit sur leur carriole –, ils n'ont pas le droit de prendre les biens d'une personne sans sa permission.

— Ils sont venus avec un policier, y m'ont forcée à ouvrir et m'ont dit de pas m'en mêler. Je suis allée chercher un autre agent, si vous voyez ce que je veux dire, mais le premier lui a dit qu'il y avait pas de problème. Alors que si ! Ces affaires sont à moi et ils les embarquent et je reverrai pas le moindre bout de bois, pas le moindre bout de tissu ! Par la mère de Moïse, on me cambriole ! »

Pendant que Simeon Lightner s'installait confortablement sur la balustrade en pierre de la maison voisine, Lady Weale se retira dans sa cuisine où elle ouvrit la fenêtre pour lancer des pommes de terre sur le trottoir dans l'espoir de faire trébucher ces hommes qui la privaient des biens de Maggie Kizer. Le journaliste s'amusa alors à dresser un inventaire des objets que l'on sortait de la demeure et, en tendant le cou pour regarder dans la carriole, s'efforça de faire une liste de ce qui avait déjà été chargé. Un quart d'heure plus tard, plus rien ne rentrait et deux des balèzes sautèrent sur la banquette.

Le troisième alla se poster en surplomb du sous-sol de la maison, d'où Madame Weale grogna et lui jeta une nouvelle pomme de terre.

Il l'attrapa au vol et la réduisit en purée dans son puissant poing.

« On a pas fini, dit-il, alors essayez pas de fermer à clé sinon on casse la porte quand on revient. »

Il sauta à côté de ses acolytes, et les chevaux

attelés au véhicule s'en allèrent d'un pas pesant.

La circulation sur Bleecker Street était dense et la progression des bêtes, assez lente. Simeon resta assis sur la balustrade quelques minutes puis descendit d'un bond, porta la main à son chapeau pour saluer Madame Weale qui était sortie récupérer ses patates – soit pour sa marmite, soit en prévision d'un nouvel assaut – et il partit nonchalamment à la suite de la carriole.

« Ils vont à Houston Street, dit sèchement Madame Weale, et Simeon s'arrêta.

— Ah, alors vous savez ?

— Non, je suis pas certaine, mais je vous parie ces patates qu'ils vont chez Lena la Noire.

— C'est à quel numéro ? »

Lady Weale haussa les épaules et descendit les marches vers la porte de sa cuisine.

Simeon se demanda s'il ne devrait pas se dépêcher d'aller à Houston Street, afin de chercher où habitait Lena la Noire et d'attendre l'arrivée du chargement ; mais il songea ensuite que Lady Weale pouvait se tromper ou même chercher à l'induire en erreur, et décida qu'il valait mieux, en définitive, pister la carriole de loin. Avec son empilement de beaux meubles, elle se distinguait suffisamment des autres véhicules du quartier pour que Simeon n'ait aucun mal à ne pas la perdre de vue, même à distance. Il ne voulait pas risquer le courroux de ceux qui la conduisaient s'ils s'apercevaient qu'il suivait leur trace. Alors, de manière discrète et apparemment désinvolte, Simeon Lightner pista les biens de Maggie Kizer de Bleecker à West Houston Street et observa, un peu en retrait, tandis que les affaires étaient déchargées dans la boutique située au numéro 201.

Le lendemain soir, Duncan Phair et le juge James Stallworth dînèrent au club des avocats républicains de la 17e Rue, et le juge dit à son gendre : « Bon, j'espère que vous vous êtes remis de votre indisposition, Duncan. Je ne saurais vous dire combien j'ai été déçu que vous ne puissiez assister à l'inculpation, hier.

— Oui, répondit celui-ci avec nervosité. Je vais beaucoup mieux, presque comme neuf.

— Ça ne me plaisait guère de voir Lightner seul là-bas, mais je reconnais qu'il nous a enfin rendu un fier service.

— Quoi donc ? demanda Duncan, curieux.

— Vous avez dû lire le *Tribune* de ce matin, non ? »

Duncan acquiesça. Simeon avait fait le récit du déménagement de tous les biens de l'accusée depuis la maison de Lady Weale jusqu'à la boutique de prêt sur gages de Lena la Noire sur West Houston Street. Il avait noté que Lena Shanks, dite « la Noire », « une receleuse notoire et bien établie qui commerçait presque exclusivement avec des criminels appartenant à la gent féminine » était la sœur d'Alick Kizer, le véritable meurtrier de Cyrus Butterfield. Simeon avait poursuivi sa description de la famille Shanks : la fille aînée, muette, au visage dur, spécialiste des forfaitures paperassières, soit la fabrication de faux papiers ; la jeune et jolie cadette, l'une des avorteuses les plus connues de la ville ; et les deux enfants, des jumeaux qui, ayant grandi dans un tel milieu, ne pouvaient faire autrement qu'être eux-mêmes mauvais.

« Oui, répondit Duncan, mais je ne vois pas en quoi l'article de Simeon peut nous aider. Je l'ai vu aujourd'hui et je l'ai félicité pour son excellent travail de recherche. Il a parlé aux voisins, à nouveau à Madame Weale et à la police. Cette vieille dame, Lena la Noire, l'a chassé elle-même de sa boutique, mais au moins il a pu apercevoir le reste de la famille. Je l'ai félicité, car il aurait été profondément contre-productif de le réprimander d'avoir fait tout ça sans moi. Mais en quoi cela peut-il nous servir ?

— Ne voyez-vous pas ? C'est la famille que nous cherchions, la lignée de criminels dont j'avais supposé l'existence dès le début de cette affaire. Je suis seulement surpris que nous n'en ayons pas trouvé d'autre plus tôt. Nous voulions dénicher une famille embourbée dans la corruption, élevée dans le crime, et la voilà enfin. Et celle-là est d'autant plus vicieuse qu'il s'agit uniquement de femmes, d'autant plus encore qu'elles sont à la tête de nombreuses activités délictueuses. Si on inclut Maggie Kizer, nous avons de tout : meurtrière, prostituée, receleuse, faussaire, avorteuse… et on peut toujours accuser les enfants de vol. Il ne manque que le chantage et le kidnapping, en fait.

— En effet… dit Duncan d'un air sceptique. Mais qu'est-ce que cela change pour nous – et pour elles ?

— Oh, c'est simple, répliqua le juge Stallworth. Nous n'avons plus qu'à nous attaquer à ces Shanks.

Tout est en place. L'un d'eux s'est évadé et une autre est déjà en prison. Alick Kizer se trouve sans doute à l'autre bout du monde à l'heure qu'il est, et je ne vois pas comment nous pourrions le retrouver. Il nous incombe donc de faire naître une rumeur selon laquelle il serait mort, tué dans l'attaque d'une banque ou quelque chose de ce genre, comme ça nous en serons débarrassés. Maggie Kizer est en prison et je m'assurerai que... enfin, bref, je m'en occuperai. Son procès aura suffisamment de visibilité dans la presse sans que nous ayons à faire quoi que ce soit. Et dès que nous en aurons fini avec elle, nous nous occuperons des autres. C'est un plan sans faille, Duncan. »

Celui-ci acquiesça silencieusement aux prévisions de son beau-père.

« Bon, ajouta le juge, j'ai moi-même fait quelques petites recherches dans mes dossiers cet après-midi. Lena Shanks m'a été amenée en 1865 – ce nom m'avait paru familier quand je l'ai lu ce matin, j'en étais sûr – et je l'ai fait enfermer à Blackwell's Island pour plusieurs années. Les deux filles, aujourd'hui adultes, avaient été déclarées pupilles de l'État mais quelqu'un les avait enlevées juste après le procès et elles sont restées cachées. Son mari a été pendu pour son rôle dans le Complot du Brasier, bien avant votre époque, mais ce fut la première affaire importante que j'ai eue à juger et je m'en souviens comme si c'était hier – c'était pile après ma nomination. En bref, je possède tout un tas de rapports à ce sujet, et vous devriez m'envoyer Lightner demain pour que nous en parlions.

— Le *Tribune* aura sans doute aussi ses propres archives puisqu'ils ont dû suivre les procès », remarqua Duncan.

Même s'il n'aimait pas du tout ce plan, il sentit qu'il devait y prendre part d'une façon ou d'une autre s'il ne voulait pas que ses réticences éveillent les soupçons de son beau-père.

« Oui, abonda le juge avec un sourire, exactement. Cela va faire vingt ans que cette famille échappe à l'attention de la police et de la justice. Cette Lena Shanks doit être une femme prévoyante et intelligente pour avoir réussi à se faire discrète si longtemps, à construire sa vie, à développer sa petite affaire avec ces femmes. Et tout cela va disparaître parce que son frère a attrapé une aiguille à opium sur la coiffeuse de son épouse. »

Duncan frissonna, mais le juge continuait à sourire.

« Tout sera prêt. Dès que le cas de Maggie Kizer sera réglé, nous nous attaquerons à une autre d'entre elles, et ainsi de suite jusqu'à ce qu'il ne reste d'eux que poussière.

— Oui, répéta Duncan. Que poussière. »

CHAPITRE 23

Le procès de Maggie devait avoir lieu le 6 mars, dix jours après son inculpation ; le juge Stallworth estimait que cela laissait amplement le temps à Simeon Lightner et à son gendre de propager l'affaire dans les colonnes du *Tribune* sans pour autant que le public ne s'impatiente. Mais le juge était irrité que Duncan, qui trouvait toujours une excuse, s'abstienne de s'approcher de Tombs où la meurtrière – ou la complice de meurtre – était incarcérée.

Durant ce regrettable intervalle, Simeon Lightner, qui se rendait fréquemment à la prison, apportait chaque jour à ses lecteurs des détails sur la conduite de Maggie Kizer, son apparence physique et son comportement asocial : comment elle refusait de parler aux journalistes, aux prêtres, aux gardiens, à tout le monde, en fait, hormis un petit garçon qui venait la voir deux fois par jour avec un panier sous le bras. Cet enfant, visiblement simplet, arrivait d'on ne savait où, ne répondait à aucune question de manière sensée et semblait s'évanouir dans la nature dès qu'il franchissait les lourdes colonnes égyptiennes de la maison d'arrêt. Au début, on avait supposé que c'était le fils de Maggie, mais Simeon Lightner fit savoir qu'il s'agissait plutôt de son neveu, Rob Shanks, et qu'il résidait à West Houston Street.

Tôt le lundi matin du procès, Duncan Phair rendit visite au juge Stallworth dans son cabinet du palais de justice, l'énorme bâtiment en brique rouge et terre cuite qui jouxtait Tombs. Le bureau du juge était une pièce morne et sombre, éloignée de son tribunal – les plus beaux cabinets étaient alloués aux Démocrates tandis que les quelques juges et officiels républicains avaient été relégués aux étages, aux couloirs bruyants, aux pièces à une seule fenêtre ou avec des fuites au plafond.

Duncan dit à son beau-père que des affaires importantes nécessitaient sa présence à l'hôtel de ville pour la matinée. Il ne serait donc pas en mesure d'assister au procès de Maggie Kizer.

« Pourquoi Peerce ne peut-il pas s'en charger ? demanda le juge. C'est bien pour ça que vous en avez fait votre associé, pour s'occuper de ce genre de choses.

— George a un catarrhe gastrique, Père. Et il est vraiment nécessaire que cette affaire soit réglée aujourd'hui.

— Ce procès ne vous prendra pas tant de temps que cela, rétorqua Stallworth, manifestement contrarié par cette réponse. Je ne comprends pas pourquoi vous devez partir si précipitamment.

— Peerce a laissé en suspens beaucoup de dossiers qui ne peuvent attendre », répondit Duncan sans conviction, et comme le silence du juge semblait exiger de lui une meilleure excuse, il ajouta : « Des contrats qui requièrent la signature de l'ensemble des conseillers municipaux, et il est déjà assez rare de tous les avoir en ville au même moment, alors dans la même pièce... »

Le juge Stallworth dévisagea le mari de sa fille avec intensité.

« Je ne vous crois pas », dit-il d'une voix égale.

Embarrassé, Duncan détourna le regard.

« Depuis que cette femme a été arrêtée, vous n'avez eu de cesse que d'éviter cet endroit. Vous avez refusé de vous mêler de cette affaire de quelque manière que ce soit alors même que je vous ai constamment fait remarquer combien il était nécessaire d'en garder le contrôle. Vos excuses me fatiguent, et j'exige de savoir pourquoi vous atermoyez de la sorte avec moi. Parlez, et vite, dit-il en ajustant sa robe de magistrat, car je dois siéger dans un quart d'heure. »

Duncan Phair savait que son beau-père n'avait fait que tolérer ses mensonges ; le vieil homme n'avait jamais été vraiment dupe. Pendant un temps, il s'était prêté au jeu, mais maintenant son attitude avait changé, et Duncan n'avait d'autre choix que de se soumettre en lui révélant la vérité.

« Cyrus Butterfield était avocat... commença-t-il.

— Jusque-là, rien de nouveau, le coupa le juge.

— Mais ce n'était pas le seul avocat que fréquentait Maggie Kizer.

— Ah, fit Stallworth d'un ton froid, elle avait donc une faiblesse pour cette profession.

— C'était une coïncidence, je crois. Les deux avocats ne se connaissaient pas – du moins, pas en tant que... qu'intimes de Maggie Kizer.

— Et cet autre avocat, poursuivit le juge Stallworth avec un sourire amer, est un ami.

— Oui.

— Un ami proche. Voire très proche ? En fait, il s'agit peut-être même de vous ?

— Oui, avoua Duncan.

— Pendant combien de temps la meurtrière a-t-elle joui de votre fréquentation, Duncan ?

— Dix-huit mois… environ.

— C'était une relation affectueuse… joyeuse ?

— Sobre et discrète. C'est une femme remarquable. »

Le juge répéta les mots de son gendre sans rien laisser paraître.

« Sobre et discrète. C'est une femme remarquable. »

Duncan s'agita dans son fauteuil, mal à l'aise.

« Maggie ignore qui je suis, précisa-t-il. Ou plutôt, elle ne connaît que mon prénom. Elle ne sait pas que je suis avocat – et certainement pas que j'ai un quelconque rapport avec son accusation, par votre intermédiaire, je veux dire. Tout ce qu'elle sait, c'est que… c'est que je l'ai abandonnée. »

Le juge garda le silence, et Duncan, malgré la détresse que lui causait cette révélation forcée, fut contraint de poursuivre : « Sinon, elle m'aurait sûrement contacté. C'est pour cela que j'ai pris soin de ne pas m'approcher de cet endroit. Il aurait été désastreux qu'elle m'aperçoive. »

James Stallworth le regarda d'un air mauvais.

« Je suis ravi que vous ayez jugé bon de me faire l'honneur de cette confession, déclara-t-il avec mépris. Si tout n'est pas encore perdu, ce n'est pas grâce à vous et à vos bêtises. Tout d'abord, Duncan, il va de soi qu'un homme respectable ne doit prendre pour maîtresse qu'une femme respectable.

— Maggie est très...

— Les femmes respectables n'ont pas de mari à Sing Sing. Les femmes respectables ne sont pas dépendantes à l'opium. Maggie Kizer a peut-être une charmante disposition, de bonnes manières et des connaissances sur quantité de sujets ; c'est peut-être une excellente brodeuse, particulièrement habile de ses mains... mais elle n'est pas, au bout du compte, respectable.

— En effet, admit Duncan.

— Sortez, dit le juge sèchement. Sortez immédiatement de ce bâtiment. On va l'amener de Tombs d'ici quelques minutes. Sa logeuse a été appelée à témoigner et ne tardera pas à arriver. Je suppose qu'elle aussi vous connaît. Il est impératif que vous ne soyez vu par aucune de ces deux femmes. Alors, partez. »

James Stallworth se leva, et Duncan quitta le bureau du juge sans ajouter un mot.

Par l'une des fenêtres ternies du couloir, il jeta un regard au « pont des Soupirs » – élégante et incongrue réplique du célèbre passage vénitien – qui rattachait l'impassible palais de justice à la sordide maison d'arrêt. À ce moment-là, Maggie Kizer y était justement conduite par deux gardes. Sa silhouette droite, son port élégant et son visage à la beauté distinguée semblaient en parfaite harmonie avec la finesse de l'architecture de ce triste pont fermé sur lequel étaient passés les criminels les plus dangereux et les plus dégénérés de la ville ; à l'inverse, les hommes qui l'escortaient étaient des Irlandais à la posture voûtée et au front saillant. D'ici un instant, cette reine parmi les criminels allait arriver dans le couloir où Duncan se trouvait.

Il s'autorisa quelques secondes pour admirer Maggie Kizer – ce serait la dernière fois de sa vie qu'il la verrait – avant de se cacher derrière un pilier. Elle allait être menée par un escalier de service jusqu'à une petite pièce étouffante derrière le tribunal du juge Stallworth où, sur un banc en bois inconfortable, elle attendrait avec des meurtriers, des voleurs et autres « victimes de la délinquance » dont les procès étaient prévus ce jour-là.

Il patienta quelques instants pour laisser Maggie et ses imbéciles de gardiens descendre hors de vue ; pendant ce laps de temps, le juge Stallworth sortit de son cabinet. Il vit Duncan appuyé contre la colonne écaillée, mais son regard ne montra pas plus d'intérêt ou de pitié que s'il était tombé sur un mendiant tuberculeux dans la rue.

Le tribunal du juge était le plus modeste des six qu'abritait le palais de justice. Il était de taille réduite, avec du mobilier en bois de chêne vernis et de grandes fenêtres étroites qui donnaient sur la façade de Tombs. Les murs blanchis à la chaux étaient ornés de portraits ternis d'hommes que personne n'aurait su identifier.

Un quart d'heure avant que la cour ne soit appelée à siéger, il y avait déjà beaucoup d'activité dans la salle. Des clercs et des agents de police préparaient la journée de travail à venir, trois Noirs lavaient le sol sous le banc des jurés, fortement taché de tabac à chiquer, tandis que les membres du jury constitué pour la semaine faisaient connaissance et se racontaient des blagues au détriment de toutes les nationalités, excepté les Irlandais. Des avocats discutaient entre eux tout en leur lançant des regards en coin.

Les journalistes présents pour l'affaire de Maggie Kizer parlaient tirages, salaires, avantages en nature et discutaient des injustices notoires que leur infligeaient les rédacteurs en chef, tandis que les dessinateurs de presse faisaient des caricatures des journalistes, des avocats, des jurés, des agents de police et de leurs propres collègues.

Il y avait une petite foule de spectateurs désœuvrés – qui n'étaient pas venus pour l'appât du gain ou parce que la loi les y obligeait, mais uniquement parce qu'ils souhaitaient voir cette droguée, responsable de la mort d'un homme que les journaux décrivaient comme « l'un des citoyens les plus aimés et respectés de la ville, et l'un de ses plus brillants juristes ».

Les procès d'assises, et particulièrement ceux présidés par le juge James Stallworth, étaient réputés pour leur rapidité, et même les affaires les plus complexes s'étendaient rarement sur deux jours. Naturellement, aucun des avocats et des journalistes présents n'imaginait que Maggie Kizer puisse être disculpée des charges retenues contre elle – le juge Stallworth n'était pas connu pour son indulgence envers les accusés, ni durant la tenue du procès ni au moment de la sentence –, et ils détenaient une information que le grand public ignorait, à savoir que le gendre du juge avait aidé le *Tribune* à exploiter ce meurtre. Cette femme n'avait pas la moindre chance.

« Franchement, remarqua un cynique, volontairement à portée de voix de Simeon Lightner, ça relève quasiment du conflit d'intérêts, si vous voulez mon avis. Le vieux devrait se retirer du procès.

— Aucune chance, répondit un autre avec un regard furtif vers Simeon, c'est une trop belle affaire, le *Tribune* va en faire ses choux gras. Le vieux Stallworth la conduirait sans doute lui-même à l'échafaud s'il n'avait pas peur de se prendre les pieds dans sa robe en montant les marches. »

Simeon, qui n'avait guère de sympathie pour James Stallworth et n'était pas convaincu du désintéressement de son gendre, ne trouva pas utile d'objecter à ces remarques narquoises. Ce procès l'intéressait vraiment, mais il doutait que les choses se déroulent de manière aussi claire et nette que les autres semblaient apparemment le penser. Tout d'abord, Simeon avait assisté à l'arrestation de Maggie Kizer, et savait qu'il ne s'agissait pas d'une simple prostituée. Elle serait une accusée autrement plus coriace qu'une stupide traînée peinturlurée de Hudson Street. De plus, sa beauté jouait en sa faveur, et on avait déjà vu des jurés, malgré des preuves irréfutables et les exhortations de juges courroucés, acquitter certaines femmes au charme exceptionnel.

L'arrivée dans la salle d'audience de Lena la Noire et de sa petite-fille attira l'attention de Simeon, qui reconnut cette enfant habillée sobrement comme la jumelle du garçon qui rendait tous les jours visite à la détenue. Lena portait une veste noire serrée et une jupe à motifs écossais. Elle marchait avec lenteur et à l'aide d'une canne à pointe d'argent. Elles s'installèrent dans la rangée de sièges juste derrière Simeon. Il se tourna légèrement pour les observer.

C'est Ella qui capta le plus son attention. Elle restait parfaitement immobile et calme, alors que son regard plongeait dans les moindres recoins de la salle, et elle croisa et soutint plus d'une fois celui de Simeon. Cette enfant ne ressemblait à aucun rejeton qu'il avait pu croiser dans les couches les plus basses de la société. Ces jeunes sauvages, crasseux et braillards, avec leurs mains baladeuses et leur malice, étaient de vrais petits diables ; mais si cette jeune fille en était un également, elle se tenait si bien qu'à première vue elle pouvait passer pour un modèle de retenue et d'innocence.

Simeon sortit ses carnets de sa poche et relut les notes qu'il avait prises concernant la famille Shanks. Certaines des choses qu'il avait apprises à leur sujet étaient si terribles qu'on ne pouvait les publier dans le *Tribune*. Il jeta un œil aux alentours et fixa la grosse femme assise derrière lui ; il étudia ses fins cheveux noirs, son front saillant aux sourcils noirs, ses yeux noirs et sans éclat, et se fit la réflexion qu'il aurait préféré partager une cellule avec trois prostituées armées de couteaux qu'avec Lena Shanks.

L'huissier annonça l'arrivée du juge. Tout le monde se mit debout, et Simeon vit Lena la Noire se lever avec un temps de retard et une certaine réticence, en s'appuyant lourdement sur sa canne. La petite fille à ses côtés se tourna et adressa un sourire malicieux à Simeon tout en tirant sur ses boucles d'une manière aussi suggestive qu'impénétrable.

CHAPITRE 24

Le juge James Stallworth posa son regard de glace sur la salle d'audience, fit signe à l'huissier de se taire et s'installa sans plus perdre de temps à son banc. Il ferma les yeux et attendit patiemment que toute la machinerie qui allait réduire Maggie Kizer en poussière se mette en branle.

Avant, sa condamnation ne se serait avérée qu'utile à la famille Stallworth. Désormais, c'était une nécessité absolue. Le juge ne lui jeta pas un regard, il se souvenait suffisamment d'elle depuis l'inculpation. Il n'avait pas davantage de curiosité envers elle, qui avait su charmer son gendre, qu'il n'avait de scrupule.

On annonça les faits reprochés et le procureur se leva sur ses jambes arquées pour déclarer que le ministère public était prêt à prouver que l'accusée était complice du meurtre qui avait privé un citoyen irréprochable de sa précieuse vie. Durant cette brève harangue de pure forme, Maggie Kizer resta immobile et indifférente aux côtés de son avocat commis d'office.

Plutôt que sur ce préambule, c'est sur elle que le

jury porta son intérêt – un intérêt qui s'accompagna de quelques murmures, ricanements, observations à voix basse et roulements d'yeux ; différentes façons d'exprimer la considération qu'ils témoignaient à sa beauté et à son attitude.

Le juge, constatant que le jury ne prêtait pas attention au discours du procureur, pressa ce dernier avec sarcasme : « Oui, oui, la victime est on ne peut plus morte et nous sommes tous inconsolables de la disparition d'une âme aussi inestimable. »

L'avocat de la défense, qui s'était entretenu avec sa cliente pour la première fois dans le petit couloir menant à la salle d'audience un quart d'heure avant d'y être appelé, se contenta d'affirmer qu'elle n'avait rien à voir avec ce terrible crime, qu'elle était une citoyenne intègre en dépit des circonstances défavorables, et qu'on devrait lui témoigner de la compassion pour avoir été forcée d'assister à cet acte abject et incontestablement perpétré par cet évadé de Sing Sing tout aussi abject. Il s'en était fallu de peu que son dernier souffle ne s'échappe de ses précieux poumons ; elle avait dû subir les infâmes calomnies d'une logeuse de mauvaise réputation qui était sans aucun doute de mèche avec le fugitif ; et, enfin, personne ne pouvait décemment regarder la femme assise à ses côtés, si innocente, si distinguée, à la voix si douce, et imaginer qu'elle ait pu lever ne serait-ce qu'un doigt sur qui que ce soit durant le cours de sa brève et malheureuse existence.

« Vous avez sûrement bien jaugé son caractère, remarqua le juge Stallworth, mais il est temps d'entendre le premier témoin à charge. »

Un policier souffrant de strabisme se présenta à la barre, déclina son nom, son adresse, ses états de service au sein de la police, et décrivit la manière dont il avait fait connaissance avec le défunt Cyrus Butterfield, donnant une description aussi minutieuse que colorée de sa découverte du cadavre nu coincé entre deux barriques de morue salée dans une ruelle au niveau de West et Leroy Street, le soir du Nouvel An.

L'avocat de la défense ne posa aucune question au témoin.

Un jeune homme au visage grêlé, employé à la morgue municipale de l'hôpital Bellevue, expliqua nerveusement que Cyrus Butterfield était mort d'un coup porté avec un instrument pointu qui avait pénétré profondément sa poitrine et percé son cœur. Les autres marques et hématomes sur son corps avaient probablement été infligés après le décès.

Tandis que ce jeune homme nerveux était à la barre, le rapport d'autopsie – qui n'apportait aucune information majeure supplémentaire – fut présenté comme pièce à conviction.

Ensuite, Lady Weale fut appelée. Cette dame, dont le témoignage et la façon de parler avaient été retranscrits en détail par Simeon Lightner dans le *Tribune*, suscita une certaine curiosité de la part des spectateurs.

Elle s'installa dans le fauteuil des témoins et observa Lena Shanks avec appréhension. En retour, celle-ci la fusilla d'un regard de pierre. Tous les yeux dans la salle – hormis ceux de Maggie Kizer – s'étaient tournés vers cette femme qui tirait sur les coins de son fichu jaune noué sous son menton.

Lady Weale répéta ce qu'elle avait dit à Simeon Lightner dans le restaurant. Son récit était hésitant, chargé de détails pour la plupart inventés qui tendaient à mettre en avant son rôle et ses motivations dans les événements. Quelqu'un lui avait expliqué que le portrait qu'on faisait d'elle dans le *Tribune* n'était pas flatteur, et elle comptait à présent se servir du procès comme d'un forum pour laver sa réputation entachée. Elle s'écartait souvent du sujet, faisait de nombreux gestes pour désigner Maggie Kizer (qui, au grand soulagement de Lady Weale, avait gardé ses lunettes fumées et ne leva pas une seule fois le regard de ses mains croisées sur la table), et lança des accusations fallacieuses contre Simeon Lightner, affirmant par exemple qu'il l'avait menacée, d'abord avec un couteau, puis avec des avances grivoises. Elle laissa même sinistrement entendre que le journaliste lui-même était mêlé au meurtre de Cyrus Butterfield.

Toute la cour – aussi bien le juge, le ministère public que l'avocat de la défense – était lassée d'entendre ce témoignage truffé de digressions et de faux-fuyants, mais les membres du jury s'en amusaient beaucoup. Ils échangeaient entre eux, gloussaient, voire s'esclaffaient franchement.

« Très bien, Madame Weale, intervint le procureur, interrompant la description d'un groupe de prostituées sur lequel elle était tombée dans West Street tandis qu'elle surveillait le mari de Maggie Kizer qui traversait la rue en transportant le corps de l'avocat. Et qu'avez-vous fait à ce moment-là ?

—Suis vite retournée à Bleecker. J'avais plus rien à faire d'autre, si vous voyez ce que je veux dire.

—Et qu'avez-vous constaté là-bas ?

—Bah rien. Qu'est-ce que j'aurais dû constater ?

—Eh bien, vous avez sans doute vu Madame Kizer à nouveau, et vous lui avez sans doute parlé. Après tout, vous veniez de vous débarrasser d'un objet fort compromettant, à savoir le cadavre d'un homme respectable qui venait d'être assassiné dans votre maison !

—Ah ça, je lui ai parlé.

—Et qu'a-t-elle dit ? Qu'a dit Madame Kizer quand vous êtes revenue ?

—Elle a dit : "Est-ce qu'Alick s'en est débarrassé ?" Et j'ai dit oui. Alors elle a dit : "Parfait." Et puis après elle a dit : "Bonne nuit, Madame Weale." Qu'est-ce que vous voulez qu'elle dise d'autre ?

—Quoi d'autre, en effet ? Mais, si l'on en croit votre perspicace opinion, Madame Weale, elle n'a semblé ni affectée, ni bouleversée, ni accablée de chagrin, ni prise de remords ou ébranlée par le poids de la culpabilité des épouvantables événements de la soirée ?

—On a pris la lampe pour regarder sur le tapis s'il y avait du sang, mais semblait pas y en avoir, alors on est allées se coucher. Maggie est descendue verrouiller les portes elle-même – pour pas qu'Alick revienne.

—Et vous êtes allée vous coucher, comme si de rien n'était. Vous avez dormi profondément. Un homme venait de se faire assassiner dans la pièce au-dessus de votre chambre, peut-être juste au-dessus de votre lit. Son sang aurait très bien pu goutter sur votre visage dans votre sommeil, Madame Weale. Est-ce que vous…

— Y avait pas de sang, je vous dis !

— Que s'est-il passé le lendemain ?

— Après toute cette excitation, je me suis levée tard. Maggie m'a envoyée chercher les journaux et elle les a lus pour voir si on parlait de Monsieur Butterfield, mais y avait rien. C'était le Nouvel An, et y avait tellement d'hommes dans les rues qu'elle ne s'est pas risquée dehors, mais le soir, elle est allée chercher l'argent en échange des bijoux qu'elle avait pris sur Monsieur Butterfield.

— Où est-elle allée, pour ce faire ?

— Houston Street. Chez Lena la Noire. »

Lady Weale pointa du doigt Lena Shanks au fond du tribunal. Le juge Stallworth jeta un œil par-dessus la barre et étudia attentivement la grosse femme aux cheveux gras avant de détourner les yeux. Maggie Kizer, qui ne s'était pas encore aperçue de la présence de sa belle-sœur, se tourna vers elle et la salua de la tête. Ella sourit à Maggie, comme pour répondre à la place de sa grand-mère – dont le regard restait fixé sur l'homme hâve qui siégeait sur le banc du juge.

« Et "Lena la Noire" lui a donné de l'argent ?

— Oui, répondit Lady Weale. Pas qu'un peu. Pour ses affaires, Maggie est toujours allée la voir. Et Lena la Noire, ajouta-t-elle, cherchant à apaiser la vieille femme dont elle venait de mentionner le nom, a toujours été très gentille avec Maggie. C'est elle qui paye le mieux de toute la ville, à ce qu'on dit.

Et en plus de ça, Alick Kizer, c'est son frère. »

Après que le procureur eut conclu son interrogatoire, l'avocat de la défense revint sur le récit que Lady Weale avait fait du meurtre de Cyrus Butterfield, lors de cette première heure de la nouvelle année.

« Maggie Kizer a-t-elle dit un seul mot, a-t-elle fait un seul geste laissant penser qu'elle voulait du mal à Cyrus Butterfield ?

— Non. Bien sûr que non. Maggie était correcte avec ses messieurs, elle leur voulait pas d'mal. Et elle était furieuse quand Alick l'a poignardé, si vous voyez ce que je veux dire. Elle m'a même dit qu'elle aurait préféré que ce soit lui qui se fasse tuer au lieu de Monsieur Butterfield.

— Donc, poursuivit l'avocat de la défense, selon vous – et vous étiez bien présente lors de cet événement, n'est-ce pas, Madame Weale ? – Maggie Kizer n'a rien à voir avec la mort de Cyrus Butterfield.

— Non, dit-elle, pour sûr que non, à part que c'est à cause d'elle qu'il était là. »

Le procureur émit une objection quant à cette dernière question et à la réponse de Madame Weale, et le juge Stallworth les fit rayer des minutes.

Coupé dans son élan, l'avocat posa une série de questions confuses à propos des antécédents de Lady Weale, ses habitudes de logeuse, voulut savoir pourquoi elle n'avait rien fait pour empêcher le meurtre (elle avait craint pour sa propre vie, disait-elle), s'enquit de l'historique de sa relation avec l'accusée et pour finir, demanda : « Madame Weale, avez-vous une accusation solide, ou même quelconque, à émettre à propos du caractère de l'accusée qui, de votre propre aveu, vous a toujours traitée avec une gentillesse et un respect dont – pour ce qu'en sait la cour – vous n'étiez peut-être pas digne ?

— Non, répondit solennellement Lady Weale. J'ai rien à dire contre elle. C'est la dame la plus correcte, la plus polie et la plus distinguée que j'aie jamais rencontrée, même si c'est une métisse. Elle a toujours... »

Le reste des flatteries de Lady Weale fut noyé par la clameur qui accompagna cette révélation totalement inattendue. Le procureur eut un sourire de satisfaction, l'avocat de la défense s'effondra sur sa chaise, le juge ferma ses yeux bleus avec une solennité ironique, mais ils furent les seuls à réagir en silence. Les journalistes marmonnèrent entre eux, ravis de ce tournant aussi spectaculaire qu'excitant, les dessinateurs réclamèrent de mieux voir l'accusée, les spectateurs exprimèrent bruyamment leur ébahissement et les soupçons qu'ils avaient nourris jusque-là, et les jurés chuchotaient vivement entre eux.

Quand le juge parvint enfin à obtenir le calme dans la salle, l'avocat de la défense, l'air abattu, demanda à Lady Weale : « Êtes-vous certaine de cette assertion ? Avez-vous une preuve de l'ascendance métissée de Madame Kizer ? Vous l'a-t-elle dit elle-même, par exemple ?

— Non, répondit Lady Weale. Elle savait pas que j'savais. C'est Alick qui me l'a dit quand il l'a amenée pour vivre à Bleecker Street, la première fois.

— Que vous a dit exactement ce criminel condamné, Madame Weale ?

— Que Maggie était une métisse. Qu'elle avait une ligne noire sous l'ongle du pouce qui le prouvait, et que c'est pour ça qu'elle portait toujours des gants. »

Madame Weale désigna les mains gantées que Maggie gardait croisées sur la table en chêne.

« Et qu'elle avait un éclat de pigment noir dans chaque œil, et que c'est pour ça qu'elle n'enlevait jamais ses lunettes. »

Maggie releva la tête, et le reflet de la salle d'audience apparut soudain sur ses verres ambrés.

« Mais, reprit nerveusement l'avocat de la défense, qui regrettait du plus profond de son âme d'avoir jamais adressé un seul mot à cette femme, vous n'avez eu aucune confirmation de ces assertions *injustes* et sans nul doute *fausses*, de la bouche de Madame Kizer elle-même ?

— Non, répondit Lady Weale, l'en a jamais parlé. Maggie Kizer, c'était la princesse des locataires, à part pour le meurtre, bien sûr, et c'est pas elle qui l'a commis. Elle…

— Merci, Madame Weale », coupa l'avocat de la défense avant de se rasseoir.

Le procureur considéra qu'il n'avait pas besoin de s'éterniser sur ce témoignage ; son effet ne risquait pas d'être dissipé par quoi que ce soit que l'avocat de la défense puisse insinuer ou suggérer, et il signifia donc qu'il n'avait pas d'autres questions à poser au témoin.

Après que Lady Weale se fut retirée, le procureur appela Lena Shanks à la barre. Il ne l'avait pas envisagé à l'origine mais, puisqu'elle était là, il songea qu'un témoignage corroborant les faits ne pourrait pas faire de mal ; et il serait assurément du plus mauvais effet pour l'accusée d'entendre dire qu'elle avait vendu les bijoux de la victime.

Lena Shanks prêta serment, mais il fut immédiatement évident que son anglais était vraiment pauvre et que les questions qu'on lui poserait devraient être plus simples que celles qui avaient été soumises à Lady Weale.

Lena Shanks se tenait dans le box des témoins à la gauche du banc du juge, mais elle tourna légèrement la tête et garda un œil sinistre sur lui durant tout son témoignage.

Les jurés firent des commentaires facétieux et parfaitement audibles sur son apparence générale et sa corpulence en particulier. Le président du jury émit l'opinion que ce n'était pas un témoin dans le box, mais une tonne de charbon qu'on venait de livrer au tribunal par erreur.

« Votre nom ? demanda le procureur.

— Lena Shanks.

— Adresse ?

— 201 West Houston Street.

— Vous êtes propriétaire d'une boutique, je crois ? »

Elle hocha la tête, mais on lui demanda de répondre à la question à voix haute.

« *Ja*.

— Quel genre de boutique ?

— Prêt sur gages.

— Quel est le nom de votre boutique ? »

Lena ne répondit pas.

« Quel est le nom de votre boutique ? répéta le procureur.

— Pas de nom. Les gens viennent à Lena la Noire.

— Maggie Kizer est-elle venue vous voir la nuit du premier janvier ?

— *Ja.*

— Et vous a-t-elle dit que votre frère, son époux, venait de tuer sauvagement l'avocat Cyrus Butterfield ?

— *Nein.*

— Elle n'a rien dit de la mort de Cyrus Butterfield ?

— *Nein.*

— Vous a-t-elle informée que votre frère, Alick Kizer, s'était échappé de prison et l'avait retrouvée ?

— *Nein.*

— Quand avez-vous vu votre frère pour la dernière fois, Madame Shanks ?

— 78.

— Bien, poursuivit le procureur. Et quand Maggie Kizer est venue vous voir le soir du Nouvel An, vous a-t-elle vendu – pardon, *mis en gages* – des bijoux masculins, dont plusieurs bagues en or, une montre en or avec sa chaine et autres articles en saphir ?

— *Nein.*

— Non ?

— *Nein.* Maggie est venue, je lui devais argent. J'ai payé et elle partie.

— Vous lui deviez de l'argent ?

— *Ja.*

— Combien ?

— Trois cents dollars.

— Pourquoi ? Dans quelles circonstances Maggie Kizer vous a-t-elle prêté de l'argent alors que c'est plutôt *votre* profession d'en prêter ?

— Elle prêter l'argent à ma fille Daisy quand ma fille Daisy a besoin. »

Le procureur, plutôt consterné, laissa le témoin à l'avocat de la défense qui, arborant un petit sourire satisfait devant sa bonne fortune si inattendue, répéta : « Maggie Kizer ne vous a donc pas apporté de bijoux, et ça d'aucune sorte, ni masculins ni féminins, pas de bagues avec des saphirs, de bagues sans saphirs, de montres en or, de montre à quartz ou comportant tout autre élément minéral – est-ce bien exact ?

— Pas bijoux, répondit-elle avant de fixer le juge Stallworth.

— Madame, intervint sèchement celui-ci, je dois vous prévenir que si vous vous parjurez avec cette déclaration, vous serez traitée par la justice avec la plus grande sévérité. Vous ne gagnerez rien à essayer de protéger cette femme. La police fouillera votre boutique, et si l'on y découvre quoi que ce soit qui ressemble un tant soit peu aux bijoux que portait Cyrus Butterfield la nuit où il a été tué, vous en répondrez de votre liberté. Et vous aurez tout le loisir de vous repentir de votre parjure lors d'une visite prolongée sur l'une des îles de l'East River.

— Pas bijoux », répéta Lena, qui affichait pour la première fois un sourire sournois.

Elle détourna lentement son regard du juge Stallworth et fut congédiée par les deux avocats.

Cela mit un terme à l'accusation. Le seul témoin de la défense fut Maggie Kizer elle-même, qui approcha de la barre d'une démarche incertaine. Là, le juge lui demanda de retirer ses lunettes, ce qu'elle fit d'une main tremblante. L'assemblée se pencha en avant pour tenter d'apercevoir le pigment noir dans ses prunelles vertes. Maggie Kizer tourna un visage inexpressif vers le jury. Elle semblait ne pas avoir conscience de l'attention qu'elle suscitait.

Son avocat lui demanda de relater les événements qui s'étaient produits la nuit du 31 décembre et, d'une voix saccadée mais mélodieuse, elle raconta le déroulé des faits, s'écartant parfois du propos ou s'interrompant en pleine phrase, si bien qu'il fallait gentiment la recadrer. Son témoignage, bien que parfois incohérent, ou hors sujet, laissa tout de même une meilleure impression qu'on aurait pu s'y attendre, car elle parla de Cyrus Butterfield avec respect et une certaine affection, raconta l'intrusion du criminel évadé avec indignation, et décrivit comment elle avait été impuissante à stopper l'altercation survenue entre les deux hommes.

À ce stade, l'avocat de la défense considéra qu'il valait mieux en rester là et il remercia sa cliente. Maggie déplia à nouveau ses lunettes et commençait à les chausser quand le procureur interrompit son geste.

« Oh, si vous voulez bien m'accorder quelques mots, Madame Kizer, avant de quitter la barre… simplement quelques mots. »

Maggie abaissa ses lunettes et son regard se posa mollement sur cet homme aux jambes arquées.

« Oui, acquiesça-t-elle lentement, je répondrai à vos questions, Monsieur.

— Votre récit était bien ficelé, Madame Kizer, si je puis me permettre, et vous a présentée comme victime de circonstances sordides, mais peut-être, étant donné votre profession, devrais-je dire que vous en êtes l'instigatrice plutôt que la victime. Vous n'avez nullement démenti que vous gagnez votre pain quotidien par le commerce de votre corps, si je ne m'abuse ? Pour vous, “coucher” et “manger” sont une seule et même chose ?

— Je suis, Monsieur, comme vous l'avez dit vous-même, sous le coup de circonstances sordides. Je suis objet de charité et dépends des bons offices d'autrui pour ma subsistance.

— Et Monsieur Butterfield était un chrétien exemplaire qui vous fournissait une telle subsistance par bonté d'âme ?

— Oui, Monsieur Butterfield était un homme bon, comme vous l'avez dit plus tôt. Vous avez employé le terme *irréprochable*, je crois. »

La voix de Maggie faiblissait un peu, au point de ne devenir parfois qu'un doux murmure indistinct. Ses yeux paraissaient incapables de se focaliser sur qui ou quoi que ce soit.

« Et vous, dans votre gratitude, vous accordiez à Monsieur Butterfield certaines faveurs.

— Monsieur, dit Maggie avec lassitude, je n'ai jamais nié que lorsque le détenu évadé avait pénétré dans mes appartements, sans s'être annoncé et en faisant violence aux serrures de ma porte, Monsieur Butterfield était allongé dans mon lit dans le plus simple appareil.

— Oui, reprit le procureur, quelque peu gêné,

merci d'avoir reconnu ce fait à nouveau. Nous ferions tous bien de garder cela en tête. Vous avez déclaré avoir été bouleversée par l'assassinat de Monsieur Butterfield...

— Absolument, l'interrompit-elle, j'avais beaucoup d'estime pour lui.

— ... et pourtant vous n'avez pas hésité à vous débarrasser de son corps, vous n'avez pas hésité à protéger le meurtrier de cet exceptionnel avocat, vous n'avez pas hésité à refuser à Monsieur Cyrus Butterfield – que vous teniez en si haute estime – le maigre réconfort d'une sépulture chrétienne ?

— Non, répondit Maggie de but en blanc, je n'ai pas hésité. Cyrus Butterfield, malgré toute ma considération, ne pouvait plus recevoir ni mon aide ni mon réconfort. À ce moment-là, c'était ma sécurité personnelle qui me préoccupait et je n'ai fait que me protéger. J'étais bouleversée, mais pas insensée. »

Son avocat se leva pour protester contre les confessions fort préjudiciables de sa cliente, mais le juge Stallworth lui fit signe de s'asseoir.

Dans son esprit, Maggie Kizer se tenait loin de la salle d'audience et elle avait l'impression que ces questions lui étaient adressées depuis une grande distance. Elle répondait avec une gorge et une langue qui lui semblaient douées d'une volonté et d'une intelligence propres. Seuls ses yeux restaient implacablement ancrés dans son être, et c'est par eux qu'elle contemplait les choses et les gens qui l'entouraient avec la même indifférence. Tout le temps qu'elle passa à la barre, tout le temps qu'elle témoigna pour sa propre défense, il ne lui vint jamais à l'esprit que ces mots qui sortaient de sa douce gorge puissent avoir un impact sur le verdict à venir ou, à supposer que celui-ci ne fût pas couru d'avance, sur la sévérité de la sentence. Et elle ne s'était écartée de la vérité que sur un point : elle avait prétendu avoir jeté les bijoux de Cyrus Butterfield dans le fleuve de peur qu'on en retrace l'origine, et que l'argent qu'elle avait envoyé au fugitif à Washington était l'or qui lui avait été généreusement remboursé par Lena Shanks. Sa belle-sœur, maintenait Maggie, n'avait été en rien impliquée dans la mort de Cyrus Butterfield, la cavale d'Alick Kizer ou la disparition des bijoux de la victime.

« Et enfin, conclut le procureur avec un sourire, Madame Kizer, êtes-vous – comme Madame Weale l'a affirmé – d'ascendance mulâtre ? En bref, êtes-vous bien une sang-mêlé ?

— Oui », répondit-elle sans émotion, puis on la laissa quitter la barre.

Le procureur amadoua le jury, et l'avocat de la défense le courtisa ; le juge Stallworth lui parla de sa voix la plus plaisante et la moins sarcastique. Les douze hommes, initialement charmés par la beauté de Maggie, son apparente honnêteté et son innocence concernant le crime en lui-même, avaient été rebutés par la découverte de son métissage. Après trois minutes d'une délibération qui eut lieu directement sur le banc des jurés, avec force murmures que le reste de la salle tenta en vain d'entendre, Maggie Kizer fut reconnue coupable de complicité dans le meurtre de Cyrus Butterfield.

CHAPITRE 25

Le juge James Stallworth repoussa l'annonce de la sentence d'une semaine, jusqu'au 13 mars, non parce qu'il avait le moindre doute quant à la peine à laquelle il condamnerait Maggie Kizer, mais pour que Simeon Lightner puisse exploiter au maximum le jugement.

Le *Tribune* fournit un *verbatim* du procès le mardi matin. Le mercredi, un long article parut à propos de Lady Weale, ses antécédents, son histoire, son caractère. Simeon Lightner souligna que cette femme aigrie avait joué un rôle presque aussi condamnable dans le meurtre que la métisse. Elle avait été présente dans la pièce voisine quand l'avocat avait été tué, elle avait aidé à se débarrasser du corps et n'avait fait part de ces informations que plus d'un mois après les événements – le journal en déduisait que le seul motif de la dénonciation de sa locataire aux autorités avait été l'argent de la récompense.

Le mercredi après-midi, Lady Weale, par l'intermédiaire d'un reporter du *Sun*, riposta avec une histoire confuse disant qu'on avait menacé de la tuer si elle racontait quoi que ce soit de cette soirée du

Nouvel An. C'était finalement sa conscience qui l'avait *forcée* à raconter ce qu'elle savait, au mépris des risques qu'elle encourait.

Le jeudi matin, le *Tribune* rapportait qu'elle avait quitté New York pour une destination inconnue. Le propriétaire de la maison de Bleecker Street affirma que sa logeuse avait craint pour sa vie, car elle avait aperçu les jumeaux Shanks rôder devant chez elle tard le soir. Elle n'avait pas l'intention de s'offrir en cible facile à la vengeance de Lena la Noire.

Dans la même édition, Simeon Lightner présentait un long essai consacré aux méthodes employées par cette dernière dans son commerce de prêt sur gages, comme on le désignait avec une certaine indulgence, et qui se terminait par une liste de ses clientes qui étaient en prison, ou avaient été en prison, ou que la police recherchait activement pour divers crimes et délits. Cela occupait trois colonnes et demie.

Le vendredi matin, on pouvait lire une description suggestive, quoique assez peu circonstanciée, des affaires que menait Daisy Shanks au troisième étage du numéro 203 de West Houston Street. Une voleuse à l'étalage, voisine de cellule de Maggie Kizer à Tombs, étaya l'imagination de Simeon avec ses souvenirs. Elle avait fait appel aux services de Daisy par deux fois ces trois dernières années mais, la seconde, elle était restée alitée deux semaines avec une infection. Simeon Lightner suggéra que de nombreuses jeunes femmes ne se remettaient jamais des soins administrés par l'« Avorteuse Joyeuse ».

Concernant Louisa Shanks, Rob et Ella, il n'avait pas grand-chose à dire, même s'il présumait qu'aucun d'entre eux ne devait être très honnête. Il fit une description de la tante, du neveu et de la nièce, et y ajouta le peu de ragots qu'il avait pu glaner auprès de leurs proches voisins qui n'avaient rien contre une petite pièce.

Le samedi matin, la porte de la boutique de Lena, au numéro 201, demeura close. Ella resta à traîner sur le perron toute la journée, lisant la bible que Helen Stallworth avait laissée pour Charlotta Kegoe, et annonçant à ceux qui s'approchaient que Lena Shanks avait fermé boutique pour l'instant. Quand on lui demandait quand cela allait rouvrir, Ella secouait sa chevelure bouclée et répondait : « Quand on pourra, quand on pourra. »

Une dame en détresse qui se présenta à la porte d'à-côté se fit aussi refouler, mais quand elle s'éloigna, Rob la rattrapa discrètement, la mena au coin de la rue et la fit entrer dans la maison par la porte de derrière. Daisy expliqua ce subterfuge : « Avec les journaux qui s'acharnent comme ça, Maman peut pas garder sa boutique ouverte et il faut que je fasse semblant de repousser mes dames – pour nous protéger de la police, vous savez. Les clientes de Maman, elles peuvent aller ailleurs, mais vous, où iriez-vous ? Chez un boucher avec des aiguilles à tricoter ? Un médecin qui a autant de sentiments qu'un cadavre ? »

Le lundi matin, jour fixé pour la sentence, Simeon Lightner rapporta dans le *Tribune* que le commerce de Lena Shanks avait été interrompu le samedi et le dimanche, que Daisy Shanks avait cessé de pratiquer ses avortements, et exprima l'espoir que ces femmes, grâce à la publicité qui leur avait été faite, avaient vu leur dangereuse carrière criminelle définitivement stoppée.

À cet article, Duncan Phair adjoignit les antécédents de la famille Shanks, fournissant un résumé des procès de Cornelius Shanks, de son épouse et de son beau-frère. Maggie Kizer n'était pas la première de la famille à être accusée de meurtre. On espérait à présent que les deux autres, les malfaisantes filles de Lena – Louisa et Daisy –, seraient traînées devant la justice pour leurs crimes infâmes perpétrés dans le Triangle Noir. À Mulberry Street, on avait commencé à réunir des preuves contre Lena ; on avait fait fermer sa boutique et ce n'était qu'une question de temps avant qu'elle ne se fasse emprisonner à Blackwell. Les jumeaux, s'ils n'étaient pas trop enlisés dans la corruption, devraient être séparés de leur famille mais aussi l'un de l'autre, pour être envoyés à l'ouest, dans le Minnesota ou le Wisconsin, où l'on avait besoin de jeunes enfants robustes pour travailler dans les fermes. Le clan Shanks, du fait de sa nocivité, ne demandait qu'à être brisé et éparpillé.

Ce fut le premier article que l'avocat ne signa pas d'un pseudonyme, mais de son vrai nom, *Duncan Phair*.

« Margaret Kizer, annonça le juge James Stallworth, le matin du lundi 13 mars, vous avez été reconnue coupable de complicité de meurtre, un crime odieux commis dans des circonstances dégradantes et immorales de concupiscence et de vol. Votre victime était un homme de grande valeur, exerçant une influence admirable sur la communauté ; c'était l'époux d'une femme vertueuse et le père de trois précieux enfants qui se retrouvent maintenant endeuillés et sans ressources. Vous avez ainsi causé la ruine d'une famille innocente… »

Le regard vitreux, Maggie Kizer se tenait près de son avocat. La cour avait formellement exigé qu'elle retire ses lunettes, qui reposaient, pliées, sur la table devant elle.

« Cyrus Butterfield, par quelque moyen pervers que vous et vos semblables connaissez si bien, a été entraîné dans l'assouvissement de plaisirs licencieux ; une faute, assurément, pour un homme recherchant la perfection morale et civique, mais une faute qui ne méritait pas le châtiment reçu : la mort. »

Derrière la coupable, dans les rangées de bancs réservés au public, Lena Shanks restait immobile, impavide et sans expression, et son regard ne déviait jamais du visage du juge tandis qu'il prononçait la sentence. Ella était assise à ses côtés et se tournait lentement sur son siège, examinant attentivement chaque visage dans le tribunal.

« Ni le jury ni moi n'avons pu croire que vous soyez restée inerte et impuissante, incapable d'intervenir, incapable de protester, incapable d'intercéder pour Cyrus Butterfield. Au lieu de compassion, vous avez eu la froideur d'un basilic. Le détenu évadé, votre époux, dont vous aviez trahi l'affection avec toutes sortes de gens, aurait pu succomber au remords, mais vous, Maggie Kizer, sans gaspiller un seul mot aimable pour la mémoire du défunt, avez ordonné qu'on se débarrasse du cadavre et aidé le meurtrier dans sa cavale en lui donnant des instructions salutaires. C'est cette imperturbable inventivité, cette ingéniosité glaciale que nous trouvons la plus répréhensible. Je n'ai vu aucune raison, poursuivit le juge Stallworth d'une voix plus lente et douce, de tempérer ma sentence. Il n'y a aucun motif impérieux à montrer de la compassion envers une femme qui n'a elle-même aucune compassion. Si vous n'aviez pas été aussi manifestement bien élevée, si vous n'aviez pas bénéficié des avantages que vous avez reçus dans votre enfance, j'aurais pu attribuer votre étonnant sang-froid de salamandre à vos racines métissées ; mais avec toutes les occasions que vous avez eues de l'emporter sur la légère pointe de nocivité due à votre sang mêlé, le fait que vous ayez sombré dans une telle débauche que l'addiction et le crime se soient accrochés à vous comme la poussière au bas de vos jupes, prouve que vous avez volontairement cédé au mal, que vous avez ouvert vos bras à la cruauté et embrassé la corruption. »

Maggie, lasse de se tenir debout, tituba légèrement et fut retenue par la main que son avocat posa sur son poignet. Son regard balaya mollement la salle, et ne parvint que progressivement à revenir vers ce visage blanc où perçaient des yeux bleus brillants, tels des éclats d'améthyste fichés sur un buste romain.

« Maggie Kizer, conclut le juge d'une voix légère et détachée, la cour décide que votre rôle dans le meurtre brutal de Cyrus Butterfield doit recevoir toute l'ampleur du châtiment que propose la justice. Comme complice de ce meurtre, et comme instigatrice selon notre jugement moral, je vous condamne à être écrouée à la prison de Blackwell's Island et, dans une semaine, à la corde. »

Maggie regarda vaguement l'audience et, apercevant pour la première fois Lena, lui adressa un bref hochement de tête rêveur en signe de gratitude pour l'opium que Rob lui avait livré la veille au soir.

CHAPITRE 26

Le matin du 14 mars, alors qu'un soleil ténu venait d'effleurer la tour du pont qui surplombait l'East River, Lena Shanks et son petit-fils apparurent à l'entrée de Tombs. Un petit pot-de-vin concédé la veille leur assurait cet accès si matinal et, une fois à l'intérieur, Rob mena sa grand-mère à la cellule de Maggie Kizer. À neuf heures, la métisse devait être transportée à Blackwell's Island.

Lena et Rob se tinrent quelques instants à la grille de sa cellule, à contempler dans la pénombre la condamnée en robe noire allongée sur la paillasse grisâtre. Leurs murmures ne parvinrent pas à la faire réagir, et Rob dut finalement se servir de la canne de sa grand-mère pour donner un bon coup sur la semelle des bottes de Maggie.

Elle se réveilla, leva la tête, fixa ses visiteurs un moment, puis se redressa lentement.

« Merci... souffla-t-elle pour exprimer son entière gratitude envers Lena Shanks et tout ce qu'elle avait fait pour elle cette dernière semaine.

— On a retrouvé ton Duncan, lança Rob sur un signe de Lena. On a son nom, son adresse, où il travaille et où il vit.

— Merci, répéta Maggie Kizer, tombée dans l'apathie et craignant toute forme d'espoir. Je suis sûre qu'il ne viendra pas.

— *Nein*, dit Lena d'un ton sinistre, *kommt nicht.* »

Maggie chercha du regard une explication à la certitude de la vieille femme.

Rob écarquilla les yeux et la lui donna : « Il viendra pas parce qu'il est marié à la fille du juge. Le juge qui a dit qu'il fallait te pendre.

— Stallworth... », siffla Lena Shanks.

Maggie se mit à rire doucement, un petit rire étouffé et las, puis s'adossa au mur de pierre humide.

« Donc, il savait, n'est-ce pas ? Il savait tout ce qui m'arrivait ? Il savait...

— Stallworth ! répéta Lena Shanks. Tous ces fichus Stallworth !

— Le juge est son beau-père... lâcha Maggie à Rob. Donc, il ne viendra pas, il ne m'enverra même pas de message. Il n'a rien dit au juge, alors que celui-ci m'a condamnée à mort. Peut-être même... avança-t-elle d'un ton songeur, que c'est lui qui a suggéré la sentence. Lui et sa femme, la fille du juge. Duncan se tenait devant la cheminée et a suggéré à son beau-père de faire exécuter Maggie Kizer, de faire pendre Maggie Kizer jusqu'à ce qu'elle meure, qu'on arrache la langue de Maggie Kizer pour qu'elle ne puisse pas le dénoncer. Peut-être... sourit-elle à Rob, peut-être que c'est ce qu'il a dit à son beau-père, quand il était là, contre la cheminée. »

Elle se leva avec lenteur de sa paillasse, se dressa de toute sa hauteur et tendit ses mains à Rob.

« Enlève-moi ma bague, mon garçon. »

Rob s'empressa de passer ses avant-bras à travers les barreaux et, en le faisant tourner, fit glisser du doigt de Maggie le seul bijou qu'elle avait conservé durant sa détention, la bague de rubis que Duncan lui avait offerte le jour du Nouvel An. Elle retira ses gants et les jeta dans un coin.

Maggie s'adressa ensuite à sa belle-sœur : « Mon avocat, s'il n'a été bon qu'à ça, m'a tout de même rédigé un document. »

Elle tira de sa poche une épaisse enveloppe qu'elle glissa entre les barreaux.

« Toutes mes affaires t'appartiendront légalement quand je serai morte. Il n'y aura aucun problème. Tu as fait tout ce qui était en ton pouvoir pour m'aider dans ces épreuves, et c'est le moins que je puisse t'offrir en retour. »

Lena ne dit pas un mot.

« Une dernière chose, toutefois, une seule », dit Maggie.

La double dose d'opium qu'elle s'était administrée pour supporter l'annonce de la sentence la veille avait provoqué un sommeil de dix-huit heures ; venant à peine d'en émerger, son esprit était d'une clarté surnaturelle. Ses émotions, heureusement, restaient atrophiées et sans vigueur. Elle ne cessa de sourire durant toute sa tirade : « Sachant que je vais mourir pour un crime qui a été commis sans ma participation, sans que je le veuille, sans que je l'encourage, je ne parviens pas à trouver dans mon cœur la force de pardonner à celui qui m'en a déclarée coupable, ni d'absoudre l'homme qui a refusé d'intercéder en ma faveur. Duncan aurait pu dire un mot à son beau-père pour lui demander de se montrer clément ; ou bien, s'il n'avait pas osé trahir son intérêt pour une prostituée meurtrière, il aurait pu au moins consentir à me faire savoir les raisons de son abandon. Je n'en ressens pas pour autant de l'aigreur car je n'aurais pas voulu qu'il sacrifie sa vie pour moi ; et je ne souhaite même pas que ma sentence soit abrogée pour une peine de prison. Je préfère la pendaison à l'oubli que représentent ces murs humides… »

Dans les cellules voisines, les autres détenues commençaient à se réveiller et Maggie dut parler un peu plus fort pour se faire entendre par-dessus leurs appels rauques et ensommeillés.

« Mais il m'est impossible de pardonner à Duncan de m'avoir abandonnée sans un mot, sans me faire savoir qu'il regrettait son impuissance, sans avoir la bonté de réduire mes espoirs à néant. Par conséquent, poursuivit-elle, s'avançant pour saisir les barreaux de ses doigts blancs et fixer intensément Lena de ses yeux aux pointes de noir, je veux que tu me venges. Je ne demande ni sa mort, ni sa ruine, ni qu'il chute de la position qu'il a atteinte dans la société, quelle qu'elle soit – je savais tellement peu de choses sur lui, en réalité –, mais seulement que sa conscience le démange en pensant à moi, qu'il se retrouve à terre et qu'il sache qu'il a trébuché sur le cadavre de Maggie Kizer. »

Lena acquiesça doucement et fit un sourire lugubre.

« *Sicher*, *sicher* », murmura-t-elle.

Maggie soupira.

« À part ça, il n'y a rien que tu puisses faire pour moi.

— *Doch*, dit Lena. *'was mehr.* »

Maggie était retournée à sa paillasse et restait assise sur le bord, le visage serein et placide.

« Encore une chose ? dit-elle avec légèreté. Quoi donc ? Je dois mourir dans une semaine et j'ai assez d'opium pour tenir jusque-là... »

Lena la Noire toucha l'épaule de son petit-fils. Il plongea la main dans la poche de sa veste et en tira deux petits flacons en verre bleu avec des bouchons en liège. Une fiole dans chaque main, il tendit ses maigres bras à travers les barreaux de la grille. Maggie les prit.

« Avec la corde, on souffre, expliqua Rob. Bois ça. Pas de douleur avec le laudanum. »

Maggie Kizer considéra les flacons.

« Oui, bien sûr, dit-elle en levant les yeux vers Lena. Bien sûr... répéta-t-elle avant de déboucher les fioles et d'en boire le contenu.

Puis elle les rendit à Rob.

« Combien de temps ? demanda-t-elle. J'ai besoin d'une forte dose, tu sais.

— Deux heures, répondit Lena. Tu dormiras.

— Merci. »

Elle attrapa son sac près de sa couche et les divers paquets qu'elle avait accumulés durant son séjour à Tombs.

« Emportez-les, dit-elle à Rob en les plaçant devant l'ouverture au bas de la grille. Prenez tout. »

Rob tendit les bras et ramassa les dernières possessions de Maggie.

« Prenez ça aussi, ajouta-t-elle en retirant ses boucles d'oreilles. Quand les gardiens me trouveront morte, ils m'enlèveront tout, quoi qu'il arrive. »

Lena Shanks prit les boucles et les mit dans la poche où se trouvait le testament de Maggie.

« Allonge-toi, dit Lena en pleurant. *Schlaf, schlaf, mein Kind.* »

Maggie Kizer s'étendit sur sa paillasse.

« Souviens-toi, dit-elle avec douceur. Fais-les trébucher, fais-les trébucher.

— *Ja, ja* », dit Lena d'une voix apaisante.

Puis elle et son petit-fils s'éloignèrent de la cellule d'un pas lourd et laissèrent Maggie Kizer à son dernier sommeil.

Bientôt, la cacophonie grandissante des femmes emprisonnées dans le même couloir se fondit harmonieusement dans la conscience amollie et mourante de Maggie. Mais les sons qu'elle percevait étaient si distants qu'ils devinrent un simple souvenir, rien de plus que le songe d'une voix.

Les hommes chargés de son transfert de Tombs à Blackwell's Island avaient été prévenus de son addiction à l'opium et, quand ils vinrent la chercher, ils ne furent pas surpris de la trouver dans un état de stupeur. Ils la déplacèrent directement avec sa paillasse, la déposèrent dans une carriole, l'emmenèrent sur le quai à l'est de la 52e Rue avant de l'asseoir dans la petite embarcation qui devait faire la traversée.

L'un des deux agents prit les rames tandis que l'autre soutenait la jeune femme assoupie. Il faisait chaud, même s'il était encore tôt le matin, et le soleil se reflétait sur les eaux tranquilles de l'East River.

Alors qu'ils atteignaient l'ombre des arbres qui bordaient Blackwell's Island, mais avant que le bateau ne soit arrimé au ponton, l'agent regarda de plus près la femme qui reposait dans ses bras, inspecta son visage baigné de vert par les rayons que le soleil faisait tomber à travers le dense feuillage, et fit remarquer à son collègue que la prisonnière était raide morte.

CHAPITRE 27

À partir du moment où Duncan Phair avait appris que Maggie Kizer était impliquée dans le meurtre de Cyrus Butterfield, il avait commencé à se détacher d'elle. Le danger que s'était mis à représenter sa maîtresse pour sa vie avait forcé Duncan à l'abandonner complètement, et chaque jour qui s'était écoulé depuis son arrestation l'avait éloignée encore davantage de son affection et de ses préoccupations. Il la voyait même désormais comme la froide meurtrière dépeinte par Simeon Lightner – la belle sorcière qui par ses attraits avait conduit un avocat à la mort. La femme discrète et mélancolique qui évoluait de pièce en pièce avec une élégante lassitude dans ses élégants appartements de Bleecker Street n'existait plus.

Duncan ne regrettait pas un instant d'avoir été contraint de révéler sa liaison à son beau-père. Il avait, tout d'abord, éprouvé un sentiment de soulagement du fait même de sa confession. C'était cependant avec une grande appréhension qu'il avait envisagé sa prochaine rencontre avec le juge; il craignait les récriminations bouillonnantes et le mépris glacial de son beau-père. Le mépris était au rendez-vous mais les récriminations ne furent que superficielles. Maggie Kizer avait été condamnée sans difficulté, et cette absence de complication disposait peut-être le juge à ne pas se montrer trop dur avec son gendre.

« Cette affaire sera enterrée entre nous, Duncan. Et nous ne l'exhumerons que lorsque cette femme sera morte. Je ne me soucie en rien de vous et de vos sentiments ; et je ne ressens guère le besoin de donner une leçon de morale à un homme qui tient si peu à lui-même et à sa famille qu'il manigance une relation avec une prostituée meurtrière et droguée. À présent, il est nécessaire que nous surmontions cela sans être percés à jour ; il ne saurait donc être question de vous confesser à Marian, est-ce bien clair ? »

Ce n'est qu'avec un bref pincement au cœur que Duncan apprit de Lightner le suicide de Maggie. Il recommanda son âme à Dieu et considéra que cette façon de mourir était préférable à la pendaison. Maggie avait toujours trouvé du réconfort dans l'opium, et il savait qu'elle n'avait probablement pas craint le laudanum.

Duncan lui-même n'avait plus aucune crainte. Maggie était morte, il ne pouvait plus l'aider ; Maggie était morte, elle ne pouvait plus lui nuire. Lady Weale avait quitté la ville, on ne savait pour où, ce qui l'arrangeait. Plus personne ne pouvait le relier à Maggie Kizer ; sa famille, les Shanks, ne l'avait jamais croisé et, pour ce qu'il en savait, n'avait jamais découvert son identité. Du reste, il leur était désormais impossible de l'approcher, car ils se trouvaient eux-mêmes dans une tourmente sans cesse grandissante. La boutique de prêt sur gages avait été fermée, les activités d'avortement, démantelées, Louisa Shanks faisait l'objet d'une enquête pour trafic de documents et de chèques falsifiés, et les enfants étaient sous surveillance. C'est donc avec un esprit considérablement plus léger que Duncan Phair alla voir le juge Stallworth pour l'informer de la mort de Maggie Kizer.

« Parfait, répondit ce dernier. Je savais bien que cette femme avait de la jugeote – ainsi qu'un certain sens des convenances, à n'en pas douter. En absorbant ce laudanum si rapidement après la condamnation, elle nous a rendu un sacré service. Mulberry Street m'a demandé de signer un mandat d'arrêt au nom de Daisy Shanks, l'avorteuse, mais je leur ai dit que je préférais attendre une semaine, que nous soyons débarrassés de la Kizer. Maintenant qu'elle s'est suicidée, je ne vois pas de raison de ne pas commencer à s'attaquer aux autres.

— Dès demain », suggéra Duncan avec empressement. Maintenant que le problème de Maggie Kizer, qui avait menacé de briser sa carrière, était réglé, il n'avait aucune intention de laisser s'en tirer ceux qui risquaient tôt ou tard de révéler cette affaire au grand jour. Les Shanks allaient effectivement disparaître dans la poussière du Triangle Noir. « Simeon, Benjamin et moi serons là-bas, reprit-il. Les Shanks n'ont pas quitté leur maison depuis le procès, on ne sait même pas comment ils se ravitaillent. Nous verrons bien l'effet qu'aura cette arrestation. Pensez-vous que nous devrions faire interpeller Lena la Noire en même temps ?

— Vous êtes trop pressé, répondit le juge d'un air dédaigneux. Je signerai le mandat d'arrêt contre la fille, mais nous n'avons pas assez de preuves contre la mère à l'heure actuelle. Poursuivre un receleur est notoirement difficile. Vous et Simeon allez devoir creuser un peu, trouver une cliente qui estime s'être fait escroquer et l'amener à témoigner, ensuite seulement nous pourrons annoncer l'arrestation de Lena la Noire, cheffe de la famille la plus corrompue du Triangle Noir. Nous devons la laisser de côté pour l'instant, mais l'avorteuse ne pose pas de problème, aucun problème... »

Il fut décidé avec la police que Daisy Shanks serait arrêtée à dix-huit heures le jeudi 16 mars, à peine deux jours après la mort de Maggie Kizer.

Un peu avant le moment convenu, Simeon Lightner, Benjamin Stallworth et Duncan Phair se retrouvèrent aux bureaux du *Tribune* et prirent un fiacre pour se rendre au croisement de King et Hudson. Lors d'un passage de reconnaissance sur West Houston Street, Simeon pointa silencieusement du doigt la maison de l'avorteuse. Les trois hommes achetèrent des cigares dans un bureau de tabac avec une table de jeu de pharaon mal cachée dans le fond. Ils se postèrent près d'un lampadaire et firent semblant de s'intéresser aux dames fardées qui passaient devant eux. Benjamin gardait la main enfoncée dans sa veste et tripotait nerveusement le petit pistolet qu'il avait récemment pris l'habitude de porter – sans jamais en avoir informé Simeon ou Duncan.

Il se disait, non sans fierté, qu'en cas d'urgence, il saurait venir à leur secours.

Le soleil avait disparu derrière les bâtiments en brique à l'ouest, et la rue baignait dans une lumière rose pastel qui donnait aux habitations délabrées un aspect moins sinistre et repoussant qu'à l'ordinaire. Peu après dix-huit heures, trois policiers apparurent au coin de la rue et s'avancèrent en silence vers le numéro 203. L'un d'eux était Lincoln Pane, l'officier qui avait arrêté Maggie Kizer et témoigné à son procès.

Les trois hommes lâchèrent leurs cigares et suivirent les agents à quelques pas. Simeon Lightner passa devant et alla se placer à côté du perron ; le journaliste échangea un hochement de tête complice avec Pane et sortit carnet et crayon de sa poche.

Benjamin Stallworth et Duncan Phair se retirèrent dans le renfoncement obscur d'une porte d'entrée de l'autre côté de la rue. Ils observèrent avec impatience les hommes en uniforme gravir les marches en pierre pâle du numéro 203. Quand Pane frappa la première fois, il n'y eut pas de réponse, mais au second coup, plus vigoureux, la porte s'entrouvrit à peine sur Rob, qui se tenait silencieux sur le seuil.

« Daisy Shanks ! annonça l'agent Pane d'un air important. Nous venons chercher Daisy Shanks ! »

Rob ne répondit rien et ne parut même pas s'alarmer de l'apparition de policiers et de ce ton sévère. Il jeta un œil par-dessus la balustrade et nota soigneusement la présence du journaliste.

« Daisy Shanks ! », s'écria à nouveau Pane qui tenta de rentrer en poussant le gamin. Rob s'esquiva et dévala les marches en se faufilant entre les uniformes ; à sa place, dans l'embrasure de la porte, apparut Louisa. Son visage affichait une expression encore plus dure que d'habitude, et sa frange de boucles grasses descendait si bas sur son front qu'on ne lui voyait plus les sourcils. Elle portait une robe bleue couverte de froufrous en dentelle et de nœuds verts, qui pendait comme si on venait de la plonger dans une barrique de colle.

« Êtes-vous Daisy Shanks ? », demanda Pane.

Louisa ne réagit pas mais Simeon Lightner souffla : « Non !

— Daisy Shanks est-elle à l'intérieur ? »

Louisa fit non de la tête.

« Elle ment ! s'exclama Simeon Lightner.

— Ah, dit Pane, s'adressant à Louisa d'un ton léger et sarcastique, peut-être l'avez-vous égarée, ou peut-être que vous faites erreur, ou peut-être qu'elle vient justement de revenir par la porte de derrière. Laissez-nous entrer pour nous en assurer. »

Louisa ne bougea pas. Elle ne prêtait pas attention à l'homme qui se trouvait sur la marche pile en dessous d'elle, mais étudia avec soin les deux autres et regarda un instant Simeon Lightner, qui écrivait dans son carnet. Elle scruta même d'un air songeur les ténèbres du renfoncement abritant l'entrée de la maison d'en face.

Duncan Phair se sentit observé et se replia encore davantage dans la pénombre.

À ce moment-là, Ella Shanks ouvrit la porte de la maison mitoyenne. Sa grand-mère était sur ses pas.

Rob courut les rejoindre. Ils se tenaient sur les marches du numéro 201 et, avec une déconcertante passivité, regardaient Louisa défendre leur maison et Daisy face aux forces de l'ordre.

L'agent Pane mit sa main sur le bras de Louisa et tenta de l'écarter, mais d'un geste vif, elle se libéra de son étreinte et envoya valser sa casquette. Le couvre-chef vint frapper Simeon Lightner au visage.

« Le diable vous casse les dents ! », s'écria Pane qui tenta de la dégager du passage.

Les deux autres se précipitèrent sur l'étroit perron, attrapèrent la femme par les bras et tentèrent de la faire descendre de force. Elle résista, et ils tombèrent en arrière, mais Louisa fut entraînée dans leur chute et tous les trois dégringolèrent douloureusement les marches pour s'étaler sur le trottoir.

Pane fonça à l'intérieur.

L'un des policiers s'était cogné la tête contre les briques et restait inconscient au sol ; son collègue était emmêlé dans ses jambes. Il agrippait fermement Louisa Shanks par la taille. Elle luttait pour se libérer en lui donnant des coups de coude au visage. Comme rien n'y faisait, elle sortit un petit couteau de sa poche et lui taillada les phalanges.

Il la relâcha avec un cri d'horreur, hurla de douleur et serra ses mains pleines de sang. Louisa se releva sans attendre et se précipita dans la maison après l'agent Pane.

L'homme aux mains tailladées se redressa péniblement et s'apprêtait à poursuivre Louisa, quand Lena la Noire, qui avait posément parcouru le trajet depuis le perron d'à côté, le fit trébucher d'un coup de canne dans les chevilles. Il tomba à ses pieds et elle lui enfonça sa canne dans la bouche aussi violemment qu'elle put, et la poussa, avant de la retirer pleine de sang.

Tout cela n'avait pas pris plus de quinze secondes, au beau milieu de cette rue tranquille. Pour avoir une meilleure vue de l'action, mais aussi pour garder ses distances, Simeon Lightner s'était éloigné quand Louisa et les deux policiers avaient dégringolé les marches. Il avait maintenant disparu, de toute évidence pour aller chercher des renforts. Duncan et Benjamin avaient été si choqués par l'apparition du couteau et par l'attaque sournoise de Lena la Noire qu'ils n'eurent pas la présence d'esprit d'intervenir.

Le deuxième agent se contorsionnait sur le trottoir devant Lena, sa bouche écumant de sang tandis qu'un épais gargouillis emplissait sa gorge. Il tenta d'attraper Lena par les mollets, mais elle lui planta sa canne dans l'œil et il s'écarta en se tordant dans un râle de douleur.

Le premier agent, qui avait été assommé, revenait lentement à lui. Mais Rob et Ella étaient allés chercher une pierre mal fixée sur la balustrade du numéro 201 et la rapportèrent ensemble près de lui. Ils la tinrent directement au-dessus de son crâne et, au moment même où il commençait à battre des paupières, la lâchèrent. Le coin pointu lui fracassa la tempe alors qu'il tentait instinctivement d'écarter sa tête de la trajectoire.

« Oh, mon Dieu ! », s'écria Benjamin, qui s'élança dans la rue, brandissant son pistolet en tremblant.

Il avait eu beau se rendre dans le Triangle Noir chaque soir depuis trois mois, c'était la rixe la plus féroce qu'il ait jamais vue. Cela ne ressemblait en rien à ce dont il avait déjà été le témoin auparavant : des disputes d'hommes au sang chaud momentanément furieux, des gens ivres qui se querellaient pour un jeu de cartes, le prix d'un verre ou une accusation de vol. La femme au visage implacable qui s'était ruée dans la maison avait sans doute l'intention d'éliminer l'agent Pane, se disait Benjamin – et il était maintenant de son devoir de lui sauver la vie.

Il aperçut la silhouette d'une femme dans l'encadrement du numéro 203 et entendit sa voix : « Non, Maman ! Non, Maman ! Arrête, je… »

Benjamin tira dans l'ouverture indistincte. Un instant plus tard, une jeune femme sortit en titubant. Ses longs cheveux blonds étaient attachés avec des rubans bleus ; elle portait une volumineuse jupe jaune et un corsage vert sous une veste serrée. Elle tenait sa main ensanglantée sur sa gorge. Sa bouche était figée en un grand sourire. Elle tourna légèrement la tête en direction de Lena Shanks et des jumeaux avant de s'effondrer en haut du perron. Du sang jaillit de son cou et se répandit sur les petites marches.

Les jumeaux hurlèrent et, fous de chagrin, firent à nouveau tomber la pierre sur le crâne du policier.

« Daisy ! Daisy ! », cria sa mère, désemparée.

Aux prises l'un avec l'autre, Louisa Shanks et l'agent Pane émergèrent à cet instant de la porte. Ils s'arrêtèrent net devant le corps de Daisy, son sang s'écoulant en un petit ruisseau trouble jusqu'au trottoir de brique. Louisa fut la première à se remettre de son étonnement – elle se pencha, attrapa l'agent Pane par la taille et le balança sur la chaussée par-dessus la balustrade. Elle ouvrit grand sa bouche mais aucun son n'en sortit; son visage entier était contracté et déformé par l'angoisse. La figure figée en un masque tragique, elle souleva tendrement le corps de Daisy. Du sang imbiba sa robe quand elle pressa doucement la tête de sa sœur contre son sein. Elle l'emmena dans la maison et les jumeaux la suivirent.

Lena Shanks, sans prêter la moindre attention à l'amas de policiers, gravit les marches pour les rejoindre.

Dans la rue, Benjamin était atterré – il venait d'abattre une femme, et même pas la bonne. Duncan était sorti de sa cachette et lui avait pris l'arme des mains. Ensemble et sans réagir, ils avaient regardé le corps de la défunte être emporté dans la maison.

À la porte du 203, Lena Shanks se retourna vers eux, qui avaient fini par s'avancer et se tenaient à présent sur le trottoir.

« Ton nom est Phair, dit Lena à Duncan d'une voix qui ne fléchit que sur les premiers mots. Mais tu es un Stallworth. Toi aussi, poursuivit-elle en pointant sa canne vers Benjamin. Toi, je t'ai vu avant. *Noch einer* Stallworth. » Elle s'interrompit, comme si elle s'attendait à ce que Duncan ou Benjamin démentent leur identité, avant de reprendre avec une incroyable placidité : « Il y a vingt ans, Stallworth – le vieil homme – m'a tué Cornelius, *meinen Mann*. M'a envoyée sur l'île. M'a pris Daisy et Louisa.

A envoyé Alick à Sing Sing. J'ai quitté l'île, repris mes filles. Alick est parti de Sing Sing. Et j'ai la corde qui a pendu *meinen Mann*. Il y a vingt ans », dit-elle à voix basse.

Soudain, elle leva sa canne et l'agita violemment devant elle.

« Et maintenant, vous revenez ! siffla-t-elle. Les Stallworth ! Les Stallworth ont mis Maggie en prison. Les Stallworth ont fermé ma boutique. Les Stallworth ont empêché Daisy de faire sa médecine. »

Elle s'interrompit, frotta sa main tremblante sur celle qui tenait le pommeau de sa canne. Puis elle reprit, d'une voix à peine audible pour les deux hommes à qui elle s'adressait : « Maintenant, Maggie est morte. Maintenant, Daisy est morte. »

Penchée en avant, elle se mit à pleurer. Elle releva la tête et, du bout de sa canne, tritura rageusement le sang de sa fille qui formait sur le perron une flaque coagulante, noire dans les ombres du soir.

« Les Stallworth ! Tu as tué Maggie, dit-elle en pointant sa canne vers Duncan, ça fait un. Et toi, lança-t-elle en pointant sa canne vers Benjamin, tu as tué Daisy. Ça fait deux. Le vieil homme : trois. La femme de toi : quatre. *Ein Prediger* : cinq. *Eine Schwester* : six. Six Stallworth. *Und zwei Kinder!* »

Duncan était épouvanté. Non seulement cette vieille savait tout de leur famille, mais elle connaissait aussi ses liens personnels avec Maggie.

« J'en avais six aussi. Cornelius et moi, Alick et Maggie, Louisa et Daisy. *Und zwei Kinder. Aber*, trois des miens sont morts. Cornelius est mort. Maggie est morte. Maintenant Daisy est morte. »

Lena Shanks eut un sinistre et horrible sourire en désignant les policiers de part et d'autre du perron, morts ou mourants, qui accompagnèrent sa malédiction de leurs gémissements graves : « Cachez-vous, dit-elle à Duncan et Benjamin, et cachez votre famille et vos *Kinder.* Ça va vous arriver, ajouta-t-elle en jetant un œil aux hommes étendus par terre. Nous le ferons. *Vergisse nicht*… trois de nous sont morts… »

Elle se recula dans l'obscurité de l'entrée par laquelle on venait d'emporter le corps de sa fille.

« Nous le ferons », répéta-t-elle, et la porte se referma en silence.

DEUXIÈME PARTIE

GANG DE FEMMES

CHAPITRE 28

Pour le *Tribune* du vendredi 17 mars 1882, Simeon Lightner écrivit un long compte rendu de la terrible altercation qui avait eu lieu devant les maisons appartenant à Lena la Noire. Étant donné la nature sensationnelle de cette affaire, et puisqu'il avait eu la chance d'assister à la scène, le journaliste rédigea son texte à la première personne. Il commença par l'histoire des deux bâtiments aux numéros 201 et 203 de West Houston Street, peu recommandables depuis plus de vingt ans; ajouta des biographies de leurs occupants et rappela l'apparition et le témoignage de Lena la Noire au procès de sa belle-sœur, Maggie Kizer; narra les délibérations au sein de Mulberry Street, quartier général de la police de New York, qui avaient conduit à la tentative d'arrestation de Daisy Shanks, puis présenta un exposé minutieux de l'échauffourée qui avait éclaté sur le trottoir devant ces maisons.

Simeon Lightner concluait:

> La présence d'esprit et l'audace de Monsieur Benjamin Stallworth sont tout

à son honneur. Quand Daisy Shanks, l'« Avorteuse Joyeuse », apparut à la porte du numéro 203, bien décidée à finir le travail entamé par sa mère et ses rejetons, il stoppa net ses intentions meurtrières d'une balle aussi courageuse qu'opportune.

Le temps que je revienne sur cette portion de West Houston Street, après avoir obtenu l'assistance de deux autres agents de police, la blessée avait déjà été ramenée à l'intérieur tandis que Monsieur Phair et Monsieur Stallworth s'étaient portés au secours des trois policiers dont la vie était en danger. L'officier Pane, responsable de la mission, s'était recroquevillé près de la balustrade du 203, étourdi et incapable de parler. Le deuxième agent, Thomas Raven, résidant au numéro 30 de East Third Street, convulsait contre les briques du trottoir. Du sang s'écoulait de ses blessures à la bouche et à l'œil. Son décès fut constaté à son arrivée à l'Hôpital de la ville de New York. Le troisième, Richard Scoggins, 77 Second Avenue, était raide mort, tué par deux enfants de neuf ans.

L'officier Pane peut exprimer toute sa reconnaissance à Monsieur Stallworth, sans qui il n'aurait pas survécu.

Monsieur Phair nous a informés qu'aucun mouvement n'avait été décelé dans la maison durant au moins cinq minutes. Tandis que Monsieur Stallworth fut envoyé chercher un médecin dans le quartier, les deux agents pénétrèrent prudemment au numéro 203.

Ils effectuèrent une fouille complète des lieux, mais ne trouvèrent personne. Les quatre malfaiteurs, Lena Shanks, Louisa Shanks, et Rob et Ella Shanks (les jumeaux), tous coupables de meurtre, avaient pris leur argent et leurs bijoux, et s'étaient enfuis par la porte de derrière. Après s'être faufilés par une ruelle menant à King Street, ils avaient disparu dans la nature.

Le cadavre de l'avorteuse fut découvert sur un canapé, dans un salon couleur or somptueusement décoré au rez-de-chaussée. Chaque meuble, chaque tissu et chaque ornement de cette pièce étaient en or.

La défunte reposait, les mains soigneusement croisées sur la poitrine. Son cou blessé et sa tête ecchymosée étaient entourés d'un drapé doré arraché au manteau de la cheminée. Tous les bibelots qui s'étaient trouvés devant le grand miroir teinté d'or gisaient en fragments de faïence et de verre sur le carrelage d'or de l'âtre. Près du corps, il y avait une bourse contenant une poignée d'émeraudes, et un mot, rédigé à la hâte mais d'une belle écriture, qui indiquait : « Ces bijoux doivent être échangés contre de l'argent. L'argent servira à régler les funérailles. L'inscription sur la pierre tombale sera : DAISY SHANKS. NOTRE BIEN-AIMÉE. 1859-1882. »

Selon le médecin qui examina le cadavre le premier, si les fuyards avaient pris soin de porter assistance médicale à Daisy Shanks, elle aurait très bien pu survivre à la blessure par balle. La matriarche du crime, n'ayant en tête que sa propre sécurité, a abandonné sa fille sans scrupules et arraché les enfants au cadavre de leur mère.

Le chef de la police a manifesté sa désapprobation au bureau du maire quant au fait d'ériger un monument funéraire à la mémoire d'une faiseuse d'anges. Il préférerait en effet que le profit de la vente des pierres précieuses soit consacré aux obsèques des policiers décédés, Thomas Raven et Richard Scoggins.

Les deux maisons feront l'objet d'une surveillance vigilante, bien que la police admette qu'il est peu probable que les meurtriers y reviennent. Environ 15 000 $ de marchandise, sans doute intégralement volée, ont été retrouvés dans les caves des deux bâtiments. Ce montant ne comprend pas le mobilier des différentes pièces, qui était pour l'essentiel splendide et coûteux.

> De plus, outre les instruments chirurgicaux découverts dans une chambre à coucher du troisième étage, il y avait une presse dans l'une des pièces du premier. Au même endroit se trouvaient des plaques contrefaites permettant d'imprimer de faux billets de dix dollars, ainsi qu'une rame de papier similaire en qualité et en texture à celui employé par la Réserve Fédérale.
>
> La police a diffusé la description des quatre meurtriers et se déclare confiante quant à leur prochaine capture, afin de les traduire en justice. Vingt-huit agents ont été assignés à cette affaire. Dans un cas aussi désespéré, on ne peut que louer le zèle des forces de l'ordre, et nous espérons que leur confiance optimiste se justifiera.

Duncan Phair, qui écrivait cette fois encore en son propre nom, fit l'apologie des agents décédés, voua les Shanks aux gémonies et conclut ainsi :

> Toutefois, même si l'on ne retrouvait jamais cette étrange famille des plus incroyablement corrompues, et qu'on ne parvenait pas à la traîner devant un tribunal, les citoyens de New York peuvent être certains qu'elle ne sévira plus jamais sur cette île. Leur identité et leur signalement sont trop bien connus pour qu'on ne les repère pas, et ils n'oseraient

pas y reprendre leurs activités criminelles. Même s'il en reste d'autres comme eux, de ces quatre-là, nous n'avons plus rien à craindre.

CHAPITRE 29

Lena, Louisa, Rob et Ella, dont le signalement et les crimes étaient punaisés dans tous les commissariats du pays, demeuraient introuvables. Vers dix-huit heures, le jeudi 16 mars 1882, ils avaient pénétré au 203 West Houston Street avec le corps de Daisy Shanks, et n'avaient pas été revus depuis. Dans les mois qui suivirent, de nombreuses rumeurs coururent à leur sujet, comme c'est invariablement le cas quand on promet une récompense substantielle. On disait de Lena qu'elle dirigeait une maison close à Montréal ; que les jumeaux jouaient les pickpockets sur un bateau à vapeur du Mississippi ; que Louisa était en Californie, fiancée à un parlementaire ignorant tout de son passé.

Pourtant, dans les faits, les Shanks avaient disparu aussi sûrement que si la porte du 203 West Houston Street s'était momentanément ouverte sur l'Enfer et qu'ils avaient sombré dans la damnation, comme ils le méritaient.

En revanche, tout New York savait ce qu'il était advenu des Stallworth durant les six mois suivant la mort de Daisy Shanks. Leur position sociale s'était élevée – pas de manière spectaculaire, car une ascension trop fulgurante serait allée contre leur sens des convenances, mais avec une assurance et une suffisance des plus respectables.

La campagne parue dans le *Tribune* s'était révélée un immense succès. Quand il fut dévoilé que Duncan Phair était l'auteur des articles signés « un juriste républicain » et « un ami de la vertu », de nombreux contrats de nature prestigieuse et fortement rémunératrice s'étaient présentés au cabinet Phair & Peerce. Duncan reçut même les félicitations du barreau pour son travail d'enquête.

Les Stallworth pouvaient fièrement désigner le Triangle Noir comme une zone anéantie, où le vice ne subsistait plus que dans la pierre. Les lieux de débauche les plus manifestes – salles de jeux, bars clandestins, maisons closes – avaient été vidés, et ceux qui souhaitaient encore s'y perdre devaient maintenant le faire dans des endroits sombres et secrets, ou bien dans les nombreuses zones de la ville où la dépravation avait toujours pignon sur rue.

Les articles du *Tribune* avaient été les plus lus parmi ceux qui avaient exposé en détail la corruption morale de la ville. Et la police avait jugé bon pour son propre intérêt de donner suite aux découvertes du journal ; on avait parfois l'impression qu'elle courait derrière Simeon Lightner, Benjamin Stallworth et Duncan Phair. Chaque fenêtre poussiéreuse par laquelle les trois hommes regardaient ne tardait pas à être condamnée. Chaque porte dont ils franchissaient le seuil était scellée dès le lendemain. Chaque demoiselle un peu trop pomponnée qui leur parlait dans la rue se voyait vite forcée de déménager à Tombs.

Le juge Stallworth n'était pas non plus resté inactif. Les procès au sein de son tribunal étaient expédiés à une vitesse qui ébahissait même les procureurs et avocats de la défense, qui se pensaient insensibles au caractère sommaire des procès de la cour d'assises de New York. Les criminels interpellés dans le Triangle Noir soudoyaient grassement les agents de police pour que ceux-ci déclarent les avoir arrêtés dans une autre rue afin de ne pas passer devant le juge Stallworth. Ses sentences étaient lourdes, et le *Tribune* rapportait avec fidélité ses remarques sur le rôle incontestablement dissuasif des longues peines de prison.

Le Comité de lutte contre la débauche de Marian Phair n'était pas retourné dans le Triangle Noir, mais ses lettres ouvertes incisives, ses nombreuses pétitions, ses fréquentes souscriptions et ses réunions hebdomadaires très courues ne passaient pas inaperçues. Faire partie de ce comité était une distinction aussi rare que recherchée. Les femmes du même milieu que Marian suppliaient leurs amies de les parrainer ou lui écrivaient de longues lettres exprimant une admiration apparemment irrésistible pour ses efforts destinés à rendre la ville plus sûre et plus saine. Marian fut ravie de constater qu'une description de ce qu'elle portait à la dernière réunion du lundi était parue dans le *Tribune* du samedi, détaillant sa tenue, vêtement par vêtement, dans la colonne « Les conseils de la semaine pour bien s'habiller ».

Helen Stallworth avait continué de participer aux réunions et de rédiger des comptes rendus ridiculement succincts des échanges superficiels qui s'y déroulaient. Mais elle ne se plaignait plus auprès de son père, ni même de Marian, car elle était désormais convaincue d'aider véritablement les malheureux condamnés à vivre dans le Triangle Noir. Elle y allait presque chaque jour, parfois en compagnie de Madame Taunton, et même seule dernièrement, vêtue de sa robe noire la plus simple, avec au bras un grand panier de denrées de première nécessité. Elle connaissait par leur surnom une centaine de mendiants et de petits délinquants.

Cette vie parallèle – ainsi qu'elle l'envisageait –, si éloignée, si différente, si louable et totalement insoupçonnée de sa famille, provoquait chez elle des sourires à des moments impromptus, si bien qu'on se demandait ce qui la rendait heureuse. Helen, qui jusque-là avait toujours considéré le mensonge comme un péché à peine moins répréhensible que « l'adultère forcé » (nom qu'elle donnait au viol), se délectait maintenant de la panoplie de tromperies qui lui permettait de cacher son travail caritatif aux siens.

Benjamin, quant à lui, était également heureux. Les nombreux mois d'expéditions dans les bas-fonds, ainsi que la modeste mais constante attention qu'on lui prêtait pour l'initiative et l'héroïsme sans précédent dont il avait fait preuve en se portant au secours des forces de l'ordre et en abattant l'avorteuse de Houston Street avant qu'elle ne tranche la gorge des trois policiers blessés l'avaient fait remonter dans sa propre estime et celle des autres. Il n'était plus simplement toléré. Son grand-père, par exemple, s'adressait de temps en temps à lui sans le mépriser ; et Marian, quand il n'y avait personne d'autre pour capter son attention, daignait par moments discuter avec lui. Son père n'exigeait plus de savoir à quelle heure il rentrait le soir et lui avait fait confectionner un passe pour son usage personnel. Sa présence n'était plus requise dans les bureaux de Phair & Peerce, et sa propre existence lui pesait globalement moins que jamais jusque-là.

Il n'avait pas complètement renoncé au jeu, car c'était pour lui un trop grand délice : une véritable excitation dans ce qui demeurait, en dépit des récents progrès, une vie particulièrement terne. Mais ses parties se justifiaient désormais par le prétexte de l'enquête, et il ne misait jamais plus qu'il ne pouvait se permettre de perdre. Il ne lui restait qu'une seule dette, celle qu'il avait envers Duncan et son père pour avoir remboursé ses pertes du jour de l'An ; mais comme aucun d'eux n'avait plus mentionné la chose, Benjamin commençait à supposer que l'épisode avait été oublié ou pardonné.

Les sermons d'Edward Stallworth avaient reçu beaucoup d'attention, et la taille de sa congrégation, de même que le montant de ses quêtes, avaient sensiblement augmenté ces six derniers mois. Ses sermons avaient été publiés non seulement dans le *Tribune*, mais aussi dans *Foi presbytérienne*, dans *Le Réveil chrétien* et même dans le lointain *Clairon du Cumberland*. Ses paroissiens comptaient à présent des familles de Brooklyn et du New Jersey, qui prenaient le ferry pour New York tous les dimanches matin et suscitaient à l'égard d'Edward le courroux des pasteurs délaissés.

Une certaine dissension demeurait dans sa famille à propos de la mort de Daisy Shanks. L'incident avait été présenté par Duncan Phair, seul témoin de confiance, comme un acte d'héroïsme de la part de Benjamin ; c'est ainsi que l'avait rapporté le *Tribune*, et cette version n'avait jamais été contestée depuis. Duncan avait raconté au juge les véritables circonstances de l'événement, et ce dernier avait été surpris d'entendre que Benjamin puisse avoir eu autant de chance que de courage. Edward Stallworth avait d'abord craint que le meurtre d'une femme par son fils dans les rues du Triangle Noir ne lui porte préjudice, mais quand ses paroissiens le félicitèrent unanimement d'avoir élevé un homme aussi vaillant, il finit par porter un regard indulgent sur son acte.

Helen, en revanche, était horrifiée par cet homicide et supplia Benjamin de lui dire qu'il ne s'agissait que d'un terrible accident. Mais celui-ci, conseillé par son oncle, fit valoir sa bravoure et refusa d'admettre son insouciante culpabilité. À partir de ce moment, Helen prit ses distances avec lui ; et toutes les tromperies qu'elle exerçait à son encontre et à l'encontre de la famille qui le soutenait dans cet orgueil honteux ne furent plus à ses yeux que de pieux mensonges. Elle cessa dès lors de corriger ceux qui, dans le Triangle Noir, la prenaient pour la fille de Madame Taunton ; elle essaya de ne même plus se considérer comme une Stallworth.

La famille passa le mois d'août à Saratoga, dans le meilleur hôtel de la ville, et bien que leurs dépenses fussent pour le moins élevées, ils jugèrent en avoir eu pour leur argent, si ce n'est en matière de logement, de repas et de confort, du moins grâce aux personnalités huppées dont ils avaient fait la connaissance. Cela fut particulièrement utile à Marian qui, à son retour en ville au mois de septembre, fut assaillie d'invitations à dîner, à l'opéra et à des fêtes tardives. Seule Helen n'apprécia pas ce mois ; elle avait plaidé en vain pour avoir le droit de rester à New York – mais les convenances l'interdisaient et elle dut souffrir dans le luxe.

Le début de l'automne fut une période exaltante pour les Stallworth, et leurs repas du dimanche après-midi furent plus heureux – en tout cas, moins conflictuels – que ceux des dernières années. Le dimanche 1er octobre, alors que la famille n'était pas encore sortie de table, mis à part Edwin et Edith, déjà envoyés à la nurserie, la conversation revint, comme c'était souvent le cas, sur le Triangle Noir.

« Lightner dit que nous en avons quasiment fait le tour, déclara Duncan. Et je crois qu'il n'a pas tort. Cela fait neuf mois que nous sommes dessus, et essayer de pousser jusqu'à la fin de l'année reviendrait à enfoncer des portes ouvertes.

— C'est certain, confirma le juge Stallworth qui avait déjà évoqué le sujet avec son gendre. Se pose désormais la question de passer à autre chose.

— Passer à autre chose ? », demanda Edward.

C'était la première fois qu'il entendait parler d'abandonner le Triangle Noir, et cette idée l'inquiétait, car il espérait bien continuer à rédiger ses sermons à l'aide des enquêtes du *Tribune.* « Mais passer à quoi, je vous prie ?

— Pell Street, Mott Street. Selon Lightner – et je suis du même avis –, nous devrions nous attaquer à la question chinoise. La nouvelle loi sur l'immigration chinoise entrera en vigueur le mois prochain et attirera assurément l'attention sur ce quartier. Il va forcément y avoir de l'agitation : entrées illégales dans le pays, corruption, meurtres… Et bien sûr, s'il n'y avait rien d'autre, nous pourrions toujours révéler l'existence d'une fumerie, ricana Duncan.

— Pour ma part, dit Edward Stallworth, je ne suis pas certain que le Triangle Noir ait été purgé de son mal, et il me semble que la population chinoise constitue un groupe tellement étranger, entre leur apparence curieuse, leur comportement bizarre et leurs habitudes impénétrables, qu'il sera excessivement difficile de susciter de l'intérêt autour d'eux. Les Irlandais constituent une population tout aussi répréhensible, et bien plus foisonnante. Je pense qu'il serait préférable de continuer avec le Triangle Noir, peut-être en adoptant un point de vue légèrement…

— C'est vrai ! s'écria Marian, plus directe dans ses objections que son frère. Que va devenir mon comité si Monsieur Lightner, Benjamin et vous laissez tomber le Triangle Noir comme ça ? Il va s'effondrer, c'est sûr !

— Pas nécessairement, dit doucement Helen à sa

tante. Il reste tellement de bonnes choses à y accomplir, même si l'on n'en parle pas dans le *Tribune*. »

Le juge Stallworth lança un regard dur à sa petite-fille, se demandant si ce léger sarcasme était délibéré.

« Certainement pas, dit-il. Duncan s'assurera, par le biais de Lightner, que le *Tribune* continue de couvrir les activités du comité.

— Mais oui, bien sûr, dit Duncan d'un ton léger en adressant un sourire à son épouse.

— Et puis, ajouta Benjamin, fort de son assurance nouvellement acquise, je ne vois pas pourquoi on ne pourrait pas y aller en douceur, petit à petit. Nous pourrions aborder la question chinoise avant même d'avoir quitté le Triangle Noir. Et je ne vois pas non plus pourquoi ces païens de Chinois ne pourraient pas être l'objet d'un sermon ou deux. Il faut sauver leur âme au même titre que la nôtre, non ?

— Je crois que tu as raison, Benjamin, dit son grand-père, et le jeune homme rougit de plaisir à cette approbation.

— Bon, reprit Edward Stallworth, je suppose qu'il faudra que je fasse avec. Mais, s'il vous plaît, laissez-moi le temps d'étudier cette histoire de Chinois avant de vous lancer franchement.

— Évidemment, dit Duncan, conciliant. La publication de vos sermons a été capitale pour nous, vous le savez, et nous avons bien l'intention de continuer à les relayer. Nous espérons sincèrement que vous jugerez bon de nous aider. »

Edward Stallworth, qui se laissait peu à peu convaincre d'abandonner le Triangle Noir pour se tourner vers la communauté chinoise à l'est, venait d'annoncer qu'il devait se préparer à la messe du soir, quand le heurtoir retentit.

Les Stallworth échangèrent des regards surpris car personne à New York ne rendait visite le dimanche en fin d'après-midi, à moins d'y être invité. On envoya Peter Wish, qui revint quelques instants plus tard avec sur un plateau d'argent huit enveloppes rectangulaires bordées de noir.

Marian Phair les prit toutes et les étudia rapidement.

« Comme c'est étrange ! s'exclama-t-elle. Il y en a une pour chacun de nous – même Edwin et Edith. Quelqu'un est mort, mais qui donc a eu la bêtise d'envoyer un faire-part à chaque membre d'une même famille ? Et normalement, les enfants n'en reçoivent jamais. C'est bien la première fois que je vois ça ! »

Elle garda celle qui lui était adressée et commença à l'ouvrir. Le juge Stallworth prit les autres, conserva la sienne et fit passer le paquet à sa petite-fille.

« Qui les a déposées ? demanda Edward au domestique.

— Un enfant, répondit-il. Un petit garçon habillé en noir. »

Helen avait saisi celle qui portait son nom, mais avant de la décacheter, elle jeta un coup d'œil à sa tante assise en face d'elle. La main de Marian, celle qui tenait l'enveloppe, s'était lourdement abattue sur la table, et elle regardait autour d'elle, pleine d'une douloureuse surprise.

Helen leva le rabat. Dedans se trouvait un faire-part de décès, une petite carte en papier glacé brillant, massicotée, qui représentait une jeune fille en train de pleurer devant une tombe, dans un cimetière planté de saules. Sur la pierre tombale, gravée avec une belle écriture cursive, on lisait : *Repose en paix Helen Stallworth*.

« Oh ! », s'écria Helen, et la carte tomba au sol en tourbillonnant.

Duncan Phair trouva une carte identique dans son enveloppe, mais qui portait le texte : *Dans les bras de Dieu, Duncan Phair.*

« Peter ! cria-t-il. Rattrapez ce garçon ! »

Peter Wish sortit en courant tandis qu'autour de la table les Stallworth gardaient les yeux fixés sur les faire-part qu'ils tenaient, chacun annonçant leur propre mort. Les cartes destinées à Edwin et Edith reposaient, toujours closes, à côté de l'assiette de leur mère.

« Une bien mauvaise plaisanterie », décréta le juge, déchirant sa carte en deux.

CHAPITRE 30

Des six membres de la famille Stallworth assis à la table de la salle à manger ce premier dimanche d'octobre, seul Duncan Phair prit un peu sérieusement ces faire-part de décès apportés par un petit garçon vêtu de noir. Il n'avait nullement oublié le serment de Lena Shanks de voir trois des Stallworth morts. Il observa son beau-père et, tout en frissonnant intérieurement, tenta d'imiter son agacement et suggéra le nom de plusieurs personnes que l'on pouvait suspecter d'une telle plaisanterie, aussi malveillante que gratuite.

Les autres, même s'ils ne parvenaient pas complètement à faire fi de ce déplaisant incident, ne s'imaginaient pas que les cartes puissent avoir une quelconque importance ou constituer une réelle menace. Edward Stallworth estima que l'on portait atteinte à son statut de pasteur de l'église presbytérienne de Madison Avenue, et se montra furieux contre le coupable. Marian fut scandalisée d'être victime d'une pique aussi morbide et se consola en songeant que le canular était sans doute dû à de la jalousie envers sa rapide ascension sociale. Helen était choquée à l'idée que quelqu'un puisse agir de manière si insensible. Benjamin, tellement obtus qu'il ne fit pas le rapprochement entre ces cartes et la malédiction de Lena la Noire (qu'il avait gardée si secrète qu'il l'avait oubliée), se contenta d'un rire perplexe.

Au sein de la famille, ces faire-part de décès suscitaient beaucoup de commentaires et de spéculations ; mais en dehors, l'incident resta méconnu. Peter Wish était le seul à avoir vu l'une des cartes, par-dessus l'épaule de Marian. On l'exhorta à se taire, et il ne raconta la scène qu'aux autres domestiques.

Le désagrément occasionné fut bientôt oublié, de tous sauf de Duncan ; car ces faire-part laissaient penser que le fondement sur lequel reposait sa soudaine prospérité n'était peut-être après tout pas aussi solide que cela. Ces six derniers mois, sa vie avait été particulièrement agréable, ne serait-ce que par contraste avec la période de tourment et d'incertitude durant laquelle il avait couru le risque d'être démasqué par Maggie Kizer et ses amies. Ses problèmes avaient pris fin, croyait-il, le jour où les deux policiers avaient été tués par Lena la Noire et ses petits-enfants.

Duncan n'avait pas informé son beau-père de la promesse de vengeance ; il était parti du principe, avec un certain optimisme, que les Shanks – recherchés pour meurtre – seraient dans l'incapacité d'exécuter un tel projet. Pendant plusieurs semaines, il avait vaqué à ses occupations avec toute l'insouciance qu'il parvenait à mobiliser, et tenté de donner l'impression que tout allait bien. Bientôt, il en fut lui-même convaincu, et depuis, une seule chose avait ébranlé sa confiance grandissante. Une famille de squatteurs à l'extrême nord de New York, à l'endroit où l'on construisait à présent de nouvelles rues en damier, avait rapporté que deux hommes en carriole étaient venus déterrer plusieurs tombes dans le carré des indigents. Ce n'étaient pas de simples résurrectionnistes[1], car tous les corps exhumés furent abandonnés sur place hormis le dernier, qu'ils emportèrent. La tombe s'était avérée être celle de l'avorteuse de West Houston Street, Daisy Shanks.

Toutefois, comme il n'était rien arrivé depuis cet incident, Duncan s'était efforcé de le considérer comme une troublante et inexplicable coïncidence.

Une fois qu'il eut surmonté la peur écœurante qui l'avait assailli, Duncan commença à profiter des bénéfices accumulés depuis sa collaboration au *Tribune* : des affaires plus florissantes pour son cabinet, un plus grand respect de la part de ses confrères et une vie domestique plus agréable. La considération de Marian Phair à l'égard de son époux s'était trouvée renforcée par l'approbation qu'il recevait de la société.

De temps à autre, bien sûr, Duncan songeait à Maggie Kizer ; non pas la femme qu'il avait connue, mais celle qu'elle était maintenant : en train de pourrir dans une tombe anonyme du cimetière sans ombre des prisonniers de Blackwell's Island. Elle était désormais muette et inoffensive, et il lui souhaitait un repos paisible.

1. Profanateurs de sépultures qui revendaient les cadavres aux médecins ou étudiants en anatomie.

La relation de Duncan avec son beau-père s'était altérée depuis la révélation de ses liens avec Maggie Kizer, et il sentait que ce n'étaient pas les liens eux-mêmes auxquels le juge trouvait à redire, mais plutôt à la démarche perfide de les avoir cachés. Il était évident que, déçu pour la première fois par son manque d'honnêteté, il avait résolu de ne plus jamais lui faire confiance.

En apparence, l'attitude du juge Stallworth envers son gendre était inchangée : il conversait avec lui comme à l'ordinaire, sollicitait sa compagnie et ses avis en matière juridique, et ne manquait pas de le conseiller sur toutes choses – mais il y avait une différence considérable, que Duncan avait vivement ressentie. Les espoirs de réussite du vieil homme s'étaient jusque-là concentrés sur lui, et il avait espéré voir de son vivant le mari de sa fille élu maire de la ville. Cet espoir avait été entièrement abandonné, et, avec une facilité déconcertante, le juge avait déporté ses aspirations sur un autre : son petit-fils Edwin.

« Edwin, l'avait-il un jour entendu dire à Marian, est un bon garçon – je lui prêtais à peine attention jusqu'à présent, mais je pense que c'est un bon garçon. Nous pouvons attendre de bonnes choses de lui. » On faisait occasionnellement venir l'enfant à Washington Square – privilège en soi inédit – et il était autorisé à jouer avec Pompée. Ces six derniers mois, Pompée avait en fait été trois chiens différents, un mâle et deux femelles, et le juge Stallworth était extrêmement content que son petit-fils ait le bon sens et le bon goût de ne pas faire de remarque sur les changements d'apparence de l'animal. Un après-midi, après avoir été attiré dans le petit salon par des aboiements et découvert qu'Edwin amusait le chien en exécutant une série de poiriers fort élégants en se tenant aux montants d'une chaise fragile, le juge commença à encourager l'enfant dans ses prouesses athlétiques et gymniques. À la demande du petit, cela fut caché à sa mère.

Le mardi après-midi suivant l'arrivée des lettres bordées de noir, Duncan amena Edwin chez son grand-père sur invitation spéciale. Tandis que le garçon chahutait avec Pompée dans Washington Square, sous la surveillance du juge Stallworth posté à la fenêtre de son bureau, Duncan l'informa de la malédiction lancée par Lena la Noire sur leur famille.

« Non pas que j'aie voulu vous le cacher, vous comprenez. Ça n'a rien à voir. Simplement, je n'avais pas pris cela au sérieux. Comment l'aurais-je pu ? La famille Shanks était déjà recherchée par la police, et après le meurtre des deux policiers, ils sont devenus de véritables renégats. Quel mal pourraient nous faire de telles personnes ?

— Aucun, répondit le juge Stallworth. Pourquoi m'en parler maintenant ?

— Il m'est venu à l'idée que Lena Shanks, ou la fille qui lui reste, était peut-être à l'origine des faire-part que nous avons reçus dimanche.

— Je ne crois pas, dit le juge. Je suis plutôt enclin à suivre votre raisonnement initial : la "malédiction" de cette femme – comme vous l'appelez – n'était que l'expression d'une colère impuissante. Nous n'avons rien à craindre de cette famille, ou du peu qu'il en reste. De plus, ces gens-là ne se vengent jamais de leurs supérieurs ; ils réservent la vengeance à leurs égaux. Je serais plutôt de l'avis de Marian : ces faire-part étaient une plaisanterie mise au point par un individu jaloux de notre réussite, c'est tout. »

Le juge sourit et indiqua la fenêtre. Edwin et Pompée avaient attiré une petite foule sous la grande arche de marbre de la place. Quand Pompée se mettait sur ses pattes arrière et aboyait, Edwin s'empressait d'obéir et exécutait une cabriole ; et si Pompée aboyait deux fois, Edwin en faisait deux. Cette amusante inversion des rôles plaisait beaucoup au juge.

Duncan Phair était désormais plus occupé qu'il ne l'avait jamais été. Les enquêtes dans le Triangle Noir se poursuivaient et les nouvelles affaires du cabinet, que l'on ne pouvait pas toutes confier à George Peerce, lui imposaient de se rendre à Pearl Street tôt et d'y rester tard.

Le mercredi 4 octobre, il ne termina pas sa journée de travail avant dix-neuf heures trente, heure tardive à laquelle George Peerce et les quatre clercs avaient déjà quitté les lieux pour la soirée, le laissant seul au cabinet. Il éteignit la lampe, verrouilla son bureau, vérifia les autres portes et finit par sortir dans le couloir. Du haut des escaliers menant au hall d'entrée, il aperçut deux femmes, richement quoique inélégamment vêtues, se tenant de part et d'autre de la grande porte. « Charybde et Scylla », songea-t-il. Le petit plafonnier n'arrivait pas à révéler leur visage, qui de toute façon était couvert d'une voilette, elle-même dans l'ombre d'un chapeau à plumes. Toutes deux étaient vêtues de robes à tournure à l'ampleur démodée et d'une multitude de froufrous, et elles tenaient pendus à leur bras replié de grands sacs à main à franges.

« Oui ? s'enquit Duncan depuis le palier. Puis-je vous aider ? Tous les bureaux du bâtiment sont déjà fermés, il me semble. »

Il commença à descendre les marches.

« Oui, répondit la femme à la robe vert sombre. Nous attendons Monsieur Phair.

— C'est moi-même, déclara-t-il en s'arrêtant au pied de l'escalier. Mes bureaux sont à l'étage. Pourquoi n'êtes-vous pas montées y toquer ?

— Nous avons une affaire particulière, lui rétorqua la femme à la robe pourpre.

— Cela devra attendre, alors, répliqua-t-il, car je suis en retard pour souper. Il faudra revenir durant les heures d'ouverture. Veuillez repasser demain, ou à votre convenance, et demandez un rendez-vous à mon secrétaire. Vous pourrez lui confier la nature de votre affaire.

— Notre affaire ne concerne que vous », répliqua la femme en pourpre.

Duncan tenta de passer entre elles mais elles lui saisirent vigoureusement les bras et le projetèrent contre l'escalier. Son dos heurta violemment le poteau orné de la balustrade.

« Mais enfin ! »

La femme en vert, dont les mains avaient été jusque-là masquées par le sac, tenait maintenant ces dernières devant elle tout en s'approchant de Duncan. Ses ongles, de plus de cinq centimètres, scintillaient à la lueur du plafonnier. Ils étaient en laiton et avaient été affûtés d'un tranchant redoutable.

Celle en pourpre se glissa derrière lui, le souleva du sol et lui maintint les bras dans le dos. Il tenta de se dégager mais ses ruades étaient inefficaces. Il n'avait jamais rencontré quelqu'un d'aussi musclé auparavant, et la surprise d'être ainsi immobilisé par une femme le privait de ses forces.

Les ongles de laiton effleurèrent sa gorge d'un geste presque joueur, mais il sentit bientôt un filet de sang chaud couler dans son col. Quand il leva les mains pour se protéger, les lames dorées lacérèrent ses jointures, libérant d'épais ruisselets sombres.

Elle joignit ses ongles avant de les plonger telle une pince entre les lèvres de Duncan, où ils se plantèrent dans ses gencives, provoquant une douleur étourdissante. Sa bouche se remplit de sang.

Il suffoquait, et les ongles s'enfoncèrent à nouveau, déchirant sa lèvre inférieure.

La femme à la robe verte se recula, et Duncan la contempla avec stupéfaction. On le souleva encore plus haut.

Tenant devant elle son index et son majeur collés l'un à l'autre pour former une pointe de métal plus acérée qu'un pic à viande, la femme sourit.

Elle s'avança avec lenteur. Duncan en resta pétrifié, le sang s'accumulant dans sa bouche.

La femme leva la main devant le visage de Duncan et, d'un geste circulaire gracieux, approcha la pointe dorée de son œil droit.

Il leva son pied et l'abattit aussi fort qu'il le put sur celui de celle qui le tenait. Son étreinte faiblit et il se libéra.

La femme en vert se jeta sur lui, et les deux doigts plongèrent dans sa barbe en lui transperçant la joue. Il eut un hoquet de douleur et se recula d'un mouvement sec qui arracha les griffes de celle qui l'avait agressé. Elle se tourna vers lui avec un cri mauvais et planta ses mains dans les épaules de Duncan.

Il lui cracha alors son propre sang au visage, et, aveuglée, elle stoppa net.

Duncan projeta le poids de son corps contre la double porte de l'entrée. Il la franchit avec fracas, dégringola les marches et, les deux pointes de laiton encore fichées dans la joue, se mit à courir le plus vite possible dans l'obscure et déserte Pearl Street.

Les deux policiers envoyés aux bureaux de l'avocat ne trouvèrent aucune trace de la lutte, hormis le sang qui avait éclaboussé le bas de l'escalier et une longueur de frange que Duncan identifia par la suite comme provenant – pensait-il – du sac à main de la femme en vert. Les deux ongles de laiton, une fois qu'on les eut extraits de sa joue, furent examinés avec curiosité et minutie par la police. Un agent en fin de carrière, désormais relégué au travail de bureau à Mulberry Street, déclara qu'il se rappelait une jeune femme, durant les Émeutes de la Conscription, qui portait ce genre de longs ongles en métal à chaque main et avait infligé de terribles blessures.

« M'étonnerait que ce soit la même, ça lui ferait plus de soixante ans maintenant, j'crois. Elle s'était aussi fait affûter les dents – des incisives comme des vilebrequins en acier. Elle vous les plantait dans le bras et ça lui remplissait le gosier de sang. C'est peut-être sa fille… »

Aucune des blessures que Duncan avait reçues – au visage, dans la bouche, sur les mains – n'était vraiment grave, mais toutes nécessitaient du temps et du repos pour guérir. On lui conseilla de garder le lit pendant au moins une semaine.

Marian avait été choquée et indignée quand son époux était rentré à Gramercy Park dans un état aussi infamant. Elle considérait que les victimes de crimes ne méritaient pas plus de compassion que les agresseurs. Il y avait quelque chose dans la physionomie des premières, prétendait-elle, qui invitait à de telles attaques ; quelque chose, elle en était certaine, que l'on ne trouvait chez aucun des Stallworth, mais dont les autres – comme Cyrus Butterfield, par exemple – disposaient en abondance.

« Que s'est-il passé, Duncan ? lui demanda-t-elle avec sévérité, assise à son chevet, après le départ du médecin.

— Marian, j'ai été attaqué par deux femmes dans le hall de l'immeuble où sont mes bureaux.

— Pourquoi vous ont-elles attaqué ? Voulaient-elles de l'argent ?

— Non, dit-il en tournant son visage, il me paraît clair que non.

— Duncan, demanda-t-elle, cela a-t-il quoi que ce soit à voir avec les cartes que nous avons reçues dimanche ? Me cachez-vous quelque chose ? Vous et Père ? En ne me disant pas que nous sommes en danger ? » Sa voix se faisait de plus en plus stridente. « Dois-je m'attendre à être attaquée par deux harpies dans la rue, arrachée à mon fiacre et piétinée dans la boue ? Est-ce le sort que vous m'avez réservé ?!

— Non, bien sûr que non, Marian, répondit-il, mal à l'aise. Cela n'a rien à voir avec les cartes de dimanche. C'était une plaisanterie, alors que ce qui m'est arrivé est une affaire sérieuse, mais, avec la description détaillée que j'ai donnée aux policiers, ces femmes risquent de se retrouver rapidement à Blackwell si elles m'approchent à nouveau.

— Je ne vous crois pas », rétorqua-t-elle sèchement en sortant de la pièce.

Duncan avait hâte de parler à son beau-père, car malgré les protestations adressées à Marian, il était convaincu que cette agression était à l'initiative de Lena Shanks. À sa grande surprise, le juge Stallworth refusa de se ranger à cet avis.

« Non, dit le juge, debout au pied du lit de son gendre, tenant la main du docile Edwin. Vous pouvez en être sûr, ces femmes voulaient de l'argent…

— Non, protesta Duncan.

— … *ou alors*, continua le juge sans tenir compte de l'objection, elles vous ont pris pour quelqu'un d'autre.

— Père, elles m'ont appelé par mon nom. Avant de m'agresser, elles voulaient être sûres de mon identité !

— Eh bien, dit le juge Stallworth sans se montrer perturbé par ce raisonnement, j'admets qu'il soit possible que ces femmes aient cherché à se venger d'une manière ou d'une autre. Vous avez participé à la condamnation d'un père, d'un fils, d'un mari, d'un amant – ou peut-être les avez-vous elles-mêmes envoyées en prison. Vous dites ne pas les avoir reconnues, mais vous ne pouvez pas vous rappeler tous les criminels insignifiants qui passent devant le tribunal, et moi non plus.

— Je ne trouve pas que mes blessures soient "insignifiantes", dit Duncan avec humeur. J'ignore quand je serai à nouveau capable de manger sans souffrir.

— Il ne fait aucun doute que ce n'est là qu'une malheureuse conséquence de vos enquêtes dans le Triangle. Inutile de nous en soucier davantage. Ces femmes ont eu ce qu'elles voulaient – quel que soit le motif de leur agression. »

Le juge Stallworth prit Edwin sur les épaules, lui frotta tendrement le ventre de sa main osseuse et, prévenant l'enfant de ne pas se cogner au montant de la porte, il sortit de la chambre sans un autre mot pour son gendre.

Ce dernier considérait avoir fait son devoir en confiant ses craintes à son beau-père ; il avait résolu de ne plus jamais se rendre coupable de cacher la moindre information au vieil homme. Helen, Benjamin et Edward Stallworth, qui vinrent lui rendre visite chacun leur tour, se déclarèrent troublés non seulement par la violence de cette attaque mais aussi par son absurdité, son absence de motif. Duncan s'empressa d'abonder dans leur sens et, résigné, déplora sa position d'innocente victime de harpies vêtues de vert et de pourpre.

Au bout d'une semaine de recherches minutieuses, la police n'avait trouvé aucune trace des assaillantes de Duncan Phair. C'était un mystère, selon eux, et ils persistèrent à croire qu'il s'agissait d'une vengeance personnelle. Et, les jours passant sans qu'aucun membre de la famille ne se fasse molester, Duncan se mit lui-même à penser que cette attaque meurtrière n'avait visé que lui et n'était que la conséquence d'enquêtes mineures dans le Triangle Noir. Ce petit mensonge, qu'il s'adressait à lui-même, était largement préférable à l'idée que Lena Shanks ait commencé à mettre son épouvantable menace à exécution.

CHAPITRE 31

Dans la chambre au premier étage du numéro 1 de King Street, où Madame Taunton avait nourri à la petite cuillère un couple de vieillards mourants, Lena la Noire était installée dans un fauteuil en osier aux coussins écarlates. À l'aide d'un miroir fixé au battant de la fenêtre, elle observait la circulation incessante entre MacDougal et Varick Street. Par cette matinée agréablement fraîche, un samedi de début octobre, sa fille Louisa et la pugiliste Charlotta Kegoe étaient assises avec raideur sur des chaises assez proches l'une de l'autre. Allongés sur le lit de leur grand-mère, les enfants jouaient aux cartes.

« Mauvais choix, je pense, dit Charlotta, d'envoyer ces deux filles. Elles sont habituées aux marins saouls, et quand elles tombent sur un avocat sobre et costaud, elles sont pas à la hauteur. Lena, je suis navrée de t'avoir parlé d'elles.

— Pas important », dit Lena avec un geste de la main.

Louisa adressa à Charlotta des signes facilement interprétables. La prochaine fois, elles se chargeraient elles-mêmes du travail.

« Non, dit Lena, nous pas intervenir directement. Je te veux pas dans la rue. Pas qu'on te voie.

— Mais, et Duncan, alors, Nana ? s'écria Rob, qui ne le connaissait que par le prénom qu'avait employé Maggie Kizer.

— Il sera tranquille un moment, répondit-elle, s'interrompant le temps qu'une lourde carriole transportant une citerne passe bruyamment. Juste un moment. »

Que faut-il faire à présent ? demanda Louisa avec ses mains.

« Envoyer chercher Pet Margery. »

Ella jeta ses cartes sur le drap et sauta du lit. D'une caisse en bois dans un coin de la pièce où étaient rangés ses vêtements, elle tira une robe rouge élimée et l'enfila. Elle attacha un grand bonnet jaune sur ses cheveux en prenant bien soin de cacher les boucles qui dépassaient et, pieds nus, elle sortit en courant dans King Street.

Lena observa le parcours de sa petite-fille par la fenêtre. Ella avait l'air d'une gamine des rues affamée qui se traînait sans but et s'arrêtait partout. Mais son errance ne tarda pas à l'amener devant une façade dépourvue d'enseigne abritant une maison de jeu à l'autre bout de Varick Street, et elle s'y faufila sans que personne ne semble faire attention à elle.

Quelques minutes plus tard, elle ressortait d'un pas vif en mâchonnant une croûte de pain et en faisant un vague signe de remerciement à la manière d'une mendiante – comme si elle avait contre toute attente obtenu la charité dans ce lieu. Ses pérégrinations vagabondes finirent par la ramener sur le perron de sa propre maison, où elle joua sur la première marche pendant un temps. Puis, apparemment poussée par la seule curiosité, elle s'approcha de la porte et entra sans bruit.

« Elle arrive ! », cria Ella quelques instants plus tard, lorsqu'elle apparut à la porte de la chambre.

Il s'écoula cependant un quart d'heure avant que Lena Shanks ne voie la fine et gracieuse silhouette de Pet Margery avancer dans la rue, vêtue d'une robe blanche légèrement tachée de boue et de saletés humides au niveau de l'ourlet et des poignets, et qui faisait tourner une ombrelle à rayures noires sur son épaule. Ella avait interrompu le sommeil de la jeune femme, qui avait manqué de temps pour s'apprêter.

Pet Margery était une putain de seize ans dont les visées mercantiles se fixaient uniquement sur les hommes qui gagnaient dans les salles de jeux du Triangle Noir. Cette spécialisation était la conséquence naturelle de son éducation. Son père, Henry Porter, tenait un bar sur Varick Street – que Lena Shanks pouvait d'ailleurs voir dans son miroir – dans lequel se trouvait une table de jeu de pharaon. Pet Margery était devenue la maîtresse bien connue des salles de jeux du quartier, de la plus respectable – l'arrière-salle de chez Harry Hill – jusqu'aux plus misérables où on lançait les dés sur une couverture à même la terre. Cela faisait plusieurs années qu'elle était l'une des clientes régulières de Lena ; Pet Margery travaillait dans la rue depuis qu'elle avait douze ans.

Charlotta Kegoe courut l'accueillir au rez-de-chaussée et l'accompagna jusqu'à la chambre de Lena.

« Alors, Lena, on se planque ? couina Pet Margery d'une voix bien plus enfantine et féminine que celle d'Ella.

— Pour le moment.

— Bon, comment je peux t'aider ? demanda-t-elle en se laissant délicatement tomber sur le bord du lit tout en faisant joliment tourner l'ombrelle sur sa pointe tordue.

— Un petit travail que je veux fait…

— Par moi ! », s'écria Pet Margery en gloussant. Ses cheveux étaient teints en roux, mais à si peu de frais qu'une partie de la couleur avait imprégné le rebord de son chapeau blanc.

« *Ja*, répondit solennellement Lena. Par toi. »

Lena Shanks et Charlotta Kegoe donnèrent ensuite en tandem une description précise des trois hommes qui avaient arpenté le Triangle Noir pour écrire les articles du *Tribune*.

Pet Margery ne tarda pas à les identifier.

« Ils sont toujours ensemble ! s'écria-t-elle. Toujours. Ils ne jouent pas beaucoup, sauf le plus jeune ; ils ne boivent pas beaucoup non plus et ils sont toujours ensemble. Alors c'est eux qui publient les articles ? Papa sera content de le savoir, j'en suis sûre !

— Non ! siffla Lena. Pas encore. Où ils étaient la dernière fois ?

— Il y a trois nuits, sur Hudson Street. La cave de Hibernia Hall. Le jeune perdait au chien rouge.

— Je veux que tu les trouves encore. Va voir, dit Lena. Trouve encore et dis-moi.

— Mais si je passe mon temps à les chercher, comment je travaille, moi ? s'écria Pet Margery.

— Combien tu fais une nuit ?

— Sept dollars, répondit-elle sincèrement, avant de se reprendre et de fournir une réponse plus à son avantage. Parfois, quinze.

— Je te donne vingt par nuit quand tu cherches. Et pas un mot, Pet, pas un mot... »

Le 16 mars, juste après s'être enfuis de leurs maisons de West Houston Street, Lena Shanks, sa fille Louisa et les jumeaux s'étaient cachés dans l'appartement de Charlotta Kegoe. Ils auraient pu s'y sentir en sécurité si Lena n'avait pas été si marquée par l'étrange apparition de Helen Stallworth dans cet endroit pourtant loin de tout. Elle considéra qu'il était nécessaire de quitter immédiatement la ville et, de fait, le temps que le compte rendu des événements de West Houston Street rédigé par Simeon Lightner paraisse dans le *Tribune*, les quatre membres de la famille s'étaient déjà réfugiés dans une petite maison de Mantoloking, dans le New Jersey. Ils étaient restés six mois dans cette ville balnéaire en se faisant passer pour une famille recluse et endeuillée, issue d'un milieu favorisé.

Mary la Pleureuse, qui les avait accompagnés, dans le rôle de la gouvernante, avait déniché la maison où ils vivaient, et s'était chargée de traiter avec les courtiers, bouchers, couturiers et autres voisins curieux. Charlotta Kegoe défendait les intérêts des Shanks à New York et avait chaque semaine le plaisir de leur rapporter l'absence de progrès de la police ou des journalistes dans leurs recherches.

Les fanfaronnades de Simeon Lightner et Duncan Phair, affirmant que les Shanks, grâce à la fermeture de la boutique de Lena, à la mort de Daisy et à la mise hors d'état de nuire de Louisa, avaient été réduits à la misère, étaient infondées. Car malgré ces revers, et même malgré leur exil, l'argent n'était pas un problème. Louisa avait fait des merveilles avec les finances familiales, et leur fortune avait été sagement investie, déposée, consignée dans des banques de la ville, mais également de Philadelphie. De tout ce qui avait de la valeur dans la maison, seuls les livres de compte avaient été emportés. Deux semaines à peine après avoir trouvé refuge à Mantoloking, Louisa avait fait une petite excursion à Manhattan pour retirer cinq mille dollars d'une banque de Chambers Street. Cet argent devait servir aux impératifs immédiats, mais permit également de s'assurer que la famille était financièrement à l'abri ; les policiers bornés n'avaient pas découvert l'argent que Louisa avait ainsi caché aux quatre coins de New York, sous une liste longue et variée d'alias féminins des plus ordinaires.

Lena ne manqua pas de songer que si c'était Louisa et non Daisy qui avait trouvé la mort sur le perron du numéro 203, ils auraient irrémédiablement perdu tous leurs fonds. Les talents de faussaire de sa fille aînée étaient nécessaires pour procéder aux retraits.

Louisa retourna à New York une fois de plus, en mai, pour organiser l'exhumation du corps de sa sœur du carré des indigents de la 85e Rue. Daisy fut réenterrée à la faveur de la nuit et en toute discrétion sur le versant d'une colline du cimetière de Greenwood. En revanche, Louisa ne trouva personne pour accepter de récupérer la dépouille de Maggie Kizer dans le cimetière de Blackwell's Island, et la métisse dut rester dans cet endroit désolé.

Les Shanks retournèrent à New York le samedi 16 septembre. Grâce à l'argent fourni par Lena, Charlotta avait acheté les deux maisons, aux numéros 1 et 2, qui se faisaient face sur King Street, presque au coin de MacDougal. Le vieux couple du premier étage côté rue était mort quelques semaines auparavant et leur chambre était restée vacante. On y apporta un mobilier simple pour Lena et les jumeaux. Louisa logea chez Charlotta, et Mary la Pleureuse s'installa en face. Le révérend Gratitude Jones, la prostituée aux cheveux roux et le jeune garçon de la chambre du premier côté cour ne changèrent rien à leurs habitudes, et firent preuve d'un manque de curiosité scrupuleux concernant ce qui se passait dans les logements occupés par les Shanks. Comme Madame Taunton l'avait prédit à Helen, Madame Leed et son nourrisson n'avaient pas survécu longtemps après leur visite.

Durant la première semaine de leur retour, la famille ne s'aventura pas hors de la maison de King Street. Lena restait assise à la fenêtre de l'étage et observait tout ce qui se passait dans la rue en dessous. Les enfants montaient la garde à tour de rôle à la porte d'en bas et examinaient minutieusement ceux qui circulaient sur le trottoir. Une fois ce délai écoulé, Lena se déclara convaincue que leur retour était passé inaperçu.

Les enfants et Louisa commencèrent donc à faire des expéditions en ville, toujours vêtus de déguisements différents. Louisa était allée voir le jeune occupant du premier étage, qui avait supervisé certains changements dans sa tenue, sa coiffure et son maquillage. Dorénavant, il était impossible de faire le rapprochement entre elle et l'Amazone sévèrement vêtue, à la frange grasse, qui avait balancé l'agent Pane par-dessus la balustrade. Espions des plus anonymes, tous trois ne tardèrent pas à découvrir tout ce qu'il y avait à savoir sur les Stallworth : leurs professions, habitudes, logements, domestiques, amis et finances. Ils se familiarisèrent studieusement avec les locaux de Pearl Street, le palais de justice, Madison Square, Gramercy Park et le presbytère. Selon les directives de Lena, le contact fut repris avec ses anciennes clientes, et ces femmes, navrées que celle-ci ait été forcée de quitter New York et rendues furieuses par la mort de Daisy, promirent leur assistance de quelque manière qui puisse s'avérer utile. Il n'y eut pas besoin de leur préciser qu'elles seraient bien récompensées pour leur loyauté.

Pendant ce temps, Lena restait assise dans son fauteuil d'osier écarlate, au premier étage de la maison, et derrière le lourd voile noir de sa coiffe – elle portait encore avec sincérité et tristesse le deuil de sa fille –, elle observait la circulation pouilleuse et fluctuante de King Street. Enfin, le samedi 30 septembre, Louisa indiqua à sa mère qu'une certaine jeune femme, connue sous de nombreux noms mais dont le plus couramment utilisé était « Susan Cyanure », avait été approchée et enfin recrutée. Lena Shanks leva alors lentement son voile et dit : « Ils ont oublié. Ils pensent que nous sommes morts. *Die Zeit ist gekommen!* Notre temps est venu. »

Rob, vêtu d'un beau costume noir, déposa les huit faire-part de décès à Gramercy Park le lendemain après-midi.

CHAPITRE 32

Simeon Lightner avait depuis longtemps fait le tour de tous les établissements connus du Triangle Noir, et il considérait maintenant les nuits qu'il y passait comme du glanage. Ses articles dans le *Tribune*, au lieu de prendre un ton scandalisé et indigné, avaient désormais tendance à verser dans l'humour ou le pathos. Il relatait des anecdotes intéressantes de guerres intestines entre voleurs, livrait un compte rendu amusé d'un petit déjeuner dans une maison de perversion (« rien que du jus d'huître et de l'aspirine ») ou décrivait l'agonie d'un miséreux.

La nuit du vendredi 13 octobre 1882, Simeon Lightner et Benjamin Stallworth se retrouvèrent sur West Street. Duncan Phair, quant à lui, estimait ne pas s'être suffisamment remis de l'agression des deux femmes pour s'aventurer le soir dans le Triangle Noir.

West Street, à vingt-deux heures, était toujours remplie de marins ivres dont les navires avaient accosté le jour même ou la veille. Le long de cette artère, les échoppes à grog ou à jeux d'argent avaient toutes été baptisées de noms susceptibles de les attirer : *La Taverne de la Mer*, *La Croix du Sud*, *Le Refuge du Matelot*, et ainsi de suite. La plupart des établissements étaient si minuscules et pitoyables que les peintres d'enseignes devaient mobiliser tout leur talent pour inscrire le nom en entier sur la façade.

Juste à l'endroit où Charlton Street se fondait dans West Street se trouvait un petit tripot crasseux nommé *Au Joyeux Loup de Mer*. L'endroit faisait six mètres de large, n'avait pas d'étage et pas vraiment de porte, sinon un rideau rouge sale jeté en travers d'une ouverture grossièrement découpée dans le mur en bardeaux. Deux femmes, sans doute aussi repoussantes avec leur maquillage qu'elles ne l'auraient été sans, racolaient dans la rue en promettant de l'alcool bon marché en abondance, des filles bon marché bien en chair et quelques tables de pharaon, de pinochle et de *sancho pedro* où personne ne perdait jamais.

Les autres lieux le long de cette route mal éclairée n'étant guère plus attirants, les deux répugnantes rabatteuses parvenaient à faire entrer un certain nombre d'hommes, qui venaient de mettre pied à terre et avaient désespérément besoin de convivialité. Pour la seule et unique raison qu'ils n'avaient jamais pénétré dans cet endroit, Simeon et Benjamin baissèrent leur chapeau sur leurs yeux et se laissèrent entraîner derrière le rideau rouge.

Toute cette pièce basse de plafond avait la couleur du safran, avec cette lumière au gaz luisant de façon trouble à travers la fumée, quasi palpable, du tabac. Près de la porte se trouvait un grand piano branlant, peint en jaune, sur lequel un homme au teint cireux jouait avec dextérité mais sans expression ou intérêt, et entre deux chansons, il sirotait un verre vide qu'il gardait à portée. Il y avait un petit comptoir sur la droite, occupé par une femme prodigieusement grosse portant une robe bleu vif et un tas de bijoux en or. Son visage semblait dire: « Quand j'irai en enfer, le diable ne pourra pas imaginer pire châtiment que de me planter derrière un bar comme celui-ci, dans un endroit comme celui-ci... » Sur la gauche s'alignait une dizaine de longues tables occupées par des marins de diverses nationalités, mais dont les vêtements variés étaient tous pareillement tachés d'alcool et de boue. Ils grognaient et chantaient et se hurlaient des insultes et se juraient amitié éternelle tout en faisant des propositions obscènes aux serveuses. Ces six jeunes femmes, d'une singulière vulgarité, portaient des jupes indécemment courtes, des bas pailletés et des bottines pourvues de clochettes qui pendaient autour de leurs talons hauts. Au fond, plusieurs tables étaient consacrées aux jeux: en plus de ceux annoncés, il y avait l'euchre, le seven-up et aussi le soixante-cinq.

Simeon et Benjamin, même s'ils ne semblaient vraiment pas à leur place dans un bar consacré au divertissement des marins, commandèrent à la tenancière renfrognée deux verres de sa meilleure bière et s'installèrent près d'un groupe de matelots néerlandais qui, plus sobres que le reste de la pièce, étaient donc sans doute en train de manigancer quelque délit. De leur regard exercé, Simeon et Benjamin observaient tout. Le journaliste avait depuis longtemps abandonné l'habitude de prendre des notes sur-le-champ, car l'apparition d'un carnet et d'un crayon dans ce genre d'endroit était mal vue.

Au bout d'un moment, quand ils eurent fini leur bière et en eurent commandé une autre, Benjamin alla faire un tour au fond de la salle et observa les parties en cours pendant quelques minutes. Dans le pur intérêt de l'enquête, il misa un peu et fut heureux de ne pas tout perdre d'un coup. Simeon était resté en arrière et il entama la discussion avec l'une des serveuses.

Ni Benjamin, concentré sur le jeu, ni Simeon, captivé par les tergiversations de la serveuse dans les mains de laquelle il lâchait régulièrement vingt-cinq *cents*, ne s'aperçurent de l'arrivée de Pet Margery Porter au *Joyeux Loup de Mer*. Elle portait un tricot rouge et une jupe à pois bleue et blanche et se présentait globalement comme une femme de meilleur standing que ce lieu n'avait l'habitude d'en recevoir.

Néanmoins, elle semblait bien connaître la tenancière, à qui elle adressa un signe de tête amical avant d'accepter de sa part un verre de whisky non dilué provenant d'une bouteille qui n'avait jamais servi le moindre marin. Pet Margery fit alors un petit tour de l'endroit, repoussant avec désinvolture les avances bruyantes des hommes attablés. Quand elle arriva près de Simeon Lightner, elle détourna rapidement le regard et examina le fond de la salle.

Elle tomba sur Benjamin. Elle jeta à nouveau un coup d'œil alentour puis regagna l'entrée.

« Je reviens », murmura-t-elle à la tenancière avant de sortir.

Elle inspecta hâtivement West Street. Ella, qui traînassait en haillons près de la porte, se précipita pour quémander une piécette. Pet Margery sortit cinq *cents* de son sac à main, les tendit à l'enfant, tout en lui soufflant : « L'imbécile et le rouquin sont à l'intérieur ; le beau gosse est pas là. Cours prévenir Lena. Dis-lui que je sais quoi faire ! » La gamine s'éloigna à toute allure.

Pet Margery écarta à nouveau le rideau rouge, passa nonchalamment devant le comptoir et alla au fond de la salle.

Benjamin Stallworth était assis sur un banc fruste devant la table de pharaon, tout aussi fruste avec son tapis en feutre vert taché et son plateau de jeu qui n'était déchiffrable que par ceux qui en connaissaient déjà la configuration – comme Benjamin.

À côté de lui était affalé un matelot, fin saoul, qui semblait n'avoir qu'une envie : perdre son argent aussi vite que possible afin d'aller retrouver la sécurité de son bateau. Son compagnon était un Yankee rusé, marin depuis peu, qui conservait un tas de pièces en argent dans une peau d'anguille séchée et ne les en sortait qu'une par une pour les placer sur la table. Son but était de gagner le plus possible, mais il ne faisait que perdre.

Benjamin venait de gaspiller vingt dollars quand Pet Margery, d'une voix suave, lui demanda de lui faire de la place sur le banc. Il leva les yeux vers elle, comprit immédiatement qu'il s'agissait d'une prostituée et se décala avec nervosité. Au cours des six derniers mois, Benjamin avait vu et entendu beaucoup de choses dont il avait auparavant été ignorant, et il se plaisait souvent à dire qu'il avait vu et fait à peu près tout ce qu'il y avait à voir et à faire à New York ; mais le fait est que le souffle bruyant de l'une de ces femmes si près de sa joue continuait de susciter chez lui une abondante transpiration qui imprégnait l'intérieur de son col.

« Tenez, dit-elle en lui tendant une pièce d'or de cinq dollars et en accompagnant son geste d'un sourire complice. Pariez sur le valet. »

Le prochain tirage était imminent.

Benjamin, rougissant, s'exécuta.

« C'est très gentil à toi, dit-elle. Tu paries sur quoi, mon chéri ?

— Le trois gagnant, le deux perdant », balbutia-t-il en plaçant ses dix dollars comme il venait de l'annoncer.

Les deux autres joueurs à table éparpillèrent leurs pièces sur le plateau, l'un aussi soigneux que l'autre était négligent.

« Si je gagne, dit la jeune femme en glissant son bras sous celui de Benjamin, je te paye un Sherry Cobbler, mais si c'est toi qui gagnes, c'est toi qui me le payes. Ça te va ?

— Ah, ah ! », s'écria-t-il en jetant un regard vers Simeon Lightner. Mais celui-ci était toujours occupé avec la serveuse, et Benjamin ne vit aucune raison de ne pas imiter la galanterie du journaliste. « Inutile d'attendre. Commandez-en deux tout de suite… »

La jeune femme rit gaiement et fit un signe de tête à l'une des serveuses. Elle passa la commande au moment où le croupier commençait à distribuer les cartes.

Avec un vif intérêt, Benjamin observa celles qui étaient tirées, d'un côté puis de l'autre. La jeune femme les regardait à peine, mais fixait en revanche le croupier avec une attention considérable. Une fois ou deux, celui-ci baissa les yeux dans ce qui pouvait être l'équivalent d'un clin d'œil.

Les Sherry Cobbler furent servis et consommés, et Benjamin et la jeune femme perdirent tous deux leurs paris. Seul le Yankee gagna ; il prit son argent et sortit du bar d'un pas satisfait.

Le marin ivre rassembla ce qui lui restait et le plaça sur l'as gagnant, tandis que Benjamin et la jeune femme se montraient plus prudents dans leurs paris. Ils perdirent tous les trois au moment où la serveuse aux talons à clochettes apportait deux nouveaux cocktails.

« Allez ! lança Benjamin avec beaucoup de réticence. Je crois que ça suffit pour ce soir », et il fit un petit sourire triste à la femme à ses côtés, se leva et essaya de se libérer de son bras.

Mais elle se leva en même temps que lui et le tira sur le côté, ostensiblement à l'écart du croupier.

« C'est terrible ! lança-t-elle. Cette table est truquée !

— Non ! s'exclama Benjamin. J'ai déjà vu des tables truquées. Je sais comment les reconnaître. Je l'ai regardé de près…

— Et moi, de plus près encore ! », s'écria-t-elle.

Ils discutaient presque collés l'un à l'autre sous l'une des lampes à gaz jaunes, le visage tourné vers le coin sombre et lambrissé de la pièce.

« Il a triché ! Il a distribué depuis le dessous du paquet. Et j'ai touché une des cartes : elles sont marquées à coups d'épingle !

— Ah bon ? lâcha Benjamin, déçu.

— T'as été gentil avec moi, susurra la jeune femme. Alors je vais te donner un conseil…

— Oui ? demanda-t-il, intrigué.

— Ne reviens pas ici. Tu ne récupéreras pas ton argent, et ça ne servirait à rien d'accuser ouvertement le croupier. T'as perdu tes sous, comme si tu les avais balancés du pont de l'East River.

— En effet, dit Benjamin d'un air contrit, il y a peu de chances que je revienne.

— Mais t'aimes bien jouer aux cartes, non ? »

Benjamin eut un petit rire.

« Je crois qu'on peut dire ça ! »

Le tête-à-tête avec cette jeune femme, qui était très jolie, plaisait à Benjamin. N'importe quelle autre prostituée, à ce stade, aurait déjà suggéré de le faire venir dans sa chambre de Chatham Street et serait partie vexée devant son refus – mais celle-ci n'avait rien proposé de tel.

« Eh bien, reprit-elle, je connais un endroit où les tables sont pas truquées, du moins l'une des tables l'est pas…

— Par ici ? »

Elle fit oui de la tête.

« Où ?

— Pas loin, je t'emmènerai…

— Je suis avec un ami. Il peut m'accompagner ?

— Non ! Tu viens seul…

— Seul ? répéta-t-il, à nouveau sur ses gardes.

— Je t'aime bien, dit-elle, t'es pile le genre de gars avec qui je pourrais m'installer dans une maison de banlieue du New Jersey. »

Benjamin se mit à rire.

« Je ne suis pas si bel homme, tu sais. Je sais que je ne suis pas si bel homme...

— Eh bien, j'en ai vu passer de toutes sortes et j'ai été avec autant, et des fois, on tombe sur un gars qui est beau comme un astre, alors on le ramène et on lui fait l'amour, et là il vous colle une avoine à vous assommer trois jours...

— Moi, je ne frappe pas les dames, je vous assure.

— Non, ça se voit. Comment tu t'appelles ?

— Benjamin. Benjamin... » – il hésita – « ... Ticknor », donnant le nom d'un célèbre avocat et député démocrate.

« Eh bien, Benjamin Ticknor, retrouve-moi demain soir au coin de King Street et MacDougal – tu sais où c'est, hein ? – et je t'emmènerai là où il y a des parties sans triche. Il ne doit pas y avoir plus de deux tables comme ça dans toute la ville, mais j'en connais une.

— Comment sais-tu qu'elle n'est pas truquée ?

— C'est mon papa, le patron ! Alors même si des fois, c'est truqué, quand c'est pour moi et mes amis, ça l'est pas... »

Benjamin pouffa.

« Très bien, j'y serai.

— Parfait ! Souviens-toi : King Street et MacDougal. Vingt-deux heures. Et c'est un secret, d'accord ? Alors racle tes fonds de tiroir et vide bien toutes tes poches parce que t'es sûr de gagner !

— J'y serai, dit Benjamin. C'est quoi, ton nom ?

— Margery, répondit la jeune femme, mais tout le monde m'appelle Pet.

— Eh bien, Pet, je vais voir ce que je peux faire pour me procurer un peu d'argent. Ça fait un an que je cherche une bonne table et si tu peux m'en trouver une, je te serai redevable. »

Pet Margery se mit à rire, serra la main de Benjamin comme si elle cherchait à lui arracher une nouvelle promesse et sortit du bar d'un pas dansant.

« Alors, dit Simeon Lightner quand Benjamin l'eut rejoint, tu as fait une conquête, on dirait ? Combien tu as dû payer pour ce sourire et ces petits rires ?

— Oh, fit Benjamin en haussant les épaules, cachant mal sa fierté, ce n'était rien. C'est juste qu'on a tous les deux perdu à la même table. On a tous les deux perdu quelques dollars, c'est tout... »

De l'autre côté du rideau rouge du *Joyeux Loup de Mer*, Ella était assise, blottie et apparemment assoupie contre les bardeaux. Cependant, dès que Pet Margery apparut, elle se leva d'un bond et courut au coin du bâtiment. Pet la suivit.

Dans l'obscurité de cette ruelle se trouvait une femme en robe noire sévère, avec une courte coiffe qui encadrait de très près son visage.

« Je le retrouve demain soir, dit Pet Margery avec un grand sourire. Dix heures, au coin de King et MacDougal, Lena pourra regarder depuis sa fenêtre. Ensuite, on file chez mon père. Tout sera prêt. »

Louisa Shanks fit des gestes impatients et la petite fille traduisit : « Pourquoi pas ici ? Pourquoi pas maintenant ?

— Parce qu'il est avec un ami, répondit Pet Margery. Et ça grouille de marins – on peut pas se fier à eux. Demain, ça nous laisse le temps de tout mettre en place, de nous préparer… et il sera seul. »

CHAPITRE 33

Le matin du samedi 14 octobre, Marian Phair quitta la maison de Gramercy Park en compagnie d'Edwin et Edith, et se dirigea vers le nord en direction de Madison Square. Lorsqu'il faisait beau le samedi, Marian aimait vêtir ses enfants de manière encore plus raffinée que le dimanche et défiler avec eux dans le quartier. D'autres mères pleines d'orgueil faisaient de même et, en cas de rencontre, elle avait toujours l'excuse toute prête qu'elle les emmenait « rendre visite à leur cousine ». Fidèle à sa parole, Marian faisait un arrêt dans la 25e Rue pour récupérer Helen, puis continuait à déambuler dans Madison Square, saluant de la tête les dames qu'elles rencontraient tout en regardant les vitrines des boutiques.

Mais aujourd'hui, ce n'était pas uniquement pour des questions d'apparence qu'elle sortait les petits. La veille, alors qu'elle se rendait à Gramercy Park, leur nourrice – qui était au service de Marian depuis trois ans, soit depuis la naissance d'Edith – s'était fait casser les jambes par une livreuse de journaux. Cette pouilleuse d'une dizaine d'années, apparemment prise d'une soudaine crise de folie, avait poursuivi puis attaqué la nourrice avec un tuyau en fer. La gamine s'était immédiatement enfuie par la Quatrième Avenue et n'avait pu être retrouvée ; de toute façon son arrestation n'aurait guère consolé Marian de la perte de sa domestique.

Dès qu'elle fut prévenue que la malheureuse victime serait dans l'incapacité de travailler pendant au moins deux mois (et allait peut-être même rester boiteuse après ça), Marian Phair envoya un télégraphe au *Tribune* afin de publier une offre d'emploi, même s'il était improbable qu'une candidate se présente avant lundi. L'une des nièces de la cuisinière pouvait servir de remplaçante temporaire, mais Marian répugnait à laisser longtemps la responsabilité de ses enfants à une Irlandaise ignorante. Elle était contrariée, et ce jour-là, seuls le beau temps et la splendide allure de sa progéniture l'avaient réconciliée avec la bonne humeur.

Madison Square était gai et animé le samedi en fin de matinée, car les nourrices avaient souvent quartier libre l'après-midi et les mères saisissaient cette occasion pour se retrouver dans le cadre mondain de cette partie de la ville. Helen s'habillait toujours de ses plus beaux vêtements quand elle accompagnait sa tante au parc car elle savait qu'autrement, elle se ferait réprimander.

Rappelés à la bienséance avec pour avertissement de ne pas se salir et de ne parler qu'aux enfants au moins aussi bien habillés qu'eux, Edwin et Edith furent autorisés à se balader parmi les massifs de fleurs et les bosquets ombragés dans la fraîcheur du parc. Helen et Marian réquisitionnèrent un banc dans la bordure nord, dos au soleil. Marian ouvrit son ombrelle bleue et Helen croisa les mains sur ses genoux, imitant inconsciemment la posture de son père.

« Helen, dit sa tante, je crois qu'après lundi nous cesserons les réunions hebdomadaires du comité. »

Helen détourna le regard et posa un doigt ganté sur ses lèvres.

« Ah bon ? dit-elle en jouant une surprise qu'elle ne ressentait pas. Mais pourquoi ?

— J'ai beaucoup réfléchi et j'en suis venue à la conclusion que la charité devrait être une œuvre individuelle. Un comité comme le nôtre sera nécessairement perçu comme imposant et froid par les miséreux qui bénéficient de notre action et qui réagiraient peut-être plus chaleureusement à une aide prodiguée personnellement.

— Je l'ai toujours pensé, dit doucement Helen.

— Eh bien, dans ce cas précis, j'imagine que tu avais raison. J'en parlerai à nos amies lundi – nous n'avions annoncé aucun programme, de toute manière – et je leur suggérerai de poursuivre leurs actions charitables de leur côté. Bien sûr, je les remercierai pour leur travail, qui a été efficace à sa façon, mais j'expliquerai que nous devons désormais passer à autre chose.

— Et si les dames refusent de dissoudre le comité ?

— C'est leur droit, dit Marian, que cette seule idée offensait. Elles peuvent vouloir continuer, c'est certain, mais je devrai leur expliquer que ma demeure ne pourra plus leur servir de lieu de rendez-vous – et je vois mal l'une d'entre elles prendre en charge les frais inhérents à une telle responsabilité. Et, bien sûr, il faudrait que j'insiste pour que le nom du comité soit changé, puisqu'il a été créé sous ma direction et mon égide. Il ne saurait continuer sous sa présente forme sans moi. Je suis certaine qu'elles comprendront.

— Je doute qu'elles se méprennent, Marian. J'espère simplement que ces dames jugeront bon de poursuivre leurs œuvres une fois le comité dissous. En tout cas, moi, je continuerai sans hésiter. »

Marian, surprise, se tourna vers sa nièce.

« Toi ? Mais que feras-tu ?

— Ce que… ce que je voulais dire, c'est que j'espère pouvoir continuer à me montrer un peu utile aux habitants du Triangle des démunis… avec le temps, je préfère y penser ainsi plutôt qu'au "Triangle Noir".

— Mais certainement, dit Marian d'un ton suffisant, veille seulement à ne pas t'y aventurer toi-même. Cet endroit est déjà bien trop proche comme ça. Selon ton père, leurs feux d'artifice peuvent exploser au-dessus de nos toits. Quelle pensée affreuse ! »

Quand les cloches au sommet de l'église sonnèrent treize heures, Helen demanda à sa tante si elle pouvait prendre congé car elle avait promis de rendre visite à l'une des paroissiennes de son père en début d'après-midi. Marian, qui approuvait tout ce qui pouvait accélérer l'ascension sociale de sa nièce, acquiesça volontiers et demanda de qui il s'agissait.

« Madame Taunton. »

Marian ne la connaissait pas et exigea une description afin d'identifier cette femme parmi les membres de la congrégation.

Helen resta vague et ne mentionna ni sa tenue de deuil ni ses domestiques estropiés.

« On peut dire qu'elle est replète, entre deux âges, et d'un caractère particulièrement amène. »

Marian ne parvenait toujours pas à se remémorer cette dame, mais n'insista pas. Elle embrassa Helen sur la joue, et lui fit au revoir de la main en souriant. Puis elle sortit de son sac un prospectus et commença à étudier et à comparer avec minutie les nouveaux chapeaux de la saison. De temps en temps, elle levait les yeux pour faire un signe de tête à de lointaines connaissances qui passaient. Certaines s'arrêtaient parfois pour discuter un moment.

Au bout d'une demi-heure, Marian estima avoir suffisamment pris l'air. La plupart des dames étaient déjà rentrées afin de s'apprêter pour leur repas – qu'il était de bon ton de servir à quinze heures –, et même si Marian ne dînerait pas avant dix-sept heures, elle se dit qu'elle ferait aussi bien de donner l'impression qu'on l'attendait chez elle à l'heure la plus respectable.

Elle se leva, se tourna vers le parc et appela Edwin et Edith d'une voix mélodieuse. Il n'y eut aucune réponse à ses sollicitations.

Elle jeta un coup d'œil aux enfants qui jouaient dans le massif devant elle, à droite et à gauche, mais ne les aperçut pas parmi ces bruyants bambins. Saisie d'angoisse, elle se rendit compte qu'elle ne les avait pas vus depuis plus d'une heure, assez longtemps pour qu'ils se livrent à toutes sortes de bêtises ou se mettent en danger. Marian se rappela soudain les faire-part de décès adressés à Edwin et Edith, et la requête on ne peut plus sérieuse de Duncan : que les enfants soient constamment surveillés de près.

Elle s'avança plus loin dans le parc, tendant le cou de manière inélégante pour tenter de les apercevoir, mais ils n'étaient parmi aucun des tumultueux groupes qu'elle croisa. Elle se mit à marcher d'un pas pressé le long des allées ombragées, empruntant l'une ou l'autre sans logique ni méthode, effleurant les troncs de ses beaux gants de chevreau gris, dans l'attente sans cesse déçue de les retrouver.

Elle gagna l'extrémité sud et, avec une angoisse grandissante, se dirigea – désormais proprement affolée – vers le côté est, doté d'une végétation plus dense où Edwin et Edith pouvaient s'être délibérément cachés pour échapper à sa vue. Elle avançait de manière irréfléchie, regardait dans la moindre touffe de verdure et derrière chaque arbre au tronc un peu épais, ne s'arrêtant, le souffle court, que pour demander à des nourrices si elles avaient vu ses enfants, reconnaissables à leurs jolis tabliers bleus.

Marian avait atteint la limite est du parc et remarqua avec un sentiment proche de la terreur la densité de la circulation sur Madison Avenue. Des enfants pouvaient facilement passer sous les sabots d'un cheval ou, s'ils parvenaient à traverser sans encombre, devenir la proie de kidnappeurs, voire pire. Sur un banc qui faisait face à la rue, à quelques dizaines de mètres d'elle, se trouvait uniquement une nourrice avec deux petits, et Marian se précipita vers elle pour lui demander si elle avait vu Edwin et Edith.

Quel ne fut pas son soulagement quand, en se rapprochant, elle constata que les enfants n'étaient autres que les siens, paisiblement assis à déguster des glaces au raisin. La nourrice leur essuyait très soigneusement le visage pour que la crème n'éclabousse pas leurs belles tuniques amidonnées.

« Edwin ! Edith ! Mais où étiez-vous ? Vous m'avez rendue folle ! Complètement folle !

— Maman ! », s'écria Edith, en essayant tant bien que mal de descendre du banc, trop haut pour ses petites jambes potelées.

La nourrice la retint et lui prit la glace des mains.

« Non, non, non ! s'exclama-t-elle avec une profonde consternation. Tu risques de tacher ta jolie tenue toute neuve ! Fais attention ! » Puis elle se tourna vers Marian avec un sourire triste : « Je les ai trouvés qui traînaient sur le trottoir, prêts à traverser la rue en courant, alors je leur ai acheté des glaces et je les ai gardés ici en attendant que leur mère ou leur nourrice vienne les chercher.

— Je vous suis éternellement reconnaissante ! s'écria Marian. Ils auraient pu se faire tuer ! Edwin ! Edith ! Veuillez remercier cette dame de vous avoir sauvés des sabots des chevaux !

— Merci, dit poliment Edwin. Oh, maman, elle nous a acheté des glaces en plus !

— Merci », dit Edith, mais d'un ton chagrin, car on venait de lui retirer la sienne.

La jeune femme paraissait avoir vingt-cinq ans. Elle mesurait un peu plus d'un mètre cinquante, avait les cheveux bruns et le teint clair d'une Irlandaise. Son visage mélancolique était rond et rebondi, et ses yeux gris avaient les paupières rougies, comme si elle avait pleuré il y a peu, et en abondance.

« Êtes-vous nourrice ? demanda Marian. J'imagine que vous êtes ici pour veiller sur d'autres enfants ?

— Non, Madame, répondit-elle avec un profond soupir. Enfin, si, je suis nourrice... mais je n'ai pas de poste à l'heure actuelle. La famille pour laquelle je travaillais est partie à San Francisco mardi dernier. Ils m'ont proposé de les accompagner, mais ma mère vit ici, et je n'ai pas eu le cœur de l'abandonner.

— C'est louable », répondit Marian d'un ton courtois.

Elles avaient échangé leurs places. Marian se tamponnait les lèvres et le front avec un mouchoir en dentelle, cherchant à se remettre de ses émotions. La nourrice se tenait respectueusement debout devant elle.

« J'avais l'habitude de venir au parc tous les jours avec Emma et Jerome, et je me suis beaucoup attachée à cet endroit ; j'ai pensé que cela me ferait plaisir de revenir maintenant que je n'ai plus d'emploi, dit-elle d'un ton triste. Quand j'ai vu vos enfants, Madame, je me suis dit que c'étaient les plus magnifiques que j'aie jamais vus – plus encore que les petits Emma et Jerome, même s'ils étaient magnifiques eux aussi. » Elle soupira à nouveau avant de reprendre, plus énergiquement : « Mais ils n'avaient pas la grâce et la beauté des vôtres, si je puis me permettre...

— Oh, c'est vrai qu'ils sont charmants, n'est-ce pas ?

— Oui, très, dit la nourrice en s'agenouillant devant le garçonnet pour lui essuyer la bouche avec son propre mouchoir.

— Comment vous appelez-vous ?

— Katie Cooley, Madame.

— Et vous cherchez une place de nourrice ?

— Oui ! s'écria Katie. Vous savez où je peux en trouver une ? Chaque soir, je regarde les annonces des journaux, mais les postes partent vite et tout le monde n'est pas prêt à embaucher une Irlandaise.

— En effet, dit Marian d'un ton songeur, pas si elle ressemble à la plupart des Irlandaises, qui sont vulgaires, illettrées et dont les cheveux roux jurent invariablement avec le mobilier. Mais, ajouta-t-elle plus gentiment, vous n'avez pas l'air d'une Irlandaise ordinaire. Vous semblez considérablement plus raffinée.

— Merci, Madame, dit Katie Cooley en rougissant. Ma mère était gouvernante chez Lord Coombe à Dublin. Elle m'a bien éduquée. Je vous demande pardon, Madame, mais auriez-vous connaissance d'un emploi vacant de nourrice dans une maison respectable ?

— Oui. Chez moi.

— Oh, Madame... », murmura Katie. Les larmes lui montèrent aux yeux.

« Accepteriez-vous de vous occuper d'Edwin et Edith pour moi – à supposer, bien sûr, que vos références soient suffisantes ? Vous avez des références, j'imagine ? »

Katie ouvrit son sac et en sortit trois lettres soigneusement pliées, qu'elle tendit à Marian.

« Les voici. Je les garde toujours sur moi. »

Marian sourit en les prenant.

« Si vous voulez bien faire un tour avec les enfants, je resterai assise ici le temps de lire tout cela. Nous pourrions ainsi conclure cette affaire rapidement. »

Pleine de gratitude, Katie prit les petits par la main et les fit tranquillement avancer dans l'allée. Quand elle revint quelques minutes plus tard, Marian, toujours assise, affichait un visage serein.

« Cela suffira pour mes besoins, dit Marian en lui rendant les lettres.

— Madame, je suis tellement contente !

— Avant d'accepter cet emploi, Katie, nous devons discuter des conditions...

— Tout ce que vous voudrez, Madame. Avec deux êtres comme ceux-là, je crois que je serais prête à travailler pour presque rien ! »

Marian sourit.

« Mon époux et moi avons les moyens de vous offrir un salaire un peu plus élevé que cela. »

Elle fit s'éloigner les enfants du banc, et quand ils furent hors de portée de voix, elle dit à Katie : « Seize dollars par semaine, la demi-journée de dimanche de libre ainsi qu'un jeudi sur deux. Ou un samedi, si vous préférez.

— Oh, comme cela vous arrange, Madame.

— Dans ce cas, ce sera le samedi. Vous aurez une chambre à côté de la nurserie où Edwin dort. Edith dormira avec vous. Mon époux et moi sortons souvent tard et sommes occupés durant la journée, les enfants seront donc sous votre entière surveillance la plupart du temps. Les lettres que vous m'avez données indiquent que vous ne rechignez pas devant une telle responsabilité, et je serai ravie de vous confier Edwin et Edith.

— Quand dois-je commencer, Madame ?

— Immédiatement, si vous le désirez.

— Avec plaisir !

— Parfait. Alors vous pouvez nous raccompagner à Gramercy Park. J'enverrai chercher vos affaires cet après-midi. »

Quand elle rentra chez elle, Marian Phair chargea Peter Wish d'informer toutes les candidates qui se présenteraient à la porte que le poste de nourrice était déjà pourvu.

CHAPITRE 34

À Madison Square, Helen avait trouvé Edwin et Edith appuyés contre un arbre, regardant avec envie une bande d'enfants qui chahutaient sans se soucier de leurs habits. Elle leur avait dit au revoir en les embrassant avant de retourner sur la 25e Rue. Elle passa l'ensemble noir tout simple qu'elle appelait désormais « sa robe de visite », puis se mit en route pour la maison de Madame Taunton en évitant soigneusement les rues où elle aurait pu croiser Marian en train de rentrer chez elle. Celle-ci l'aurait immanquablement tancée pour porter une tenue aussi médiocre et lugubre lors d'une visite – fût-ce à une veuve.

Comme à son habitude, Madame Taunton reçut son amie avec la plus grande courtoisie, intimité et affection. La femme en noir s'était beaucoup attachée à Helen au cours des derniers mois et admirait particulièrement l'énergie que celle-ci déployait pour s'occuper des pauvres et des malheureux. Il n'y avait désormais plus d'hésitation, de condescendance ou d'embarras dans son attitude quand elle subvenait aux besoins du Triangle Noir.

Pourtant, même si Helen s'était convaincue que ses motivations étaient désintéressées – et comment aurait-elle pu mettre en doute sa propre abnégation alors que personne hormis la veuve n'était au courant de ses efforts exténuants ? –, cet altruisme même l'emplissait d'orgueil. Elle bouillait parfois d'envie de révéler son travail à sa famille, afin de leur montrer que le leur ne reflétait qu'une perception pervertie du Triangle Noir, tandis que le sien en incarnait une conception parfaitement chrétienne – la bonne et la seule qui vaille. Mais sachant que les Stallworth ne se conformeraient jamais à sa vision de la charité, elle n'osait rien dire, de peur que l'on interfère avec ses tournées, voire qu'on y mette fin.

Helen se vit offrir et accepta une place à la table de Madame Taunton. Tandis qu'elles se faisaient servir par la domestique borgne, à qui Helen pouvait désormais sourire sans s'attarder sur son handicap – ni même vraiment se le rappeler –, elle et son hôtesse discutaient de l'évolution des cas dont elles s'étaient occupées ces deux dernières semaines.

« La petite de la famille Fale que nous avons vue lundi, dit Madame Taunton, vous vous rappelez, ce magnifique bébé qui n'avait pas encore de prénom ? Elle est morte de tuberculose, et le père ne devrait pas tarder à suivre.

— L'a-t-on enterrée ? demanda Helen tout en découpant sa côtelette.

— D'une certaine manière… Pour éviter les frais de sépulture, la mère l'a enveloppée dans une couverture pour faire comme si elle dormait et a pris les transports jusqu'à Central Park. Là-bas, elle a creusé un trou de ses mains et y a déposé l'enfant.

—Non! s'indigna Helen en reposant sa fourchette.

—Je lui ai fait des remontrances, bien sûr. "Madame Fale, votre fille mérite d'être inhumée dans une terre consacrée." Elle a répondu qu'elle était d'accord, mais que ces choses-là coûtaient trop cher et qu'ils avaient besoin de leur argent pour les médicaments de son mari. Je lui ai donné de quoi payer la sépulture et j'ai envoyé un fiacre ce matin pour qu'elle retourne à Central Park et montre à Dick où elle l'a enterrée.

—Je suis contente que vous ayez procédé ainsi, Anne, très contente!

—Je ne pense pas que l'enfant se serait vu refuser l'entrée au paradis simplement parce qu'on a abandonné son corps dans Central Park, mais je crois que cela rassurera sa mère de savoir que sa précieuse fille repose dans le sol sanctifié d'un cimetière.

—Certainement! »

Après le repas, Madame Taunton invita Helen à l'accompagner dans une expédition pour rendre visite à un petit unijambiste dont le père s'était suicidé en absorbant du vert de Paris, et la mère s'était enfuie pour vivre avec un Chinois fabricant de cigares et ouvrir une blanchisserie à Brooklyn. Mais Helen déclina et demanda seulement la permission qu'on la dépose à Varick Street – il y avait dans ce quartier une couturière indigente à qui elle avait promis de donner du travail et elle avait l'intention d'y passer le reste de l'après-midi.

« Je suis heureuse que vous y alliez de votre côté, ma chère, dit la veuve. Non que cela me dérange de vous avoir avec moi, bien sûr, mais il est bon qu'on vous voie parfois sans ma protection.

— C'est vrai », sourit Helen, et pile au moment où elle prononçait ces mots, le fiacre quitta MacDougal Street pour s'engager dans King Street en passant devant la maison où Helen avait fait sa toute première visite dans le Triangle Noir, neuf mois auparavant.

Elle en fit la remarque : « Aujourd'hui, je considère cette maison avec affection, alors que j'avais eu si peur à l'époque, je ne saurais même pas décrire à quel point.

— La mère et son enfant sont morts… Et le mari est à Sing Sing. Il a essayé de cambrioler un sénateur. Le couple de vieillards du premier étage est mort également. Ici, la vie est dure et incertaine. »

Par la porte vitrée de l'immeuble, le visage gracile d'un garçon observait le fiacre qui passait. Helen lui fit un sourire et un signe de la main, mais l'enfant disparut aussitôt.

« Il faudrait que j'y revienne, songea Helen. Que je revoie le lieu de mes premiers embarras et prouve – uniquement à moi-même, bien sûr – que je ne me laisse plus atteindre par un tel embarras quand il est question de charité. Aujourd'hui, ceux que nous avons tenté d'aider sont morts, mais peut-être d'autres malheureux les ont-ils remplacés. »

Parmi ses bonnes œuvres, il en était une qu'elle gardait secrète, même vis-à-vis de Madame Taunton. Au début du mois de septembre, un après-midi où la veuve était indisposée, Helen était allée seule dans le Triangle Noir et avait rendu visite, sur la suggestion de Madame Taunton, à une chapelière vivant dans une petite maison respectable de Morton Street. La tuberculose dont elle souffrait semblait n'offrir, même aux yeux inexpérimentés de Helen, aucun espoir, néanmoins elle lui laissa une bible avec entre les pages l'adresse d'un médecin griffonnée sur un bout de carton et un billet de cinq dollars. En bas, dans l'entrée, elle rencontra une jeune femme qui pleurait abondamment ; et quand elle s'enquit des raisons de sa détresse, cette jolie fille prénommée Jemmie lui expliqua qu'elle venait de se disputer avec son amie. Helen proposa d'écouter son histoire en détail, si bien qu'elle fut invitée dans son appartement du rez-de-chaussée, meublé avec plus d'enthousiasme que de goût.

Là, elle écouta le récit larmoyant et décousu de la jalousie imaginaire de l'amie de Jemmie. « Oh, z'avez p'têt déjà vu Annie – c'est la meilleure lutteuse de New York ! Elle a toujours été gentille avec moi. C'est elle qui paye mon loyer, vous savez, et c'est elle qui m'achète des choses tous les jours, mais elle devient affreusement jalouse quand elle pense que je parle à d'autres filles, et peu importe que quand je leur parle – parce que des fois, je me sens seule, vous voyez – je pense tout le temps à Annie et rien qu'à elle. Elle me croit pas. »

Helen tenta de la rassurer quant à l'affection que lui portait Annie et lui affirma que c'était sans doute uniquement une question de temps avant que celle-ci ne comprenne que l'amour de Jemmie était sincère et exclusif. C'est au beau milieu de cette longue discussion qu'Annie Leech en personne fit son apparition, jetant un regard noir à Jemmie et menaçant Helen de lui infliger de graves blessures.

Cette dernière fut stupéfaite par la manière dont l'Amazone, qui se tenait dans l'encadrement de la porte, avait interprété sa présence, et elle eut toutes les peines du monde à démontrer l'innocence de sa visite. Elle n'y parvint qu'en sortant de son sac à main les huit bibles à lettres rouges qu'il contenait et après qu'Annie Leech eut interrogé la tuberculeuse à l'étage. Elle revint les trouver apaisée, et bien qu'à ce stade Helen se fût volontiers retirée, Annie insista pour qu'elle reste et accepte un peu de vin en guise d'excuses.

Tout en sirotant son verre, Helen songea soudain que la relation entre ces deux femmes pouvait être qualifiée d'un mot moins innocent que celui d'*amitié*. Elle n'avait cependant que de l'admiration pour la sincère sollicitude qu'éprouvait Jemmie à l'égard des sentiments de son amie, et envisagea avec un certain émerveillement la passion qui devait animer Annie pour générer chez elle une si terrible jalousie. Elle était trop nerveuse pour leur dire grand-chose, car elle craignait de les offenser; mais quand il fut temps de partir, Helen se surprit à imaginer une excuse pour revenir à Morton Street. Mais elle n'en avait pas besoin: Annie Leech l'invita d'elle-même pour le samedi suivant – et bien que Helen ne trouvât aucune raison à cette invitation, elle l'accepta avec un empressement qu'elle eut du mal à dissimuler.

Elle était effectivement revenue, et chaque semaine après ça, si bien qu'elle attendait désormais avec impatience les samedis après-midi passés là. Helen développa ainsi une étrange intimité avec les deux amies. Elle constata qu'elles tenaient beaucoup à la compagnie de quelqu'un d'un meilleur milieu que celui auquel elles étaient habituées, et Helen se retrouva dans la posture inédite de représenter la bonne société. Elle corrigeait gentiment leurs manières, suggérait de menues améliorations dans l'ameublement de leur appartement (suggestions toujours prises en compte) et écoutait avec enthousiasme les potins de cet étrange milieu de femmes pugilistes et de leurs compagnes.

C'est vers Morton Street que Helen Stallworth dirigea ses pas quand le fiacre de Madame Taunton la déposa au coin de King et de Varick Street. Elle y retrouva Annie et Jemmie, ainsi que la jeune nièce de celle-ci, qui restait entre elles sur le sofa, craintive et les yeux écarquillés. Helen salua ses nouvelles amies avec plus de chaleur qu'elle n'en avait jamais montrée à quiconque dans sa vie. Elle accepta une tasse de thé, questionna la nièce sur ses occupations et ses loisirs, demanda à Annie de lui raconter tous ses exploits de la semaine passée et étudia soigneusement les livres de compte de Jemmie. Elle lui recommanda un boucher qui était presque certainement honnête et dont la viande était presque certainement fraîche ; et, tout sourire, elle écouta Annie la supplier de venir assister à au moins un combat chez Harry Hill.

« Oh, s'exclama Annie, on te trouvera la voilette

la plus longue que t'aies jamais vu, assez longue pour balayer par terre, et on te mettra Jemmie à un bras et Ralda, ici présente, à l'autre. Personne te reconnaîtra, personne te touchera, et puis, là-bas, chez Harry Hill, tu verras rien de pire que t'as pas déjà vu dans une centaine d'autres endroits du quartier !

— Accompagne-moi un soir, l'implora Jemmie. Y a rien de plus excitant que de voir Annie balancer une de ses collègues sur le ring et lui sauter dessus !

— Eh bien, dit Helen en riant, je suis sûre qu'il n'y a rien de semblable ! Pas ce soir, je ne peux pas, mais...

— Alors samedi prochain ! s'écria Annie Leech. Samedi prochain ! Je combats encore Michigan Sally, et tu vas voir si je lui arrache pas le cœur de la poitrine pour te le donner comme souvenir ! »

Helen rit à ces paroles outrancières mais au fond, elle était heureuse de l'affection dont cela témoignait.

CHAPITRE 35

Quand Helen Stallworth rentra chez elle ce samedi après-midi au crépuscule, elle fut fort surprise de trouver son grand-père assis avec raideur dans le petit salon du presbytère.

« Hmm ! s'exclama-t-elle doucement, Père n'est pas là ?

— Edward est dans son bureau. Je lui ai demandé d'y rester le temps que j'aie une conversation avec toi, Helen. »

La dureté de sa voix alarma la jeune femme, qui s'assit près de lui avec une certaine appréhension.

« Grand-père, murmura-t-elle, de quoi voulez-vous me parler ? »

Le juge Stallworth darda un regard pétrifiant sur sa petite-fille et dit : « En tant que chef des Stallworth, je désire connaître le détail de tes bonnes œuvres au cours de ces neuf derniers mois, que tu as choisi de prodiguer dans le Triangle Noir, le pire de tous les endroits. Ta réputation, Helen, a enfin franchi les frontières de ces odieux arpents pour atteindre les oreilles de ta famille restée dans l'ignorance. Aurais-tu l'obligeance de m'expliquer comment tu as réussi à te forger une telle renommée dans ce quartier si marginal ? »

Ses mains blêmes et osseuses étaient croisées sur ses fins genoux.

Helen détourna le regard, abasourdie.

« Si j'ai une… une réputation, bégaya-t-elle, c'est uniquement pour les bonnes œuvres que j'ai menées, toujours avec amour, j'espère. Une réputation qui…

— *Dans notre dos !* hurla le juge en laissant libre cours à une colère livide. Cela fait des mois que ça dure ! Je comprends mieux pourquoi notre séjour à Saratoga t'irritait tant ! Tu es désormais aussi familière avec les rues et les ruelles de cet endroit que n'importe quelle prostituée, t'exposant au danger et à l'affront moral à chaque pas ! Respirant un air pestilentiel ! Administrant des soins de tes propres mains malgré la contagion, pour revenir une heure après à Gramercy Park et caresser Edwin et Edith ! C'est un miracle que tes cousins ne soient pas en train de se tordre de douleur dans leur lit, couverts de furoncles et de cloques ramenés de là-bas sur le bout de tes doigts ! C'est un miracle que nous ne soyons pas tous morts contaminés ! C'est…

— Je ne me suis jamais sciemment exposée à la maladie, répondit-elle. J'ai toujours fait très attention. Je…

— Tu as fait attention ?! s'exclama-t-il. As-tu fait attention à notre réputation ? As-tu fait attention à notre nom ? Helen Stallworth, représentant la famille et errant dans les rues du Triangle Noir, suivie par un cocher aux yeux en vrille et par une vieille femme grotesque qui pourrait gagner une fortune dans un spectacle de Bowery Street – c'est ça que tu appelles "faire attention" ?

— Comment avez-vous… commença Helen sans pouvoir finir, car elle pleurait maintenant à chaudes larmes.

— Comment avons-nous découvert ta perfidie ? compléta-t-il avec mépris. Comment avons-nous appris ces diableries qui durent depuis des mois ? Grâce à Simeon Lightner, qui t'a aperçue un jour dans un fiacre ouvert, s'est renseigné et l'a rapporté à Duncan, non sans une certaine jubilation, d'ailleurs. Nous avons eu toutes les peines du monde à le persuader de ne rien publier de tes exploits. Duncan est stupéfait, Marian, prostrée, et ton père, effondré d'horreur. Je suis en colère et je suis dégoûté. Rien ne saurait excuser ta conduite répréhensible, mais dis-moi, je te prie, ce que tu as à me dire, dis-moi tout – nous ne voulons pas de nouvelles surprises. »

Helen, sans cesser de pleurer, raconta alors à son grand-père ses frustrations vis-à-vis du comité de Marian, ses discussions avec Madame Taunton, sa première visite terrifiante, les suivantes qui avaient été plus faciles, la façon dont elle s'était familiarisée avec les rues, les gens, la vie dans le quartier, ses petites astuces et techniques pour soulager la misère et la souffrance, et, avec une certaine fierté, comment elle avait été progressivement acceptée par le Triangle Noir.

« Grand-père ! s'écria-t-elle avec le maigre espoir qu'il s'émeuve de ses paroles. Désormais, parfois, quand nous passons en fiacre pour distribuer des paniers de nourriture ou rendre visite aux malades, les gens nous font signe ! Ils nous appellent "la veuve et sa fille" et s'imaginent d'improbables histoires concernant le mari de Madame Taunton, qu'ils croient être mon père, et la fortune incroyable que nous sommes censées posséder ! Ces excursions en sont venues à avoir une telle importance pour moi. Elles ont rempli ma vie. Je ne m'étais jamais rendu compte de tout ce qu'une ou deux personnes qui agissent de leur propre chef et avec simplicité peuvent accomplir. Non pas que je sois fière – je n'ai aucun droit de l'être –, mais je suis heureuse jusqu'au plus profond de mon âme quand je vois un enfant jouer dans la rue alors qu'il aurait pu mourir le mois d'avant si je n'avais pas fait venir un médecin à son chevet. Ce sont les sermons de Père qui m'ont inspirée ! Il a brossé un tel portrait de la misère, du besoin et des privations qui ont cours là-bas, que j'ai senti que mon cœur se briserait si je ne faisais rien pour aider ces pauvres gens démunis.

— Ces pauvres démunis dégorgent de vilenie, asséna le juge, et l'air même qu'ils expirent est corrompu.

— Non ! protesta Helen. Ils ne sont devenus mauvais que par les circonstances. Par inclination, ils auraient des vies honnêtes, industrieuses et tranquilles. J'ai parlé avec eux, et le penchant pour le bien ressort de leurs paroles à tous. Oh, grand-père, et j'ai vu des choses tout aussi terribles que ce qui a pu vous être présenté au tribunal !

— Helen, aucune femme respectable ne consent à mettre les pieds dans le Triangle Noir. Quand tu as d'abord envisagé de te lancer dans ces actions ineptes, cette mission absurde, t'es-tu un seul instant demandé quelles pourraient en être les répercussions, pour toi et, plus important, pour ta famille ?

— Grand-père, je…

— De toute évidence, non. De toute évidence, tu n'as pensé à rien d'autre qu'à la satisfaction de ta propre vanité, qu'à asseoir ton âme sur un autel que tu as taillé à sa mesure. Helen, tu es un tel pigeon, oui, un pigeon ! Tu t'es fait embobiner par cette folle en habit de veuve, cette grosse silhouette endeuillée, chez qui personne ne veut aller parce que sa demeure est un vrai lazaret, avec tous ces domestiques difformes et estropiés ! Tu as été dupée par ceux que tu prétends aider, ces criminels et ces brutes, qui ne veulent que tes cadeaux, ta bienfaisance à la petite semaine, mais dont le véritable plaisir est de souiller une dame de leur contact abject. Tu n'es qu'un objet de ridicule pour eux, Helen ! Es-tu donc si bornée que tu ne t'en sois jamais aperçue ? Quand tes actes seront rendus publics – et dire que tu t'imaginais pouvoir garder cela secret éternellement ! –, tu seras la dinde qu'on rôtira sur le brasier de l'opprobre et de la médisance. Et imagine ma position, quand on saura que j'ai permis une chose pareille à ma propre petite-fille !

— Vous n'avez rien per…

— C'est encore pire ! l'interrompit-il. Nous n'avons rien permis, nous n'étions même pas au courant ! Cela a eu lieu dans notre dos. Ma petite-fille qui s'absente de la maison quatre ou cinq heures chaque jour pour aller parader dans le Triangle Noir à bord d'un fiacre ouvert, en compagnie d'une dame aux facultés mentales douteuses… et nous n'en savions rien ! C'est pire que tout !

— Je n'ai jamais rien fait là-bas dont je puisse avoir honte. »

James Stallworth l'observa attentivement et resta silencieux un moment. Quand il reprit la parole, ce fut avec un calme qui contrastait fortement avec sa véhémence précédente.

« Ah bon ? Et qu'en est-il de tes rapports avec Mademoiselle Leech ? Et son "amie" ? Tu n'as rien à dire à leur sujet ? Ces demi-femmes ! Ces presque-hommes ! Qu'est-ce que tu en dis ? Même au sein de la société des meurtriers de Blackwell's Island, des créatures aussi répugnantes seraient des parias ! Mais toi, tu as trouvé le moyen de devenir leur intime… »

Mortifiée, Helen détourna le regard.

« Je n'ai jamais refusé mon aide à ceux qui en avaient besoin… »

Le juge Stallworth eut un sourire glacial.

« Mademoiselle Leech n'est pas dans le besoin. Elle reçoit de larges compensations pour ses prestations sur le ring. Son amie ne souffre des ravages d'aucune maladie physique. Et si leurs âmes sont complètement corrompues, elles bénéficient en tout cas de corps en bonne santé et de portefeuilles bien remplis, n'est-ce pas ? »

Elle acquiesça avec lenteur sans oser ajouter quoi que ce soit pour sa défense.

Le juge se leva et s'approcha du fauteuil de Helen.

« Tu ne retourneras plus jamais là-bas, dit-il avec calme. Me suis-je bien fait comprendre ? Fini, les expéditions que tu prenais à tort pour des missions charitables. Fini, les affaires avec Madame Taunton. Et inutile de préciser que tu n'iras plus en pèlerinage dans ce temple du saphisme de Morton Street. Est-ce que tu me comprends ? C'est une bien triste vie que je mène, avoir mon propre sang qui expose son sein aux flèches d'une calomnie vicieuse, prêtes à jaillir de chaque fenêtre de cette ville. Même s'il faut t'attacher aux colonnes de ton lit, Helen, on ne te laissera plus mettre en danger notre réputation. »

Le juge James Stallworth quitta la pièce puis le presbytère d'un pas raide. Helen pleurait dans le petit salon désormais plongé dans le noir.

Quand Edward Stallworth descendit le lendemain matin, il fut soulagé de ne pas croiser sa fille. Le juge n'avait pas exagéré l'effet qu'avait produit la nouvelle des actions entreprises par Helen sur son père. Il était bouleversé, embarrassé et furieux – mais il n'éprouvait pas encore le désir de l'affronter. Il supposa qu'elle restait dans sa chambre à attendre qu'il la convoque, réitère le mécontentement familial et lui annonce sa punition.

Sur son bureau, il trouva une enveloppe non cachetée et adressée de la main de sa fille. Il se figura naturellement qu'il s'agissait de plates excuses qu'elle était trop timorée pour lui présenter en personne. Debout à la fenêtre, il tenait la lettre avec raideur de sorte que la lumière du soleil tombe directement sur la feuille. Il la lut avec attention et une froide condescendance qui se transforma progressivement en un mélange d'étonnement, de honte et de fureur. Elle disait :

Très cher père,

Je suis désolée pour les tracas que j'ai pu vous causer, à vous et au reste de la famille. Je regrette sincèrement d'avoir dû recourir au silence ces derniers mois concernant mon travail adoré, réticence que vous interpréterez peut-être à juste titre – c'est certainement le cas de Grand-Père – comme une tromperie. Ce silence était pourtant nécessaire, me semble-t-il, si je considère à présent votre réaction à mes initiatives dans le Triangle des démunis, sous l'affectueuse direction de Madame Taunton. Je ne saurais critiquer votre opinion sur la question car je me rendrais alors coupable de désobéissance filiale, mais je ne peux non plus y adhérer. C'étaient, bien sûr, vos propres sermons, encore plus que les articles de Duncan et de Monsieur Lightner, qui m'ont poussée à porter secours aux infortunés de notre ville. C'est un labeur qui a été pour moi une bénédiction, un effort qui s'est doublement transformé en joie, cher Père, et je renoncerais sur-le-champ à ma vie plutôt que d'abandonner ces gratifiantes besognes.

Par conséquent, et sachant que je suis majeure et maîtresse de mon destin, j'ai décidé de quitter le presbytère. Il me serait impossible de vivre chaque jour en subissant votre désapprobation. Mon cœur en serait sûrement brisé. Dans ce monde, le destin d'une femme est réduit et circonscrit, et je m'y étais depuis longtemps résignée sans protester – mais ce que je n'avais jamais pleinement compris, c'est que le pouvoir d'une femme de faire le bien était aussi limité que sa possibilité de faire le mal. Et je me suis rendu compte, bien que ne m'étant presque jamais aventurée en dehors du presbytère de toute mon existence, que je n'étais malgré tout pas faite pour la vie domestique. Je n'ai aucune influence sur les serviteurs, les règles de l'hospitalité me font l'effet d'une langue étrangère, les mondanités sont une forêt où j'avance les yeux bandés. Mon univers est ici, dans le Triangle des démunis, ou dans tout autre endroit où règnent le besoin et la misère. C'est au service de ces pauvres créatures qui emplissent notre ville du fardeau de leurs gémissements et de leurs lamentations que je passerai les jours qui me sont donnés de vivre.

Ô, cher Père, si vous acceptiez de reconnaître cette résolution qui m'habite, je retournerais à vos côtés avec bonheur et reprendrais avec tout autant de joie ma place au presbytère. En attendant, cependant, je dois maintenant et à jamais rester,

Votre fille, sans espoir mais aimante,

Helen Stallworth

Post-scriptum. Vous pourrez me joindre au domicile de Madame Taunton où je suis assurée d'un accueil chaleureux et durable.

CHAPITRE 36

Le samedi soir, à vingt-deux heures, Benjamin Stallworth attendait au coin de King et MacDougal, et devait littéralement s'accrocher au lampadaire pour éviter d'être emporté par le mouvement tumultueux de la foule. Les livreurs de journaux se moquaient de lui, les prostituées lui tenaient la jambe et le racolaient, des durs à cuire menaçaient de lui faire la peau pour blaguer et il était sur le point de s'en aller quand Pet Margery tira gentiment sur les basques de sa redingote.

« Je suis bien contente que tu sois là, l'accueillit-elle avec un sourire prometteur.

— Oh, bien sûr, dit-il avec nervosité, j'irais au bout du monde pour une table non truquée.

— J'ai eu les pieds tout gonflés rien qu'en pensant à toi.

— Quoi ?!

— Ma mère disait toujours que l'amour, c'était dans les pieds, et à chaque fois qu'elle tombait amoureuse, elle avait les pieds qui gonflaient. Et elle devait mettre des cataplasmes à la moutarde pour faire partir l'infection d'amour. Après t'avoir vu hier soir, je suis sortie ce matin me faire un stock de cataplasmes, vrai de vrai ! » Benjamin se mit à rougir sous la lumière vive du lampadaire. « Et tu t'es bien arrangé pour moi, à ce que je vois ! s'écria-t-elle en plantant malicieusement son coude dans ses côtes. Beau à mourir, et rasé de frais comme un ange, dis donc ! Toi et moi, on va bien s'amuser ce soir, je te l'assure ! »

Elle passa son bras sous celui de Benjamin et l'entraîna dans King Street. Elle marchait à ses côtés comme si elle était fière d'être en compagnie d'un homme tel que lui. Il était submergé par un mélange d'orgueil, car il avait attiré l'attention d'une jolie femme qui, bien que prostituée notoire, n'avait jamais fait mention d'argent ; d'embarras, car après tout, c'était une prostituée ; et d'excitation à la pensée de la table de jeu promise et des autres plaisirs dont il profiterait peut-être aussi cette nuit-là.

Pet Margery le traîna à travers King Street, puis Varick Street, avant de le pousser dans une volée de marches glissantes et de lui faire franchir une porte basse, ouverte malgré la fraîcheur de la nuit. Benjamin se retrouva dans l'atmosphère jaunâtre et surchauffée d'un troquet de quelque prétention – du moins, en comparaison avec le reste des établissements de la rue. Il y avait un comptoir en acajou avec des miroirs derrière et une barre repose-pieds en laiton, de petites tables au plateau de marbre et des chaises en osier pour les clients – majoritairement des femmes –, et dans le fond un rideau en velours rouge que Pet Margery ouvrit d'un geste théâtral pour le laisser passer.

L'autre côté de la pièce – en réalité, la cave du bâtiment contigu – était exclusivement voué au jeu. Il s'y trouvait six ou sept tables différentes, avec au-dessus de chacune un plafonnier à gaz sous un abat-jour rouge et vert. Les croupiers se démarquaient autant par leur teint émacié que par leur visière verte.

« Incroyable ! s'écria Benjamin. Je connais ce quartier, mais je n'avais aucune idée qu'un tel endroit existait. Charmant, très charmant, s'exclama-t-il, surtout si les tables ne sont pas truquées ! »

Il s'apprêtait à rejoindre celle du chien rouge quand Pet Margery le guida vers un coin éloigné.

« Mon père tient le vingt-et-un. C'est le seul jeu qui est pas truqué, et seulement parce que je lui ai dit que je venais avec un ami. Tu restes avec lui, Ben, et ta fortune est faite. »

Son père était un homme encore plus décharné que ses employés, avec un corps à peine assez large pour y poser un costume et la peau qui avait bien du mal à s'étirer pour couvrir ses os. Il avait les yeux enfoncés et les joues parsemées d'une fine barbe jaunâtre.

« Prenez place, Monsieur, murmura-t-il par sa gorge rongée par le cancer, et ma fille ira vous chercher des jetons. »

Benjamin tira quarante dollars en or de sa poche et les tendit à Pet Margery, qui s'éclipsa gaiement. Après un moment qu'il passa à regarder le père de Pet distribuer les cartes aux trois hommes assis sur le banc à côté de lui, la jeune femme revint avec une pile de jetons blancs et rouges.

« Les rouges, c'est cinquante *cents* ; les blancs, un dollar, mais j'suppose que vous l'savez ? demanda le père dans un murmure rauque.

— Oui, Monsieur... », répondit Benjamin, murmure pour murmure.

On distribua les cartes. Benjamin resta à dix-huit en misant deux dollars et gagna contre la banque.

Les deuxième et troisième tours, il perdit, mais les trois suivants, il gagna largement. Pet lui avait apporté un *sloe gin sling* et insista pour qu'il le boive rapidement afin de célébrer sa pile grandissante de jetons. Les hommes à la table de Benjamin, alors qu'il continuait de jouer, étaient le genre dont les moyens de subsistance reposaient sur l'anonymat de leur apparence, et ils se succédèrent sans que Benjamin soit capable de les distinguer les uns des autres. Ils étaient également semblables en cela qu'ils perdaient tous – et tous différents de lui, qui ne cessait de gagner.

Finalement, Benjamin, sirotant son troisième *gin sling*, se trouva bien embarrassé par la hauteur de ses piles de jetons rouges, blancs – et maintenant bleus.

« Je devrais peut-être tenter ma chance à une autre table... suggéra-t-il.

— Non ! s'écria Pet.

— Ah, l'avertit son père, la fortune risque de ne pas vous sourire autant si vous allez ailleurs. »

Benjamin haussa les épaules, même s'il soupçonnait désormais fortement que cette table-là aussi était truquée : le père de Pet Margery le laissait gagner tandis que les autres repartaient dépouillés. Il commençait à se sentir nerveux en entendant les joueurs maugréer, mais le patron les réduisait au silence d'un seul regard.

Benjamin, dans son brouillard alcoolisé, tenta d'y trouver une logique. La seule conclusion à laquelle il parvint cependant fut que Pet Margery s'était entichée de lui et avait persuadé son père de le laisser gagner. Il y avait une inversion surprenante, mais pas désagréable, dans cette situation, dans le fait de recevoir ainsi de l'argent d'une prostituée. Il se dit que quand son père aurait décidé qu'il avait assez empoché, Pet l'emmènerait dans sa chambre. Et même si elle exigeait de l'argent ensuite, pour une question de réputation peut-être, l'expérience ne lui aurait rien coûté.

Benjamin Stallworth n'avait jamais eu de relation avec une femme auparavant, et l'idée que la soirée puisse ainsi culminer (alors qu'il n'avait jamais osé y songer avant) se fit bientôt encore plus forte que son amour du jeu. L'attention qu'il portait à la main blanche ornée de bagues reposant avec douceur sur la sienne éclipsa celle qu'il témoignait aux cartes qui tombaient des serres noueuses du père. Il eut soudain un grand sourire en songeant que le vieil homme devait avoir toutes les peines du monde, vu combien Benjamin était distrait, à le faire gagner si souvent.

« Oh, il faudrait peut-être que j'arrête maintenant, souffla Benjamin à Pet Margery. Je me sens un peu étourdi et je n'arrive pas à me concentrer sur les cartes... »

Elle venait de lui apporter son cinquième *sloe gin*.

« Vous avez gagné plus de deux cents dollars,

murmura le père. Je ne ferais pas long feu dans le métier si vous veniez trop souvent, Monsieur. Ah ça, c'est sûr ! »

Et il partit d'un rire aigu auquel ses côtes donnaient de l'écho.

« Allez, dit Pet, un dernier verre…

— Non !

— Un dernier, répéta-t-elle d'un ton enjôleur, et pendant que tu bois, je vais changer tes jetons. »

Benjamin acquiesça en silence et s'avachit dos au mur. Il regarda curieusement l'homme assis à côté de lui, jusqu'à ce que celui-ci s'en offusque et lui lance un qualificatif obscène.

« Non, non… lâcha le paternel. Il va s'en aller, laisse-le juste finir son verre. Il t'embêtera plus, laisse-le finir, c'est tout. »

Benjamin avala le reste du liquide sombre et se leva, un peu vaseux. Pet fut soudain à ses côtés pour le soutenir. Les pièces d'or tintaient dans ses mains et elle les déversa dans la poche de Benjamin – il y en avait tellement qu'il pencha d'un côté.

« Deux cent trente-sept dollars, lui glissa-t-elle. Tu m'es redevable, Ben…

— Ah oui, marmonna-t-il avec un sourire éméché. Qu'est-ce… qu'est-ce que je peux faire… pour… pour me libérer de ma dette, Pet ? Dis-moi, Pet, qu'est-ce que… qu'est-ce que je peux faire ? »

Il se tourna vers elle et tenta maladroitement de la prendre dans ses bras en signe de gratitude, songeant confusément que s'il revenait dans ce lieu tous les soirs pendant six mois, son passe-temps ferait de lui un homme riche.

Il glissa sur le sol usé et serait certainement tombé face contre terre si elle ne l'avait pas rattrapé pour le remettre d'aplomb.

« Je crois que je devrais te faire sortir d'ici, dit-elle. Tu n'es plus en état de jouer.

— Où est-ce qu'on va ? demanda-t-il avec un sourire en coin.

— Je vais juste t'emmener chez moi et te préparer du thé, voilà ce que je vais faire – faire bouillir de l'eau et te préparer un bon thé.

— Oooh ! rit Benjamin tandis qu'elle l'entraînait vers la sortie. Chez toi. J'aimerais bien voir chez toi.

— Chut ! Essaie d'avoir l'air sobre, les dames nous regardent. »

Vaillant, Benjamin tenta en vain de ne pas paraître saoul en traversant la partie troquet. Les dames installées autour des petites tables en marbre firent un signe de tête entendu à l'attention de Pet Margery, qui le leur retourna avec un sourire terne.

« Eh, c'est par où ?! », s'écria Benjamin quand ils émergèrent dans l'air nocturne beaucoup plus froid. Il était presque minuit. « Elle est où ta chambre ?

— Par là, dit-elle en l'aidant à traverser Varick Street. J'habite à quelques maisons d'ici…

— Hé ! s'exclama-t-il avec une tendresse presque émouvante. J'ai gagné deux cents dollars ce soir. J'ai jamais gagné autant de toute ma vie ! C'est grâce à toi, Pet ! C'est… euh… tout ça, c'est grâce à toi !

— C'est vrai, dit-elle en guidant prudemment le jeune homme ivre dans la rue. Tu me dois une fière chandelle.

— Eh, Pet, dit Benjamin, est-ce que tu as un lit ? »

CHAPITRE 37

« Oh oui, Benjamin, un beau lit bien douillet, répondit Pet Margery, et il nous attend juste en haut des marches. » Elle le tira dans l'entrée d'une petite maison en brique au numéro 2 de King Street. « Chut… souffla-t-elle. Tout en haut. »

Il gravit en trébuchant les trois enfilades d'escaliers jusqu'au dernier étage. Elle ouvrit une porte qu'il distinguait à peine et le poussa à l'intérieur. Là, l'obscurité régnait, et il flageola un peu en attendant qu'elle allume une bougie. L'absence de lumière accentua sa sensation de vertige et il lança ses mains en avant pour retrouver son équilibre ; à sa grande surprise, elles heurtèrent des poutres obliques avant de s'en écarter, douloureuses et pleines d'échardes.

« Aïe !

— Chut ! le tança-t-elle à nouveau. Moins de bruit, Benjamin, moins de bruit ! »

Il tendit le bras dans sa direction, tentant de l'attirer dans son étreinte, mais en s'abaissant, sa main ne parvint qu'à lui frapper la joue.

« Hé ! s'écria-t-elle vivement. Fais attention ! Il fait noir comme dans un four, ici ! »

Elle craqua une allumette et alluma la chandelle.

Malgré son ébriété, Benjamin fut momentanément atterré par la pauvreté de la pièce. Au milieu, à moins d'un mètre de lui, un lit en fer recouvert d'un drap sale. Sous la fenêtre, masquée par une chemise d'homme épinglée par les manches, se trouvait une table branlante avec deux bouteilles d'alcool et un gobelet en bois. Rien de plus. Ni le plafond ni le sol n'étaient peints ou embellis de la moindre façon.

« C'est là que tu vis ? s'écria Benjamin.

— Mais non ! rit-elle. Je vis en bas. Personne ne vit ici, ça se voit pas ?

— Si, c'est vrai, bégaya-t-il. Pourquoi on est venu là, alors ?

— J'ai pas très envie qu'on nous surprenne, tu me suis ? »

Benjamin hocha mollement la tête et tenta de faire un sourire salace.

« Allonge-toi là pendant que je vais te chercher un petit quelque chose. »

Elle s'approcha de la fenêtre.

« Pas la peine, j'ai déjà trop bu.

— Mais non. Juste un petit dernier – pour te détendre, Ben. Tu vas bien en prendre un petit dernier avec moi, hein ?

— Bon, oui, j'suppose que oui, marmonna-t-il en s'allongeant avec gratitude sur le lit.

— Voilà, dit Pet en lui glissant soigneusement le gobelet dans la main. Bois ça et tu te sentiras mieux. »

Il se redressa légèrement sur le lit, appuya sa tête

sur une rosette en fer et porta le gobelet rugueux à ses lèvres. Par-dessus le rebord, il souriait à Pet Margery, qui s'était assise sur le lit et lui caressait tendrement le genou. La bougie sur le sol à côté d'eux, seule lumière de la pièce, projetait une lueur flatteuse sur le visage de la jeune femme.

« Approche ! », s'exclama-t-il en allongeant le bras.

Elle repoussa sa main d'une tape espiègle et se leva, reculant jusqu'à la fenêtre.

« Le gin d'abord ! dit-elle en riant. Je ne veux rien avoir à faire avec un homme sobre ! »

Le jeune homme avala le reste de l'alcool, qui lui parut bien inférieur en bouche à celui qu'on lui avait servi à la salle de jeux, lequel n'était déjà pas de première qualité. Il y avait un arrière-goût distinct d'impureté, mais Benjamin avait tellement bu ce soir qu'il se dit qu'une gorgée de plus ne lui ferait pas de mal. Et même s'il avait pensé le contraire, il aurait quand même bu ce dernier verre comme condition préalable aux faveurs de Pet Margery.

Il la regarda passer de la fenêtre voilée au lit, quand soudain les pieds de la jeune femme semblèrent s'envoler ; « Pet ! », s'exclama-t-il… et puis, plus rien.

Les pieds de Pet Margery ne s'étaient pas envolés, c'était Benjamin qui s'était renversé, inconscient, sur le drap sale. Les pièces d'or tombèrent de sa poche et formèrent un petit amas dans un creux du matelas.

Elle le secoua, d'abord doucement, puis de plus en plus violemment. Constatant qu'il ne risquait pas de se réveiller et écoutant attentivement son souffle ronflant qui indiquait une pression sur son cœur, elle récupéra les deux bouteilles sous la fenêtre. S'emparant de la bougie, elle descendit l'escalier en silence, laissant Benjamin Stallworth seul dans ce grenier obscur.

Au premier, elle frappa à une porte immédiatement ouverte par une jeune femme au visage dur et aux cheveux teints, vêtue d'une robe pourpre avec un tablier noir. Pet Margery lui remit les bouteilles, fit un signe de tête en direction des étages au-dessus d'elles et dévala la dernière volée de marches jusqu'à l'entrée.

Elle jeta un œil des deux côtés de la rue et, à un moment où l'attention des quelques passants semblait occupée ailleurs, elle se faufila sur le trottoir. Elle marcha d'un pas mesuré de MacDougal jusqu'à Spring Street, traversa et fit demi-tour. Enfin, une fois certaine que personne ne la regardait, elle entra dans la maison qui se trouvait directement en face de celle où Benjamin Stallworth reposait inconscient.

Dans le hall, une petite fille vêtue d'une simple robe noire lui murmura : « Pet… Pet… monte. »

Pet Margery suivit Ella à l'étage et fut admise dans la chambre occupée par Lena Shanks. La vieille femme était assise dans son fauteuil en osier, son miroir orienté vers le bâtiment d'en face. Louisa Shanks se tenait derrière sa mère dans une position qui lui offrait la même vue. La pièce était plongée dans la pénombre.

Louisa tira les rideaux au moment même où Ella allumait la lampe près du lit.

« Je t'ai vu le porter, dit Lena avec un hochement de tête approbateur.

— On nous a vus ? demanda Pet Margery.

— Non. Personne a vu », dit Lena.

Louisa le confirma d'un signe de tête.

« C'est une sale affaire de se faire surprendre en train d'entrer dans une maison inconnue avec un monsieur bien habillé, surtout s'il lui arrive quelque chose après.

— Personne a vu... répéta Lena avec un sourire. Tu as parlé aux filles ? »

Pet acquiesça.

« J'ai frappé à leur porte. Elles n'auront pas de problème avec celui-là.

— Combien sur lui ? demanda Lena.

— Deux cent trente-sept dollars. C'est la somme que papa lui a laissé gagner.

— Ça sera leur salaire... », sourit Lena en se tournant vers Louisa.

Celle-ci inscrivit le chiffre sur son bloc-notes.

Pet Margery tapota doucement ses joues poudrées avec une émotion qui oscillait entre l'amusement et la détresse.

« Bon travail, lui dit Lena. Combien on doit ?

— Deux cent trente-sept dollars pour rembourser papa, moins quarante qui avaient été avancés pour les jetons. Ça fait cent quatre-vingt-dix-sept dollars. Plus quatre doses d'hydrate de chloral, un dollar, ça nous fait cent quatre-vingt-dix-huit. Disons deux cent cinquante dollars en tout pour le temps que j'y ai passé et le risque. »

Lena rit.

« Pas risque, pas risque », mais Louisa comptait déjà ses deux cent cinquante dollars en pièces de dix et de vingt. Elle les déposa une par une dans les mains que Pet Margery lui tendait.

Quand la jeune fille eut empoché le tout, Lena lui dit d'approcher, lui prit le poignet et glissa deux autres pièces de vingt dollars dans sa paume.

« Pas un mot, Pet, pas un mot. Dis à ton père : pas un mot.

— Oh non ! s'écria-t-elle. Bien sûr que non ! Et qui a quelque chose à dire, Lena ?

— En effet, en effet.

— Qu'est-ce qu'il y a à dire ? poursuivit Pet. Un jeune homme gagne de l'argent à la table de papa, il demande à me faire faire un tour. J'y vais, il me fait monter dans une chambre et il s'effondre sur le lit – qu'est-ce qu'il y a à dire ? Je sais pas ce qui lui arrive après, moi ! Tout ce que je sais, c'est qu'il est tombé dans les pommes ! »

Deux cuillerées à café d'hydrate de chloral avaient été versées dans le *sloe gin* que Benjamin Stallworth avait bu dans le grenier de la maison de King Street. Il avait ingéré environ quatre-vingts ou quatre-vingt-dix grains[1] de ce médicament, assez pour arrêter les cœurs d'un petit peloton de soldats et paralyser les poumons d'un orchestre de trompettistes.

La femme en robe pourpre et au tablier noir s'assit sur le lit à côté de Benjamin et le gifla. Il n'eut aucune réaction. Elle jeta un regard à son amie en robe verte, qui tenait la lampe, avant de le gifler à nouveau, plus fort. L'épaule de Benjamin frémit.

1. Unité de mesure utilisée notamment par les apothicaires.

Il n'était pas tout à fait mort quand elle lui trancha la gorge d'une oreille à l'autre avec un rasoir de barbier. Elle et son amie s'écartèrent de la trajectoire du jet de sang, et quand celui-ci se fut atténué, elles se maudirent l'une l'autre de n'avoir pas d'abord ramassé les pièces d'or qui s'étaient déversées de la poche de Benjamin.

Le verre de la lampe était constellé du sang crépitant des Stallworth, et le tas de pièces sur le matelas reposait tel un îlot luisant au milieu d'une mer écarlate.

CHAPITRE 38

Le banc des Stallworth était curieusement dépeuplé le dimanche matin suivant, avec Helen et Benjamin manquant à l'appel. Les horaires de ce dernier n'avaient jamais été réguliers, et le samedi soir en particulier il sortait souvent tard en compagnie de Duncan Phair et Simeon Lightner, si bien que Edward ne s'étonna pas de ne pas voir son fils avant qu'il ne soit l'heure de se rendre à l'église. Il était probable, songeait-il, que Benjamin ne se soit pas réveillé ou qu'il ait eu une grosse migraine – après trop de bière, peut-être. Dans tous les cas, il réapparaîtrait certainement un peu plus tard, lors du repas familial à Gramercy Park.

Si l'on accueillit l'absence de Benjamin avec légèreté, ce fut différent pour celle de Helen. Durant toute la messe, le Stallworth en chaire et les Stallworth assis sur le banc guettèrent nerveusement l'arrivée de Madame Taunton et de sa protégée, déterminés à exiger le retour de Helen au presbytère. Et quand il s'avéra que ni Helen ni la veuve ne se présentèrent à l'église, Marian, avec une satisfaction sinistre, jugea que c'était la honte qui les avait sans doute retenues de venir. Le départ soudain de Helen occupait toutes leurs pensées, et ce matin-là, la congrégation repartit déçue de l'église de Madison Square – Edward Stallworth était distrait, et son sermon, nettement moins bon que d'habitude.

C'est uniquement lors du dîner de l'après-midi que l'absence de Benjamin devint aussi manifeste que celle de sa sœur. Seul le juge Stallworth demeura imperturbable : « Je n'ai pas l'intention de le laisser déranger ma digestion, dit-il. Il ne fait aucun doute qu'il se faufilera par cette porte au moment même où nous aurons cessé de l'attendre.

— Il est probablement avec Simeon Lightner, en train d'enquêter sur les salles de jeux ouvertes le dimanche au sud de Bleecker », ajouta Duncan Phair.

Marian trouva simplement pénible que son neveu méprise leurs sentiments au point de s'absenter si longtemps sans prévenir.

Après le dîner, le juge Stallworth et Marian, malgré leur irritation envers Benjamin qui avait disparu depuis vingt-quatre heures, allèrent au théâtre pour assister à la représentation spéciale de la seule Chinoise à petits pieds chantant des chansons nègres. Ils dirent à Duncan d'un ton sévère – comme si le problème relevait de sa juridiction – qu'ils attendaient de meilleures nouvelles d'ici à leur retour.

En leur absence, Duncan alla trouver Simeon Lightner chez lui. Le journaliste n'avait aucune idée de l'endroit où Benjamin pouvait se trouver, il ne l'avait plus vu et n'avait plus eu de ses nouvelles depuis qu'ils s'étaient quittés devant le *Joyeux Loup de Mer* le vendredi soir.

Même la désertion de sa nièce et la disparition inexpliquée de son neveu n'avaient pas sapé l'équanimité et les bons sentiments que Marian Phair éprouvait depuis qu'elle avait engagé Katie Cooley comme nourrice. Marian avait parlé avec elle un quart d'heure de plus pour confirmer sa bonne première impression – car elle s'était rendu compte qu'embaucher une fille dans un parc, une Irlandaise, qui plus est, après une conversation d'à peine cinq minutes, ne correspondait pas franchement à la façon dont la bonne société recrutait ses domestiques. Elle avait alors songé qu'elle pourrait se vanter de cette embauche auprès de ses amies en disant seulement qu'elle était passée par une annonce dans le journal.

Ce que Marian ne savait pas concernant Katie Cooley, cependant, c'est que cette jeune fille réservée et d'apparence mélancolique encourageait les prouesses athlétiques et les pirouettes d'Edwin. Celles-ci avaient toujours été interdites à Gramercy Park, depuis qu'il avait montré à sa mère les acrobaties dont il était capable en imitant à la perfection les tours et pitreries qu'avaient exécutés les clowns lors d'un spectacle qu'elle l'avait emmené voir. Marian avait été choquée par la prestation de son fils et l'avait sévèrement mis en garde quant au fait que les jeunes garçons de son rang ne pouvaient pas faire de telles choses avec leur corps. Pourtant, Katie Cooley se délectait de ses contorsions miraculeuses et de sa singulière adresse. Prévenant Edith de garder le silence à ce sujet, elle étalait des matelas sur le sol de la nurserie et laissait Edwin les divertir tant qu'il voulait.

Quand elle revint du théâtre le dimanche soir, Marian monta retirer son châle et ses gants. Elle jeta un œil dans la nurserie et, à la lumière du dernier quartier de la lune qui brillait par la fenêtre, vit Edith chaudement blottie dans les bras de sa nourrice, dans le lit. D'un hochement de tête, Marian approuva en silence la chemise de nuit froncée et le bonnet de nuit blanc et souple que portait son employée. Une fille si bien habillée même dans son sommeil ne pouvait être qu'une perle.

Le matin, au petit déjeuner, Marian déclara à Duncan son intention de ramener Helen au presbytère. Elle craignait que les actions de sa nièce dans le Triangle Noir ne soient déjà connues de la moitié de la ville. Elle imaginait avec émotion que ses amies et ses connaissances avaient dû se donner du mal pour cacher leur pitié et leurs ricanements ces derniers mois.

« Je vais aller voir Edward pour lui demander son aide, dit-elle. Cette femme qui a ensorcelé Helen est membre de sa paroisse, après tout : nul doute qu'il l'impressionne, ou du moins qu'elle en soit entichée. S'il se présente à sa porte, je vois mal comment elle pourrait refuser de nous rendre Helen. Elle sera de retour sur la 25e Rue à temps pour le dîner. »

Duncan ne fit aucune objection au plan de sa femme et, après avoir petit-déjeuné, Marian se dépêcha de monter se préparer. Un quart d'heure plus tard, alors qu'elle mettait une épingle à son chapeau, on frappa doucement à la porte de son cabinet de toilette.

« Oui ? », lança Marian, exaspérée.

Katie Cooley entra et soumit Edwin et Edith à l'inspection de leur mère.

« Madame, dit-elle, j'ai promis aux enfants qu'avec votre permission, je les emmènerai jouer à Madison Square.

— Mais Katie, pourquoi ne joueraient-ils pas à Gramercy Park ? C'est plus près, c'est protégé, les gens y sont d'un meilleur standing. Pourquoi aller jusqu'à Madison Square ?

— Les enfants ont besoin d'exercice, Madame. Et, si je puis me permettre, il y aura plus d'occasions de les faire admirer là-bas...

— Oui, bien sûr, dit Marian, entièrement satisfaite. Je vais moi-même dans cette direction et, si vous leur avez déjà donné leur petit déjeuner, je partirai volontiers avec vous.

— Oui, Madame, répondit Katie Cooley. Je sais qu'ils apprécieraient la compagnie de leur mère ce matin, n'est-ce pas, les enfants ? »

Les deux petits acquiescèrent avec enthousiasme.

« Merci, maman », murmura poliment Edwin, et Edith marmonna quelque chose d'incompréhensible, les yeux baissés – ils voyaient que leur mère était agitée et trouvaient plus sage de rester avec leur nourrice sur le seuil.

« Eh bien, dans ce cas, dit Marian, nous partons immédiatement. Je vais rendre une petite visite à mon frère sur la 25e Rue. »

La visite de Marian au presbytère fut une perte de temps. Edward Stallworth écouta patiemment sa sœur condamner la conduite de Helen, puis refusa catégoriquement d'avoir quoi que ce soit d'autre à faire avec sa fille.

« Helen, comme elle l'écrit dans sa lettre, est maîtresse de sa vie. Je n'ai pas plus de contrôle sur ses mouvements que je n'en ai sur son avenir. Cela lui appartient. Père lui a interdit de retourner dans le Triangle Noir. Si elle lui désobéit, à lui, pourquoi espérez-vous qu'elle nous écoute, vous ou moi ?

— Je n'ai pas l'intention de laisser ma nièce résider chez cette… cette veuve dérangée ! s'exclama Marian. Se faire servir par des domestiques estropiés, passer son temps en compagnie de voleurs, de femmes déchues et d'enfants malades ! Vous pouvez toujours dire que vous avez abandonné tout espoir avec elle, mais le fait est, Edward, que sa situation nous discrédite tous ! »

Edward ne répliqua pas à ce discours, mais lorsqu'il raccompagna sa sœur à la porte, il dit : « Quand vous verrez Helen, demandez-lui si elle sait où se trouve Benjamin… »

Marian secoua la tête, exaspérée.

« Edward, si je pensais qu'Edwin et Edith puissent un jour devenir des personnes aussi pénibles que Benjamin et Helen l'ont été pour vous, je crois que je préférerais les envoyer au bout du monde ! Veuillez nous tenir informés à Gramercy Park dès que Benjamin sera rentré. Je n'ai aucune envie que l'inquiétude causée par *vos* enfants me voue à une mort précoce ! »

Marian prit congé de son frère, excédée. Quelques minutes plus tard, à Madison Square, elle retrouva Katie Cooley, qui lui montra avec satisfaction Edwin et Edith en train de jouer à un jeu compliqué mais calme avec d'autres enfants bien habillés, un peu plus loin.

« Je suis fière de garder des enfants comme ça, soupira Katie. Très fière ! »

Marian acquiesça distraitement au compliment adressé à ses enfants.

« Katie, une affaire importante nécessite ma présence. Dans un petit moment, vous pourrez rentrer seule à Gramercy Park. Je ne veux pas qu'Edith s'expose trop longtemps au soleil. Elle a la peau si délicate...

— Une peau magnifique, Madame, magnifique ! Ça, oui ! »

Marian ne vit pas sa nièce chez Madame Taunton. La veuve refusa poliment mais fermement une telle entrevue.

« Helen est malade, dit-elle d'un ton grave. On a envoyé chercher le médecin ce matin, et il lui a recommandé du repos et du calme sans interruption. Helen souffre d'un épuisement de ses facultés. Elle s'est confiée à mes soins et je refuse qu'elle sorte de son lit. »

Même la menace d'un recours légal ne fit pas fléchir sa résolution, et Marian repartit furieuse et frustrée. Elle pesta contre cette femme vêtue de deuil qu'elle rendait responsable de la détresse de sa nièce.

Comme elle passait devant un bureau de télégraphe, elle s'arrêta pour envoyer un message à son père au tribunal et lui dire de la retrouver le soir-même à Gramercy Park « afin de discuter de la question de H et de Mme T ». Un autre télégramme fut envoyé à l'église presbytérienne de Madison Square, qui disait : « Mme T prétend que H est malade. Ne pas lui faire confiance. Venez à Gramercy Park, dix-huit heures. »

Pour se calmer, Marian s'arrêta chez un marchand de glace de la Cinquième Avenue et se vengea sur un sorbet à la fraise. Ensuite, elle prit un fiacre pour se rendre chez la femme qui l'avait secondée dans le Comité de lutte contre la débauche. Au bout d'une demi-heure de conversation concernant les idées et le travail de divers membres, y compris sa nièce, Marian fut convaincue que son interlocutrice ne savait rien des innombrables excursions de Helen dans le Triangle.

Cependant, lorsqu'elle eut pris congé, elle succomba une nouvelle fois au doute. Elle songea que cette bonne amie avait pu, par courtoisie et respect, éviter ce qu'elle savait être un sujet douloureux. En conséquence, Marian prit un fiacre pour rendre visite à une femme avec qui elle ne partageait ni affection ni sympathie, et qui n'avait été admise dans le comité que parce que son mari occupait le poste prestigieux de responsable des travaux publics de la ville. Cette seconde dame n'étant pas une amie, Marian était certaine que, si elle savait quoi que ce soit des excursions solitaires de Helen, elle ne manquerait pas d'exprimer sa compassion au sujet des désastreuses aventures dont la jeune femme avait dû être victime.

Malgré une certaine méfiance vis-à-vis de la visite impromptue de Marian, cette dame se montra très polie. Seule sa remarque selon laquelle « avec un temps aussi changeant que celui-ci, il est affreusement difficile de conserver la fraîcheur de sa tenue plus de deux heures d'affilée » aurait pu être interprétée comme subrepticement malveillante.

Marian tritura nerveusement les poignets tachés de transpiration de sa robe et acquiesça d'un air sombre : « Oh oui, je suis entièrement d'accord. »

D'un pas lent, elle rentra à Gramercy Park depuis la 15e Rue Ouest au niveau de la Cinquième Avenue, et diverses connaissances qu'elle croisa s'offensèrent quand leurs saluts amicaux et remarques plaisantes restèrent sans réponse.

Marian était plongée dans ses pensées avec une concentration qu'elle avait du mal à mobiliser, réfléchissant à ce qu'elle devait faire pour obtenir le retour de sa nièce au presbytère. Si le bruit courait que celle-ci avait abandonné son père pour s'installer dans la demeure d'une excentrique veuve de second rang, leur situation deviendrait fâcheuse – et cela, même si personne n'était au courant de ses visites dans le Triangle Noir.

Durant les trois quarts d'heure que Marian avait passés en compagnie de la dame qui n'était pas son amie, de grands nuages orageux s'étaient amassés par l'ouest au-dessus de la ville. Si elle n'avait pas eu l'esprit si occupé par la disgrâce de Helen, Marian aurait sûrement pris un fiacre, mais marcher l'apaisait un peu. Elle fut surprise par un déluge qui s'abattit sans crier gare avec une intensité épouvantable. Même en courant un peu sur le dernier pâté de maisons, elle arriva devant chez elle trempée et échevelée.

Peter Wish ouvrit aussitôt la porte quand elle frappa avec précipitation. Marian pénétra dans le hall, de l'eau ruisselant de sa robe désormais fichue.

« Peter, Monsieur Phair est-il à la maison ? Est-il rentré ?

— Oui, Madame », répondit-il avec hésitation, tandis que devant le miroir du hall Marian défaisait son chapeau et retirait sa voilette. Leur teinture avait fait couler sur son visage de pâles traits bleus.

« Est-il dans sa chambre ?

— Oui… Madame, répondit-il, à nouveau avec une certaine hésitation.

— Qu'y a-t-il, Peter ? », demanda-t-elle en tournant complètement son visage bleu vers lui.

Amy Amyst passa la tête par la porte du salon.

« Vous êtes seule, Madame ? demanda-t-elle dans un murmure angoissé.

— Bien sûr, avec qui voulez-vous que je sois ? Amy, venez à l'étage immédiatement pour m'aider à retirer ces vêtements ! »

Peter Wish joignit fermement ses mains aux jointures blanches devant son gilet.

« Ce sont les enfants, Madame, dit Amy Amyst. Et Katie Cooley. Il est presque dix-sept heures et ils ne sont pas rentrés depuis ce matin. On espérait qu'ils seraient avec vous ! »

CHAPITRE 39

Lena Shanks était assise près du miroir fixé au cadre de la fenêtre, et ne jetait que de temps à autre un rapide coup d'œil directement sur la foule de King Street en contrebas. Depuis leur retour du New Jersey, Lena et les siens n'avaient pas été repérés, et leur présence n'était connue que de quelques femmes en qui on pouvait avoir une confiance absolue. Pet Margery Porter n'avait même pas dit à son père que c'était Lena qui avait tout organisé pour que le jeune monsieur à l'air morose se fasse piéger, et le vieil homme décharné – puisqu'il avait été remboursé de son argent – n'avait posé aucune question à sa fille.

Malgré tout, songeait Lena, une femme n'était jamais trop prudente, et elle ne quittait pas sa place plus de quelques heures par jour. Elle en était venue à connaître les gens qui fréquentaient King Street par leur apparence, leurs activités et leurs habitudes, à les connaître presque intimement, même s'ils ignoraient la présence d'une observatrice dans cette chambre du premier étage.

Louisa restait constamment avec Charlotta Kegoe

au rez-de-chaussée et, parfaitement déguisée, ne s'aventurait que rarement dehors pour ses affaires avec les banques. Elle avait progressivement converti les avoirs de la famille en titres négociables. Une moitié de ces documents se trouvaient enfermés dans une boîte rangée sous le fauteuil de Lena, et l'autre avait été cousue dans la doublure de ses jupons. Après que la mort soudaine et imprévisible de Daisy eut démontré la vulnérabilité aussi bien de Lena que de sa fille, elles avaient trouvé préférable que l'accès à leur fortune ne dépende pas uniquement des compétences de faussaire de Louisa.

Les jumeaux faisaient preuve d'autant de prudence que leur tante et leur grand-mère. Comme ils étaient petits et que personne ne les remarquait – du moins, quand ils n'étaient pas ensemble –, ils faisaient de parfaits messagers ou coursiers ; et la confiance que Lena et Louisa plaçaient en eux était infinie. Rob et Ella jouaient toujours leur rôle avec diligence et enthousiasme. Ils étaient tout aussi heureux d'aller courir des kilomètres à l'autre bout de la ville pour recopier un simple nom sur une plaque de cuivre à l'entrée d'un bâtiment, que de passer des heures le soir à suivre Pet Margery qui faisait le tour des tripots, même si cela impliquait de se faire frapper et rudoyer par ces petites brutes de vendeurs de journaux, chasser par la police ou donner la leçon par quelques bonnes âmes. Et quand on n'avait pas besoin d'eux, ils restaient dans la pénombre de la chambre de leur grand-mère, assis en tailleur sur le lit, à jouer à l'écarté ou au pinochle. Ils avaient chacun une tasse en porcelaine rouge ébréchée

– cadeaux de Maggie Kizer datant d'une époque plus heureuse – et les pennies qu'ils misaient l'un contre l'autre s'entassaient pour l'heure dans la tasse d'Ella, et seraient à nouveau perdus quelques jours plus tard pour emplir celle de Rob.

Ce lundi après-midi, ils avaient délaissé leurs cartes pour grimper au grenier. Par un trou dans le toit, ils voyaient la North River et les centaines de bateaux qui y naviguaient. Une grande tempête en provenance des falaises du New Jersey s'était abattue sur l'eau grise. Les navires tanguaient monstrueusement et plusieurs parurent même sur le point de chavirer. Les nuages s'assombrirent, descendant très bas, et soudain une pluie torrentielle se mit à tomber. Elle inonda le visage surpris des enfants, mouilla leurs vêtements et forma de petites flaques sur le sol jonché de paille du grenier.

Ella recula rapidement, retira ses lunettes neuves et les essuya sur l'ourlet de sa jupe.

Ils redescendirent dans la chambre de leur grand-mère. La porte était fermée mais un petit coup caractéristique leur permit d'entrer.

La pluie battait si fort contre les vitres des deux fenêtres de la pièce que, durant un moment, on n'entendit rien d'autre. Cependant, Rob et Ella s'étaient à peine avancés qu'ils distinguèrent une petite voix qui pleurait : « Maman, maman ! »

Dans un grand fauteuil provenant du logement de Charlotta Kegoe et placé pile en face de Lena Shanks, deux petits enfants étaient attachés avec une épaisse courroie en cuir. Le plus âgé, un garçon, s'agitait et pleurait piteusement en réclamant sa mère. La fillette, plus jeune, regardait fixement la vieille femme. Ils étaient vêtus de tabliers bleus trempés par la pluie.

Mary la Pleureuse, dernièrement connue sous le nom de Katie Cooley, fit un signe de tête amical à Rob et Ella.

« C'était du gâteau, soupira-t-elle, du gâteau. J'aurais pu rester pour les bijoux, mais je voulais pas compromettre les plans de Lena. Surtout pas, pour rien au monde. Leur mère avait des bijoux magnifiques, ça je peux vous le dire, et pas qu'un peu. Ses deux plus beaux sont assis juste là, dit-elle d'un ton lugubre en faisant un signe de tête vers les bambins attachés dans le fauteuil. Je les ai ramenés mais, je vais vous dire, ils ont bien failli se noyer, ces bijoux, se faire emporter…

— Descends, Mary, la coupa Lena, dis à Louisa d'amener du thé.

— Mais bien sûr ! », répondit Mary la Pleureuse avant de secouer amicalement les épaules de Rob et Ella en sortant.

Lena Shanks détacha un instant son attention des deux petits et fit signe à Rob et Ella de s'approcher.

« Venez », dit-elle.

Ils s'exécutèrent tranquillement. Ella fit le tour et prit place entre Lena et la fenêtre contre laquelle battaient les gouttes. Rob se mit de l'autre côté de sa grand-mère.

Edwin et Edith Phair les considéraient d'un air inquiet. Ils savaient que jamais leur mère ne les aurait laissés fréquenter des enfants si pauvrement vêtus.

« Maman ! s'exclama Edwin. Maman veut qu'on rentre !

— Pas du tout, dit Ella avec un sourire. Vous allez vivre ici avec nous, maintenant.

— Ici ? demanda Edith en observant avec stupeur la pièce sombre et misérable.

— Non ! cria Edwin. Maman veut qu'on rentre ! Nous vivons près du parc, nous…

— Votre mère vous a vendus, dit Rob, et Lena Shanks posa sa main rugueuse sur les beaux doigts effilés de son petit-fils. Donc maintenant, vous êtes à nous, tous les deux, et c'est tout. À partir d'aujourd'hui, vous vivrez ici.

— Non ! », s'écria Edwin en fondant bruyamment en larmes.

Ella se pencha en avant, tourna plusieurs bagues de sa main droite et gifla violemment Edwin. Il s'arrêta de pleurer, stupéfait, puis se mit à gémir de douleur. Il porta la main à sa joue et contempla, interdit, le sang qu'il avait sur les doigts.

D'un air songeur, Ella lécha les gouttelettes rouges sur ses bagues.

« Il va falloir être sage, dit Rob avec un sourire. Sinon, on va devoir vous vendre. On vous donnera à un fabricant de boudins, et il vous jettera dans une grande cuve brûlante pour vous faire fondre jusqu'à ce qu'il ne reste que vos os et vos cheveux, alors on vendra vos os à un monsieur qui les sculptera en petits soldats pour que je joue avec, et on transformera vos cheveux en perruque pour ma sœur. »

Edwin se recroquevilla, terrifié, et tira sur la courroie en cuir qui le serrait très fort au niveau du ventre.

« Je m'appelle Edith, dit poliment sa sœur, et je suis très, très mouillée. »

Cette nuit-là, Edwin et Edith Phair dormirent sur une paillasse à côté du lit de Lena Shanks. La fillette, malgré la rugosité inhabituelle de la chemise que Rob lui avait fait enfiler en remplacement de ses vêtements trempés, s'endormit immédiatement et ne bougea pas de la nuit. Edwin, en revanche, avec un petit éclat dans son regard maussade, avait essayé de prolonger la soirée, vaguement persuadé que sa sœur et lui auraient plus de chance d'être retrouvés par leur mère s'il restait debout. Il insista pour montrer aux jumeaux et à leur grand-mère toutes les agiles acrobaties qu'il connaissait : la façon dont il pouvait marcher sur les mains, danser autour des meubles avec une série de gracieux sauts périlleux et tournoyer sur lui-même avec une bougie allumée en équilibre sur le nez. Rob et Ella applaudirent cette prestation de bon cœur, Lena eut même un petit sourire en coin ; mais à vingt et une heures, les joyeux applaudissements cessèrent, le sourire s'effaça du visage ridé, et Edwin fut attaché dans le lit à côté de sa sœur. Bien qu'il tentât de rester éveillé derrière ses paupières closes, il était si exténué par cette journée étrange et la situation déplaisante dans laquelle il se trouvait qu'il ne tarda pas à sombrer dans l'inconscience, ses yeux brûlants de larmes pressés contre les cheveux emmêlés de sa sœur.

Le lendemain matin, les enfants goûtèrent du café pour la première fois de leur vie et dévorèrent les maigres pâtisseries livrées à leur porte par une grande femme effrayante dont les bijoux, peints sur sa peau, les fascinèrent.

Cette dernière s'entretint en chuchotant avec la grosse femme, sans jamais s'arrêter de jeter des regards froids sur la malheureuse progéniture de Marian Phair. Au bout d'un moment, on fit venir les jumeaux pour leur donner de brèves instructions.

« Edith, dit alors Rob en se tournant avec un grand sourire vers la petite fille, tu vas venir avec moi, aujourd'hui.

— À la maison ? demanda Edith. Au parc ?

— Elle est ici, ta maison, sourit Rob. Voici tes vêtements, laisse-moi t'aider à les mettre. Regarde comment on fait. »

Tandis qu'Edwin les observait, horrifié – car avec un an de plus que sa sœur, il comprenait la situation infiniment mieux –, Rob habilla Edith de fins haillons bruns, assombrit le rose de ses joues avec de la suie puis la couvrit de cendre. La petite riait, et elle raconta confusément la réaction de sa mère le jour où elle était revenue du parc à peu près dans le même état.

Quand Rob eut terminé la transformation de la fillette, Lena Shanks dit : « Viens », et fit signe à Edith d'approcher. Celle-ci s'avança timidement.

« Tourne », lui intima Lena, mais la petite resta crispée sans bouger. Elle jeta un regard à Rob – et non à son frère – pour savoir quoi faire.

Il signifia avec ses doigts qu'elle devait tourner sur elle-même et lui fit un sourire d'encouragement. Edith obéit.

« Bien, bien, dit Lena en indiquant à l'enfant de disposer.

— Et moi ? », demanda Edwin d'une voix timorée.

Personne ne lui répondit et sa sœur gloussa.

Rob, qui avait revêtu un accoutrement similaire, prit la main d'Edith et l'emmena.

« Au revoir, Edwin, dit-elle sur le seuil. Au revoir ! »

Celui-ci se rua vers la porte, mais Rob la lui claqua au visage, et le garçon s'effondra en pleurant sur le sol nu.

La femme aux bijoux peints glissa une clé dans la serrure pour sortir.

« Quelqu'un viendra pour toi plus tard... », murmura-t-elle à Edwin avec malveillance.

Il se tourna piteusement vers Ella et Lena Shanks.

« Le monsieur à la cuve ?! s'exclama-t-il. Elle va ramener le monsieur à la cuve ?!

— Approche, dit Ella, qui se tenait près de la fenêtre. Vite », ajouta-t-elle en le voyant hésiter.

Edwin se précipita vers elle, qui lui montra quelque chose dans la rue.

« Qu'est-ce qu'il y a ? Qu'est-ce qu'il faut voir ?

— Là ! dit-elle. Ta sœur, avec Rob. »

Deux petits mendiants marchaient d'un pas guilleret dans la rue, évitant les charrettes et les carrioles tirées par des chèvres. Alors qu'Edwin regardait, sa sœur tomba la tête la première sur le trottoir boueux de King Street, et il retint son souffle. Rob l'extirpa de la fange et lui maintint les mains le long du corps quand elle essaya instinctivement de se défaire de la saleté. Elle se débattit un moment avant de se soumettre, puis ils poursuivirent leur chemin et disparurent à la vue d'Edwin.

« Sois comme ta sœur, dit Ella. Ne parle pas, allonge-toi sur le lit et reste tranquille, ou je te jette par la fenêtre pour être débarrassée ! »

Pendant plusieurs heures, Edwin resta donc assis sur le lit, silencieux et maussade. Il supplia qu'on le laisse aller aux toilettes, mais Ella se contenta de lui montrer le pot de chambre sous le lit. Humilié, Edwin détourna le regard, et comprit finalement qu'il lui faudrait s'y résoudre.

Quelques minutes plus tard, Ella vint le trouver sur sa paillasse et lui jeta un paquet de cartes avec lequel il s'amusa par intermittence et de manière craintive.

Ella Shanks, tranquillement assise aux côtés de sa grand-mère, lui lisait le journal à voix haute, une colonne après l'autre, quel que soit le sujet : la liste des faillites de Brooklyn occupant autant leur attention que le récit de l'arrivée de Lillie Langtry[1] à New York.

Lena Shanks, dans l'ombre des épais rideaux, ne quittait pas son miroir des yeux. À un moment, cependant, elle posa la main sur l'épaule d'Ella, signal qui fit immédiatement taire la fillette, puis elle s'adressa à Edwin : « Tu aimes faire des tours, *nicht?* »

Le garçon acquiesça mollement.

« Montre-moi encore. »

1. Emilie Charlotte Le Breton (1853-1929), connue sous le nom de Lillie Langtry, est une actrice de théâtre britannique et une célèbre personnalité mondaine. Elle fut notamment la proche amie d'Oscar Wilde.

Edwin descendit de la paillasse et, gauche et sans enthousiasme, se mit à marcher sur les mains en cercle.

« Mieux ! Mieux ! cria Lena. Hier soir, tu faisais mieux ! »

Edwin exécuta alors une série de roues avec une dextérité presque agressive.

« Oui ! Oui ! s'exclama Ella en applaudissant. Comme ça ! »

On frappa brièvement à la porte, et Edwin, espérant qu'il s'agisse de sa mère, de son père ou de quelqu'un de sa connaissance, tomba au sol à l'heureuse perspective d'être secouru.

C'était la femme aux bijoux peints, accompagnée d'un homme mince, avec un visage bleu cireux, des yeux enfoncés et une moue sceptique. Il portait un costume bleu, un gilet vert et un chapeau en feutre de la même couleur.

« C'est le garçon », dit-il avec une certitude cadavérique.

Lena Shanks hocha la tête.

« Saut périlleux avant », ordonna-t-il à Edwin.

Edwin le fixa.

« Il est sourd ?! », cria l'homme.

L'enfant s'exécuta.

« Arrière ! »

Il obéit à nouveau.

L'homme plongea la main dans la poche de son manteau et en sortit une paire de minuscules chaussons. Il les jeta devant Edwin.

« Mets ça. »

Edwin enfonça ses pieds dedans.

« Ils doivent pas bouger d'un pouce, dit l'homme en le toisant. Et maintenant, tu vas faire un saut périlleux et retomber dedans. »

Edwin regarda ses pieds un instant puis il fit l'acrobatie. Les chaussons étaient exactement au même endroit.

« Très bien, dit l'homme décharné, sa moue se détendant légèrement pour la première fois. Fillette, lança-t-il à Ella, va me chercher des bouteilles – bière, vin, vides, pleines, je m'en fiche. »

Elle sortit en courant et l'homme ordonna à Edwin de marcher sur les mains, sur les poings, sur le bout de trois doigts. Il y avait quelque chose dans son attention qui donnait envie à Edwin de faire de son mieux, comme si réussir allait le sauver de la cuve, alors il tournoyait dans tous les sens avec un abandon qu'il n'avait jamais osé afficher à Gramercy Park ou devant son grand-père.

Quand Ella revint avec huit bouteilles de bière brune, l'homme décharné les prit et les aligna au centre de la pièce, à une cinquantaine de centimètres les unes des autres.

Il se mit au bout de la ligne et fit signe à Edwin d'approcher.

« Par le goulot de la bouteille. »

Edwin s'accroupit et saisit le col effilé des deux mains.

« Allez, hop ! »

Le petit lança ses jambes en l'air et son corps s'éleva en chandelle au-dessus de la bouteille. Celle-ci oscilla une fois, puis demeura droite, à son emplacement initial.

« Tiens la position ! »

Edwin resta parfaitement immobile.

« Sur une main ! »

Il retira une main.

« Bouteille suivante ! »

Sans faire bouger la première, il tendit le bras et attrapa le goulot de la plus proche. Son corps se mut impeccablement dans l'espace entre les deux.

« Lâche la première ! »

Edwin lâcha et la bouteille tomba, mais il resta en suspension au-dessus de la deuxième.

« C'est mauvais ! Mauvais ! », s'écria l'homme décharné en donnant un coup de pied mécontent dans la première bouteille qu'il envoya valser pour l'enlever du passage.

Rougissant non seulement à cause du sang qui lui montait à la tête mais par colère envers sa propre maladresse, Edwin passa à la troisième sans incident, puis continua vers la quatrième, et ce jusqu'à la huitième, avant de recommencer. Il avançait avec toujours plus d'aisance, et les bouteilles, qui tremblaient un peu au début, semblèrent ensuite comme collées au sol avec de la glu.

« La tête sur la bouteille ! cria l'homme.

— Hein ! », s'exclama l'enfant, songeant à protester contre la difficulté de ce tour, mais la moue de l'homme qui, du point de vue d'Edwin à l'envers, faisait comme un méchant rictus, le réduisit au silence. Il baissa soigneusement la tête sur les lèvres de verre puis lâcha lentement ses mains. Il oscilla et renversa les bouteilles les plus proches, mais resta en appui sur le sommet de la sienne. Trouvant son équilibre, il redressa progressivement les jambes et croisa les bras sur sa poitrine. Il eut un sourire triomphal.

« Attrape ! », cria l'homme décharné en lançant au garçon un harmonica.

Edwin décroisa rapidement les bras et tendit les mains pour attraper l'objet. Il le manqua et l'harmonica se retrouva par terre. En remuant les bras comme les ailes d'un moulin, il baissa une main au niveau du sol et parvint à le récupérer. Il le porta à sa bouche et sortit un son strident.

« Pouah ! dit l'homme. Tu sais pas jouer ! »

Edwin tomba à la renverse.

« Non ! Non ! cria-t-il. Je sais pas jouer ! Mais qui vous êtes ?! »

Il se tourna vers Lena Shanks et Ella. Toutes deux se mirent à applaudir sa prestation sans enthousiasme.

« Vous êtes l'homme avec la cuve ? s'alarma Edwin.

— La cuve ? »

Il secoua la tête.

« Il convient ? demanda Lena.

— Ça ira, répondit l'homme. Vous en voulez combien ?

— Mon grand-père est riche ! cria Edwin. Il vous donnera onze mille dollars si vous me ramenez !

— Orphelin, expliqua Lena tandis qu'Ella administrait un bon coup de pied dans le dos d'Edwin pour qu'il s'étale devant l'homme décharné en train de l'acheter.

— Vous en voulez combien ? répéta l'homme.

— Vingt-cinq, c'est tout. Et il travaille pour rien cinq ans. Mais vous devez l'emmener loin. Loin de New York.

— Dis, mon gars ! s'écria l'homme avec un frémissement de sa moue. T'as déjà vu le Mississippi ? Et la Californie ? »

CHAPITRE 40

Les cheveux mouillés et en désordre, les vêtements dégoulinant de pluie infusée de teinture bleu pâle, Marian Phair courait frénétiquement d'une pièce à l'autre de la maison de Gramercy Park, criant le nom de ses enfants, appelant désespérément Katie Cooley, les domestiques, son mari, son père et la police.

Abattu, Duncan était assis dans son bureau, les mains croisées sur les yeux et dos à la porte par laquelle sa femme faisait violemment irruption toutes les cinq minutes avant de repartir en se tordant les doigts de détresse.

« Les références, Marian… se risqua-t-il avec calme tandis qu'elle se tenait devant lui, tremblante et inspirant de grandes goulées d'air. Avez-vous demandé des références à cette fille ?

— Des références ! hurla Marian. Bien sûr, qu'elle avait des références ! Elle avait les meilleures références au monde !

— Lesquelles ?

— Je ne sais pas ! Comment pourrais-je me rappeler une signature gribouillée dans un moment pareil ! Oh, mon Dieu ! Edwin ! Edith ! Edith ! »

La pluie battait les fenêtres et Marian cria pour que quelqu'un la fasse cesser.

« Pauvre Edwin ! Pauvre Edith ! glapit-elle. Les jeter dans une carriole de gitans n'aurait pas été pire ! »

Marian Phair avait toujours considéré ses enfants comme des sortes d'ornements. Ils étaient faits de chair, ils avaient parfois une volonté propre, il leur fallait à boire, à manger et de quoi s'occuper, mais du point de vue de leur mère, ils n'avaient d'importance que lorsqu'ils apparaissaient en public à ses côtés, avec de beaux habits et de belles manières. Il y avait eu des moments où la conscience de Marian l'avait assaillie à cause de sa réticence à reconnaître Edwin et Edith comme des créatures dotées d'une âme ou de besoins d'affection ou d'attention quotidienne ; mais elle avait toujours étouffé cette conscience en se disant que, quand les enfants seraient plus grands et auraient développé un peu de conversation, elle leur permettrait de rester plus souvent avec elle. Edith, en particulier, était une petite chose docile qui pourrait être dressée à atteindre les objectifs que Marian jugerait appropriés ; et Edwin gagnerait nécessairement en stature avec l'âge, si ce n'est par ses réussites, par sa position en tant qu'héritier présumé de la famille. Mais à présent, ils étaient perdus. Et sa conscience ne la laissait pas en paix.

Marian soupçonnait également qu'elle était l'objet d'un complot mené par des personnes jalouses de sa récente ascension sociale ; et les conspirateurs s'en prenaient à elle à travers ses enfants. Elle ordonna à Duncan d'envoyer des télégrammes au chef de la police, au maire, à tous les journaux, exigeant de savoir comment il était possible que deux enfants parfaitement élevés se fassent enlever dans un parc de la ville. Il fallait offrir des récompenses pour leur retour, faire fouiller tous les véhicules publics et privés qui sortaient de New York et diffuser leur signalement dans tout le pays.

Un instant après avoir formulé à son mari une autre de ces exigences plutôt logiques, quoique somme toute peu réalisables, Marian se précipitait pour ouvrir les rideaux dans l'espoir de voir Edwin et Edith dans la rue, frappait aux portes closes dans l'espoir qu'ils soient derrière, ou courait d'une pièce à l'autre de manière frénétique comme si ses enfants la fuyaient et qu'elle devait les fatiguer pour les rattraper. Dans la cuisine, elle fustigea même le cuisinier, l'accusant de les avoir enfermés dans le four.

En passant devant l'escalier qui menait aux chambres des domestiques situées au grenier, où elle avait cherché ses bébés derrière des entassements de cadres de tableaux et sous des piles de vieux vêtements rangés dans des malles sentant le renfermé, Marian regarda par la fenêtre dégoulinante et vit son père se diriger vers la maison d'un pas pressé sous un grand parapluie. Elle retroussa ses jupons et dévala les trois étages, faisant tomber avec fracas au passage un vase rempli de roses qui se trouvait sur le palier. Les yeux écarquillés et échevelée, elle ouvrit brusquement la porte d'entrée et se jeta dans les bras d'un James Stallworth stupéfait.

« Marian ! s'écria-t-il. Que se passe-t-il ?! »

Le télégramme qu'elle lui avait envoyé plus tôt dans la journée ne trahissait aucune angoisse, et le juge fut ébahi de trouver sa fille dans un tel état.

« C'est Edwin et Edith… haleta-t-elle.

— Quoi ?

— Ils sont morts ! hurla-t-elle.

— Morts ?!

— Morts ! Ils…

— Non, Monsieur, intervint Peter Wish, arrivé sans faire de bruit dans le hall, mais ils ont disparu. Ils…

— Pas ici, dit James Stallworth en tirant Marian vers l'intérieur. Où est Duncan ?

— Ici ! Il refuse de sortir pour aller les chercher ! Il s'en moque ! Il ne…

— Peter, dit le juge Stallworth, aidez-moi à transporter Madame Phair jusqu'à sa chambre. Envoyez une bonne pour rester avec elle puis faites venir le médecin. Vous avez compris ? »

On conduisit Marian dans sa chambre où elle fut déshabillée par Amy Amyst, que les accusations de sa maîtresse sidéraient : « Oh, s'il vous plaît, Amy ! gémit Marian. Si vous êtes de mèche avec cette fille, cette Katie Cooley, dites-lui que nous paierons ce qu'elle voudra pour que les enfants nous soient rendus sains et saufs ! Tout ce qu'elle voudra ! Dites-lui de donner un prix, n'importe lequel, on lui apportera l'argent ! Vous lui donnerez vous-même et personne n'en saura rien ! »

Le juge entra dans le bureau de Duncan sans frapper. Lentement, ce dernier leva ses yeux rougis et las.

« Que s'est-il passé ? Dites-moi ce que vous savez. Marian est hystérique, j'ai envoyé chercher un médecin pour qu'il lui donne un sédatif. Où sont mes petits-enfants ?

— Nous n'en savons rien, répondit Duncan d'une voix étranglée. Ils sont sortis avec Marian et la nourrice ce matin. Marian les a laissés dans le parc de Madison Square. À quatorze heures, alors qu'ils auraient déjà dû être rentrés pour leur repas, Amy est allée les chercher, et ils n'étaient plus là-bas. Nous espérions qu'ils seraient en fait restés avec Marian, mais elle ne sait rien.

— Avez-vous prévenu la police ?

— Bien sûr. Je m'en suis occupé immédiatement. Deux agents sont venus et je leur ai donné des photographies des enfants et un signalement de leurs vêtements.

— Y a-t-il eu une demande de rançon ?

— Non ! Nous n'avons aucune idée de ce qui leur est arrivé, à eux ou à la nourrice.

— Pourtant votre nourrice était fiable ! Cela fait trois ans qu'elle est ici – depuis la naissance d'Edith, n'est-ce pas ?

— Celle-là est à l'hôpital – elle s'est fait casser les jambes la semaine dernière. Celle dont je parle n'a été embauchée par Marian que samedi, elle l'a rencontrée au parc – celui de Madison Square, d'ailleurs. Elle a trouvé ses références satisfaisantes et l'a embauchée sur-le-champ !

— Bon, reprit le juge Stallworth après une longue pause, vous avez votre explication, alors. Cette nourrice était une criminelle. Elle a pris les enfants pour les cacher quelque part, et elle essaye probablement de rédiger sa lettre de rançon en ce moment même. Il ne fait aucun doute qu'Edwin et Edith sont saufs et au sec quelque part en ville – effrayés, assurément, mais saufs et au sec. Marian a été irresponsable de gérer les affaires familiales de cette façon ! J'aurais dû emmener Edwin vivre avec moi. Je suis sûr qu'il aurait préféré Washington Square à Gramercy Park. Je regrette maintenant de ne pas l'avoir fait ! En l'état actuel des choses, nous devons simplement attendre la demande de rançon. Espérons au moins que cette fille agisse seule et qu'elle n'aura pas d'exigences excessives. Oui, espérons-le…

— Espérons surtout, dit Duncan, que ce n'est pas un coup de Lena Shanks et de sa famille… voilà ce qu'il faut espérer !

— Vous sombrez dans les inepties, dit froidement le juge. Je vous l'ai dit, les classes inférieures ne se vengent pas de leurs supérieurs. Nous avons affaire à un acte purement motivé par l'appât du gain.

— La nourrice des enfants a été attaquée par une gamine de dix ans dans la rue. Les Shanks avaient une fille de cet âge-là… pourquoi ne serait-ce pas elle ? Ensuite, une de leurs complices aura été envoyée se faire passer pour une nourrice afin d'enlever Edwin et Edith. Cela vous semble-t-il impossible ?

— C'est un plan trop complexe. Ces gens du Triangle Noir sont capables d'assassiner des agents de police à coups de pavés, ils sont capables de kidnapper des enfants perdus, ils sont capables de détrousser des passants dans une ruelle sombre – mais ils ne sont certainement pas capables d'un tel stratagème. Duncan, vous me paraissez aussi hystérique que Marian.

— Souvenez-vous, Père, que la semaine dernière, j'ai été attaqué dans le hall de mon propre bureau et que j'aurais très bien pu y être assassiné si je n'avais pas eu la chance de m'échapper – le mobile n'était clairement pas l'argent. Et souvenez-vous, ajouta-t-il avec gravité, je vous en prie, souvenez-vous que Benjamin a également disparu et que nous ne savons pas plus où il se trouve qu'Edwin et Edith… »

Les protestations du juge furent interrompues par un gémissement surnaturel en provenance de l'étage, une voix de maniaque étranglée qui hurlait : « Edwin !… Edith !… Edith !… »

Deux heures plus tard, Duncan revint de Mulberry Street où il s'était rendu au bureau des enfants perdus dans le faible espoir de retrouver les siens parmi les centaines d'êtres, de toutes classes et de toutes sortes, qu'on ramassait chaque jour dans les rues de New York. Amy Amyst était en bas des escaliers, s'agrippant à la rampe à s'en blanchir les jointures.

« Alors, Monsieur ! Y a-t-il des nouvelles ?

— Aucune, dit-il avant de marquer une pause, guettant la voix de sa femme. Madame Phair…

— Elle est là-haut. Elle dort enfin. Le médecin est venu et lui a donné du laudanum, il a dit qu'il ferait dépêcher une infirmière par l'agence pour s'occuper d'elle. Et l'agence l'a envoyée avec les papiers précisant son salaire. Le juge Stallworth l'a embauchée – il est dans le petit salon avec le Révérend, ils vous attendent pour dîner, Monsieur. J'ai…

— Merci Amy, dit Duncan précipitamment. Je vais monter. »

La porte de la chambre de sa femme était fermée et il l'ouvrit avec beaucoup de précaution. Dans la pâle lueur de la lampe, Marian était allongée dans le lit, débraillée et agitée. Ses cheveux humides et emmêlés reposaient sur les oreillers amidonnés. Une jeune femme aux traits durs était assise à son chevet, vêtue de velours sombre et d'un bonnet de dentelle qui masquait entièrement sa chevelure. Elle interrompit un instant son tricot et regarda Duncan.

« Est-ce qu'elle va bien ? », demanda-t-il à voix basse.

L'infirmière hocha la tête et reprit son ouvrage.

« Quand se réveillera-t-elle ? »

L'infirmière haussa les épaules sans lever les yeux.

Duncan se retira précautionneusement de la chambre.

Quand il se retourna, Amy Amyst se tenait devant lui.

« Monsieur, je suis venue vous dire : cette infirmière est la meilleure qui soit, mais elle ne peut pas prononcer un mot. Elle est muette. »

CHAPITRE 41

Après la visite de sa sœur le lundi matin, Edward Stallworth avait passé une journée assez morne. Que Benjamin ait disparu et que Helen l'ait abandonné pour vivre avec une veuve de la guerre de Sécession complètement folle étaient des événements qui avaient éraflé et cabossé sa vie parfaitement lisse. Il n'avait eu aucune nouvelle de son fils et essayait de se convaincre que celui-ci se trouvait quelque part en cellule de dégrisement et n'avait pas les moyens de payer la caution ni le courage d'informer les siens de son impuissance. De son côté, Helen, quoique malade, persévérait dans sa résolution de quitter le presbytère.

Lorsqu'il apprit, obéissant au télégraphe de Marian le convoquant à Gramercy Park à dix-huit heures, qu'Edwin et Edith avaient également disparu, le révérend se mit à craindre pour la sécurité de son garçon presque autant que pour sa propre réputation.

Ce soir-là, le juge, son fils et son gendre ne formaient pas un joyeux trio. Ils imaginèrent une centaine de stratégies pour qu'on leur restitue la troisième génération de la famille – Edwin, Edith, Benjamin et Helen leur ayant été ravis en l'espace de deux jours – et chacune de ces stratégies fut finalement jugée inefficace. Duncan se proposa de retourner à Mulberry Street, mais Edward refusait toujours qu'on signale la disparition de Benjamin : « Si j'allais au presbytère maintenant, nul doute que je l'y trouverais.

— Envoyez Peter Wish, dit le juge avec cruauté. Envoyez Peter Wish pour savoir si Benjamin est bel et bien revenu.

— Non, non... murmura Edward, nous aurons peut-être besoin de lui pour aller chercher des médicaments pour Marian ou porter un message. Je suis sûr qu'à mon retour ce soir, je trouverai Benjamin endormi dans son lit. Peut-être Helen sera-t-elle revenue elle aussi... »

Le juge détourna le regard, écœuré.

« Eh bien, rentrez, Edward. Si vous êtes tellement optimiste quant au fait de les trouver à la maison, rentrez et envoyez-nous un mot pour nous faire part de votre bonne fortune. Cela nous ferait du bien, après une journée pareille. »

Mais Edward, qui savait au fond de lui que ni Benjamin ni Helen ne seraient au presbytère, s'attarda autant qu'il put et aurait dormi à Gramercy Park si on le lui avait proposé, ou s'il n'avait pas eu trop honte pour le demander.

Toutefois, minuit finit par arriver, et il dut rentrer chez lui. Le presbytère était plongé dans le noir, vide et silencieux. Le révérend passa la nuit dans son bureau, son fauteuil tourné vers la fenêtre qui donnait sur la 25e Rue. Il retenait d'une main un coin de la tenture et scrutait la rue déserte. Malgré sa patience fiévreuse, il ne vit passer qu'un fiacre, dans la dernière heure avant l'aube.

Le lendemain matin, il s'habilla péniblement et se dirigea d'un pas lourd vers Gramercy Park. Durant la nuit, il n'y avait eu aucune nouvelle d'Edwin et Edith.

« Je retourne au bureau des enfants perdus, déclara Duncan. Je vous conseille de m'accompagner, Edward, et de signaler la disparition de Benjamin.

— Oui, répondit-il d'une voix faible, j'ai apporté une photographie de lui. »

Après avoir vérifié que ni Edwin ni Edith n'avaient été retrouvés, Duncan se chargea pour son beau-frère de la terrible déclaration au bureau des personnes disparues. Le fiacre qu'ils prirent en repartant vers les quartiers chics n'avait pour destination ni Gramercy Park ni le presbytère, mais l'Hôpital Bellevue.

Là-bas, au bureau des admissions, ils apprirent qu'aucun enfant non identifié – et personne ne correspondant à la description de Benjamin – n'avait été admis à l'hôpital cette semaine-là. Un gamin était mort de la tuberculose la nuit précédente, mais il avait au moins dix ans et ses parents avaient réclamé le corps.

Quand ils sortirent du bâtiment, Edward serait reparti chez lui si Duncan ne l'avait pas retenu avec un mot.

Edward se retourna et son beau-frère lui montra du doigt une petite porte basse fichée dans la façade gris acier de l'hôpital. Au-dessus, des lettres dorées luisant dans l'éclatant soleil matinal formaient un unique mot : *morgue*.

« Non ! s'exclama Edward. Il ne faut pas y aller ! Ils ne sont pas là ! Si… si le pire était arrivé, la police serait déjà au courant. La police nous aurait envoyé des signalements. La police… »

Sans répondre, Duncan s'avança vers la petite porte, et son beau-frère le suivit, ses protestations se muant en propos inarticulés avant de cesser complètement.

La morgue de New York, où les corps non réclamés découverts dans les différents quartiers restaient exposés quarante-huit heures dans l'espoir qu'ils puissent être identifiés, était une seule pièce d'environ dix mètres carrés. L'avant de la salle était une allée d'un mètre cinquante de large avec un sol en briques jaunes récurées. Près de la porte se trouvait un bureau derrière lequel était assis un employé dont la principale fonction était de s'assurer que les curieux ou les morbides, fréquemment attirés par cet endroit, se comportent avec le respect dû aux défunts anonymes. Deux pauvres chaises étaient appuyées contre le lambris en un simulacre d'hospitalité, comme si les gens pouvaient venir ici par hasard et avoir besoin de se reposer ou de discuter un peu avant de repartir.

Un mur de verre séparait cet étroit couloir d'observation du reste de la pièce. De l'autre côté, le sol était incliné jusqu'à une rigole en métal au bas de la vitre. On pouvait y voir quatre tables d'autopsie en pierre avec des pieds en fer forgé. Les corps étaient disposés dessus, la tête posée sur une brique et les pieds calés contre un rebord de métal les empêchant de glisser. Bien que séparés d'eux par une vitre, les morts n'étaient qu'à quelques centimètres des observateurs.

Un fin jet d'eau, pompé depuis l'East River à proximité, cascadait en continu depuis le haut de chaque table afin de préserver les cadavres de la putréfaction – du moins, quand celle-ci n'avait pas déjà commencé. L'eau passait sur les corps et se répandait dans les sillons qui bordaient les tables, se déversait au sol par un trou dans la pierre avant de disparaître dans la rigole. C'était le gargouillis de cette eau ruisselante plutôt que l'odeur de la mort qui était le plus oppressant dans cette pièce.

Tandis que Duncan parlait à l'employé de la morgue, Edward scrutait nerveusement les sombres murs bruts et le sol de brique irrégulier de la pièce.

« Il n'y a pas d'enfants ici, dit l'employé. Nous n'en avons pas eu depuis une semaine, à part deux bébés asiatiques abandonnés dans un sac de farine dans Shinbone Alley, mais… »

Incapable de se retenir, Edward passa devant le bureau et s'avança vers la vitre. D'ici, il avait une vue dégagée sur les quatre tables de pierre dans leurs cadres en fer forgé ironiquement ornementés.

Sur la première reposait le corps d'une jeune femme aux cheveux noirs. Elle avait un visage grossier et caoutchouteux qui semblait vibrer d'une expression contenue sous l'effet du filet d'eau qui l'éclaboussait.

Sur la deuxième se trouvait un vieil homme ; le drap qui masquait pudiquement le corps de la femme ayant dans son cas été replié au niveau de sa taille. L'eau sur son visage formait de fins ruisselets à travers les poils épais et emmêlés de sa poitrine pour venir continuellement – et inutilement – nettoyer les deux perforations bleuâtres faites par les balles dans son ventre.

La troisième table était vide et l'eau coulait sur toute sa longueur tel un linceul gris.

Quand il vit la silhouette sur la quatrième, Edward Stallworth poussa un cri inarticulé et s'effondra contre la vitre en la griffant.

L'employé se leva, raclant bruyamment sa chaise contre les briques. Duncan Phair se précipita vers le révérend et tenta de l'éloigner.

« Benjamin... », lâcha Edward.

Muet d'horreur, il pointait son doigt vers la vitre. Sur la quatrième table, le drap mouillé attaché autour de sa gorge tranchée, reposait Benjamin Stallworth.

Edward n'avait pas immédiatement reconnu le visage apoplectique et tendu de son fils, les lèvres bleues entrouvertes en une grimace, si bien que l'eau éclaboussait ses dents – des dents qui paraissaient anormalement longues tant ses gencives avaient rétréci dans sa bouche. Ses yeux globuleux semblaient écarquillés sous les paupières cousues, comme s'il luttait pour poser une dernière fois le regard sur son père. La peau de ses joues était tirée et verdâtre. Ses cheveux ternes et mouillés étaient coiffés en arrière et attachés avec un cordon noir noué autour de sa tête.

« Benjamin !! », cria le révérend en pressant son front brûlant contre la vitre froide qui le séparait du mort.

CHAPITRE 42

Après avoir ajourné son audience en ce triste mardi après-midi, le juge James Stallworth prit un fiacre pour se rendre directement au presbytère de l'église de Madison Square. Il y fut accueilli par un pleureur professionnel, dont la morosité longuement pratiquée n'arrivait cependant pas à la cheville de celle du juge.

Le vieil homme fut directement introduit dans le petit salon. L'assistant du croque-mort alla à la fenêtre et y écarta l'une des tentures pour laisser entrer une lueur réticente dans cette pièce obscure. Le cercueil, recouvert d'un drap mortuaire, reposait sur des tréteaux en acajou installés sur la rosette centrale du tapis sombre. Le juge regarda machinalement dedans.

Même s'il avait vu des mourants et des morts de nombreuses fois auparavant, James Stallworth détourna rapidement son regard du corps de son petit-fils. Aucun homme n'avait jamais paru moins serein dans la mort. La décomposition, retardée par l'eau de l'East River à Bellevue, marquait déjà le visage de Benjamin. La bouche crispée et les yeux globuleux tiraient sur les sutures qui parvenaient à peine à les tenir fermés. Le cou était tristement ratatiné dans son col, si bien qu'à présent, plus que jamais, sa tête ressemblait à une courge blanchâtre montée sur un bâton.

« Je suis le juge James Stallworth, dit le vieil homme à l'assistant, sans même le regarder. Où est mon fils ?

— Dans sa chambre, il me semble, murmura l'assistant en laissant retomber la tenture. Monsieur Duncan Phair est avec lui, je crois. »

D'un pas raide, le juge se dirigea virilement vers la porte, mais la poignée en verre cliqueta dans sa main tremblante.

À l'étage, Edward était étendu sur son lit, presque comme un cadavre. De la sueur perlait autour de son cuir chevelu, et l'oreiller était humide sous sa joue brûlante.

« Alors Duncan, dit le juge d'une voix forte, quelles nouvelles ? Quelles nouvelles de tous ces ennuis ?

— Père… murmura celui-ci d'un ton inquiet, venez avec moi en bas. Ne parlons pas devant Edward.

— Il n'y a plus ni d'espoir ni de soins à lui prodiguer. Peu importe ce que nous dirons devant lui. Edwin et Edith ont-ils été retrouvés ?

— Non. Mais suivez-moi, Père. Edward est malade, Marian est sous sédatif, Helen n'est pas en mesure de venir. Il n'y a personne d'autre que vous et moi pour veiller Benjamin. Et ça doit être fait. »

Le juge Stallworth ne protesta pas davantage et suivit son gendre au rez-de-chaussée. Des bougies avaient été placées à la tête du cercueil, mais le visage du défunt était si blême et effrayant dans cette lueur vacillante que Duncan alla déposer le chandelier à l'autre bout de la pièce. Il le plaça entre deux chaises, de sorte que, lorsque le juge et lui s'assirent, ils ne voyaient plus le cercueil.

« Duncan, dit le juge une fois l'assistant du croque-mort remercié, je suis aussi affligé qu'Edward. Ce sont d'épouvantables calamités qui se sont abattues sur nous, les unes après les autres. Comme vous, j'en suis venu à croire qu'elles ne sont pas sans lien.

— En effet, dit Duncan, je le crains.

— J'ai douté un moment. J'ai douté aussi longtemps qu'il m'a été possible, mais me voici désormais accablé par la certitude.

— Le jour où sa fille est morte à West Houston Street, Lena Shanks a maudit notre famille, déclara Duncan. Trois des siens avaient perdu la vie, a-t-elle dit – son mari Cornelius, Maggie Kizer et sa fille Daisy, l'avorteuse. Les Stallworth étaient responsables. Elle a dit qu'elle ferait en sorte que trois des nôtres meurent.

— Avec Benjamin, cela fait un, dit le juge en jetant un regard morose au cercueil de son petit-fils. Et je crains qu'Edwin et Edith ne constituent le complément de cette malédiction.

— Nous n'en sommes pas certains ! s'exclama Duncan.

— À présent, trois des nôtres sont morts, poursuivit le juge, ignorant cette interruption. Benjamin, Edwin et Edith, trois de mes quatre petits-enfants m'ont été enlevés – et qui sait si Helen guérira de son infection ? Lena Shanks a pris sa revanche sur nos membres les plus faibles – les deux enfants et ce nigaud, ce simplet de Benjamin. Ah, si seulement l'une de ces victimes avait pu être vous, Duncan !

— Père !

— Si seulement le coupable avait pris la place des innocents – car tout cela est votre faute. C'est votre lien illicite avec cette fille de joie qui…

— C'est vous qui avez condamné Maggie à mort ! protesta Duncan. Et c'est vous qui avez fait pendre le mari de Lena la Noire, qui l'avez envoyée sur l'île et tenté de lui retirer ses enfants ! C'est vous…

— Edwin et Edith sont sûrement morts, dit le juge Stallworth d'une voix atroce et confuse. Lena la Noire est maintenant satisfaite. Elle a assassiné trois Stallworth. Nous n'avons plus à nous soucier d'elle. Les gens verront peut-être notre malheur, mais ils ne sauront jamais que celui-ci a été engendré par l'un des nôtres. Je ne vais pas engager de poursuites après elle, et nous n'allons pas informer la police de l'identité de l'assassin. Nous allons les laisser chercher Edwin et Edith, mais nous ne pouvons pas vraiment espérer qu'ils les retrouvent.

— Mais sûrement que…

— C'est une terrible épreuve à laquelle vous nous condamnez, Duncan ! Une terrible épreuve ! »

Les obsèques et l'enterrement de Benjamin Stallworth furent sans doute les plus dépouillés, les plus rapides et les plus secrets de tout le mois d'octobre 1882 à New York. Même Maggie Kizer avait été enterrée sur Blackwell's Island sous le regard d'un prêtre, des deux témoins réglementaires et de quelques fossoyeurs de la prison des hommes. Un groupe de badauds avait aussi assisté à l'inhumation de Daisy Shanks sur la 80e Rue. Lors de cette cérémonie austère dans un recoin austère du carré des Stallworth au cimetière de Greenwood à Brooklyn, seuls l'aumônier, le juge Stallworth et Duncan Phair se tenaient devant le cercueil suspendu par des courroies en cuir au-dessus de la tombe. Les jardiniers du cimetière avaient servi de porteurs et étaient repartis.

Le juge se demanda avec amertume combien de temps s'écoulerait avant qu'on ne doive encore dépenser cinq dollars pour creuser un nouveau trou à l'intérieur des charmantes clôtures en fer forgé qui délimitaient la concession des Stallworth dans ce jardin de tombes. Sans doute très peu, songea-t-il, la seule question étant de savoir quel serait le nom sur la stèle qu'on y élèverait.

Le juge lança une cuillerée de terre sur le cercueil en ébène et jeta la cuillère dans un massif – où plus tard, l'aumônier dut la chercher durant une demi-heure –, puis retourna avec Duncan à Gramercy Park.

Marian était au plus mal. Ses incohérences avaient dégénéré en délire. Le laudanum avait seulement réduit celui-ci à un incessant murmure à peine articulé. Elle suppliait qu'on fasse venir Duncan et, l'instant d'après, lançait de sévères imprécations contre Helen et sa décision de fréquenter Madame Taunton. Dans son esprit, elle préparait les enfants pour aller au parc et exhortait Edwin à cesser ses acrobaties. Elle mettait fiévreusement en garde les dames du Comité de lutte contre la débauche face aux dangers des fausses références.

Le juge se tenait à côté du lit et attendait qu'elle le reconnaisse. Au bout de quelques minutes, ses yeux rouges et bouffis, cherchant dans toute la pièce, finirent par tomber sur lui et elle se mit à gémir : « Edwin ! Edith ! Edith ! »

Elle s'accrocha au pantalon de son père avec une telle violence que ses ongles en déchirèrent le tissu.

Se levant immédiatement de sa chaise, l'infirmière attrapa les mains de Marian – malgré la puissance déchaînée de la démente – et les croisa de force sur sa poitrine. D'une secousse de la frange de faux cheveux roux qui lui barrait le front telle une frise, elle enjoignit au juge de quitter la pièce.

Il trouva Amy Amyst de l'autre côté du couloir, dans la chambre de Duncan, et lui posa des questions sur l'infirmière. Amy n'avait que des louanges pour la jeune femme.

« C'est la seule – elle hésita à formuler une critique envers sa maîtresse, mais le juge lui fit signe de poursuivre – qui arrive à faire taire Madame Phair. Elle lui donne à manger, elle fait en sorte qu'elle ne s'excite pas trop et qu'elle n'entende rien qui puisse l'inquiéter. Elle ne quitte pas plus la chambre que Madame Phair. Monsieur, sans vouloir dire du mal de Madame, parce qu'évidemment, avec tous les problèmes qui frappent la famille, c'est pas étonnant qu'elle ait perdu pied, mais on devenait fous à cause des cris…

— C'est une bonne chose que nous ayons trouvé une infirmière capable de s'occuper d'elle, dit le juge.

— Celle-là, elle est forte comme un boucher, fit remarquer Amy avec admiration. Et ça change rien qu'elle parle pas. Rien du tout. »

Ce jour-là et les deux qui suivirent, Marian ne fut lucide qu'à deux reprises, mais dans ces moments – au milieu de la nuit –, seule l'infirmière était présente. Et Marian eut beau lui poser une centaine de questions concernant ses enfants, son mari et son propre état de santé, elle ne reçut absolument aucune réponse. Elle était trop faible pour se lever, et sa voix, trop lasse pour appeler ; et une dose plus forte de laudanum, vite administrée par l'infirmière, renvoya sa raison dans la somnolence et le silence.

Durant ces deux jours, tout New York parla du malheur des Stallworth : la mort de Benjamin, les enfants disparus, Marian qu'on disait folle, et la rumeur selon laquelle Helen s'était enfuie en Syrie avec un missionnaire sans le sou. C'est Simeon Lightner, dans le *Tribune*, qui écrivait avec le plus de détails et la plus grande fréquence au sujet de ces infortunes ; il éprouvait une joie secrète et un peu coupable à énumérer les revers de cette famille qui l'avait si longtemps tenu sous sa coupe. Eux étaient si préoccupés qu'ils ne songèrent même pas à protester – et cette absence de réaction face au traitement qui leur était fait amoindrit quelque peu son plaisir.

La ville s'intéressait surtout à l'enlèvement des enfants, Edwin et Edith Phair – adorables créatures entourées de mystère. Benjamin avait bêtement fréquenté des lieux dangereux, Marian était connue pour son despotisme, et la fugue amoureuse d'une fille de pasteur surprotégée n'avait rien d'inédit

– mais deux jolis enfants délicieusement innocents enlevés par une fausse nourrice, voilà qui provoquait une certaine excitation.

Le juge Stallworth avait triplé la récompense qu'il offrait pour leur retour, et la police les avait cherchés avec une minutie inhabituelle. Leur portrait parut dans les quotidiens, et des copies de leur photographie de Pâques furent tirées à des centaines d'exemplaires, dépassant même les ventes de celles de Lillie Langtry et d'Oscar Wilde.

L'hypothèse que personne ne songeait à remettre en cause était que les enfants se trouvaient toujours ensemble. Qu'ils soient captifs dans un grenier de Five Points, gisant les membres déchiquetés au fond d'un puits asséché du Connecticut ou en train de pleurer dans les rues d'un canton endormi du New Jersey, on se les représentait toujours en compagnie l'un de l'autre.

Il était donc peu probable qu'on les retrouve un jour. Edith Phair était devenue une gamine des rues insouciante, entièrement dévouée à Rob, qui se montrait beaucoup plus gentil avec elle qu'Edwin ne l'avait jamais été. Chaque jour, elle portait une tenue différente sans qu'on lui dise de ne pas la salir. Chaque jour, elle découvrait un nouveau coin de la ville et, chaque jour, elle jouait à un nouveau jeu : quémandant parfois de l'argent à des inconnus à qui elle racontait que sa maman était très, très malade, ou bien exécutant une petite danse pour détourner l'attention d'une belle jeune femme dont Rob convoitait le mouchoir en dentelle. Elle parlait souvent de sa mère et demandait à Rob quand on la ramènerait à la maison. Rob lui répondait toujours : « Demain. » Et Edith le croyait toujours.

Edwin Phair donnait trois spectacles par soir dans un théâtre de variétés de Cincinnati, dans l'Ohio, qui consistaient à marcher sur une rangée de bouteilles de lait vides. Un journal avait déjà écrit à son propos qu'il était « capable de faire avec une chandelle des choses plus surprenantes que plaisantes ». Le garçon comprenait vaguement qu'on l'avait enlevé et se sentait parfois coupable de ne pas essayer de s'échapper pour retrouver ses parents. Mais on l'avait prévenu qu'il était déconseillé d'envisager cette option, et des dangers qu'elle présentait ; il décida alors prudemment qu'il apprendrait à lire et à écrire afin d'envoyer des lettres à son grand-père et à sa mère pour leur raconter ce qu'il était devenu. Il était presque certain qu'ils auraient remarqué son absence d'ici là.

Mais en réalité, dans sa captivité, il jouissait d'un degré de liberté qu'il n'avait jamais connu auparavant. Il avait le droit de manger ce qu'il voulait, autant qu'il le voulait ; il portait des vêtements terriblement voyants ; de très jolies dames qui montaient aussi sur scène le cajolaient et le dorlotaient, et on lui avait donné une petite malle rien qu'à lui, avec son nom écrit en lettres dorées sur le dessus – son nom avait été modifié d'Edwin Phair en « Elfin Defair », plus commercial –, et dont le contenu lui appartenait exclusivement. Il en possédait l'unique clé, qu'il gardait accrochée à une chaîne en or autour de son cou. On ne l'embarrassait pas de leçons et d'instruction, hormis celles qui visaient à parfaire ses prouesses de gymnaste ; et, chaque soir, il recevait les applaudissements retentissants de centaines d'hommes, de femmes et d'enfants. Edwin songeait assez souvent à sa mère et à son père, mais il ne prenait jamais de leurs nouvelles. D'une manière qu'il pensait ingénieusement trompeuse, il se contentait chaque matin de demander à l'homme décharné, son maître, dans quelle ville ils se trouvaient et s'ils étaient de retour à New York. Mais il n'était jamais particulièrement déçu par la réponse qui était invariablement : « Non. »

CHAPITRE 43

Madame Taunton avait sans doute raison de penser que la nouvelle de la mort de son frère et de l'enlèvement de ses deux cousins aurait un effet terriblement délétère sur Helen. Sa protégée souffrait d'une forte fièvre, symptôme d'une maladie que le médecin ne sut identifier mais qui parfois la laissait faible et lucide, et parfois la hissait à des sommets vertigineux de délire indomptable.

Madame Taunton comprit que le trouble de la jeune femme résultait sans doute de sa décision de quitter la maison de son père. Pendant les vingt trois années de sa vie, Helen n'avait jamais osé contrarier la volonté de son père et de son grand-père, même en pensée. S'opposer catégoriquement à leur opinion et leur autorité n'était pas un acte sans conséquence, et nécessitait une dose considérable de courage. La fièvre qui l'avait frappée à son départ du presbytère s'était aggravée à cause d'un coup de froid, contracté dans la fraîcheur humide de l'aube de ce dimanche-là.

Même dans les moments où elle avait l'esprit clair, elle ne s'enquérait jamais des siens, et Madame

Taunton comprenait que cette réticence ne témoignait en rien d'une diminution de son affection, mais trouvait plutôt sa source dans le sentiment très fort chez sa protégée d'avoir trahi les Stallworth, et en particulier son père. Gramercy Park, Washington Square et le presbytère n'avaient jamais été de grands sujets de discussion entre elles, et la veuve n'eut aucun mal à se montrer évasive ou à mentir afin de cacher à Helen les funestes malheurs de sa famille.

Durant ces heures où elle se languissait, fiévreuse, dans son lit en regardant l'avancée du soleil qui dardait ses premiers rayons dans un coin de la confortable chambre, et les derniers, dans l'angle opposé, son cœur affectueux n'était pas submergé de pensées pour son clan. À la place, le Triangle Noir occupait toute sa conscience éveillée – et ses rêves également : les dizaines, voire centaines de personnes qu'elle avait rencontrées, auxquelles elle avait parlé, qu'elle avait aidées, pour lesquelles elle avait prié et qu'elle avait aimées. Elle suppliait Madame Taunton de lui donner des nouvelles de ces gens, exigeait de savoir si tel jeune livreur de journaux à qui elles avaient acheté des vêtements gagnait maintenant suffisamment d'argent pour s'offrir une chambre à vingt-cinq *cents* la nuit, si les gencives de telle dentellière avaient guéri, si le charpentier à qui elles avaient trouvé du travail sur le chantier du pont de l'East River avait cessé de boire. Quand son hôte pouvait lui rapporter une évolution favorable de ces cas, elle le faisait de bon cœur ; et quand elle ne le pouvait pas, elle présentait leur échec avec le plus de légèreté possible en concluant qu'il y avait assurément de l'espoir dans le futur proche pour l'homme, la femme, l'enfant ou la famille en question. Elle promettait en toute sincérité de transmettre les messages d'affection que Helen adressait à Annie et Jemmie.

Toute la soirée, alors que son grand-père était assis à côté du cadavre de son frère au presbytère, le sommeil de Helen fut perturbé par des rêves, non pas des Stallworth, mais des résidents de la première maison où elle s'était rendue sur King Street.

La femme et son enfant dans le grenier mouraient de froid et de faim, et la chair du révérend Gratitude Jones pendait tels les plis d'un éléphant autour de son frêle squelette noir. La prostituée de l'autre côté du couloir avait perdu ses cheveux orange à cause de la maladie et sombré dans le dénuement. Le jeune homme dans l'appartement du dessous était sur le point de se faire poignarder dans le cœur par un admirateur jaloux. Le vieil homme et sa femme ouvraient et fermaient leur bouche ronde et noire comme des poissons à l'agonie au fond d'une barque puis, pour filer la métaphore de son rêve, tombaient du lit, trempés, et convulsaient au sol, en proie à d'atroces souffrances. Un meurtrier s'était introduit par la fenêtre du rez-de-chaussée et s'apprêtait à trancher les poignets et la gorge de la jeune femme qui y résidait afin de lui voler les bijoux tatoués sur son corps.

Helen se réveilla en sueur avec pour seule certitude qu'on avait besoin d'elle à King Street. Tous les occupants de cette maison l'appelaient à l'aide. Elle se leva dans la chambre obscure en frissonnant et, sans avoir la moindre idée de l'heure qu'il était et sans même essayer d'étouffer les bruits de ses mouvements, elle s'habilla à la hâte, prit son sac, s'assura qu'elle avait suffisamment d'argent et descendit en vitesse, cherchant partout du regard un domestique qui pourrait l'accompagner dans le Triangle Noir.

Les cloches d'une église sonnèrent trois coups et Helen s'arrêta dans le hall, se rendant compte qu'à une heure si précoce, aucun des domestiques ne serait levé et qu'elle devrait s'y rendre seule. Elle se précipita dans le petit salon, alluma une chandelle et écrivit le message suivant au bureau de Madame Taunton :

> Je dois y retourner, ma très chère Anne. Je sais qu'on a besoin de moi, et quand j'aurai accompli tout ce qui est en mon pouvoir – tout ce qui est nécessaire –, je reviendrai à vos côtés. Votre fille à jamais dévouée (car j'aimerais être votre fille),
>
> Helen Stallworth
>
> *Post-scriptum.* Je me sens mieux maintenant, et j'ai hâte, oh tellement hâte, de faire mon devoir.

Elle plia la feuille en deux, griffonna *Anne* dessus, souffla la chandelle et quitta rapidement la maison.

Il n'y avait pas de fiacre sur la 18e Rue et aucun non plus sur la Quatrième Avenue. Helen, quoique fiévreuse et épuisée, décida qu'elle marcherait jusqu'à King Street, et ainsi, sans même se donner la peine de guetter un éventuel véhicule pour la conduire à destination, elle se lança à grands pas dans la nuit froide. Un quart d'heure plus tard, elle passa devant la maison de son grand-père à Washington Square mais ne leva même pas les yeux pour voir s'il y avait de la lumière aux fenêtres.

Elle se dépêchait, faisant se balancer sa coiffe qu'elle tenait par les cordons, car elle avait trop chaud pour se couvrir la tête, même de quelque chose d'aussi léger. Bien que réveillée depuis plus d'une heure à présent, elle n'avait rien perdu de la virulente conviction de son rêve et demeurait fermement convaincue que les gens de la maison de King Street allaient périr si elle ne courait pas leur porter secours.

Helen ne se souvenait pas que la mère et son enfant étaient morts, ni que le vieil homme et sa femme avaient succombé peu de temps après. Ses forces déclinantes, son souffle court et son cerveau embrumé la pressaient vers le Triangle Noir, au lieu de la retenir. Elle devait atteindre cette maison avant de s'effondrer. Si elle fléchissait ou s'attardait un peu pour recouvrer ses facultés, elle arriverait trop tard et ils seraient morts de faim, de maladie ou auraient été purement et simplement assassinés dans leur lit.

Aux abords du Triangle Noir, elle se hâta encore plus. Ceux qui arpentaient les rues aussi tard furent sidérés par le spectre de cette jeune dame qui marchait d'un pas vif, malade et échevelée, haletant pour reprendre un semblant de souffle, trébuchant à chaque irrégularité du trottoir et s'accrochant aux lampadaires pour mieux se relancer dans sa course.

Enfin, Helen atteignit MacDougal Street et elle se précipita le long de cette artère familière jusqu'à King Street. Au coin de la rue, au troisième étage d'une maison, un piano désaccordé et mélancolique jouait « Ô bénis-moi, Mère ». Et, dans les derniers stades éplorés d'une nuit de débauche, un duo d'ivrognes à la voix cassée entonna l'ultime couplet :

J'entends une douce musique
Oh, apaise mon front brûlant !
Les anges d'en haut me font signe,
Enfin, je suis content ;
Alors bénis-moi, Mère, avant que je meure,
Et serre-moi contre ton cœur !
Je te manquerai, mère, énormément,
Oh, embrasse-moi, je pars maintenant.

Helen eut un éclat de rire de soulagement, car la maison lui apparut enfin, à peine visible dans l'obscurité qui régnait dans cette rue étroite. Sa voix étranglée se joignit au refrain discordant de « Ô bénis-moi, Mère », et elle avança en titubant. Elle s'arrêta un instant devant le perron, pressa sa main moite contre son cœur pantelant et monta les marches.

La porte était fermée et Helen se mit à frapper frénétiquement.

« S'il vous plaît ! s'écria-t-elle. Je suis venue... »

Quelqu'un ouvrit d'un coup, et dans l'embrasure se tenait la femme aux bijoux tatoués sur les poignets et dans le cou. Elle était pieds nus et portait une courte robe bleue.

Helen poussa un cri de joie en constatant qu'elle n'était pas morte.

« Dieu merci ! haleta-t-elle. Je suis venue… »

Et elle s'effondra sur le seuil. Sa tête heurta le bord de la première marche et elle s'érafla la joue jusqu'au sang sur les briques.

Charlotta Kegoe souleva la jeune femme inconsciente et la transporta à l'intérieur. Un instant plus tard, Rob fit son apparition et ramassa le sac et la coiffe de Helen. Il jeta un rapide coup d'œil de chaque côté de la rue déserte puis rentra dans la maison à reculons et referma la porte d'un coup de pied.

Un peu plus loin, le refrain retentit à nouveau dans un duo larmoyant :

Oh, bénis-moi, Mère !
Bénis-moi, avant que je meure ;
Oh, bénis-moi, Mère,
Oh, bénis-moi, avant que je meure.

Madame Taunton, après avoir lu la note que Helen avait laissée sur le bureau du petit salon, avait supposé que sa protégée était retournée au presbytère. Helen avait manifestement découvert les afflictions qui pesaient sur sa famille et était partie subrepticement, sachant que son amie chercherait à l'en dissuader. Madame Taunton interrogea minutieusement ses domestiques pour savoir si l'un d'entre eux avait parlé à Helen de la mort de son frère, ou même s'ils en avaient discuté entre eux à un endroit où la malade aurait pu surprendre leur conversation. Aucun n'admit une telle indiscrétion, et Madame Taunton, connaissant leur loyauté, les crut. Faute de mieux, elle attribua la fuite de Helen à l'intuition d'une âme pleine d'empathie.

La veuve se retint avec tact d'aller lui rendre visite dans ce moment difficile et se priva même du plaisir de lui écrire. Elle savait que son intimité avec Helen était vue d'un mauvais œil par les Stallworth, et elle répugnait à susciter des rapports conflictuels dans des circonstances aussi tristes. Elle regrettait que Helen soit partie avant de s'être complètement rétablie mais se dit que, maintenant que cette dernière était rentrée chez elle, il ne servait à rien de la faire revenir ; elle pourrait récupérer aussi bien sur la 25e Rue que sur la Deuxième Avenue.

Dans les journaux, Madame Taunton suivit l'avancée décevante des recherches pour retrouver les petits Phair, ainsi que l'enquête sur le meurtre de Benjamin Stallworth. En lisant la description des obsèques publiée dans le *Herald* – récit obtenu via l'aumônier de Greenwood contre une somme importante restée confidentielle –, elle fut surprise d'apprendre que Helen n'était pas présente, alors qu'elle avait quitté sa maison tôt le matin de l'enterrement. La veuve supposa qu'elle était soit abattue par le chagrin soit trop affectée par celui de son père pour assister à la cérémonie.

Cependant, le lendemain, vendredi, n'ayant toujours pas de nouvelles, Madame Taunton s'inquiéta et, se demandant avec méfiance si la fièvre n'avait pas frappé Helen avec une vigueur accrue, elle envoya un message au presbytère par coursier. Ce dernier avait pour instruction d'attendre une réponse, mais le domestique à la porte soutint sèchement que Mademoiselle Helen n'étant pas là, celle-ci ne pouvait pas répondre.

Madame Taunton en fut perturbée et espéra qu'il y eût une explication très simple à cette absence ; qu'elle était partie rendre une brève visite à sa tante et son oncle à Gramercy Park ou à son grand-père à Washington Square. Elle se résigna à cette interprétation optimiste pour la soirée, mais le jour suivant, attendit avec impatience une réponse à sa lettre.

En vain. Elle dépêcha un autre messager qui reçut le même accueil. Le samedi en fin d'après-midi, Madame Taunton en personne se tenait devant le presbytère et frappa à la porte. Vêtue de ses plus beaux habits de deuil en l'honneur du frère de Helen, elle ressemblait, en somme, à la dramatique manifestation de la Mort en marche.

La domestique, avec une attitude presque revêche, lui fit savoir que Helen n'était pas là. Quand Madame Taunton demanda si on pouvait lui permettre de parler au révérend, la domestique rétorqua que son maître était submergé de chagrin après la mort de son fils et qu'il n'était pas en mesure de parler à quiconque.

« Mais, s'il vous plaît, insista-t-elle, dites-moi si Mademoiselle Stallworth réside bien ici. Ou simplement quand elle sera de retour.

— Ah, bien sûr ! s'écria la domestique. C'est seulement qu'elle n'est pas là pour l'instant ! »

Quand Helen avait quitté le presbytère le lundi matin, le révérend avait donné comme consigne à ses employés d'affirmer à ceux qui leur poseraient des questions que Helen résidait bien toujours ici mais « qu'elle n'était pas à la maison en ce moment ».

« Je suis si soulagée de l'entendre ! Alors, quand elle reviendra, veuillez lui remettre cette lettre et lui dire qu'Anne attend de ses nouvelles avec impatience.

— Mais certainement », répondit la domestique avec un sourire, satisfaite de la réussite de son mensonge – puis elle se retira.

Madame Taunton s'en alla l'esprit grandement apaisé.

À ce moment précis, Helen Stallworth reposait sur une étroite couche plaquée contre le mur sous l'unique fenêtre de la chambre de Charlotta Kegoe. Elle avait la peau du visage distendue et couverte de taches sur le pourtour, et Rob venait quotidiennement ramasser et tresser les cheveux tombés de son crâne. Au bout de trois jours, durant lesquels elle n'avait mangé que quelques cuillerées de ragoût d'huîtres, elle était presque chauve et tellement faible que lorsqu'elle roulait de sa paillasse sur le sol nu, elle n'avait pas la force de bouger la tête et restait le nez dans la poussière.

La fièvre avait détruit ses facultés intellectuelles et elle ne savait pas où elle était ni de quoi elle souffrait. Elle n'entendit rien quand Ella lui lut le récit de la mort de son frère et de ses obsèques, elle ne sentit rien quand Rob écrivit un poème sur la plante de ses pieds osseux avec une plume et de l'encre violette, et elle ne vit rien quand sa cousine Edith, ébahie de trouver un visage familier dans un environnement qui l'était si peu, agita une poupée de paille sous ses yeux en lui disant : « Joue avec moi, Helen ! Joue avec moi ! »

CHAPITRE 44

Après avoir assisté à l'enterrement de Benjamin mercredi matin, Duncan Phair était allé à Mulberry Street prendre des nouvelles de l'enquête sur la fausse nourrice et les meurtriers de son neveu. Cette visite, et celles qu'il rendit les matins suivants, étaient de pure forme, car Duncan n'avait aucun doute que Lena Shanks était derrière tout ceci ; il nourrissait également une croyance dans la capacité presque surnaturelle de cette femme à ne pas se faire détecter. C'était un ange noir, et sa famille était composée de démons vengeurs. Duncan n'avait que peu d'espoir de revoir un jour ses enfants ailleurs que dans un cercueil.

Il passait ses journées à Pearl Street. S'il n'était guère en état de plaider, le travail simple et ordinaire du cabinet l'apaisait un peu et l'empêchait de penser, pour quelques minutes au moins, à ce qui lui était arrivé ainsi qu'aux siens. La nuit, c'était la boisson qui lui procurait cet oubli. Il allait voir sa femme dans sa chambre chaque soir mais la trouvait invariablement dans un sommeil cataleptique, l'infirmière muette lui indiquant qu'elle n'était pas près d'en sortir. Dans la salle à manger, après le dîner, il buvait du vin, assis à la table, se répétait sans cesse tout ce qu'il avait perdu et retraçait les actes et les événements qui avaient conduit sa vie dans une passe si désespérée.

Il buvait parce qu'après quelques heures, lors de ces longues veillées silencieuses, le vin le désensibilisait et l'envie de dormir le prenait malgré les cauchemars qui accompagnaient systématiquement son sommeil. Si terrifiants et irrationnels que fussent ces abominables rêves, ils n'étaient jamais pires que la réalité à laquelle ils finissaient inévitablement par laisser place.

Le samedi après-midi, à son bureau de Pearl Street, Duncan reçut un courrier glissé sous la porte sans que le coursier ne se présente au clerc. La lettre disait :

> Sam. 17h.
>
> Duncan,
>
> Jai entendu parler de vos récents ennuis et je compatis pleinement avec vous. Je suis heureux de vous apprendre que jai reçu des infos qui vous mèneront directement à vos enfants Ed et Edith. Elles seront dispo ce soir à dix-neuf heures à la cave à opium du 46 Mott Street. Quand le Chinois à l'entrée demandera le mot de passe, dites simplement *Dollie*. Allez en bas et demandez encore *Dollie*. Elle veut pas la récompense parce qu'elle veut

pas que les gens sachent où elle habite, mais apportez 300 $ sinon elle dira rien. Je serai là aussi mais pas la peine de m'attendre dehors, faut pas qu'on nous voit ensemble.

Votre ami,
S. Lightner

La missive était déconcertante, mais bienvenue. Rien qu'à l'adresse sur l'enveloppe, Duncan avait reconnu l'expéditeur. Si le contenu ne l'avait pas rendu si euphorique, peut-être aurait-il été plus troublé par la formulation, très différente du style bien particulier de Simeon ; mais cette incongruité fut balayée par l'écriture familière et, plus encore, par l'espoir que suscitait ce courrier.

Souriant pour la première fois depuis presque une semaine, Duncan rédigea une lettre de change de cinq cents dollars et envoya un des clercs la convertir en argent liquide. Avec cette somme en poche, il s'offrit un repas plus substantiel qu'il n'en avait consommé depuis longtemps. Ses pensées étaient alors optimistes.

Trois cents dollars lui paieraient le renseignement qui ramènerait Edwin et Edith, que Duncan, en vérité, aimait beaucoup ; et le retour de ses enfants, pensait-il, le réconcilierait sans nul doute avec le juge. Marian se ressaisirait, et le wagon des Stallworth roulerait à nouveau sur les rails de la prospérité et de la félicité. Pour éviter d'envisager les éventuelles complications qui pourraient venir contrarier ce succès au schéma on ne peut plus simpliste, Duncan songea avec allégresse aux années à venir, quand le juge serait mort et que Marian aurait hérité la majeure partie de sa fortune. Quand il serait conseiller municipal, et Marian, arbitre de la mode. Quand Edith serait une belle jeune femme et qu'il la marierait lors de la cérémonie la plus somptueuse que New York ait jamais connue. Quand Edwin, l'héritier reconnu des Stallworth, serait un jeune homme qui ferait à juste titre la fierté de n'importe quel père. Un palais en face du parc, un cottage à Newport ou à Saratoga, des voyages en Europe et même des invitations dans des cours princières... Duncan se mit en route pour Mott Street rêvant de richesses surpassant l'imagination et d'honneurs surpassant l'orgueil.

Il n'envisagea pas un instant que, si Edwin et Edith étaient encore en vie, il y avait donc deux Stallworth voués à mourir.

Edward redoutait le sommeil, car depuis qu'on l'avait ramené dans son lit après qu'il s'était effondré à la morgue de Bellevue, il ne rêvait plus que de Benjamin : pas le jeune homme inexpérimenté, décevant et malchanceux qu'il était devenu, ni l'enfant, déjà décevant et malchanceux de l'époque, mais le mort, étendu sur une table d'autopsie en pierre, sa tête blafarde posée sur sa gorge tranchée – une terne ligne rouge-noire de sang coagulé. Dans ces rêves, la table penchée s'inclinait tant que la dépouille de Benjamin finissait par se renverser dans les bras tendus et épouvantés de son père. La tête bringuebalante s'arrachait des épaules et allait s'écraser sur les briques jaunes de la morgue. Le samedi matin, Edward enfila un peignoir noir molletonné et descendit, encore tremblant de cette terrifiante et récurrente vision.

Sur son bureau, il trouva une grande pile de faire-part de décès qui sentaient encore l'encre. Ces cinq cents rectangles de carton ornés d'un gaufrage en forme d'arbre tombé, symbole de l'homme fauché dans la fleur de l'âge, portaient l'inscription : « En souvenir affectueux de Benjamin Stallworth, décédé le 15 octobre 1882 à l'âge de vingt-deux ans. Enterré au cimetière de Greenwood le 18 octobre. » À côté, se trouvaient dix boîtes de papier à lettres et d'enveloppes bordés de noir. Edward supposa que c'était Marian qui s'était souciée de ces détails et il lui en fut reconnaissant. Il ne se rappela alors que vaguement l'hystérie de sa sœur après la disparition de ses propres enfants et il supposa qu'à la lumière sinistre de la douleur plus forte encore de son frère, elle s'était remise.

Il prit l'un des faire-part et l'examina attentivement ; il avait quelque chose d'indécemment familier. Il sonna une domestique, et au moment même où il ordonnait qu'elle lui apporte le thé, il se remémora soudain le repas du dimanche – moins d'un mois auparavant, seulement – où toute la famille avait reçu de telles cartes, chacune annonçant la mort de son destinataire. Il s'interrompit au milieu de sa phrase.

« Aggie, dit-il, mon neveu et ma nièce ont-ils été retrouvés ?

— Non, Monsieur, répondit la bonne comme si elle avait honte. Personne ne sait ce qui a pu leur arriver.

— Et ma sœur ?

— Toujours alitée.

— Helen m'a-t-elle rendu visite ? Ma fille est-elle venue ici ? »

Aggie fit non de la tête, et Edward la remercia.

Le reste de la journée, déjeunant même à son bureau, il répondit sans réfléchir aux lettres de condoléances. La terrible violence de la mort de Benjamin et la découverte dramatique de son cadavre avaient été portées à l'attention des New-Yorkais de manière spectaculaire, et de nombreuses lettres parmi les centaines que le révérend avait reçues provenaient de personnes inconnues ou qu'il avait oubliées. Il relut les missives rapidement et, en vérité, sans y comprendre grand-chose. Son esprit était assailli de questions sur ce qui s'était passé à l'extérieur du presbytère durant cette période de profond chagrin. Son père lui avait rendu visite à deux reprises mais s'était seulement assis en silence à son chevet, le visage dur. Edward n'avait demandé aucune information et James Stallworth n'en avait pas donné.

Edward ne savait absolument pas si le meurtrier de Benjamin avait été démasqué ou non, et il n'avait pas osé poser une question aussi importante à la bonne. Il n'avait aucun moyen de savoir si Helen avait été mise au courant de la mort de son frère ; il dut supposer que ce n'était pas le cas puisqu'elle n'était pas revenue, ne serait-ce que pour partager leur chagrin.

Mais le chagrin d'Edward était problématique. C'était une émotion qu'il n'avait pas disséquée. Le choc de découvrir le cadavre de son fils avait causé dans son esprit un premier grand effondrement, et ce seul choc l'avait neutralisé une journée entière. De nombreuses heures s'écoulèrent avant qu'il n'en vienne à penser à Benjamin comme à un mort, comme n'appartenant plus à ce monde, à jamais perdu pour Helen et lui. C'est alors seulement que les aiguilles du chagrin commencèrent à le piquer aux extrémités, tandis que la grande flèche du choc était encore logée dans son sein. Mais rapidement, l'inconfort de ces aiguilles et de cette flèche fut englouti dans la compréhension de ce que *signifiait* la mort de son enfant.

Benjamin avait été assassiné, la gorge tranchée d'une oreille à l'autre. Il était resté vingt-quatre heures à la morgue municipale sans qu'on vienne le réclamer. Edward craignait que la découverte du ou des hommes qui l'avaient tué ne dévoile le fait que son fils était allé se distraire dans un quartier mal famé, jouer à Five Points, fréquenter des prostituées dans le Triangle Noir. On dirait que Benjamin Stallworth n'avait eu que ce qu'il méritait, et on le présenterait comme un exemple regrettable de ce qu'il advenait des jeunes indisciplinés qu'on lâchait en ville sans surveillance. Que deviendrait alors la réputation d'Edward Stallworth, champion de Dieu dans la lutte contre la dépravation ? Qui écouterait vociférer contre la débauche un révérend dont le fils avait été égorgé dans une ruelle à l'arrière d'un lieu de corruption ?

Tout en s'occupant mécaniquement de la pile de lettres devant lui, les ouvrant l'une après l'autre, regardant la signature sans même se donner la peine de lire les sentiments auxquels celle-ci était attachée, et rédigeant de brefs remerciements impersonnels et sans émotion, Edward devint de plus en plus nerveux à force de se demander ce qu'on savait exactement des circonstances du décès de Benjamin. Il se rendit compte que tout ce qu'il savait, c'est que son fils était mort, et ce, uniquement car il l'avait vu allongé sur la table d'autopsie de la morgue. Quand il était descendu ce matin, il ne savait même pas si Benjamin avait déjà été enterré et redoutait d'avoir à traverser l'épreuve des obsèques. Peut-être reposait-il avec son col montant dans la maison de Washington Square, et que les funérailles avaient seulement attendu son rétablissement. Le texte sur le faire-part indiquant que l'inhumation avait déjà eu lieu à Greenwood fut un soulagement considérable.

Edward avait hâte de savoir qui y avait assisté, dans quelle mesure les obsèques avaient été mentionnées dans les journaux – son garçon, après tout, avait été une sorte de collègue de Simeon Lightner, et l'on ne pouvait guère s'attendre à ce qu'un quotidien aussi insatiable que le *Tribune* ne fasse pas le récit de la mort d'un homme qui, d'une certaine manière, était l'un de ses journalistes. Il avait peur de lire les articles, peur qu'on lui dise ce qu'on racontait de son fils, et de lui-même – peur d'apprendre l'étendue de sa chute. En même temps, son ignorance de la situation le préoccupait de plus en plus.

Il rédigea un message à son père, appela la bonne et l'envoya au bureau des télégraphes de Madison Square. Il suppliait le juge Stallworth de venir le plus vite possible ; lui disait qu'il allait aussi bien que les circonstances le permettaient, mais qu'il avait des questions urgentes à discuter avec lui.

Peu après le départ de la bonne pour cette mission, on tira sur la cloche de la maison. Edward se leva instinctivement de son bureau et regarda par la fenêtre en saillie pour voir qui avait sonné. Constatant que ce n'était qu'un enfant qui tenait devant lui une lettre bien en évidence, il s'autorisa à aller ouvrir lui-même. L'enfant fourra la missive dans les mains du révérend et repartit avant qu'Edward ne puisse lui poser la moindre question.

Supposant que ce n'était qu'un autre message de condoléances, Edward retourna dans son bureau, retrouva son fauteuil, et ce n'est qu'après avoir cacheté la lettre qu'il venait de terminer et écrit l'adresse sur l'enveloppe qu'il ouvrit, à l'aide d'un coupe papier, celle qu'on venait de lui remettre en main propre.

Il la lut en tremblant :

> Samedi, 18 h.
>
> Cher révérend Stallworth,
>
> J'ai le regret de vous informer que votre fille est très malade, au n° 2 de King Street. Un médecin s'en occupe, mais elle sombre. Elle demande votre présence en permanence, et je vous prie de venir immédiatement. Le docteur conseille

que vous veniez seul, car toute excitation compromettrait la santé de votre fille. Venez sans plus attendre.

Très sincèrement vôtre,
Madame A. R. (Anne) Taunton

Sans songer un instant à l'étrange brusquerie de ces mots, le révérend se prépara pour aller voir sa fille. « Je suis parti chercher Helen. Je reviens le plus vite possible », indiquait le message qu'il laissa à l'attention de son père sur la table de marbre de l'entrée.

CHAPITRE 45

Durant le trajet en fiacre en direction du Triangle Noir, Edward Stallworth se tordait les mains et jurait à voix basse après tous les véhicules qui bloquaient les moindres rues et carrefours le samedi en début de soirée. Le révérend était certain qu'il ne pourrait conserver sa santé mentale qu'avec l'aide de sa fille. Son ressentiment en apprenant les bonnes œuvres qu'elle avait secrètement manigancées dans le Triangle Noir avait disparu au fil de ces jours d'horreur maladive causée par la mort de son fils, et désormais il souhaitait de nouveau sa présence discrète au presbytère. Ce n'était plus une question de pardon, plus une question de savoir qui avait raison. Elle ne serait ni réprimandée ni privée de ses activités avec Madame Taunton, du moment qu'elle consentait à retourner vivre auprès de lui. Mais, pour l'heure, sa pauvre fille était malade dans quelque infâme chambrette, et il devait la secourir.

Edward tâta la manche de son manteau, examina son chapeau et se rendit compte qu'en s'habillant à la hâte, il était sorti sans la moindre marque de deuil pour son fils. Il lança son chapeau contre la paroi du fiacre et reprit son marmonnement. La transpiration sur son front lui piquait les yeux et l'aveuglait, pourtant il ne l'essuya pas et se contenta de ronchonner seul de plus en plus fort, si bien que le cocher finit par se pencher pour lui demander s'il voulait changer de direction.

Les cloches de la ville sonnèrent dix-neuf heures au moment où le fiacre passait en vue de la maison du juge James Stallworth sur Washington Square. Edward s'essuya les yeux avec son mouchoir et se pencha à la fenêtre, cherchant de la lumière dans la demeure en se demandant s'il ne devrait pas s'arrêter et voir avec son père si celui-ci ne pouvait pas l'accompagner. Mais il ne vit aucune lumière, et il n'était pas envisageable de repousser les retrouvailles avec sa fille.

Quelques minutes plus tard, Edward, les jambes flageolantes, fut déposé devant une petite maison de brique de King Street. Il donna soixante-quinze *cents* au cocher et lui demanda de l'attendre ; il ne devrait pas en avoir pour plus d'un quart d'heure. L'homme acquiesça et échangea un clin d'œil avec une prostituée accoudée à une fenêtre du premier étage de la maison attenante, à quelques mètres de lui.

Edward monta avec fébrilité les marches du bâtiment dont les fenêtres étaient uniformément noires et ne trahissaient aucune trace de vie. Il frappa doucement à la porte, puis plus fort, et attendit quelques instants en se demandant s'il ne devait pas simplement entrer. Helen était probablement dans une chambre du fond, peut-être même dans les étages; ceux qui la veillaient pouvaient ne pas avoir entendu.

Il tourna la poignée et constata que la porte n'était pas fermée à clé. Mais alors qu'il la poussait, elle fut ouverte à la volée par une petite fille portant une simple robe grise. Sa chevelure était une masse de bouclettes serrées.

« Ma fille… chuchota le révérend. Je cherche ma fille Helen. »

L'enfant hocha la tête et désigna un escalier si sombre qu'Edward eut du mal à situer sa position exacte dans le hall d'entrée.

« À quel étage ? Quelle chambre ? Est-ce qu'elle va bien ?

— Troisième étage », dit la petite.

Elle s'agenouilla, craqua une allumette, enflamma une bougie fichée dans un modeste support en étain et la tendit au révérend.

« Troisième étage… répéta-t-elle. La porte à droite. »

Edward prit la bougie. La flamme ondulait. Il la déplaça devant lui et remarqua avec inquiétude la rampe fatiguée et les marches sans moquette. Il gravit l'escalier avec lenteur, alors même qu'il était impatient de retrouver sa fille.

Au premier palier, il se retourna et vit la silhouette noire de la tête de la petite fille se détacher sur la vitre sale de la porte d'entrée. Il reprit son ascension d'un pas hésitant, tenant la chandelle dans la main gauche tout en s'agrippant à la rampe de la droite, sans se soucier de la crasse qui venait maculer sa peau moite.

Puis, même la faible lueur qui filtrait par la porte d'entrée disparut, et Edward se retrouva dans ce qui semblait être un escalier sans fin, exigu et grinçant. L'air était chaud et vicié, et seul le fait qu'il grimpait empêchait son imagination d'associer sa progression à une descente aux Enfers. Trois portes à la peinture criarde, de travers dans leur montant, se dressaient sur le palier suivant et, d'un air moqueur, le mettaient au défi de tourner leur poignée. Derrière l'une d'entre elles, il lui sembla entendre une respiration laborieuse, s'échappant du silence qui régnait dans la bâtisse.

Enfin, Edward parvint au troisième étage et se tourna vers la porte de droite, qui menait manifestement à une pièce située à l'arrière de la maison. Il s'arrêta devant et se pencha tout contre, si bien que la bougie dans sa main roussit le revers de sa veste, mais il n'entendait toujours rien à l'intérieur. Il tourna la poignée avec précaution et pénétra dans la chambre.

Elle était vide, hormis un cercueil en pin posé sur de hauts tréteaux au milieu de la pièce. Six grandes chandelles allumées avaient été fichées sur ses angles.

« Helen ! s'exclama Edward avant de tomber lourdement à genoux sur le sol en bois rugueux. Helen… », gémit-il en frottant violemment ses mains sales sur son pantalon.

Il resta ainsi, s'étranglant de pleurs pendant environ une trentaine de secondes, la tête baissée et les muscles de son corps douloureusement crispés ; c'est alors seulement qu'il prit conscience d'un léger bruissement.

Il leva aussitôt les yeux. Les flammes des bougies vacillèrent et le cercueil en bois brut trembla sur les tréteaux.

Il voulut bondir en arrière, mais sa posture recroquevillée entrava ses mouvements, et il s'étala de tout son long.

« Helen ! », cria-t-il, désormais presque fou à cause du chagrin et de l'horreur.

Edward cria à nouveau le prénom de sa fille et se remit péniblement debout. Il chancela jusqu'au cercueil et saisit le rebord en tremblant.

La fille à l'intérieur ricanait. Elle avait quatorze ans, des cheveux sombres emmêlés, des dents jaunes et la langue noire. Elle avait un grand bleu sur le ventre et était entièrement nue.

Il hurla et tomba à la renverse. Mais ses mains frénétiques n'avaient pas lâché le cercueil, qu'il entraîna dans sa chute. La fille à l'intérieur en fut éjectée et se cogna la tête contre l'un des tréteaux. Les bougies s'éteignirent, sauf une.

Poussant un juron, elle lança la main vers la grande chandelle et la cassa en deux. La dernière flamme expira et la pièce sombra dans l'obscurité.

Quelques instants après qu'Edward Stallworth eut disparu au coin du premier palier, Ella ouvrit la porte d'entrée et s'approcha du fiacre. Elle héla le cocher pour attirer son attention : « Monsieur, le gentleman à l'intérieur a dit de ne pas l'attendre. Il a ajouté de vous donner ça – elle brandit une pièce de cinquante *cents* – et que vous pouviez repartir. »

L'homme acquiesça, prit la pièce et, avec un clin d'œil à la putain toujours à sa fenêtre, fit s'éloigner son fiacre le long de l'étroite et sombre King Street.

Mott Street le samedi en début de soirée était un lieu animé et bruyant, et Duncan Phair constituait une anomalie élégamment vêtue parmi autant de Chinois et d'Irlandaises débraillées. Il y avait d'autres flâneurs blancs, ceux venus goûter à l'étreinte léthargique de l'opium, ceux qui n'avaient jamais vu de véritables païens auparavant hormis les Indiens vendant des babioles aux chutes du Niagara, mais aussi des joueurs invétérés connaissant assez le mandarin pour jouer au fan-tan parce qu'ils croyaient que les Chinois ne trichaient pas. Aucun d'entre eux, cependant, ne se déplaçait avec la rapidité décidée de Duncan Phair, qui comptait impatiemment le numéro des bâtiments jusqu'à arriver au 46. Deux Chinois d'âge indéterminé et au teint cireux se tenaient devant, les bras croisés et cachés dans les manches de leur veste, en train de fumer du tabac dans de longues pipes d'argile. Derrière eux, sur le perron, deux enfants blancs jouaient à un jeu aux règles impénétrables avec des billes qui dégringolaient immanquablement les marches.

« Qui ? demanda l'un des hommes à Duncan quand il tenta de passer entre eux.

— Je suis venu voir Dollie, répondit-il à voix basse.

— Qui ? », répéta l'autre.

L'un des enfants leva les yeux et jeta un regard à Duncan par-delà la robe verte d'un des hommes, sur laquelle il tira légèrement pour que ce dernier s'écarte.

Duncan s'avança, mais à ce moment-là, l'autre enfant se leva, lui prit la main et enfila une bague en rubis à son petit doigt. Avec une exclamation de surprise, Duncan Phair approcha le bijou de son visage et le fit tourner à la faible lumière de la rue. Il semblait identique à celui qu'il avait offert à Maggie Kizer à l'occasion du Nouvel An.

« Mon garçon, s'écria Duncan, où as-tu trouvé ça ?!

— Chut ! Entrez et demandez Dollie », répondit le gamin avec un sourire. Puis il ouvrit la porte et fit une petite révérence quand l'avocat s'introduisit à l'intérieur.

Plein d'interrogations quant à cette situation incompréhensible, l'avocat progressa prudemment dans le couloir tapissé de lettres à l'encre rouge en provenance de Chine et frappa à la petite porte au bout de ce curieux passage.

La trappe s'écarta brusquement dans un grand fracas, et une sentinelle invisible demanda : « Qui ?

— Dollie... », glissa Duncan.

La porte s'ouvrit, et il resta un instant silencieux sur la plateforme qui dominait la pièce. Le gardien des lieux, un Chinois de petite taille avec un bandage sur l'œil, attendit que la vue de Duncan se soit accoutumée à l'obscurité, puis tira sur sa manche pour le conduire en bas parmi les rêveurs opiacés.

Au milieu de sombres silhouettes somnolentes et apathiques, le long de la double rangée de couchettes, il avançait avec une sidération muette.

La faible lumière rouge et bleue émanant des plafonniers tamisés rendait l'endroit surnaturel; il avait vu beaucoup de choses dans le Triangle Noir, mais jamais rien de comparable à ce silence entêtant, cette indolence sinistre, cette dense atmosphère de fumée et de songes. Il avait pensé chercher Simeon Lightner mais les formes étaient trop indistinctes, les visages cachés.

Son accompagnateur finit par s'arrêter dans le recoin le plus éloigné, le plus profond de la pièce et pointa du doigt un visage très pâle encadré de cheveux noirs. La silhouette de la fumeuse d'opium était faiblement illuminée par la minuscule mèche d'une lampe verte. Vêtue de sombre, elle était couchée sur le flanc sur une maigre paillasse. La fumée exhalée entre ses minces lèvres incolores voila soudain son visage, tel un spectre lors d'une séance de spiritisme, et ses paupières cireuses s'affaissèrent sur ses yeux noirs et inexpressifs.

« Dollie ? demanda-t-il doucement en s'agenouillant auprès de la silhouette gisante.

— Dollie, souffla-t-elle, et la fumée enveloppa à nouveau son visage.

— Je suis Duncan Phair. Que savez-vous sur mes enfants ? Les deux qui… »

Les yeux de la rêveuse s'étaient lentement ouverts.

« Verres Noirs, répondit-elle avec mollesse dans un sourire.

— Edwin et Edith sont mes enfants, murmura-t-il hâtivement. J'ai apporté de l'argent, celui que vous avez demandé. » Et il sortit les billets de sa poche.

Il les posa à côté de la petite lampe, s'attendant

à ce qu'elle les prenne et les recompte.

« Verres Noirs, dit-elle à nouveau. Verres Noirs a demandé à ce qu'on la rappelle à votre bon souvenir.

— Vous avez des informations ! », lâcha Duncan à voix basse, car ses yeux étaient maintenant conscients de la proximité des autres fumeurs, allongés autour d'eux. Au-delà de Dollie, confortablement installée dans une obscurité encore plus profonde, se trouvait une autre femme – grande et grosse – dont la main boudinée tenait la lampe verte loin de son visage. À côté d'elle, dans cette pénombre, se mouvait la silhouette d'un enfant, la seule chose à bouger dans ce monde confiné, ténébreux et ankylosé. « Dollie...

— Ce n'est pas pour tes enfants que tu es là, dit Dollie en souriant. C'est pour Verres Noirs.

— Mais qui diable est Verres Noirs ?! lança Duncan, exaspéré.

— Maggie Kizer... », murmura une voix derrière lui.

Duncan se retourna et vit, à moins de deux mètres de lui, le large sourire hideux de Lena Shanks, qui le fixait exactement de la même manière que l'après-midi où sa fille avait été tuée sur West Houston Street.

« Papa ! s'écria Edith, et il aperçut un instant son visage riant émerger de l'obscurité, derrière Lena la Noire.

— Edith ! Tu es...

— Chut ! dit la vieille femme en repoussant Edith dans l'ombre. C'est pour Maggie que tu es là, pas pour ta fille...

— Non… murmura Duncan, soudain inquiet. Je ne suis pas responsable pour Maggie, je n'en savais rien, c'est Père qui…

— Stallworth !

— Oui ! C'est le juge Stallworth qui…

— Trois de nous sont morts, dit Lena Shanks d'un ton lugubre, et elle fit un signe de tête à Dollie.

— Ah ! », s'écria Duncan, devant se contenter de cette unique exclamation pour exprimer à la fois la surprise, l'étonnement, la peur et la douleur, car Dollie venait de plonger l'aiguille d'or du *yen hock* profondément dans sa gorge.

Le sang qui jaillit de son cou éteignit la lampe, et il se débattit dans les ténèbres. Ceux qui entendirent les gargouillis dans ce coin sombre de la vaste pièce les prirent pour le son banal d'un novice rendu malade par sa première pipe d'opium.

Lena Shanks saisit cinq autres aiguilles dorées dans la main couverte de sang de Dollie et, tâtant patiemment le visage de sa victime qui se tordait de douleur pour en trouver la bouche, les yeux et les oreilles invisibles, elle les y plongea l'une après l'autre. Quelques minutes plus tard, dans la douce noirceur de la cave à opium, l'avocat avait cessé de lutter.

CHAPITRE 46

Tandis qu'elle était assise au chevet de Marian Phair à la surveiller en train de délirer, Louisa Shanks avait posé sur ses genoux une grande écritoire de voyage bien fournie et ne la quittait plus. Elle écrivait en permanence, avec une grande variété de plumes, d'encres et de papiers, et cachait habilement son travail à chaque coup frappé à la porte. Les domestiques de la maison Phair supposaient tour à tour qu'elle écrivait à sa mère, à son amoureux ou un roman à sensations. Parfois, un petit garçon se présentait à la cuisine de derrière et demandait l'autorisation de parler brièvement à sa sœur ; et les domestiques, plutôt que de s'embêter à faire descendre Louisa pour voir Rob, montaient avec lui. Leur maîtresse n'ayant plus sa tête et leur maître étant soit absent soit ivre, les domestiques faisaient à peu près ce qu'ils voulaient durant ces jours troublés et déréglés.

Rob restait tranquillement au côté de sa tante et échangeait en détail avec elle, sortant régulièrement une lettre de sa veste colorée, repartant parfois avec un bref message à transmettre – et toujours avec un bout de dentelle ou de garniture appartenant à la malade.

Le samedi 21 octobre, cependant, Rob se vit confier huit lettres, chacune adressée à quelqu'un d'autre que sa grand-mère. Louisa lui indiqua que ces missives devaient être livrées dans un ordre précis et à des heures précises. Rob hocha la tête pour signifier qu'il comprenait. La première fut glissée sous la porte du bureau de Duncan Phair à Pearl Street, et la deuxième fut remise en main propre à Edward Stallworth. Les six autres furent distribuées à différents moments de la soirée ce samedi-là, chacune dans les bureaux d'un des journaux de la ville : le *Tribune*, le *Times*, le *Sun*, le *World*, *Harper's Weekly* et la *Police Gazette*. Leur contenu était le suivant :

> Monsieur,
>
> Si vous voulez voir le vrai visage du révérend hypocrite et malhonnête bien connu pour ses sermons contre le Triangle Noir, vous devriez vous rendre demain matin, dimanche, à sept heures au n°2 de King Street, où vous assisterez à un spectacle qui vaut le détour.
>
> Sincèrement,
>
> Quelqu'un qui souhaite le meilleur à la presse de notre ville.

Les six journaux dépêchèrent des reporters car cette histoire – si elle était vraie – semblait des plus prometteuses. La turpitude morale dans les hautes sphères était au moins aussi intéressante que la corruption du bas monde, et tout un chacun éprouvait de la satisfaction devant la chute d'un hypocrite, surtout s'il avait une réputation et de l'influence.

La mention que faisait Louisa du spectacle qu'on leur présenterait ne passa pas inaperçue, et *Harper's Weekly* et la *Gazette* envoyèrent aussi des dessinateurs.

Le premier journaliste à arriver à King Street le dimanche matin fut Simeon Lightner, dont les cheveux rêches frisottaient dans l'humidité de l'aube. Tandis qu'il frappait à la porte, il fut rejoint par le dessinateur de la *Gazette*.

Une femme d'aspect retors les admit dans la maison, les conduisit à un petit salon vide et leur demanda d'attendre en silence que tout le monde soit là. Quand elle retourna à l'entrée, le dessinateur murmura à Simeon que cette jeune dame n'était autre que la célèbre pugiliste Charlotta Kegoe.

Les six journalistes et les deux dessinateurs furent bientôt présents et, malgré l'heure matinale, ils formaient une joyeuse troupe. Ordonnant le silence, Charlotta mena alors les huit hommes en haut de l'étroit escalier, jusqu'au palier du troisième étage, où ils eurent bien du mal à tous tenir, ce qui causa parmi eux une hilarité à peine refoulée. Les dessinateurs se virent attribuer les places de part et d'autre de la porte qui devait s'ouvrir. Au cas où le spectacle promis serait bref, il semblait sage de réserver la meilleure vue à ceux qui seraient capables de le reproduire par la suite.

Charlotta mit un doigt sur ses lèvres et ouvrit grand la porte. Les journalistes tendirent le cou par-dessus les épaules des dessinateurs pour regarder dans la pièce.

C'était une petite chambre, avec un plafond mansardé. Une unique fenêtre crasseuse donnait sur King Street, des rideaux rouges et poussiéreux filtraient la chaude lumière du matin.

Dans le lit en fer situé directement dessous se trouvait un homme entre deux âges. Dans son sommeil agité, il repoussa inconsciemment la couverture et apparut entièrement nu entre les draps miteux.

À ce moment-là également, derrière cette silhouette qui tournait le dos aux journalistes toujours dans l'embrasure de la porte, émergea le visage pâlichon et souriant d'une jeune fille. Ses longs cheveux tombaient pudiquement sur ses seins. Le doigt sur les lèvres, elle recommanda elle aussi aux journalistes de se taire. Étant donné sa nudité, la situation et l'inévitable conclusion qu'on pouvait tirer de la scène, on se serait attendu à ce qu'elle se montre plus timide.

Mais elle se contentait de sourire d'un air satisfait, et de ses doigts squameux, elle tourna la lourde tête d'Edward Stallworth, de sorte que son visage endormi soit pleinement visible des huit hommes qui s'étaient faufilés dans la pièce.

Il fut immédiatement reconnu par le journaliste du *Times*, qui prononça son nom à voix basse. Tous les autres firent un grand sourire et se tournèrent moqueusement vers un Simeon Lightner stupéfait, qui s'imagina aussitôt la déception du *Tribune* quand on apprendrait que le révérend dont les sermons avaient été publiés chaque lundi matin dans ses colonnes avait été retrouvé dans un lit en compagnie d'une jeune fille qui ne devait pas avoir plus de quatorze ans.

Il était indéniable que Simeon Lightner n'avait pas été le dernier à rapporter en détail les récents désastres subis par les Stallworth, mais il ne prenait pour autant aucun plaisir à être témoin de cette scène. Songeant à alerter le révérend, il l'interpella mais le journaliste du *Times* plaqua sa main sur la bouche de Simeon et l'entraîna dans le couloir.

« Pas de ça, dit-il en riant, il se réveillera bien assez tôt. Laisse-nous prendre nos notes et laisse les dessinateurs faire leur travail. Ensuite, tu auras le loisir d'annoncer à ce type qu'il s'est fait démasquer... »

Sachant qu'aucun démenti de la part d'Edward Stallworth n'effacerait le mal déjà fait, Simeon acquiesça et attendit piteusement sur le palier. Leurs grands cahiers sur les genoux, les deux dessinateurs s'assirent sur le sol poussiéreux et croquèrent des scènes qui se copiaient presque trait pour trait, si ce n'est que l'un dessinait les sujets tels qu'ils étaient – le révérend ronflant la bouche ouverte, la jeune fille gaiement penchée sur son épaule et échangeant des clins d'yeux et autres signes de connivence avec les reporters – tandis que l'autre plaçait le drap un peu plus haut sur leur personne pour des raisons de convenance.

Quand ils eurent terminé leur travail, ils s'écartèrent, et les journalistes se regroupèrent. L'un d'entre eux fit signe à la fille, qui secoua Edward Stallworth pour le tirer de sa torpeur.

Le révérend s'étouffa bruyamment avec sa propre

respiration, se débattit contre les draps et la présence inhabituelle de quelqu'un dans son lit. Il ouvrit les yeux et fixa sans comprendre le groupe d'inconnus rassemblés près de lui.

La jeune fille attira son visage à elle et l'embrassa avec une passion qui n'était pas entièrement crédible, si l'on considérait la dérision avec laquelle elle l'avait traité pendant qu'il dormait.

Edward la repoussa et tenta de se lever. Constatant qu'il était entièrement dévêtu, il se saisit des draps et les remonta jusqu'à son cou. Il bafouilla mais ne parvint pas à trouver le début d'une phrase cohérente.

Simeon Lightner s'avança.

« Révérend Stallworth, demanda-t-il d'un air pitoyable, savez-vous où vous êtes ? »

L'article qui parut le lendemain matin dans le *World* commençait ainsi : « Tandis que le cadavre encore chaud de son fils assassiné repose dans la petite concession familiale du cimetière de Greenwood... » Les autres journaux n'étaient pas moins acerbes et décrivaient avec des détails choquants la scène qui s'était déroulée dans la mansarde de la petite maison de King Street ce dimanche matin, alors que tout le monde croyait le révérend Stallworth si accablé de chagrin après la mort de son fils qu'il n'avait même pas la force de recevoir ses plus importants paroissiens.

Le *Times*, qui était en général clément avec les ecclésiastiques, suggéra avec indulgence que le révérend avait été rendu fou par la découverte du corps de son fils à la morgue et qu'on ne pouvait le tenir moralement responsable de cette effroyable dégénérescence. Simeon Lightner, sur les ordres de son rédacteur en chef, avança timidement que l'incident avait été entièrement manigancé par les ennemis de la vertu, ceux qui avaient eu le plus à perdre dans le nettoyage du Triangle Noir. Le *Tribune* apporta son soutien au vertueux révérend de l'église presbytérienne de Madison Square et déclara que ce malheureux incident – ils ne donnaient pas de détail – avait été fabriqué de toutes pièces ; c'était un complot pervers des Démocrates, d'ecclésiastiques concurrents, d'un gang de criminelles.

Quand les journalistes repartirent, ce dimanche matin là, Simeon Lightner expliqua d'une voix hésitante à Edward Stallworth ce qui s'était produit ; hébété, le révérend ne comprit pas, et Simeon renonça. La jeune fille avait disparu, enveloppée dans un drap, et comme Simeon n'arrivait pas à retrouver les vêtements du révérend, il l'enveloppa dans le second drap avant de le guider jusqu'en bas des escaliers.

Le petit salon était désert, et la célèbre pugiliste, introuvable.

Simeon envoya un enfant qui passait par là chercher un fiacre et raccompagna Edward au presbytère, où la bonne et le juge Stallworth, qui venait d'arriver, l'accueillirent avec une horreur absolue.

Le *Tribune* s'efforça ardemment de discréditer l'affaire et serait peut-être parvenu à réduire la force du coup qui avait atteint Edward Stallworth, sans la publication le mercredi suivant des deux illustrations dans *Harper's Weekly* et la *Gazette*. Ni les retournements les plus inventifs de Simeon Lightner ni les plus ingénieuses contre-accusations ne purent atténuer leur impact colossal.

Beaucoup de gens eurent l'indulgence de se ranger à l'opinion du *Tribune* selon laquelle Edward Stallworth avait été piégé. Sinon, comment expliquer les invitations envoyées à la presse, le manque de surprise de la jeune fille, la difficulté à tirer l'homme de son sommeil, qui laissait penser qu'il avait été drogué. Mais ces mêmes personnes étaient exactement de l'avis de Marian Phair : être une victime avait quelque chose de répugnant. Les *bonnes* personnes ne se faisaient pas agresser dans la rue ; des révérends *irréprochables* ne se faisaient pas piéger dans des chambres avec des prostituées.

Un conseil des doyens de l'église presbytérienne de Madison Square, qui se tint le jeudi après-midi, releva Edward Stallworth de toutes ses charges pastorales et ministérielles – tout en compatissant aux troubles qui s'étaient récemment et si violemment abattus sur sa malheureuse famille. Dans le même temps, on chargea un comité de prospecter certaines églises du New Jersey et du Connecticut dans l'espoir de trouver un ministre du culte pour le remplacer à ce poste qu'il avait déshonoré.

Le jeudi soir, Edward se rendit seul dans le bureau de son église. Il se mit à rassembler ses sermons, ses livres et ses lettres dans des caisses, mais avant même d'avoir accompli la moitié de cette tâche, il abandonna son effort et se jeta dans un fauteuil à côté de l'âtre froid. Pendant plusieurs minutes, il contempla le vitrail représentant le Bon Pasteur et la Brebis égarée, faiblement éclairé depuis dehors par une lampe à gaz. Il sortit alors de la poche de son manteau le revolver avec lequel Benjamin avait abattu Daisy Shanks, plaça le canon entre ses lèvres et se fit sauter la cervelle.

CHAPITRE 47

Edith Phair n'avait pas vu son père mourir. Les aiguilles d'or avaient été plongées dans son cou et son crâne en pleine obscurité, et plus tard, une fois sortie de la fumerie d'opium, Lena Shanks avait expliqué à la petite fille que l'homme allongé aux côtés de Dollie n'était pas son papa mais seulement quelqu'un qui lui ressemblait beaucoup. Edith avait des doutes et était inquiète, mais elle accepta l'explication.

Lena Shanks, Edith, Rob, Ella et Charlotta Kegoe restèrent quasiment une semaine emmurés dans la maison de King Street. Le dimanche matin, immédiatement après avoir conduit les journalistes à la mansarde de la maison d'en face, Charlotta avait retrouvé Lena et, une heure plus tard, elles avaient eu la satisfaction de voir le révérend, entortillé dans un drap et soutenu par le journaliste aux cheveux rêches, apparaître dans l'embrasure de la porte, blafard et désorienté.

Les jours suivants, c'est avec un grand intérêt qu'elles surveillèrent la couverture de l'incident par les journaux, et si la déclaration de Simeon Lightner selon laquelle un gang de criminelles avait orchestré cette incartade dévastatrice causa quelque inquiétude à Lena, l'assertion tout aussi catégorique du journaliste, le lendemain, qui accusait Tammany Hall d'être derrière tout cela apaisa son esprit.

Le vendredi matin, quand Ella lui fit la lecture du suicide d'Edward Stallworth, dans les murs mêmes de son église, Lena Shanks sourit, pianota des doigts sur l'accoudoir de son fauteuil et murmura : « Trois. *Der war der dritte…* » Elle ordonna qu'on empaquette leurs affaires. Charlotta Kegoe remonta deux grandes malles de la cave, et tout ce qui avait la moindre valeur parmi les possessions de Lena et de sa famille y fut rapidement rangé.

« On retourne dans le New Jersey ? », demanda Rob tandis que Charlotta actionnait les fermoirs et tournait les clés dans leurs serrures.

La vieille femme fit non de la tête.

« En Allemagne, mon garçon.

— Edith vient aussi ? supplia Rob, qui s'était attaché à l'enfant.

— Et Louisa aussi ? », s'écria Ella, craignant que leur tante, séparée d'eux depuis presque deux semaines à présent, ne les accompagne pas lors d'un voyage si important. Du moins, l'enfant supposait que l'Allemagne était un lieu très distant, le ton de sa grand-mère indiquant que c'était certainement plus loin de New York que Mantoloking.

Lena acquiesça.

« *Ja, ja. Natürlich, Louisa und Edith auch. Und* nouveaux vêtements *für alles*. Ce soir, nous partons sur grand bateau. »

Rob et Ella applaudirent de joie, Edith applaudit aussi, imitant leurs gestes et leur sourire, même si elle ne comprenait rien, sinon que quelque chose d'agréable les attendait.

Rob, Ella et Charlotta employèrent le reste de la journée à effacer la moindre trace de leur présence dans la maison de King Street. Les miroirs de la fenêtre furent détruits à coups de marteau, et Rob démolit le fauteuil en osier de sa grand-mère à la hachette. Ella emporta les coussins dans le grenier, les éventra avec le couteau qu'elle portait toujours sur elle et expulsa une tempête de plumes par les trous du toit. Les rideaux, ainsi que leurs divers déguisements, furent brûlés dans la cheminée par Lena, lourdement assise sur un petit tabouret, tandis qu'Edith, de temps à autre, jetait timidement un haillon ou deux dans le feu.

Les pièces de la maison – la mansarde, la chambre de Lena au premier et l'appartement de Charlotta au rez-de-chaussée – furent laissées vides et impersonnelles, sans le moindre bout de papier ou de tissu pour permettre de juger à quand remontait leur dernière occupation. Revêtus de beaux habits neufs, les trois enfants allèrent s'asseoir sur un banc dans l'entrée, Edith copiant la patience et le silence des jumeaux comme elle les copiait en tout.

Il ne restait à se débarrasser que d'un seul paquet, et Charlotta Kegoe et Lena Shanks se tenaient devant, dans la chambre de la pugiliste. Sur un canapé bas situé sous l'unique fenêtre de la pièce, Helen Stallworth reposait, décharnée et proche de la mort à cause de la fièvre. Le soleil luisait d'une lumière blanche sur son crâne chauve. Ses lèvres arides étaient maculées de sang séché, et ses yeux aveugles sortaient de leur orbite. Sa robe blanche tachée puait la maladie.

« Qu'est-ce qu'on en fait ? demanda Charlotta. Les autres, on en est bien débarrassés, mais celle-là… »

Un quart d'heure plus tard, sur Morton Street, Annie Leech regarda par la fenêtre de son petit salon et vit un grand fiacre noir aux rideaux tirés s'arrêter devant chez elle. Elle fit signe à Jemmie de la rejoindre, et elles regardèrent avec surprise et curiosité Charlotta Kegoe, en somptueuse tenue de deuil, descendre du véhicule en portant dans ses bras un paquet anguleux enveloppé dans une couverture.

Annie et Jemmie se précipitèrent pour lui ouvrir et avant qu'elles n'aient pu dire un mot, Charlotta leur fourra le paquet dans les bras, et s'écria : « Elle a pas arrêté de vous réclamer ! », avant de sauter à nouveau dans le fiacre, qui repartit sur-le-champ.

Jemmie, ébahie, tira sur la couverture pour découvrir quel cadeau malodorant Charlotta Kegoe leur avait laissé, et cria lorsqu'une tête, aussi lisse que celle d'un mannequin de perruquier et tout aussi incolore, lui tomba sur la poitrine en exhalant un souffle si fétide qu'elle le décrirait plus tard comme semblable à « un volcan de soufre ».

CHAPITRE 48

La maison Phair était maintenant considérablement réduite en taille et en importance. La deuxième bonne avait été congédiée, et la cuisinière, dont la tâche principale, ces derniers temps, avait été de préparer des repas pour Amy Amyst, Peter Wish et l'infirmière muette, quittait ses fonctions chaque jour à seize heures. Marian Phair ne consommait que peu de nourriture – des bouillons clairs et le plus insipide des pains blancs trempé dans du lait.

Duncan Phair avait disparu depuis samedi après-midi. Le juge Stallworth apprit qu'il était parti de bonne humeur après la réception d'une lettre au contenu inconnu, mais que, depuis, on n'avait plus entendu parler de lui ou des cinq cents dollars qu'il transportait. Le juge cacha cette information à Marian, et lui dit simplement que Duncan était à Philadelphie pour une affaire importante et qu'il reviendrait aussi vite que possible ; mais l'inquiétude du patriarche concernant la disparition de son gendre fut balayée par la découverte d'Edward dans le lit d'une prostituée juvénile au cœur du Triangle Noir. Les ennuis des Stallworth étaient sans fin.

Afin de rester aux côtés de sa fille, et parce qu'il se sentait vulnérable seul dans sa maison de Washington Square, le juge Stallworth passait ses nuits à Gramercy Park. Peter Wish était allé lui chercher plusieurs valises de vêtements ; et Pompée, désormais seul réconfort dans la vie du vieil homme, prit ses nouveaux quartiers dans la chambre de Duncan Phair.

Le vendredi après-midi à seize heures, tandis que le suicide d'Edward Stallworth animait avec passion toutes les discussions de la ville, l'infirmière muette sonna Amy Amyst. Ce tintement de cloche coïncida avec les au revoir de la cuisinière, qui quittait la maison pour la journée.

Amy monta à l'étage et reçut une brève note de Louisa lui demandant de se rendre dans une petite boutique près de Battery Park où elle devait se procurer une quantité précise d'un certain médicament ; il faudrait qu'elle insiste pour que la poudre soit écrasée sur place. Amy se demanda pourquoi elle devait aller si loin alors que les apothicaires compétents abondaient sur la Cinquième Avenue, mais ne se permit pas de contester la directive ; au lieu de cela, elle dit simplement : « Vous savez que vous allez être seule ici ? Peter est en train d'empaqueter le reste des affaires du juge à Washington Square. Il n'y a personne d'autre dans la maison. »

L'infirmière hocha la tête, peut-être désireuse de montrer qu'en dépit de son mutisme, elle allait parfaitement se débrouiller. Amy parla doucement à Marian Phair, qui ne réagit pas, et se glissa sans un bruit hors de la pièce.

Un quart d'heure après le départ d'Amy, une charrette conduite par un enfant moitié Chinois, moitié Irlandais, s'arrêta devant la maison des Phair. Aussi promptement que discrètement, deux hommes avec des chapeaux bleus matelassés surmontant de longues nattes qui pendaient dans leur dos telles des ancres bondirent de sous la bâche dressée à l'arrière du véhicule et en déchargèrent une grosse caisse à thé carrée. Elle était peinte de manière pittoresque, avec des scènes domestiques pékinoises en rouge, bleu et or, et son couvercle était fermé par un grand loquet en laiton gravé. Ils la montèrent sur le perron de la maison des Phair mais n'eurent pas à s'embêter à frapper, car Louisa leur ouvrit et les guida jusqu'aux appartements de Marian.

La malade leva les yeux lorsque ces étrangers, lui adressant des signes de tête enthousiastes et des sourires imbéciles, déposèrent la caisse à thé près de son lit. Celle-ci sentait fort le camphre.

« Infirmière… lança Marian quand Louisa apparut à la porte après que les deux hommes se furent retirés avec des courbettes spasmodiques. Qu'est-ce que c'est ? »

Sa voix, à peine audible, trahissait la fatigue, et son sourire exprimait une perplexité des plus nébuleuses, car elle n'était même pas sûre de ne pas avoir rêvé. Quand des Chinois étaient-ils déjà venus à Gramercy Park pour une quelconque commission ?

Louisa alla à la fenêtre et les vit sauter dans la charrette alors que l'enfant repartait déjà. Elle se tourna vers Marian, sourit et l'aida à se redresser dans le lit. Celle-ci, calée contre les oreillers, fixait avec une attente languissante les silhouettes guindées qui posaient de manière indéchiffrable sur l'une des faces de cette mystérieuse caisse.

Quand, tard le jeudi soir, on lui avait appris que son fils s'était suicidé, le juge James Stallworth n'avait laissé paraître aucune émotion. Il remercia les messagers embarrassés et compatissants, les raccompagna lui-même à la porte, puis se retira dans le bureau de Duncan, qui donnait sur Gramercy Park. Il prit place sur une chaise près de la fenêtre, frissonnant car personne n'avait allumé de feu. Toute la nuit, avec Pompée dormant à ses pieds, il regarda les dernières feuilles d'automne s'envoler à la lueur ambrée des lampadaires.

Il décida d'abandonner ses fonctions. Il ne nourrissait désormais plus aucun rêve de grandeur future pour sa famille : Benjamin et Edward étaient morts, Helen était sous la garde d'une veuve dérangée, Duncan était parti on ne savait où ! Edwin et Edith, qui auraient pu rétablir le nom et la fortune de la troisième génération de Stallworth, avaient été enlevés et sans doute assassinés.

Il ne restait que Marian et lui, et elle était dangereusement proche de la démence. Si jamais elle se remettait un jour, ils iraient se réfugier à Saratoga Springs, loin de New York et de ses tribulations, et là-bas, ils se consoleraient l'un l'autre.

C'était une bien triste perspective, et le fait de disposer de beaucoup d'argent pour subvenir à leurs besoins était une piètre consolation compte tenu de tous les rêves et espoirs de gloire qui avaient été brisés en un seul mois. Le vieil homme resta assis à la fenêtre jusqu'à ce que la lumière de l'aube eût éclipsé celle des lampadaires, et c'est alors seulement, comme s'il avait craint que le matin ne vienne jamais s'il n'avait pas guetté son arrivée, qu'il alla s'allonger sur le lit à baldaquin de Duncan. Encore une fois, il ne put trouver le sommeil.

Ce vendredi-là, le juge Stallworth eut fort à faire : l'organisation des obsèques d'Edward, qui devaient avoir lieu le dimanche ; sa démission du tribunal, à effet immédiat ; et la fermeture définitive de la maison de Washington Square. En fin d'après-midi, il prit une voiture de louage devant le tribunal, qui déposa au bout de la 21e Rue le vieil homme las et désespéré.

Il marcha lentement jusqu'à la résidence des Phair et remarqua avec une certaine appréhension le grand fiacre noir stationné devant. S'arrêtant au niveau des chevaux, il tenta discrètement de voir à travers les fenêtres aux rideaux sombres, mais il ne put rien distinguer des passagers. Le cocher regardait droit devant et ne tourna pas la tête vers lui.

À ce moment précis, l'infirmière muette apparut à la porte de la maison, le visage masqué par un voile noir et un grand sac de voyage en tissu à la main. Elle se hâta de descendre les marches, et la portière du fiacre s'ouvrit d'un coup pour la laisser entrer.

James Stallworth se précipita pour lui agripper le bras.

« Ma fille ! protesta-t-il. Pourquoi la quittez-vous ? »

Louisa sourit de toutes ses dents, se dégagea brusquement et acheva de grimper dans le fiacre. Bouche bée d'indignation et de sidération, le juge l'observa pénétrer dans l'habitacle sombre du véhicule. À l'intérieur, d'un côté, étaient assises deux femmes, toutes deux vêtues du noir le plus profond, l'une grande et bien bâtie, l'autre extrêmement grasse ; en face d'elles, également habillés de beaux vêtements noirs, se trouvaient trois enfants, deux de la même taille, et l'autre beaucoup plus petit. Les cinq visages le regardaient, calmes et inexpressifs.

Au moment où l'infirmière s'assit à côté des enfants, la plus petite gloussa nerveusement – un rire discret qui surprit le juge déjà ébahi tant il lui était familier – et la portière se referma en claquant.

Le fiacre se mit en route, et le craquement des roues sur les pavés ne couvrit pas les hurlements de Marian Phair dans la chambre du haut, qui, avec le peu de force que lui avait procuré son insatiable curiosité, avait soulevé le couvercle de la caisse à thé et y avait découvert la tête de son mari, soigneusement emballée dans des feuilles de camphre, une corde de pendu nouée lâchement autour de son cou et des aiguilles d'or dépassant des plaies violacées de son crâne.

ÉPILOGUE DE MIDI

Aucune ville n'a la mémoire plus courte que New York. Deux mois avaient passé – novembre et les derniers vestiges de l'automne, décembre annonciateur de l'hiver – et les Stallworth et les Shanks avaient été oubliés. Les journaux, même le *Tribune*, parlaient d'autres familles, d'autres crimes, d'autres peines. Morts ou dispersés, les Stallworth et les Shanks furent unis par leur rapide passage dans l'anonymat.

Les bâtiments qui avaient abrité les Shanks ne conservaient aucune trace d'eux. West Houston Street avait été abandonné depuis huit mois à un groupe de prostituées métisses, et Mary la Pleureuse, qui n'utilisait plus ce surnom et avait renoncé à son ancienne profession, était désormais la logeuse des numéros 1 et 2 de King Street, et gagnait un revenu suffisant en escroquant ses locataires.

Les propriétés des Stallworth s'en étaient à peine mieux tirées. Le presbytère de la 25ᵉ Rue était échu au nouveau pasteur de l'église de Madison Square ;

tous les meubles et effets d'Edward Stallworth avaient été vendus aux enchères une semaine après son enterrement, et la somme recueillie – Helen Stallworth n'ayant pu être localisée, et le juge et Marian ayant déjà quitté la ville – permit d'acheter une belle chaire sculptée. Une organisation philanthropique avait racheté la maison de Washington Square, et chaque jour des dizaines d'enfants estropiés jouaient sur son toit carré et plat.

Seul dans la maison de Gramercy Park, désormais propriété d'un industriel de la sidérurgie de Pittsburgh récemment installé à New York, trouvait-on un semblant de souvenir des Stallworth. Le jour de l'An 1883, des visiteurs présents dans l'ancienne résidence des Phair commentaient entre eux : « Nous étions là il y a pile un an, la maison appartenait alors à Duncan Phair. Une mort horrible, vous savez, un meurtre jamais résolu. Qu'est-il advenu de son épouse ? Une belle femme, stricte. Et son père, le juge, où est-il à présent ? » Mais personne ne savait, avec une quelconque certitude, ce qu'étaient devenus le juge Stallworth et la veuve du jeune avocat. Et ceux qui s'aventuraient à répondre à une question aussi vaine se contentaient de simples conjectures : ils étaient à Saratoga... quelque part dans les Rocheuses... au fond de l'océan...

Marian Phair et son père passèrent le Nouvel An dans une maisonnette en bois dans les montagnes de Caroline, une station thermale quasiment déserte durant l'hiver. Le juge et sa fille, assis dans un petit salon rudimentaire devant un grand feu de chêne, écoutaient les canaris de Marian chanter dans leur cage. Sur la table devant eux se trouvaient deux pichets de cette eau pour laquelle l'endroit était connu ; et, par la fenêtre, ils ne voyaient que les troncs élancés des pins, leurs basses frondaisons d'aiguilles vertes et la neige qui ne cessait de tomber depuis la veille. Pompée était roulé en boule devant l'âtre, et Marian lisait un passage de la Bible à son père : le livre des Lamentations.

À plus de trois cents kilomètres de là, dans une petite maison d'Arlington, en Virginie, deux jeunes femmes se tenaient par la taille devant un lit, et portaient un toast à voix basse pour la nouvelle année avec de minuscules verres de vin. Dans le lit, Helen Stallworth, coiffée d'un épais et douillet bonnet blanc, sourit faiblement et dit : « Merci, Annie. Merci, Jemmie. Je sais que nous allons être heureuses... » Sa petite fortune personnelle, et ce qu'elle avait fini par recevoir de son père en tant que seule héritière, étaient plus que suffisants pour les entretenir elle et ses deux infirmières dévouées dans un état de convalescence et d'indolence raffinées. Annie ne se battait plus, ni sur le ring ni avec Jemmie ; et il n'y avait pas d'enfant plus attentive aux moindres désirs de ses bienfaitrices que Ralda, la nièce de Jemmie. Seul pesait sur cette petite maisonnée le terrible secret qu'Annie Leech cachait aussi bien à Helen qu'à Jemmie, à savoir que Madame Taunton (qui leur avait trouvé cette maison) avait été assassinée dans un immeuble de Water Street le jour de Noël, battue à mort à coups de marmite par un Irlandais souffrant de *delirium tremens*.

Elfin Defair, l'après-midi du Nouvel An, était

à Sylacauga, dans l'Alabama, où il présentait son dernier tour, durant lequel il jetait, l'une après l'autre, cinq soucoupes et cinq tasses avec son pied droit puis les réceptionnait sur sa tête ; une fois cette incroyable pyramide achevée, il finissait en déposant une cuillère et un morceau de sucre dans la tasse du haut avec un élégant geste de son petit pied.

La famille Stallworth, qui avait commencé l'année 1882 avec une autosatisfaction si arrogante, était dispersée aux quatre vents. Edith, la plus éloignée, était la coqueluche d'un petit hôtel élégant de Dagebüll, sur le rivage lugubre de la Mer du Nord, à la frontière de l'Allemagne et du Danemark.

C'est là que Lena Shanks avait élu domicile dans deux très belles suites. Elle vivait dans l'une avec Rob et Edith, tandis que Louisa, Charlotta Kegoe et Ella occupaient l'autre. Certains clients se demandaient comment l'hôtel avait pu accepter des gens qui, bien que faisant montre d'un comportement calme, discret et irréprochable, appartenaient néanmoins manifestement à une classe sociale inférieure. Seuls le gérant et l'avocat de l'hôtel savaient que Lena Shanks avait acheté ce lieu comptant, le troisième jour de novembre.

Un grand festin de Nouvel An fut préparé dans les vastes cuisines de l'hôtel et servi dans la petite salle à manger attenante à la suite de Lena. La famille Shanks s'y réunit, tira les tentures de velours pour se protéger de la lumière aveuglante du soleil de midi qui brillait sur l'étendue grise de la Mer du Nord et porta un toast à la nouvelle année. Pour eux, il n'y avait plus ni labeur ni ennuis.

Après le déjeuner, toute la famille se drapa dans des fourrures et sortit se promener sur la plage. Lena était assise dans un grand fauteuil muni de roues et se faisait pousser par Charlotta Kegoe – qui portait désormais de véritables bijoux pour cacher ceux tatoués sur sa peau. Louisa les précédait de loin, donnant la main à chacun des jumeaux. Edith Phair marchait à côté du fauteuil et cherchait les plus beaux coquillages pour les déposer ensuite dans un panier que Lena Shanks tenait sur ses genoux.